A Lista do ódio

JENNIFER BROWN

A Lista do ódio

2ª edição
1ª reimpressão

Tradução: Claudio Blanc

Copyright de A lista do ódio © 2009 Jennifer Brown
Copyright de Diga alguma coisa © 2014 Jennifer Brown

Esta edição foi publicada mediante acordo com a Little, Brown and Company, New York, USA. Todos os direitos reservados.

Títulos originais: *Hate List* e *Say Something*

Todos os direitos reservados pela Editora Gutenberg. Nenhuma parte desta publicação poderá ser reproduzida, seja por meios mecânicos, eletrônicos, seja via cópia xerográfica, sem a autorização prévia da Editora.

EDITORA RESPONSÁVEL
Rejane Dias

ASSISTENTE EDITORIAL
Andresa Vidal Vilchenski

PREPARAÇÃO
Nilce Xavier

REVISÃO
Mariana Faria

CAPA
Diogo Droschi

DIAGRAMAÇÃO
Larissa Carvalho Mazzoni

**Dados Internacionais de Catalogação na Publicação (CIP)
Câmara Brasileira do Livro, SP, Brasil**

Brown, Jennifer

A lista do ódio : seguido de Diga alguma coisa / Jennifer Brown ; tradução Claudio Blanc. -- 2. ed.; 1 reimp. -- Belo Horizonte : Gutenberg, 2021.

Títulos originais: Hate List e Say Something.

ISBN 978-85-8235-572-5

1. Ficção norte-americana I. Título.

18-23025   CDD-813

Índices para catálogo sistemático:
1. Ficção : Literatura norte-americana 813

Maria Alice Ferreira - Bibliotecária - CRB-8/7964

A **GUTENBERG** É UMA EDITORA DO **GRUPO AUTÊNTICA**

São Paulo
Av. Paulista, 2.073, Conjunto Nacional
Horsa I . Sala 309 . Cerqueira César
01311-940 São Paulo . SP
Tel.: (55 11) 3034 4468

Belo Horizonte
Rua Carlos Turner, 420
Silveira . 31140-520
Belo Horizonte . MG
Tel.: (55 31) 3465 4500

www.grupoautentica.com.br
SAC: atendimentoleitor@grupoautentica.com.br

Para Scott

Vamos mostrar ao mundo que eles estavam errados
E ensiná-los a obedecer o que tivermos falado

Nickelback

Parte 1

1

Trecho do jornal *Tribuna de Garvin*,

3 de maio de 2008, repórter Angela Dash

A *atmosfera na cantina do Colégio Garvin, conhecida como Praça de Alimentação, pode ser descrita como "sinistra" pelos investigadores que trabalham na identificação das vítimas do massacre ocorrido na sexta-feira de manhã.*

"Temos equipes analisando todos os detalhes", afirmou a sargento Pam Marone. "Compreendemos claramente o que aconteceu ontem de manhã. Não foi fácil. Até mesmo alguns dos nossos veteranos ficaram chocados ao entrar lá. Foi uma tragédia."

O tiroteio, que começou quando os alunos estavam se preparando para assistir à primeira aula, matou pelo menos seis alunos e deixou muitos outros feridos.

Valerie Leftman, 16 anos, foi a última vítima, atingida antes de Nick Levil, o suposto atirador, ter apontado a arma contra si mesmo e atirado, segundo testemunhas.

Atingida na coxa à queima-roupa, Valerie precisou ser submetida a uma cirurgia delicada. Representantes do Hospital de Garvin County afirmaram que seu estado é "crítico". "Havia muito sangue", afirmou um paramédico aos jornalistas na cena do crime. "A bala deve ter atingido alguma artéria."

"Ela teve muita sorte", confirmou a enfermeira-chefe do pronto-socorro. "Ela tem chance de sobreviver, mas estamos redobrando os cuidados. Principalmente porque muita gente quer falar com ela."

Os relatos de testemunhas presentes na cena do tiroteio diferem. Alguns dizem que Valerie foi vítima; outros dizem que foi uma heroína, e há os que digam que ela estava envolvida no plano concebido por Nick para matar os colegas de quem não gostava.

De acordo com Jane Keller, uma aluna que testemunhou o tiroteio, o tiro em Valerie pareceu ser acidental. "Acho que ela tropeçou e caiu em cima dele, mas não tenho certeza", contou ela a repórteres na cena do massacre. "Só sei que tudo acabou muito depressa depois disso. E, quando ela caiu em cima dele, deu chance para muita gente fugir."

A polícia questiona se o tiro foi acidental ou uma tentativa de suicídio duplo que deu errado.

Os primeiros relatos indicam que Valerie e Nick tinham conversado detalhadamente sobre suicídio, e algumas fontes próximas da dupla indicam que eles também falaram sobre homicídio – o que faz a polícia acreditar que há mais detalhes envolvidos no tiroteio do que se pensava inicialmente.

"Eles conversavam muito sobre morte", disse Mason Markum, amigo próximo de Valerie e de Nick. "Nick falava mais sobre isso com a Valerie, mas ela também falava muito a esse respeito. A gente achava que era uma brincadeira deles, mas acho que era verdade. Não acredito que eles estavam falando sério. Quer dizer, eu falei com o Nick faz três horas e ele não falou nada sobre isso."

Seja o ferimento de Valerie intencional ou acidental, para a polícia não há dúvida de que Nick Levil tinha intenção de se suicidar depois de massacrar mais de meia dúzia de alunos do Colégio Garvin.

"Testemunhas nos disseram que, depois de atirar em Valerie, ele colocou a arma na própria cabeça e disparou", disse a sargento Marone. Nick foi declarado morto na cena do tiroteio.

"Foi um alívio", disse Jane Keller. "Alguns garotos aplaudiram, o que não aprovo. Mas entendo por que fizeram isso. Foi muito assustador."

A participação de Valerie nos assassinatos está sob investigação policial. A família dela não fez declarações, e a polícia apenas divulgou que estava "muito interessada" em conversar com ela.

***

Depois que ignorei pela terceira vez o toque do despertador, minha mãe começou a bater na porta, tentando me fazer levantar. Fazia isso todas as manhãs. A diferença é que aquela não era uma manhã qualquer. Era a manhã em que eu teria de me levantar e reassumir minha vida. Mas acho que, em se tratando de mães, os velhos hábitos não morrem – se o despertador não fizer o filho levantar, elas começam a bater na porta e a gritar, seja lá que dia for.

Em vez de gritar, minha mãe fez aquela voz trêmula, assustada, que ultimamente tinha ficado meio frequente. É uma voz que parece que ela não sabe se eu estou me fazendo de difícil ou se ela precisa ligar para o 190.

– Valerie! – continuou chamando –, você tem de se levantar agora! A escola está sendo muito tolerante em deixar você voltar. Não vá estragar tudo no primeiro dia!

Como se eu estivesse feliz de voltar para a escola. Ter de voltar para aquelas salas assombradas. Voltar para a Praça de Alimentação, que, conforme ouvi dizer, desde maio último não era a mesma coisa. Como se eu não estivesse tendo pesadelos todas as noites, dos quais acordava suada, chorando, totalmente aliviada por estar na segurança do meu quarto.

A escola ainda não tinha decidido se eu era vilã ou heroína e acho que eu não posso culpá-los. Eu mesma estava tendo dificuldade para resolver isso. Será que eu fui a bandida que criou o plano para matar metade da minha escola ou a mocinha que se sacrificou para acabar com a matança? Em alguns dias eu me sentia as duas. Em outros, não me sentia nem bandida nem mocinha. Era muito complicado.

Na verdade, o conselho escolar tentou realizar uma cerimônia em minha homenagem no começo do verão. Era loucura. Eu não queria ser heroína. Eu não estava nem pensando quando pulei entre o Nick e a Jessica. Com certeza, não pensei: "eis a minha chance de salvar essa garota que ri de mim e me chama de Irmã da Morte, e tomar um tiro ao fazer isso". Era uma coisa heroica de se fazer, mas no meu caso... Bom, ninguém tinha certeza mesmo.

Recusei-me a ir à cerimônia. Disse à mamãe que minha perna estava doendo muito, que eu precisava dormir e que, além do mais, aquilo era ridículo.

– Só mesmo a escola – disse eu –, para fazer um lance lesado como esse. Eu não iria a um negócio tão estúpido nem que me pagassem.

Mas a verdade é que eu estava apavorada demais para ir à cerimônia. Estava com medo de encarar todas aquelas pessoas. Com medo de que acreditassem em tudo o que leram a meu respeito no jornal e no que ouviram na TV, e achassem que eu era uma assassina. Estava com medo de ver escrito nos olhos deles: "você deveria ter cometido suicídio junto com ele", mesmo que não falassem isso em voz alta. Ou, pior ainda, que me julgassem corajosa e altruísta, o que só me faria sentir pior do que já estava me sentindo, afinal foi meu namorado que matou todas aquelas pessoas e que, aparentemente, acreditava que eu também queria que elas morressem. Sem mencionar que eu era a idiota que não tinha nem ideia de que o cara que eu amava queria matar a escola inteira, mesmo apesar de ele me falar isso quase todos os dias. Mas, toda vez que eu ia explicar isso para minha mãe, tudo o que saía era: "isso é muito lesado. Não iria a um negócio tão ridículo nem que você me pagasse". Acho que os velhos hábitos não morrem em ninguém.

Em vez da cerimônia, o Senhor Angerson, o diretor, acabou vindo à minha casa naquela noite. Sentou-se à mesa da cozinha e conversou com minha mãe sobre... sei lá – Deus, o destino, trauma, qualquer coisa. Esperando, tenho certeza, que eu saísse do meu quarto e lhe dissesse como me orgulhava da minha escola e como estava feliz de ter me sacrificado em prol da Senhorita Perfeita, Jessica Campbell. Talvez também esperasse que me desculpasse. O que eu faria, se conseguisse imaginar como. Mas, até aquele momento, eu não tinha conseguido pensar em palavras importantes o bastante que expressassem algo tão difícil.

Enquanto o diretor Angerson esperava por mim na cozinha, coloquei uma música e me enterrei ainda mais fundo nos lençóis, deixando que ele esperasse. Acabei não saindo do quarto, nem mesmo quando minha mãe começou a bater na minha porta, implorando, com uma voz contida e mansa, que eu fosse educada e descesse.

– Valerie, por favor! – sussurrou, abrindo uma fresta da porta e colocando a cabeça pra dentro.

Não respondi. Em vez disso, cobri a cabeça com a coberta. Não é que eu não quisesse descer. É que simplesmente não podia fazê-lo. Mas minha mãe nunca entendeu isso. Do jeito dela de ver as coisas, quanto mais as pessoas me "perdoavam", menos eu tinha de me sentir culpada. Do meu jeito de ver... era exatamente o contrário.

Depois de um tempo, vi luzes refletindo na janela do meu quarto. Sentei-me na cama e olhei para a garagem. O diretor Angerson estava indo embora. Alguns minutos depois, mamãe bateu na porta de novo.

– O que foi? – perguntei.

Ela abriu a porta e entrou, hesitante como um filhote de veado ou outro bichinho tímido. Seu rosto estava vermelho e manchado e seu nariz estava entupido. Trazia uma medalha boba na mão, juntamente com uma carta de agradecimento do distrito escolar.

– Eles não culpam você – anunciou. – Querem que você saiba. Querem que volte para a escola. Estão muito gratos pelo que fez.

Ela enfiou a medalha e a carta na minha mão. Olhei a carta e vi que apenas uns dez professores a assinaram. Notei, claro, que o professor Kline não tinha assinado. Pela milionésima vez desde o massacre, senti uma culpa enorme: Kline era o tipo de professor que teria assinado aquela carta, mas não pôde porque estava morto.

Olhamos uma para a outra por um minuto. Sabia que mamãe procurava ver alguma gratidão da minha parte. Algum sinal de que, se a escola estava prosseguindo com a vida, talvez eu também pudesse fazer isso. Talvez nós todos pudéssemos.

– Ah, é, mãe – disse eu. Devolvi a medalha e a carta para ela. – Isso é, hum... legal.

Tentei sorrir para confortá-la, mas não consegui. E se eu ainda não quisesse continuar a tocar a vida? E se a medalha me lembrasse que o cara em quem eu mais confiava neste mundo matou pessoas, atirou em mim e se suicidou? Por que ela não conseguia ver que aceitar o "obrigado" da escola sob aquela perspectiva era doloroso para mim? Como se a gratidão fosse a única emoção possível de eu sentir agora. Gratidão por ter sobrevivido. Gratidão por ter sido perdoada. Gratidão por eles terem reconhecido que salvei a vida dos outros alunos do Colégio Garvin.

A verdade era que não conseguia me sentir grata, não importa o quanto tentasse. Em alguns dias, não podia nem mesmo dizer como me sentia. Às vezes triste, às vezes aliviada, às vezes confusa, às vezes incompreendida. E muitas vezes brava. Pior: não sabia com o que estava mais brava, se comigo mesma, se com Nick, se com meus pais, com a escola, com o mundo todo. E tinha a pior raiva de todas: raiva dos alunos que morreram.

– Val – disse ela, com olhos suplicantes.

– Não, sério mesmo – respondi. – Foi legal. Só estou cansada, é só isso, mãe. Sério. Minha perna... – Afundei a cabeça ainda mais no travesseiro e dobrei o corpo sob a coberta novamente. Mamãe curvou a cabeça e saiu do quarto, inclinando-se. Sabia que falaria ao doutor Hieler sobre "minha reação" na nossa próxima consulta. Eu podia imaginá-lo sentado em sua cadeira: "Então, Val, acho que a gente devia conversar sobre essa medalha...".

Sabia que mamãe iria guardar a medalha e a carta em uma caixa com todo tipo de lixo que ela juntava ao longo dos anos. Trabalhos do jardim da infância, boletins da sétima série, uma carta da escola me agradecendo por interromper um massacre escolar. Para minha mãe, tudo isso representava a mesma coisa.

Esse é o jeito de minha mãe mostrar sua esperança teimosa. Sua esperança de que algum dia eu estarei "bem" novamente, embora ela talvez não consiga se lembrar quando foi a última vez que fiquei "bem". Falando nisso, nem eu mesma me lembro. Será que foi antes do massacre? Antes de o Jeremy entrar na vida do Nick? Antes de papai e mamãe começarem a se odiar e de eu começar a procurar alguém ou algo que me tirasse dessa infelicidade? Foi há muito tempo, quando eu usava aparelho e vestia suéteres de cor pastel, ouvia o Top 40 e achava que a vida seria fácil?

O despertador tocou de novo e bati nele, derrubando-o no chão acidentalmente.

– Valerie, vamos! – gritou mamãe. Imaginei que ela estava com o telefone sem fio na mão – o dedo colocado sobre o 1. – A escola começa em uma hora. Acorde!

Curvei-me ao redor do travesseiro e fiquei olhando os cavalos impressos no papel de parede. Desde que era pequena, toda vez que tinha problemas, deitava na minha cama e olhava aqueles cavalos, imaginando que pulava em um deles e ia embora para longe. Cavalgando, cavalgando, cavalgando, meu cabelo balançando atrás de mim, meu cavalo nunca se cansava ou tinha fome, nunca encontrava viva alma. Apenas possibilidades abertas à minha frente, até a eternidade.

Agora os cavalos pareciam um desenho infantil. Não me levariam a parte alguma. Não podiam. Agora sabia que eles nunca puderam e isso me deixava muito triste. Como minha vida, tudo era um sonho grande e estúpido.

Ouvi um barulho metálico na maçaneta e gemi. É claro – a chave. A certa altura, o doutor Hieler, que normalmente ficava do meu lado, permitiu que minha mãe usasse a chave e entrasse no meu quarto quando bem entendesse. "Só para prevenir", sabe como é. "Como precaução, você sabe. Houve aquele problema do suicídio", sabe como é. Por isso, agora, quando eu não respondia à porta, ela entrava, o telefone sem fio na mão no caso de eu estar deitada em uma poça de sangue sobre meu tapete em forma de margarida.

Fiquei olhando a maçaneta girar. Não podia fazer nada a respeito, a não ser observar da cama. Ela entrou. Eu estava certa. Ela estava com o telefone sem fio na mão.

– Que bom que você acordou – disse. Sorriu e foi até a janela, abrindo as venezianas. Pisquei por causa da luz que entrou no quarto.

– Você está de *tailleur* – observei, levando a mão em concha na frente dos olhos para evitar a luz.

Ela se aproximou e, com a mão livre, alisou a saia com hesitação, como se fosse a primeira vez que vestia uma roupa formal. Por um minuto, pareceu tão insegura quanto eu, o que me fez sentir pena dela.

– Sim – confirmou, usando a mesma mão para alisar o cabelo. – Achei que, como você vai voltar para a escola, eu podia voltar a trabalhar em tempo integral.

Sentei-me na cama. Senti uma pressão na nuca por ter ficado tanto tempo deitada, e minha perna doía um pouco. Distraidamente, esfreguei a cicatriz na coxa.

– No meu primeiro dia de volta?

Ela se aproximou de mim, pisando em uma pilha de roupa suja com seus sapatos de saltos altos cor de caramelo.

– Bom... sim. Já faz alguns meses. O doutor Hieler acha que tudo bem eu voltar ao escritório. E vou pegar você depois da escola. – Ela sentou-se na minha cama e acariciou meu cabelo. – Você vai ficar bem.

– Como você sabe? Você não sabe. Eu não estava bem em maio e você não sabia disso.

Levantei-me. Senti um aperto no peito e fiquei com vontade de chorar. Ela ficou sentada, agarrando o telefone sem fio.

– Eu sei, Valerie. Outro dia como aquele não vai acontecer nunca mais, querida. Nick... morreu. Agora, tente não ficar angustiada...

Tarde demais. Eu já estava angustiada. Quanto mais tempo ela ficava sentada na minha cama acariciando meu cabelo como fazia quando eu era pequena e eu sentia o perfume que era seu "perfume do trabalho", mais real aquilo ficava. Eu iria voltar para a escola.

– Todos concordamos que isso era o melhor a fazer, Valerie. Lembra-se? – perguntou. – No consultório do doutor Hieler, concordamos que fugir não era uma boa opção para a nossa família. Você concordou. Você disse que não queria que Frankie sofresse por causa do que aconteceu. E seu pai tem a empresa dele... abandoná-la e ter de começar tudo de novo seria muito difícil para nós em termos financeiros... – explicou, encolhendo os ombros e balançando a cabeça.

– Mamãe – interrompi, mas não consegui pensar em uma boa desculpa. Ela tinha razão. Eu tinha mesmo dito que Frankie não devia perder seus amigos. O fato de ele ser meu irmão caçula não implicava que tinha de mudar de cidade, mudar de escola. Que papai, cujo maxilar se contraía de raiva toda vez que alguém levantava a possibilidade de minha família precisar se mudar para outra cidade, não tinha de abrir outro escritório de advocacia depois de trabalhar tanto para estabelecer o seu. Que eu não precisava ficar presa em casa com um tutor ou, pior ainda, mudar para uma nova escola no último ano do Ensino Médio. Implicava que estaria perdida se fugisse como uma criminosa, quando, na verdade, não tinha feito nada errado.

– Não é como se todo o mundo não me conhecesse – disse eu, correndo meus dedos ao longo do braço do sofá do consultório do doutor Hieler. – Não conseguirei encontrar uma escola onde ninguém ouviu falar de mim. Você imagina como me sentiria excluída numa escola nova? Pelo menos na Garvin eu sei o que me aguarda. Além disso, se eu fugir da Garvin, todos terão certeza de que sou culpada.

– Vai ser duro – avisou o doutor Hieler. – Você vai ter de encarar muitos monstros.

Dei de ombros.

– Não há nada de novo nisso. Sou capaz de lidar com eles.

– Tem certeza? – perguntou o doutor Hieler, cerrando os olhos com ceticismo.

Balancei a cabeça afirmativamente.

– Não é justo eu ter de sair da escola. Posso ficar. Se for muito ruim, posso me transferir no final do semestre. Mas vou conseguir. Não estou com medo.

Mas isso foi no começo do verão, há muito tempo. Quando "voltar" era apenas uma ideia, não uma realidade. Como ideia, ainda acreditava nela. Eu não tinha nenhuma culpa, a não ser amar Nick e odiar as pessoas que nos atormentavam, e não iria fugir e me esconder das pessoas que acreditavam que eu era culpada de alguma coisa. Mas, agora que tinha de colocar minha ideia em prática, não estava apenas com medo – estava apavorada.

– Você teve o verão inteiro para mudar de ideia – disse mamãe, ainda sentada na minha cama.

Fechei a boca e fui até o guarda-roupa. Peguei calcinha e sutiã limpos e procurei no chão um jeans e uma camiseta.

– Tudo bem. Vou me aprontar – cedi.

Não posso dizer que ela sorriu. Fez alguma coisa parecida com um sorriso, no qual se percebia a dor. Ela fez menção de ir duas vezes até a porta e, então, aparentemente resolveu que era uma boa decisão, e foi mesmo, segurando o telefone com as duas mãos. Fiquei me perguntando se ela não o tinha acionado acidentalmente, com o polegar ainda colocado sobre o 1.

– Bom. Espero você lá embaixo.

Vesti-me, colocando o jeans amarrotado e vestindo a camiseta de qualquer jeito, sem me preocupar com a aparência. Vestir-me bem não iria me fazer sentir melhor ou chamar menos atenção. Manquei até o banheiro e passei uma escova nos cabelos, que eu não lavava havia quatro dias. Também não me importei em me maquiar. Nem sabia onde estava a maquiagem. Não tinha mesmo ido a muitos bailes naquele verão. A maior parte do tempo, não conseguia nem andar.

Coloquei um par de alpargatas e agarrei minha mochila – uma mochila nova que mamãe tinha comprado alguns dias antes e que ficou vazia até ela enchê-la de material escolar. A velha mochila – aquela suja de sangue... bom, deve ter acabado no lixo, junto com a camiseta da banda Flogging Molly, do Nick, que ela encontrou no meu guarda-roupa e jogou fora quando eu ainda estava no hospital. Chorei e xinguei minha mãe quando cheguei em casa e vi que a camiseta não estava mais lá. Ela não entendeu nada – que a camiseta não pertencia a Nick, o assassino, mas a Nick, o cara que me fez uma surpresa com ingressos para o show do Flogging Molly quando eles vieram tocar no Closet. Nick, o cara que me ergueu nos ombros quando eles tocaram "Factory Girl". Nick, o cara que teve a ideia de comprarmos uma camiseta em sociedade e a dividirmos. Nick, o cara que usou a camiseta até chegarmos em casa e, então, tirou-a, deu-a para mim e nunca mais a pediu de volta. Ela disse que jogou a camiseta fora porque foi aconselhada pelo doutor Hieler, mas eu não acreditei. Às vezes, eu sentia que, para me enrolar, ela atribuía a ele todas as suas ideias. O doutor Hieler teria entendido que aquela camiseta não era de Nick, o Assassino. Eu não sabia quem era Nick, o Assassino. O doutor Hieler compreendeu isso.

Já vestida, lutei contra a sensação de que não conseguiria passar por aquilo por conta do nervosismo. Minhas pernas estavam fracas demais para me levarem além da porta e uma fina camada de suor cobria minha nuca. Eu não conseguiria ir. Não conseguiria encarar aquelas pessoas, aqueles lugares. Eu, simplesmente, não era assim tão forte.

Com as mãos trêmulas, arranquei o celular do bolso e disquei o número do doutor Hieler. Ele atendeu no primeiro toque.

– Desculpe incomodá-lo – disse, afundando na cama.

– Não, eu disse para você ligar. Lembra? Estava esperando.

– Acho que não vou conseguir – confessei. – Não estou pronta. Acho que nunca estarei pronta. Acho que não foi boa ideia...

– Val, pare – interrompeu ele. – Você consegue. Você está pronta. Conversamos bastante sobre isso. Vai ser difícil, mas você consegue. Você passou por coisa pior, há alguns meses, certo? Você é muito forte.

Lágrimas brotaram nos meus olhos e eu as enxuguei com o polegar.

– Concentre-se apenas em estar no momento –, disse ele. – Não interprete as coisas. Veja o que está realmente acontecendo, certo? Quando chegar em casa hoje à tarde, ligue-me. Vou dizer para a Stephanie passar você para mim mesmo que eu esteja atendendo, certo?
– Certo.
– E se você precisar durante o dia...
– Já sei, posso ligar.
– E lembre-se do que falamos. Se você só conseguir ficar a metade do tempo, ainda é uma grande vitória, certo?
– Mamãe está voltando a trabalhar. Período integral.
– Isso é porque ela confia em você. Mas ela voltará para casa se você precisar dela. Embora eu ache que você não vai precisar. E você sabe que estou sempre certo. – Havia um sorriso em sua voz.
Eu ri, fungando. Enxuguei os olhos novamente.
– Certo. Seja o que for. Preciso ir.
– Você vai se dar bem.
– Espero que sim.
– Sei que vai. E lembre-se daquilo que conversamos: você pode se transferir depois deste semestre se as coisas não derem certo. O que é isso? Setenta e cinco dias, mais ou menos?
– Oitenta e três – respondi.
– Viu? Mamão com açúcar. Você entendeu. Ligue-me mais tarde.
– Vou ligar.
Desliguei e peguei minha mochila. Comecei a sair pela porta, mas parei. Alguma coisa estava faltando. Abri a primeira gaveta da penteadeira e remexi lá dentro até encontrar, enfiada sob o revestimento da gaveta, onde minha mãe não podia alcançar. Tirei-a de lá e observei-a pela milionésima vez.

Era uma foto minha e de Nick no Lago Azul, no último dia de aula do segundo ano. Ele estava segurando uma cerveja e eu ria tanto que se podia ver minhas amídalas na foto. Estávamos sentados numa rocha gigante à beira do lago. Acho que foi o Mason que tirou a foto. Eu não me lembrava o que tinha sido tão engraçado, apesar de ficar várias noites acordada martelando isso na cabeça.

Parecíamos tão felizes. E estávamos. Não importa o que diziam os e-mails, as notas de suicídio e a lista do ódio. Éramos felizes.

Toquei o rosto sorridente de Nick na fotografia com o dedo. Ainda podia ouvir sua voz alta e clara. Ainda o ouvia perguntar-me daquele seu jeito, ao mesmo tempo audaz e bravo, romântico e tímido:

– Val – chamou ele, esticando-se para descer da pedra e inclinando-se para alcançar sua garrafa de cerveja. Pegou uma pedra chata com a mão livre, deu alguns passos em direção ao lago e lançou a pedra na sua superfície. Ela pulou uma, duas, três vezes antes de afundar. Stacey riu de algum lugar perto do bosque. Duce riu logo depois dela. Estava começando a anoitecer e um sapo começou a coaxar à minha esquerda. – Você já pensou em deixar tudo para trás?

Puxei minhas pernas, roçando os calcanhares na rocha, e abracei os joelhos. Pensei na briga de papai e mamãe na noite anterior. Na voz de minha mãe erguendo-se pela sala e através da escada, as palavras incompreensíveis, mas o tom venenoso. Pensei em papai saindo de casa, perto da meia-noite, a porta fechando sem fazer barulho atrás dele.

– Você quer dizer, tipo, fugir?

Nick ficou em silêncio durante um bom tempo. Pegou outra pedra e a jogou na superfície do lago. Ela quicou duas vezes e afundou.

– Claro – disse ele. – Ou, sabe, tipo, acelerar o carro até o abismo e não olhar para trás.

Fiquei olhando o sol se pôr e pensei naquilo.

– É – respondi. – Todo mundo quer fazer isso. Totalmente *Thelma e Louise*.

Ele se virou para mim e sorriu. Então, tomou o resto da sua cerveja e jogou a garrafa no chão.

– Nunca assisti a esse filme – disse. – Lembra quando lemos *Romeu e Julieta* no primeiro ano?

– Lembro.

Ele se inclinou sobre mim.

– Acha que poderíamos fazer como eles?

Franzi o nariz.

– Sei lá. Acho que sim. Com certeza.

Ele se virou novamente e ficou olhando para o lago.

– É, a gente poderia mesmo fazer isso. Pensamos do mesmo jeito.

Levantei-me e esfreguei a parte posterior das coxas, marcadas por eu estar sentada na rocha.

– Você está me chamando para sair?

Ele se virou, inclinou-se na minha direção e me agarrou pela cintura. Ergueu-me até meus pés saírem do chão e, não pude evitar, dei um grito que saiu como uma gargalhada. Ele me beijou e senti meu corpo tão eletrificado junto ao dele que os dedos dos pés formigaram. Parecia que eu tinha ficado esperando por toda a eternidade ele fazer isso.

– Você responderia não se eu estivesse?

– Oh, não, Romeu – respondi. Beijei-o de volta.

– Bom, então estou chamando, Julieta – disse ele. E juro que quando toquei seu rosto na fotografia, ouvi-o repetir aquilo. Podia senti-lo no quarto comigo. Mesmo que, em maio, ele tenha se tornado um monstro aos olhos do mundo, aos meus olhos ele ainda era o cara que me ergueu do chão, me beijou e me chamou de Julieta.

Enfiei a foto no bolso de trás da calça.

– Oitenta e três dias – disse em voz alta, respirando fundo e começando a descer as escadas.

2 de maio de 2008
6h32

"Vejo você na Praça de Alimentação?"

Meu celular tocou, e eu o agarrei antes que mamãe, Frankie, ou, Deus me livre, papai escutasse. Ainda estava escuro lá fora. Uma daquelas manhãs difíceis de levantar. Faltava pouco para as férias de verão, o que significava dormir até tarde e não ter de aguentar o Colégio Garvin. Não é que eu odiasse a escola ou coisa parecida, mas é que Christy Bruter estava, como sempre, me enchendo no ônibus e eu tinha tirado D em Ciências, por conta de uma prova oral para a qual eu tinha esquecido de estudar, e, por isso, as provas finais seriam mais difíceis naquele ano.

Nick andava meio quieto nos últimos tempos. Na verdade, ele não tinha aparecido na escola nos dois últimos dias e me mandou mensagens de texto o dia inteiro, perguntando sobre "os merdas da classe", ou "as vacas gordas da Educação Física" ou sobre "aquele vira-casaca do McNeal".

Ele estava saindo com esse cara, Jeremy, desde o mês anterior e, a cada dia, parecia se afastar cada vez mais de mim. Fingi não me importar com o fato de que nos víamos cada vez menos. Não queria forçá-lo – ele estava muito nervoso ultimamente e eu não queria provocar uma briga. Não perguntei o que ele tinha feito nos dias em que não foi à escola e simplesmente respondi as mensagens dizendo que "os merdas da aula de Biologia deviam ser afogados em formol" e que eu "odeio aquelas vacas" e que "McNeal tem sorte de eu não andar armada". Esta última mensagem iria me assombrar, depois de tudo. Na verdade, todas aquelas mensagens. Mas a última... A última me dá ânsia de vômito toda vez que penso muito sobre ela. Ela inspiraria uma conversa de três horas entre mim e o detetive Panzella. Também faria meu pai olhar para mim sempre de modo diferente, como se eu fosse algum tipo de monstro e ele pudesse ver isso claramente.

Jeremy era mais velho – tipo 21 anos – e tinha se formado no Colégio Garvin havia alguns anos. Não fazia faculdade. Não tinha emprego. Até onde eu sabia, tudo o que Jeremy fazia era espancar sua namorada, fumar maconha e assistir desenhos animados o dia todo. Quando conheceu Nick, parou de assistir aos desenhos e começou a fumar sua erva com ele e a bater na namorada apenas nas noites em que não passava na garagem de Nick, tocando bateria, drogado demais para lembrar que ela existia. Nas raras ocasiões em que estive lá e que Jeremy também estava lá, Nick parecia um cara totalmente diferente. Alguém que eu não conseguia reconhecer. De verdade.

Durante muito tempo, achei que talvez eu nunca tivesse realmente conhecido Nick. Provavelmente, quando ficávamos vendo TV no porão da casa dele, ou dando caldos um no outro na piscina, rindo como crianças, eu não estivesse vendo o verdadeiro Nick. Era como se o verdadeiro Nick fosse aquele que surgia quando Jeremy aparecia – aquele Nick egoísta, de olhar duro.

Eu tinha ouvido falar de mulheres que eram completamente cegas e ignoravam os sinais que indicam que seu parceiro é um pervertido ou um monstro, mas jamais pensaria ser uma dessas mulheres. Quando Jeremy não estava, quando éramos só eu e Nick e eu olhava nos olhos dele, sabia o que via e sabia que era bom. Ele era bom. Às vezes, tinha um senso de humor um tanto negro – todos tínhamos –, mas as coisas que falávamos eram só brincadeira. Por isso, às vezes, penso que foi Jeremy quem enfiou na cabeça do Nick essas ideias de atirar nas pessoas. Não eu. Foi Jeremy. Ele é o bandido. É ele o culpado.

Peguei o celular e me enfiei debaixo das cobertas, onde acordei lentamente para a ideia de que tinha outro dia para enfrentar na escola.

– Alô.

– Linda – a voz do Nick estava fina, quase como se falasse num rádio, mas eu pensei que era por ser cedo demais e o Nick nunca mais se levantava cedo.

– Oi – sussurrei. – Vai para a escola hoje, só para variar?

Ele riu. Parecia estar muito feliz.

– Sim. Jeremy vai me dar uma carona.

Levantei-me e me sentei na cama.

– Legal. Stacey perguntou de você ontem. Disse que ela viu você e o Jeremy indo de carro para o Lago Azul – deixei no ar a pergunta que não foi feita.

– É. – Ouvi o ruído do isqueiro e o crepitar do cigarro sendo aceso. Ele tragou. – Tínhamos umas coisas para fazer lá.

– Tipo...?

Ele me jogou um balde de água fria. Não iria me dizer nada. Odiei o jeito como estava agindo. Nunca tinha escondido nada de mim antes. Sempre conversávamos sobre tudo, até mesmo sobre coisas difíceis, como nossos pais, os apelidos que recebíamos na escola e como, às vezes, nos sentíamos como se fôssemos insignificantes.

Quase o pressionei, dizendo que queria saber, que tinha o direito de saber, mas resolvi mudar de assunto – se eu fosse finalmente encontrá-lo, não queria perder tempo brigando.

– Ei, tenho mais alguns nomes para a lista – disse eu.

– Quem?

Esfreguei o canto dos olhos com a ponta dos dedos.

– Pessoas que dizem "desculpe" depois de tudo. Comerciais de *fast-food*. E Jessica Campbell – Jeremy, quase falei, mas pensei melhor.

– Aquela magrela loira que sai com o Jake Diehl?

– Hum-hum, mas o Jake é legal. Quer dizer, meio atleta, mas nem de perto tão irritante quanto ela. Ontem, na aula de Saúde, eu estava totalmente viajando e acho que fiquei olhando na direção dela. De repente, ela virou para mim e disse: "O que você está olhando, Irmã da Morte?", e fez uma cara de desprezo, revirou os olhos e continuou "Helo-o, cuida da sua vida", e eu respondi "quer saber, tô cagando para o que você diz", e ela "Você não tem nenhum enterro para ir?", e os amigos babacas dela começaram a rir como se ela fosse uma comediante. Ela é uma vaca!

– É, você tem razão – concordou e tossiu. Ouvi um barulho de papéis sendo remexidos e imaginei Nick sentado no colchão escrevendo no caderno de espiral vermelha que dividíamos. – Todas essas loirinhas tinham de desaparecer.

Na hora, apenas ri. Foi engraçado. Concordei com ele. Ao menos disse que concordava. E, tudo bem, eu realmente achava que concordava. Não me sentia uma pessoa horrível, mas ri porque, para mim, elas eram pessoas horríveis. Mereciam aquilo.

– É, elas deviam ser atropeladas pelos BMWs dos pais delas. – Eu ri.

– Também coloquei aquela Challe na lista.

– Boa. Ela nunca para de falar sobre fazer parte do time que representa a escola. Não sei qual é a dela.

– É. Bem.

Ficamos em silêncio por um minuto. Não sei o que o Nick estava pensando. Na hora, achei que o silêncio dele era algum tipo de acordo sem palavras comigo, como se estivéssemos falando ao mesmo tempo por meio de ondas mentais. Mas, hoje, sei que era apenas uma daquelas "inferências" sobre as quais o doutor Hieler sempre falava. As pessoas fazem isso o tempo todo – acham que "sabem" o que está se passando na cabeça de alguém. Isso é impossível. É um erro achar isso. Um erro muito grande. Um erro que, se você não tiver cuidado, pode arruinar sua vida.

Escutei alguém falando ao fundo.

– Tenho de ir – disse Nick. – Temos de levar o filho do Jeremy à creche. A namorada dele é um pé no saco com isso. Vejo você na Praça de Alimentação?

– Claro. Vou pedir para a Stacey guardar lugar para nós.

– Legal.

– Amo você.

– Eu também, querida.

Desliguei sorrindo. Talvez o que quer que o estivesse perturbando já tinha sido resolvido. Talvez ele estivesse ficando cheio do Jeremy, do filho do Jeremy, dos desenhos animados do Jeremy e da maconha do Jeremy. Talvez eu conseguisse convencê-lo de, em vez de almoçar na escola, irmos pela estrada até o Casey e comer um sanduíche. Só nós dois. Como nos velhos tempos. Nós dois sentados na calçada tirando as cebolas dos sanduíches e fazendo perguntas sobre música, nossos ombros roçando, nossos pés balançando.

Corri para o chuveiro, sem me importar em acender a luz, e fiquei de pé no escuro, envolvida pelo vapor, esperando que talvez Nick me levasse alguma coisa especial naquele dia. Ele era muito bom nisso – aparecer na escola com uma rosa que tinha pegado no posto de gasolina ou enfiar uma barra de chocolate no meu armário no intervalo entre as aulas, ou deixar um bilhete no meu caderno quando eu não estava vendo. Quando queria, Nick tinha um lado bem romântico.

Saí do chuveiro e me sequei. Levei mais tempo do que o normal arrumando o cabelo e passando delineador. Vesti uma minissaia preta rasgada com a meia-calça listrada de preto e branco e furo no joelho, minha favorita. Calcei um sapato de lona e peguei minha mochila.

Meu irmão mais novo, Frankie, estava comendo seu cereal matinal na mesa da cozinha. Seu cabelo espetado era igualzinho ao dos garotos nos comerciais da PopTart: o cabelo perfeitamente arrumado ao estilo dos skatistas. Frankie tinha 14 anos e era cheio de si. Achava que era algum guru fashion e sempre se vestia tão bem que parecia saído de um catálogo de moda. Éramos próximos um do outro, apesar de sairmos com turmas totalmente diferentes e termos definições completamente diferentes sobre coisas que são legais. Às vezes, ele podia ser irritante, mas, quase sempre, era um irmão caçula muito legal.

Ele estava com seu livro de História aberto sobre a mesa e escrevia apressadamente em um pedaço de papel, parando de vez em quando apenas para enfiar um bocado de cereal na boca.

– Vai fazer comercial de gel para cabelos, hoje? – perguntei, batendo na sua cadeira com o quadril quando passei por ele.

– O quê? – disse ele, passando a palma da mão nas pontas do cabelo espetado. – As garotas adoram.

Revirei os olhos sorrindo.

– Aposto que sim. Papai já saiu?

Ele colocou mais uma colherada de cereal na boca e voltou a escrever.

– Sim – disse com a boca cheia. – Saiu faz alguns minutos.

Peguei um waffle do freezer e o coloquei na torradeira.

– Vejo que estava muito ocupado com as garotas, ontem à noite, para fazer a lição – provoquei-o, inclinando-me sobre ele para ler o que estava escrevendo. – O que as mulheres do tempo da Guerra Civil achavam de homens com muito gel no cabelo?

– Dá um tempo – disse ele, cutucando-me com o cotovelo. – Fiquei conversando com a Tina até meia-noite. Tenho de acabar isto. Mamãe vai pirar se eu tirar outro C em História. Ela vai tomar meu celular de novo.

– Tudo bem, tudo bem – disse eu. – Vou deixar você em paz. Longe de mim ficar entre você e o seu romance telefônico com a Tina.

O waffle pulou da torradeira e eu o apanhei. Dei uma mordida nele puro.

– Falando na mamãe, ela vai levar você hoje de novo?

Ele fez que sim com a cabeça. Mamãe levava Frankie para a escola todos os dias, pois era seu caminho para o trabalho. Isso dava a ele alguns minutos a mais de manhã, o que eu achava legal. Mas, para isso, eu tinha de me sentar a um metro de distância dela e ouvir todas as manhãs que meu "cabelo está horrível" e minha "saia é muito curta" e "por que uma garota bonita como você quer destruir sua aparência com tanta maquiagem e delineador?". Eu preferia pegar o ônibus cheio de metidos a atleta. E isso implicava muita coisa.

Olhei para o relógio acima do fogão. O ônibus chegaria a qualquer momento. Coloquei a mochila no ombro e dei mais uma mordida no waffle.

– Fui – disse eu, indo em direção à porta. – Boa sorte com a lição.

– Até depois – gritou ele, enquanto eu saía pela varanda, fechando a porta atrás de mim.

O ar parecia mais fresco que o normal – como se fosse o inverno e não a primavera que estivesse chegando. Mas o dia iria se tornar o mais quente que já vivi.

Trecho do jornal *Tribuna de Garvin*,
3 de maio de 2008, repórter Angela Dash

Christy Bruter, 16 anos – capitã do time de softball do Colégio Garvin, foi a primeira vítima e parece que foi um alvo escolhido. "Ele bateu no ombro dela", diz Amy Bruter, mãe da vítima. "E algumas das meninas que estavam lá nos disseram que quando a Christy se virou, ele disse 'você está na lista há muito tempo'. Ela perguntou, 'o quê?' e, então, ele atirou nela." Os médicos disseram que Christy, que foi atingida no estômago, "tem muita sorte de estar viva". As investigações confirmam que, de fato, o nome de Christy era o primeiro de centenas da infame "lista do ódio", um caderno com espiral vermelha confiscado da casa de Nick depois do massacre.

***

– Você está nervosa?

Puxei o pedaço de borracha que estava descolando da sola do meu sapado e encolhi os ombros. Tantas emoções me invadiam que eu poderia sair gritando pela rua. Mas, por algum motivo, tudo o que consegui fazer foi encolher os ombros. O que, pensando hoje, foi uma coisa boa. Mamãe estava me vigiando ainda mais de perto naquela manhã. Qualquer coisa errada, e ela iria correndo procurar o doutor Hieler e contar as coisas exagerando tudo e, então, nós teríamos "A Conversa" novamente.

O doutor Hieler e eu tínhamos "A Conversa" pelo menos uma vez por semana desde maio. Era sempre assim:

– Você está segura? – perguntava ele. – Não vou me suicidar, se é isso que você quer saber – respondia eu.

– Sim, é isso o que quero saber – dizia ele.

– Bom, eu não vou fazer isso. Ela é louca – eu respondia.

– Ela só está preocupada com você – explicava ele e, felizmente, mudávamos de assunto.

Mas, então, eu chegava em casa, ia para a cama e começava a pensar naquilo. Sobre o lance do suicídio. Eu estava segura? Será que houve mesmo um tempo em que eu poderia ter me suicidado e nem sabia disso? E eu passava cerca de uma hora, meu quarto ficando escuro, pensando em que diabos tinha acontecido para me tornar tão incerta sobre até mesmo quem era eu. Porque "quem é você" deve ser a pergunta mais fácil de ser respondida, certo? Mas, para mim, há muito tempo não estava sendo fácil responder. Talvez nunca tenha sido.

Às vezes, em um mundo onde os pais se odeiam e a escola é um campo de batalha, era ruim ser eu. O Nick tinha sido minha fuga. A única pessoa que me compreendia. Era bom fazer parte de um "nós", com os mesmos pensamentos, os mesmos sentimentos, os mesmos problemas. Mas, agora, a outra metade desse "nós" tinha ido embora e, deitada no meu quarto escuro, percebi que não sabia como me tornar eu mesma de novo.

Eu me virava, ficava de lado observando os cavalos do meu papel de parede sob a sombra e imaginava que eles iriam sair de lá e me levar para longe, do jeito que eu fazia quando era criança. Assim, não teria de pensar naquilo nunca mais. Mas não saber como ser você mesma dói demais. E de uma coisa eu tinha certeza: estava cansada de sofrer.

Mamãe tirou uma mão do volante e acariciou meu joelho.

– Bom, se você conseguir passar metade do dia e precisar de mim, é só ligar, certo?

Não respondi. O nó na minha garganta era grande demais. Parecia surreal eu ter de passar pelos mesmos corredores que esses garotos e garotas que conhecia tão bem, mas que, agora, pareciam totalmente estranhos. Garotos como Allen Moon, que eu vi olhar diretamente para a câmera e dizer: "espero que ela pegue prisão perpétua pelo que fez", e Carmen Chiarro, que foi citada em uma revista, dizendo: "não sei por que meu nome estava na lista. Eu nem conhecia Nick e Valerie antes daquele dia".

Pode ser que ela não conhecesse Nick. Quando ele entrou no Colégio Garvin, no primeiro ano, era apenas um garoto quieto, magricela, que se vestia mal e tinha o cabelo sujo. Mas eu e Carmen estávamos juntas desde o Ensino Fundamental. Ela estava mentindo ao dizer que não me conhecia. E, como era amiga do "Senhor Zagueiro Veterano" Chris Summers, e como Chris Summers odiava Nick e aproveitava qualquer oportunidade para tornar sua vida um inferno, e como todos os amigos do Chris achavam engraçado quando ele atormentava o Nick, achei suspeito o fato de ela dizer que também não conhecia o Nick. Será que Allen e Carmen estariam lá hoje? Será que me procurariam? Será que esperavam que eu não aparecesse?

– E você tem o número do doutor Hieler – lembrou mamãe, acariciando meu joelho novamente. Balancei a cabeça afirmativamente.

– Tenho.

Viramos na Rua Oak. Podia percorrer o caminho até dormindo. À direita na Rua Oak. À esquerda na Avenida Foundling. À esquerda na Starling. À direita no estacionamento. O Colégio Garvin logo à frente. Não tinha como errar.

Só que, naquela manhã, ele parecia diferente. Nunca o Colégio Garvin me pareceu tão intimidante quanto no meu primeiro dia naquela escola. Nunca eu iria associá-lo com um romance de virar a cabeça, com euforia, risadas, um dever bem-feito. Nada do que as pessoas pensam quando se lembram das suas escolas. Isso era apenas outra coisa que Nick tinha roubado de mim, de todos nós, naquele dia. Ele não roubou apenas a nossa inocência e sensação de bem-estar. Ele também conseguiu roubar nossas memórias.

– Você vai ficar bem – afirmou mamãe. Virei a cabeça e olhei pela janela. Vi Delaney Peter andando pelo campo de futebol com o braço enganchado no de Sam Hall. Eu nem sabia que eles estavam juntos e, de repente, me pareceu que eu tinha perdido uma vida inteira, em vez de apenas o verão. Se as coisas tivessem continuado normais, eu teria passado o verão no lago, ou na pista de boliche, ou no posto de gasolina, ou em *fast-foods*, fofocando, sabendo dos novos namoros. Em vez disso, fiquei enfurnada em um quarto, enjoada e com medo só de pensar em ir ao supermercado com minha mãe. – O doutor Hieler tem certeza de que você vai superar o dia de hoje – repetiu ela.

– Eu sei – respondi. Inclinei-me e meu estômago apertou.

Stacey e Duce estavam sentados nas arquibancadas do campo de futebol, como sempre faziam, junto com Mason, David, Liz e Rebecca. Normalmente, eu também ficaria lá, sentada com eles. Com Nick. Comparávamos nossos horários, vendo quem tinha caído com quem no curso profissionalizante, falando sobre irmos a uma festa maluca juntos. Minhas mãos começaram a suar. Stacey estava rindo de algo que Duce havia dito e mais do que nunca me senti uma estranha.

Entramos no acesso para veículos e notei dois carros da polícia estacionados ao lado da escola. Devo ter feito algum barulho ou alguma cara estranha, pois mamãe disse:

– É só o procedimento padrão. Segurança. Porque... Bom, você sabe. Eles não querem que aconteça de novo. Com isso, você fica mais segura, Valerie.

Mamãe parou no local de desembarque de passageiros. Deixou as mãos caírem da direção e olhou para mim. Tentei ignorar que os cantos de sua boca tremiam e ela puxava distraidamente um pedaço de pele solta em seu polegar. Dei um sorriso vacilante para ela.

– Vejo você aqui às dez para as três, pontualmente – tranquilizou-me ela. – Estarei esperando por você.

– Vou ficar bem – respondi com uma voz apagada. Segurei o trinco da porta. Minha mão parecia não ter força o bastante para movê-lo, mas acabei abrindo a porta, o que me desapontou, pois teria de sair do carro.

– Talvez amanhã você passe um pouco de batom – disse mamãe, enquanto eu saía do carro. "Que coisa estranha para se dizer", pensei, mas mordi os lábios por puro hábito. Fechei a porta e dei um meio aceno para minha mãe. Ela acenou de volta, sem tirar os olhos de mim até o carro de trás buzinar. Só então ela saiu.

Fiquei plantada na calçada por um minuto, sem saber se conseguiria andar até o prédio. Minha coxa doía e minha cabeça zunia. Mas todo mundo à minha volta parecia totalmente normal. Um casal do segundo ano passou por mim, conversando entusiasmadamente sobre a volta às aulas. Uma garota riu, quando seu namorado a cutucou com o dedo. Havia professores na calçada, pegando no pé dos alunos para irem para suas classes. Eram coisas das quais me lembrava da última vez que estive ali. Estranho.

Comecei a andar, mas uma voz atrás de mim me deixou paralisada.

– Não acredito! – Parecia que, naquele momento, alguém tinha apertado o botão "mudo" no controle remoto do mundo. Virei-me e olhei. Stacey e Duce estavam lá, de mãos dadas, a boca da Stacey estava aberta e o Duce brincava com um nó que tinha feito.

– Val? – perguntou Stacey, não como se ela não acreditasse que fosse eu, mas como se não acreditasse que eu estivesse *ali*.

– Oi – disse eu.

David passou por Stacey e me abraçou. Seu abraço foi rígido e ele me soltou logo, dando um passo para trás, alinhando-se assim com o resto da turma, e olhou para o chão.

– Não sabia que você ia voltar hoje – disse Stacey. Seus olhos se voltaram rapidamente para o lado, encontrando o rosto de Duce, e pude perceber ela se transformar instantaneamente em uma cópia dele. Seu riso forçado se abriu tanto que ficou muito estranho.

Dei de ombros. Stacey e eu éramos amigas há muito tempo. Usávamos o mesmo tamanho, gostávamos dos mesmos filmes, vestíamos as mesmas roupas, contávamos as mesmas mentiras. Havia períodos em todos os verões em que éramos quase inseparáveis.

Contudo, havia uma diferença enorme entre Stacey e eu. Stacey não tinha inimigos, provavelmente porque, o tempo todo, só queria agradar. Era totalmente moldável: você dizia a ela o que ela era e ela se tornava aquilo, simplesmente. Não era, definitivamente, uma das garotas populares, mas também não era uma das perdedoras, como eu. Estava sempre entre as duas coisas, totalmente controlada.

Depois do "incidente", como meu pai gostava de chamar, Stacey veio me visitar duas vezes. Uma delas no hospital, quando eu não estava falando com ninguém. A outra vez foi em casa, depois que tive alta, e fiz o Frankie dizer a ela que eu estava dormindo. Ela não tentou fazer nenhum contato depois disso. Tampouco eu a procurei. Acho que uma parte de mim dizia que eu não merecia ter amigos. Era como se ela merecesse uma amiga melhor que eu.

De certa forma, sentia pena dela. Quase podia ler em seu rosto o desejo de voltar ao momento anterior ao tiroteio, a culpa que ela sentia por me manter a certa distância, mas também pude perceber como ela tinha consciência do quanto a comprometia ser minha amiga agora. Se eu era culpada por amar Nick, ela seria culpada por gostar de mim? Ser minha amiga significava correr um grande risco – suicídio social para qualquer um no Colégio Garvin. E Stacey não era, de jeito nenhum, forte o bastante para correr esse risco.

– Sua perna dói? – perguntou ela.

– Às vezes – respondi, voltando o olhar para minha perna. – Pelo menos não tenho de fazer Educação Física. Mas acho que nunca vou chegar à aula a tempo com esta coisa.

– Você foi ao túmulo do Nick? – perguntou Duce. Olhei para ele com intensidade. Ele me encarava com desprezo. – Visitou o túmulo de alguma das vítimas?

Stacey o cutucou com o cotovelo.

– Deixe-a em paz. É o primeiro dia dela na escola – disse ela, mas sem muita convicção.

– Tá legal – murmurou David. – Estou feliz porque você está bem, Val. Quem vai ser nosso professor de Matemática?

Duce interrompeu:

– O quê? Ela consegue andar. Como ela não foi visitar o túmulo de ninguém? Quer dizer, se eu tivesse escrito os nomes de todas as pessoas que eu queria que morressem, pelo menos iria visitar seus túmulos.

– Não queria que ninguém morresse – disse eu quase sussurrando. Duce me deu um daqueles olhares com a sobrancelha erguida.

– Ele também era seu melhor amigo, você sabe.

Fez-se silêncio entre nós e eu comecei a perceber que, ao meu redor, muitos curiosos me observavam. Não estavam curiosos com a discussão, mas comigo, como se, de repente, todos percebessem quem eu era. Passavam vagarosamente por mim, sussurrando uns com os outros, encarando-me.

Stacey também começou a perceber isso. Ela se mexeu um pouco e olhou para além de mim.

– Tenho de ir para a aula – disse. – Estou feliz porque você voltou, Val.

Ela começou a andar, passando por mim, e David, Mason e os outros a seguiram. Duce foi o último a sair, murmurando, ao passar por mim:

– É, legal que você voltou.

Fiquei na calçada, sentindo-me naufragada em meio àquela estranha maré de garotos e garotas passando por mim, empurrando-me para a frente e para trás com seu movimento, mas nunca me deixando solta no mar. Perguntei a mim mesma se não poderia ficar naquele mesmo lugar até mamãe vir me buscar, às 14h50.

Senti uma mão no meu ombro.

– Por que você não vem comigo? – ouvi uma voz perguntar atrás de mim. Voltei-me e vi o rosto da Senhora Tate, a conselheira pedagógica. Ela envolveu meus ombros com o braço e me puxou, nós duas audaciosamente abrindo caminho naquele mar de garotos, deixando uma esteira de sussurros atrás de nós.

– Que bom ver você aqui – disse ela. – Tenho certeza de que você deve estar meio apreensiva, não está?

– Um pouco – respondi, mas não pude dizer mais nada porque ela estava me puxando tão depressa que eu só conseguia me concentrar em andar. Entramos no saguão antes mesmo de eu perceber o pânico que aumentava em meu peito e, de algum modo, senti-me enganada. Era como se eu tivesse o direito de sentir medo de entrar na minha escola novamente, como se eu quisesse isso.

O corredor parecia um formigueiro. Um policial estava de pé na porta, passando um bastão sobre as mochilas e casacos dos alunos. A Senhora Tate acenou a um deles e me fez passar sem parar.

Os corredores estavam um tanto vazios, como se muitos garotos tivessem faltado às aulas. Mas, a não ser por isso, parecia que nada tinha mudado. Os alunos falavam, gritavam, sapatos rangiam contra o piso encerado, as paredes ecoando com o *uam! uam! uam!* das portas dos armários abrindo e fechando nos corredores além do alcance dos meus olhos.

Andamos pelo *hall* com segurança, então, viramos em um corredor e fomos em direção à Praça de Alimentação. Daquela vez, o medo subiu tão rapidamente que senti um nó na garganta antes que a Senhora Tate conseguisse me fazer entrar naquele espaço. Ela deve ter sentido o meu medo porque apertou meus ombros com mais força e acelerou o passo mais um pouco.

A Praça de Alimentação – o lugar sempre lotado onde dávamos um tempo de manhã – estava vazia, a não ser pelas mesas e cadeiras sem ninguém. Em um dos cantos, onde Christy Bruter tinha sido baleada, alguém colocou um quadro de aviso. No alto, estava escrito, com letras feitas de papel, "NÓS LEMBRAREMOS", e o quadro estava lotado de bilhetes, cartões, fitas, fotos, banners, flores. Duas meninas – não pude distinguir quem eram por causa da distância – estavam colocando um bilhete e uma foto no quadro de aviso.

– Nós teríamos proibido reuniões de manhã na Praça da Alimentação, se fosse preciso – disse a conselheira, como se pudesse ler meus pensamentos. – Por medida de segurança. Mas parece que ninguém quer mais ficar aqui. Agora, usamos a Praça da Alimentação apenas para os turnos do almoço.

Cruzamos a Praça da Alimentação. Tentei ignorar minha imaginação, que via meus pés escorregando no sangue pegajoso espalhado pelo chão. Tentei me concentrar no som dos sapatos da Senhora Tate, que batiam contra o assoalho, e me lembrar de tudo o que o doutor Hieler tinha me ensinado durante tanto tempo sobre respiração e concentração. Naquele momento, não consegui me lembrar de nada.

Saímos da Praça de Alimentação pelo corredor que leva à secretaria. Tecnicamente, aquela era a frente do prédio. Outros policiais revistavam mochilas dos alunos e passavam detectores de metal sobre suas roupas.

– Temo que toda essa segurança vá atrasar o início das aulas – suspirou a Senhora Tate. – Mas, desse jeito, vamos todos nos sentir mais seguros.

Ela me fez passar pelos policiais e entramos na secretaria. As secretárias me olharam com sorrisos educados, mas não falaram nada. Eu mantinha meu rosto voltado para o chão e segui a conselheira até o escritório dela. Esperava que ela me deixasse ficar ali por um tempo.

O escritório era o oposto do consultório do doutor Hieler. Enquanto o consultório do doutor Hieler era arrumado e tinha fileiras e fileiras de livros de referência, a sala da Senhora Tate era uma aglomeração bagunçada de papéis e recursos educacionais, como se fosse, em parte, um escritório de orientação pedagógica e, em parte, um almoxarifado. Havia livros empilhados em praticamente todas as superfícies planas e fotos de seus filhos e cães em todo lugar.

A maioria dos alunos procurava a conselheira ou para reclamar de algum professor ou para consultar o catálogo de alguma universidade. Se a Senhora Tate tinha ido para a faculdade para aconselhar adolescentes problemáticos, ela, provavelmente, tinha se decepcionado. Se é que alguém pode ficar desapontado por não ter pessoas problemáticas na sua vida.

Ela fez sinal para eu me sentar em uma cadeira com um assento de vinil rasgado, contornou um pequeno arquivo no canto e sentou-se na cadeira que estava atrás de sua mesa, quase escondida pela pilha de papel e bilhetes escritos em *post-it*. Inclinou-se sobre aquela bagunça e dobrou as mãos bem em cima de uma velha embalagem de comida para viagem.

– Eu estava à sua procura esta manhã – começou. – Estou feliz que tenha voltado à escola. Demonstra coragem.

– Estou tentando – murmurei, esfregando distraidamente minha coxa. – Não posso prometer que vou ficar. – "Faltam 83 dias", repeti em minha mente.

– Bom, espero que consiga. Você é uma boa aluna – afirmou. – Ah! – exclamou, erguendo um dedo. Então, inclinou-se para o lado e abriu uma gaveta do arquivo ao lado da sua mesa. Um porta-retratos com a foto de um gato preto e branco arranhando alguma coisa balançou quando a gaveta abriu e eu a imaginei arrumando o porta-retratos que caía várias vezes ao dia. Ela retirou uma pasta marrom da gaveta e a abriu na mesa, deixando a gaveta do arquivo aberta.

– Isto me lembra. Faculdade. Sim. Você estava pensando... – virou algumas páginas – no estado de Kansas, se bem me lembro. – Ela continuou a virar as páginas, então, correu o dedo por uma folha e disse: – Sim. Bem aqui, no Kansas e no Noroeste do estado de Missouri. – Fechou a pasta e sorriu. – Recebi os requerimentos para o programa das duas na semana passada. É um pouco tarde para iniciar esse processo, mas não deve ter problema. Bom, você provavelmente terá de responder por algumas coisas no seu histórico escolar, mas... na verdade... você nunca foi responsabilizada por nada... bom, você sabe o que quero dizer.

Balancei a cabeça afirmativamente. Sabia o que ela queria dizer. Não que isso precisasse estar no meu histórico escolar, pois, àquela altura, eu não conseguia imaginar ninguém no país que não tivesse ouvido falar de mim. Era como se eu e o mundo fôssemos os melhores amigos. Ou talvez os piores inimigos.

– Mudei de ideia – disse eu.

– Ah. Uma faculdade diferente? Não vai ser problema. Com suas notas...

– Não, quero dizer que não vou mais. Para a faculdade.

A Senhora Tate se inclinou para a frente, novamente pousando a mão na embalagem de comida. Franziu a testa.

– Não vai?

– Isso mesmo. Não quero mais fazer faculdade.

Ela falou calmamente:

– Ouça, Valerie. Sei que você se culpa pelo que aconteceu. Sei que você acha que é igual a ele. Mas não é.

Endireitei as costas e tentei sorrir com confiança. Eu não queria ter aquela conversa. Não naquele dia.

– Sério mesmo, Senhora Tate. A senhora não precisa dizer isso – respondi. Toquei o bolso de trás da minha calça, onde estava a minha foto com Nick no Lago Azul, para me encorajar. – Quer dizer, estou bem e tudo o mais.

A Senhora Tate ergueu uma mão e me olhou diretamente nos olhos.

– Muitas vezes passei mais tempo com Nick do que com meu próprio filho – contou ela. – Ele era um rapaz inquieto. Sempre bravo. Era um daqueles garotos que iria brigar a vida inteira. Era consumido pelo ódio. Dominado pela raiva. Sério.

"Não", quis gritar para ela. "Não, ele não era. Nick era bom. Eu sabia."

Fui tomada pela lembrança de uma noite em que Nick apareceu em casa sem avisar, quando mamãe e papai começavam a sua usual discussão após o jantar. Eu sentia a briga vir: mamãe enfiando raivosamente os pratos na máquina de lavar, murmurando para si mesma, e papai andando da sala para a cozinha e voltando, olhando para mamãe e balançando a cabeça. A tensão aumentava e eu comecei a ter uma sensação de cansaço que havia se tornado muito comum nos últimos tempos, um desejo de ir dormir e acordar em uma casa diferente, com uma vida diferente. Frankie já tinha sumido em seu quarto e eu me perguntei se ele também se sentia da mesma forma.

Estava subindo as escadas para ir ao meu quarto, quando a campainha tocou. Vi Nick pela janela ao lado da porta, alternando seu peso de um pé para o outro.

– Eu atendo! – gritei aos meus pais e desci correndo as escadas, mas a discussão já tinha começado e eles nem perceberam.

– Oi – disse eu, saindo para a varanda. – O que está rolando?

– Oi – respondeu. Ele me mostrou um CD. – Trouxe isto – explicou. – Gravei para você hoje à tarde. São todas as músicas que me lembram você.

– Que meigo – respondi, lendo o nome das músicas na caixa do CD, onde ele havia, cuidadosamente, digitado todos os títulos das canções e os artistas que as interpretavam. – Adorei.

Do outro lado da porta, podíamos ouvir a voz de papai.

– Sabe de uma coisa, talvez eu não volte para casa, Jenny. É uma boa ideia – rosnou ele.

Nick olhou para a porta e juro que demonstrou constrangimento. E mais alguma coisa. Pena, talvez? Medo? Quem sabe o mesmo desgaste que eu sentia?

– Quer dar uma volta? – perguntou ele, enfiando as mãos nos bolsos. – Parece que as coisas não estão bem aí dentro. Podemos dar um tempo juntos.

Fiz que sim com a cabeça, abrindo uma fresta na porta e colocando o CD na mesinha do corredor de entrada. Nick esticou o braço e pegou minha mão, levando-me até o campo atrás da minha casa. Encontramos uma clareira e deitamos de costas na grama, olhando as estrelas, falando sobre... tudo e nada.

– Sabe por que a gente se dá tão bem, Val? – ele perguntou depois de um tempo. – Porque pensamos exatamente igual. É como se tivéssemos o mesmo cérebro. É legal.

Eu me estiquei, passando minha perna ao redor da dele.

– Totalmente – disse eu. – Danem-se nossos pais. Danem-se as suas brigas estúpidas. Dane-se todo mundo. Ninguém está nem aí para eles.

– Eu não – disse ele, coçando o ombro. – Por muito tempo achei que ninguém iria me entender, mas você me entende.

– Claro que entendo – virei a cabeça e beijei seu ombro. – E você também me entende. É até meio assustador como somos parecidos.

– Assustador de um jeito bom.

– É. De um jeito bom.

Ele se virou para me encarar, apoiando-se no cotovelo.

– É bom que temos um ao outro – disse ele. – É tipo, sabe, mesmo que o mundo inteiro odeie você, ainda tem alguém com quem contar. Só nós dois contra o mundo todo. Só nós.

Naquela época, eu só pensava em papai e mamãe e suas brigas incessantes e achei que ele estava falando sobre eles. Nick sabia exatamente pelo que eu estava passando – ele chamava seu padrasto, Charles, de "padrasto da vez" e falava da intensa vida amorosa da mãe como se fosse uma grande piada. Eu não fazia ideia de que ele estava falando sobre nós dois contra... todo o mundo.

– É. Só nós dois – respondi. – Só nós.

Olhei para o tapete do escritório da Senhora Tate, mais uma vez assaltada pelo sentimento de que nunca realmente conheci Nick. Que aquela coisa de alma gêmea sobre a qual conversamos não passava de uma grande besteira. Que, quando se tratava de ler as pessoas, eu só tirava zero.

Senti um nó na garganta. Será que estava sendo complacente? A pária da escola chorava pela memória do seu namorado, o assassino. Até eu me odiava. Engoli e forcei para que o nó na garganta sumisse.

A Senhora Tate havia se recostado na poltrona, mas ainda falava.

– Valerie, você tinha um futuro. Estava escolhendo a faculdade para onde iria. Você estava tirando boas notas. Nick nunca teve um futuro. O futuro do Nick foi... isso.

Uma lágrima escorreu. Engoli e voltei a engolir, mas não adiantou. O que ela sabia sobre o futuro de Nick? Você não pode prever o futuro. Nossa, se pudesse ter previsto o que iria acontecer, iria impedir. Não teria deixado acontecer. Mas não consegui. Não podia. E deveria. É isso o que me incomoda. Eu deveria ter impedido. E, agora, não há faculdade no meu futuro. Meu futuro é ficar conhecida por todos como "A Garota que Odiava a Todos". Foi assim que os jornais me chamaram – A Garota que Odiava a Todos.

Eu queria dizer tudo isso para a Senhora Tate, mas era tudo tão complicado que, só de pensar nisso, minha perna latejava e meu coração doía. Levantei-me e coloquei a mochila nas costas. Enxuguei os olhos com as costas das mãos.

– É melhor eu ir para a aula – disse. – Não quero me atrasar no primeiro dia. Vou pensar a respeito. Na faculdade, quer dizer. Mas, como disse, não posso prometer nada, tudo bem?

A Senhora Tate suspirou e se levantou. Fechou a gaveta do arquivo, mas não saiu do lugar.

– Valerie – começou e parou. Parecia estar reconsiderando. – Tente ter um dia bom, ok? Estou feliz que tenha voltado. E vou olhar as exigências dos programas para você.

Dirigi-me à porta, mas antes de tocar a maçaneta, virei-me.

– Senhora Tate? As coisas mudaram muito? – perguntei. – Quer dizer, as pessoas estão diferentes? – Não sei o que esperava que ela respondesse. "Sim, todos aprenderam a lição e agora somos uma grande família feliz, exatamente como os jornais dizem que somos. Ou, ah, não, nunca houve bullying neste colégio – era tudo sua imaginação desde o começo, como estão dizendo por aí. Nick era louco e você o apoiou e isso é tudo. Vocês não tinham motivo para ficar bravos. Tão bravos. Mas era tudo imaginação."

A Senhora Tate mordeu o lábio inferior e pareceu realmente considerar a pergunta.

– As pessoas são pessoas – respondeu finalmente, virando as mãos em um gesto triste e desamparado.

Acho que aquela era a última resposta que eu queria ouvir.

2 de maio de 2008
7h10

"Ela pode enfeitiçar você, Christy..."

A maioria dos dias, eu achava totalmente sem noção mamãe levar Frankie para a escola porque ele odiava pegar o ônibus, enquanto eu ia de ônibus porque odiava a torturante carona com mamãe. Mas, em alguns dias, achava que era melhor ter enfrentado suas críticas matinais, porque o ônibus era uma droga.

Normalmente, conseguia me sentar no meio do ônibus, afundava o corpo formando um C, meus joelhos apoiados no banco em frente ao meu, ouvia meu aparelho de MP3 e desaparecia completamente.

Mas, ultimamente, Christy Bruter estava realmente sendo um pé. Não que isso fosse novidade, pois eu não aguentava Christy. Nunca aguentei.

Christy era uma dessas garotas que são populares porque a maioria tem medo de não ser amigo dela. Era grande e corpulenta, com uma barriga que se projetava agressivamente à sua frente e coxas tão enormes que podiam rachar uma cabeça. O que era estranho, pois era capitã do time de softball. Nunca consegui entender isso. Nunca consegui imaginar Christy Bruter vencendo outra pessoa em uma corrida à primeira base. Mas ela deve ter feito isso pelo menos uma ou duas vezes. Ou talvez a treinadora apenas estivesse com medo de cortá-la do time. Quem sabe?

Eu conhecia Christy desde a Educação Infantil e nunca achei que poderia gostar dela. E vice-versa. Em toda reunião de pais, minha mãe puxava a professora de lado e dizia que eu e Christy nunca deveríamos nos sentar na mesma carteira.

– Todos temos aquela pessoa que pega no nosso pé... – dizia mamãe, desculpando-se com um sorriso. Christy Bruter era a minha pessoa.

No Ensino Fundamental, Christy me chamava de Castor Mascarado. No sexto ano, começou um boato de que eu usava calçola, o que, no Ensino Fundamental II, era uma coisa séria. E, no Ensino Médio, ela resolveu que não gostava da minha maquiagem e das minhas roupas e me apelidou de Irmã da Morte, o que todo mundo achava hilário.

Ela subia no segundo ponto depois do meu, o que me favorecia, na maioria dos dias, pois eu tinha tempo de ficar invisível antes que ela entrasse no ônibus. Não que eu tivesse medo dela. É que não aguentava ter de lidar com ela.

Afundei-me no banco, de forma que minha cabeça ficasse abaixo do encosto, e enfiei o fone nos ouvidos, aumentando o volume do meu aparelho MP3 com o polegar. Espiei pela janela, achando que seria bom ficar de mãos dadas com Nick. Mal podia esperar para chegar à escola e vê-lo. Mal podia esperar para sentir seu hálito de chicletes de canela e deitar minha cabeça no seu ombro, na hora do almoço, sentar-me protegida por ele, o que fazia o mundo sumir. Christy Bruter. Jeremy. Mamãe e papai e suas "discussões", que sempre, sempre, terminavam em berros, com papai saindo de casa na escuridão e mamãe chorando pateticamente no seu quarto.

O ônibus parou em um ponto e, depois, em outro. Eu mantinha meus olhos grudados na janela, observando um cão *terrier* farejando um saco de lixo em frente a uma casa. Ele balançava o rabo e sua cabeça estava completamente coberta pelo saco. Fiquei pensando em como conseguia respirar, e tentei pensar nas coisas que ele encontrou lá dentro e que o deixaram tão excitado.

O ônibus arrancou novamente e aumentei o volume do meu MP3, pois o barulho aumentava exponencialmente com o número de garotos e garotas que entravam. Apoiei a cabeça no banco e fechei os olhos.

Senti um encontrão no braço. Achei que alguém tinha trombado em mim ao passar no corredor. Daí, senti um solavanco mais forte e alguém pegar o fio do meu fone para puxá-lo para fora do meu ouvido. Ficou pendurado no ar, deixando ouvir uma música baixinha que soava através dele.

– O que foi? Caramba! – exclamei, tirando o outro fone do ouvido e enrolando o fio ao redor do aparelho de MP3. Olhei à direita e lá estava Christy Bruter sorrido do outro lado do corredor. – Sai fora, Christy!

Ellen, a amiga feia dela (igualmente ruiva, masculina, com cara de homem e que também jogava no time de softball do Colégio Garvin), riu, mas Christy simplesmente olhou para mim com a cara mais inocente deste mundo.

– Não sei do que você está falando, Irmã da Morte. Talvez esteja tendo uma alucinação. Acho que bebeu alguma poção estragada ou coisa parecida. Talvez tenha sido o diabo.

Revirei os olhos.

– Deixa quieto – disse, e enfiei os fones nos ouvidos de volta, me sentando na posição em forma de C e fechando os olhos. Não ia dar a ela a satisfação de uma briga.

No momento em que o ônibus entrou na via de acesso ao Colégio Garvin, senti outro puxão no ombro, só que, dessa vez, o puxão no fio foi tão forte que o aparelho de MP3 voou da minha mão e caiu no chão do ônibus, debaixo do banco da frente. A luzinha verde do aparelho se apagou e a tela escureceu. Girei o botão para desligá-lo e, em seguida, para ligá-lo, mas nada. Estava quebrado.

– Qual é o seu problema, pô? – perguntei, quase gritando.

Novamente, Ellen estava tentando conter o riso, bem como dois amigos delas que estavam no banco de trás. E, de novo, Christy me olhava com cara de inocente.

A porta do ônibus abriu e todos nos levantamos. Acho que é algum instinto adolescente. Você pode estar no meio do nada, mas, se as portas do ônibus se abrirem, você se levanta. É uma das constantes da vida. Você nasce, morre e se levanta quando as portas do ônibus se abrem.

Eu e Christy ficamos de pé, a uma distância de poucos centímetros uma da outra. Eu conseguia sentir o cheiro de xarope de panqueca nela. Ela me olhou de alto a baixo com desprezo.

– Está com pressa para ir a algum enterro? Talvez dar um fora no Nick pra ficar com um belo cadáver gelado? Opa, espere aí. O Nick é um cadáver.

Olhei-a direto nos olhos, sem ceder. Depois desses anos todos, ela ainda não se cansava daquelas velhas piadas bobas. Ainda não tinha crescido. Mamãe havia me dito uma vez que se eu ignorasse Christy, ela iria acabar se aborrecendo. Mas, em dias como aquele, era mais fácil dizer do que fazer. Eu já tinha superado aquela coisa de rivalidade, mas de jeito nenhum iria deixá-la sem dizer nada depois de ela ter quebrado meu aparelho.

Empurrei-a para abrir caminho pelo corredor, por onde os alunos começavam a se movimentar.

– Seja lá qual for o seu problema... – disse eu mostrando o MP3. – ...você vai pagar por isto.

– Oh, estou morrendo de medo – respondeu ela.

Alguém emendou:

– Ela pode lançar um feitiço contra você, Christy! – E todas riram.

Passei pelo corredor e desci na calçada, passei por trás do ônibus e corri até as arquibancadas, onde, como de costume, estavam Stacey, Duce e David. Subi pelas arquibancadas para encontrá-los. Estava sem fôlego e furiosa.

– Oi – saudou Stacey. – O que aconteceu? Você parece brava.

– Sim – confirmei. – Olhe o que aquela vaca da Christy Bruter fez com o meu MP3.

– Nossa! – exclamou David, tirando o aparelho das minhas mãos. Apertou alguns botões, tentou ligar e desligar algumas vezes. – Você pode mandar arrumar.

— Não quero mandar arrumar — respondi. — Quero matá-la. Nossa, poderia arrancar fora a cabeça daquela estúpida. Ela vai se arrepender por isto. Vou fazê-la pagar.

— Deixe para lá — aconselhou Stacey. — Ela é uma vaca. Ninguém gosta dela.

Um Chevrolet Camaro preto entrou no estacionamento com o motor roncando e se aproximou do campo de futebol. Por um segundo, esqueci o aparelho de MP3.

A porta do passageiro abriu e Nick saiu. Vestia a pesada jaqueta preta que estava usando ultimamente, fechada até o pescoço por causa do vento frio.

Subi até o alto da arquibancada e gritei para ele:

— Nick! — chamei, acenando.

Ele me viu, levantou o queixo um pouco e mudou seu caminho, vindo em minha direção. Caminhava vagarosamente, metodicamente. Desci da arquibancada e atravessei o gramado para encontrá-lo.

— Oi, fofo — disse eu, alcançando-o e abraçando-o. Ele meio que se esquivou de mim, mas se inclinou e me beijou, depois me virou e passou o braço pelo meu ombro, como sempre fazia. Fiquei tão bem por sentir seu braço me envolvendo novamente.

— Oi — disse ele. — O que os babacas estão fazendo? — Ele usou a mão livre para fazer um cumprimento a Duce e, então, deu um soco no braço de David.

— Por onde você andou? — perguntou David.

Nick deu um sorriso forçado e eu fiquei surpresa porque ele estava parecendo muito estranho. Vibrante, quase elétrico.

— Estive ocupado — foi a resposta de Nick. Seus olhos correram pela frente da escola. — Estive ocupado — repetiu, mas disse isso tão baixo que tenho quase certeza de que fui a única a ouvi-lo. Não que ele estivesse falando com qualquer um de nós. Eu podia jurar que ele estava falando com a escola. O prédio, a atividade de formigueiro dentro dele.

O diretor Angerson arrastou os pés atrás de nós e usou sua "voz de diretor", aquela que gostávamos de imitar nas festas: "Não, alunos do Colégio Garvin, cerveja é ruim para seus cérebros em crescimento. Vocês devem tomar um café da manhã saudável antes de vir à escola, alunos do Colégio Garvin. E lembrem-se, alunos do Garvin, digam não às drogas".

— Muito bem, alunos do Garvin — disse ele. Stacey e eu nos cutucamos com o cotovelo e rimos. — Não vamos nos atrasar esta manhã. É hora de ir para a aula.

Duce bateu uma continência para Angerson e começou a marchar em direção à escola. Stacey e David o seguiram, rindo. Eu também comecei a andar, mas parei, detida pelo braço do Nick, que me segurava na calçada. Olhei para ele. Ele ainda estava com o olhar fixo na escola, um sorriso se esboçando nos cantos dos lábios.

– É melhor irmos antes que Angerson comece a nos encher – disse eu, puxando o braço do Nick. – Ei, estive pensando, vamos sair no almoço e ir ao Casey's?

Ele não respondeu. Em silêncio, continuou a olhar para a escola fixamente.

– Nick, é melhor a gente ir – repeti. Nenhuma resposta. Finalmente dei um empurrão nele com meu quadril. – Nick?

Ele piscou e olhou para mim, com o mesmo sorriso, o brilho intenso nos olhos, talvez brilhando com ainda mais intensidade. Fiquei me perguntando que porcaria ele e Jeremy teriam tomado naquela manhã. Ele estava realmente muito estranho.

– É – disse ele. – É. Tenho um monte de coisas para fazer hoje.

Começamos a andar, nossos quadris roçando um no outro a cada passo.

– Eu emprestaria meu MP3 para você no primeiro tempo, mas a Christy Bruter quebrou o aparelho no ônibus – contei e mostrei para ele. Ele olhou para o MP3 um momento. Seu sorriso se alargou. Ele me apertou mais forte e apressou o passo em direção ao portão.

– Faz tempo que quero fazer alguma coisa para ela – disse.

– Eu sei. Eu a odeio – choraminguei, extraindo toda a atenção possível daquele incidente. – Não sei qual é o problema dela.

– Vou cuidar disso.

Sorri, excitada. A manga da jaqueta de Nick roçava minha nuca. Era gostoso. Mesmo. Era como se, desde que sua manga estivesse roçando na minha nuca, tudo ficaria normal, mesmo que ele estivesse usando alguma coisa. Naquele momento Nick estava lá comigo, abraçando-me, apoiando-me. Não estava apoiando Jeremy. Estava me apoiando.

Chegamos à porta e Nick, finalmente, tirou os braços dos meus ombros. Uma brisa bateu exatamente naquele instante, abrindo a gola da minha camisa, dobrando-a. Tremi, sentindo, de repente, muito frio.

Nick abriu uma das portas e a segurou para que eu entrasse na sua frente.

– Vamos acabar com isso – disse ele. Eu balancei a cabeça afirmativamente e fui em direção à Praça de Alimentação, meus olhos procurando Christy Bruter, meus dentes rangendo.

Trecho do jornal *Tribuna de Garvin*,
3 de maio de 2008, repórter Angela Dash

Jeff Hicks, 15 anos – Como era calouro, Jeff Hicks normalmente não estaria na Praça de Alimentação, de acordo com alguns alunos. "Não passamos por lá, se pudermos evitar", disse aos repórteres Marcie Stindler, que também está no primeiro ano. "Os veteranos brigam conosco se vamos lá. É um tipo de regra que os calouros têm de ficar longe da Praça de Alimentação, a não ser na hora do almoço. Todo calouro sabe disso."

Mas Jeff estava atrasado na manhã de 2 de maio e cortou caminho pela Praça de Alimentação para chegar a tempo na aula, protagonizando um caso clássico de estar no lugar errado, na hora errada. Ele tomou um tiro na parte posterior da cabeça e morreu instantaneamente. Um memorial foi erigido em seu nome no Banco Estadual do Condado de Garvin. A polícia não sabe ainda se Nick Levil conhecia Jeff Hicks ou se Jeff foi acidentalmente alvejado por uma bala destinada a outra pessoa.

***

Como a Senhora Tate me segurou em seu escritório por muito tempo, perdi o sinal da primeira aula e entrei na classe bem no meio do discurso do primeiro dia de aula da professora Tennille. Sei que a Senhora Tate fez isso para me poupar de ter de ficar no corredor antes do início das aulas, mas eu quase preferi isso a ter os olhos de todos se voltando para mim quando entrei na classe. No corredor, eu, ao menos, poderia andar na sombra.

Abri a porta e juro que a classe inteira interrompeu o que estava fazendo e olhou para mim. Billy Jenkins derrubou o lápis na carteira e o deixou rolar até cair no chão. A boca de Mandy Horn se abriu tanto que acho que a escutei estalar. Até mesmo a professora Tennille parou de falar e ficou paralisada por alguns segundos.

Fiquei parada na porta pensando se não seria muita bandeira simplesmente me virar e sair. Sair da sala de aula. Da escola. Voltar para a cama. Dizer a mamãe e ao doutor Hieler que estava errada, que queria terminar o Ensino Médio com um tutor. Que não era tão forte quanto achei que fosse.

A professora Tennille pigarreou e colocou sobre a mesa o marcador que estava usando na lousa. Respirei fundo e fui arrastando os pés até a mesa dela para entregar o passe que a secretária da Senhora Tate me dera quando saí de seu escritório.

– Estávamos expondo o programa deste ano – explicou ela. Seu rosto permaneceu duro feito pedra. – Vá se sentar. Se tiver alguma pergunta sobre algum tópico, pode me perguntar depois que tocar o sinal.

Fiquei olhando para ela um pouco mais. Para começar, a professora Tennille nunca tinha sido uma das minhas fãs. Ela sempre teve um problema com o fato de eu não participar dos laboratórios e com o fato de, certa vez, Nick ter "acidentalmente" colocado fogo em um tubo de ensaio, durante uma aula no terceiro período.[1] Perdi as contas de quantas vezes ela mandou Nick para a detenção, bem como de quantas vezes ela me fuzilou com o olhar enquanto eu o esperava sair do castigo.

Não conseguia nem imaginar o que ela sentia por mim agora. Pena, talvez, por não ver em Nick o que ela sempre viu? Será que ela queria me sacudir e gritar, "eu avisei você, sua garota estúpida!"? Ou talvez ela se sentisse mal pelo que aconteceu com o professor Kline.

Talvez ela, como eu, visse e revisse a cena na cabeça, mais de um milhão de vezes: o professor Kline, o professor de Química, usando seu corpo para, literalmente, escudar uma dúzia de alunos. Ele chorava. Saía coriza do nariz e seu corpo tremia. Ele abriu os braços de um lado ao outro, como Cristo, e balançava a cabeça para Nick, desafiante e, ao mesmo tempo, apavorado.

Eu gostava do Kline. Todos gostavam dele. Kline era o tipo de cara que iria à sua festa de formatura. O tipo de cara que parava para conversar

---

[1] No sistema educacional dos Estados Unidos, as aulas se dividem em três períodos: dois de manhã e um terceiro no início da tarde. (N. T.)

com você no corredor – não era nada como aquele "olá, jovem", com que o diretor Angerson nos saudava. Kline costumava perguntar: "Ei, e aí? Está andando na linha?". Kline fecharia os olhos se visse você tomando uma cerveja escondido no restaurante. Kline daria sua vida por você. Todos nós meio que sabíamos que ele era capaz disso. Agora, o mundo inteiro sabe que Kline foi mesmo capaz disso.

Graças à impressionante cobertura da televisão e das matérias daquela irritante Angela Dash, publicadas na *Tribuna de Garvin*, quase todas as pessoas do mundo sabem que o professor Kline morreu porque não disse a Nick onde estava a professora Tennille. E acho que a professora Tennille sabia disso. Como também acho que foi por isso que ela me olhou como se eu fosse uma praga solta na sala de aula.

Virei e fui na direção da primeira carteira vazia que vi. Tentei manter meus olhos pregados na carteira, mas logo descobri que era impossível. Engoli em seco. Minha garganta parecia grande demais. Minhas mãos estavam tão suadas que meu caderno escorregava. Minha perna tremia e percebi que mancava. Amaldiçoei-me por isso.

Dobrei-me sobre a carteira e olhei para a professora Tennille. Ela ficou me encarando até eu me acomodar e, então, se virou para a lousa, pigarreando de novo e acabando de escrever seu endereço de e-mail no quadro.

Vagarosamente, as cabeças dos meus colegas viraram para a frente da sala e pude respirar uma vez mais. "Oitenta e três", contei mentalmente. "Oitenta e dois, sem contar hoje."

Enquanto Tennille explicava as maneiras de entrar em contato com ela, concentrei-me em minhas mãos, tentando diminuir o ritmo da minha respiração da maneira como o doutor Hieler tinha me ensinado. Fiquei olhando para as minhas unhas, que estavam feias e lascadas. Nunca encontrava energia para fazer as unhas e, agora, estranhamente, estava sentindo falta disso. Todas as outras garotas teriam se preparado para o primeiro dia de aula, fazendo coisas como pintar as unhas e vestir suas melhores roupas. Eu mal tinha tomado banho. Era só mais uma coisa que me fazia diferente delas e, de algum modo, estranhamente, era só outra coisa a mais que me fazia ser diferente daquilo que eu costumava ser.

Dobrei os dedos, escondendo-os nas palmas das mãos. Não queria mostrar as unhas, com medo de que alguém percebesse como estavam feias, mas, de um modo esquisito, fiquei calma com a sensação das unhas fincando nas palmas. Abaixei as mãos até o colo e apertei os pulsos, espremendo até que as unhas cravassem nas palmas das mãos e eu pudesse respirar sem me sentir nauseada.

– Mandem-me um e-mail sempre que precisarem – dizia a professora Tennille, apontando para o endereço que tinha escrito na lousa, e, de repente, parou de falar.

Um tumulto tinha começado à minha esquerda. Os alunos estavam falando, enquanto uma garota enfiava os livros e cadernos em sua mochila. Lágrimas escorriam pelo rosto e ela estava soluçando, tentando conter o choro. Algumas outras meninas estavam de pé ao lado dela, massageando suas costas e falando com ela.

– Algum problema? – perguntou a professora. – Kelsey? Meghan? Há algum motivo para vocês estarem fora de suas carteiras?

– É a Ginny – respondeu Meghan, apontando para a garota que chorava, que, só agora, eu havia reconhecido ser Ginny Baker. Eu vi no noticiário que ela precisou fazer cirurgia plástica, mas não havia percebido o quanto seu rosto havia mudado.

A professora Tennille colocou o apagador no suporte da lousa e, com calma e firmeza, cruzou as mãos na sua frente.

– Ginny – disse ela com uma voz tão branda que, no início, não achei que tivesse vindo dela. – Posso fazer algo por você? Talvez você queira sair para tomar um pouco de água.

Ginny fechou sua mochila e se levantou. Seu corpo inteiro tremia.

– É ela – disse sem se mover. Todos sabiam de quem ela falava e a classe inteira se virou para mim e me encarou. Até mesmo a professora Tennille dirigiu o olhar na minha direção. De novo, baixei o rosto, olhando para as mãos, e apertei as unhas contra as palmas com mais força ainda. Coloquei os lábios entre os dentes e os mordi com força, fechando-os.

– Não posso me sentar na mesma sala que ela sem ficar pensando em... em... – ela deu um suspiro tão cheio de angústia que o cabelo da minha nuca arrepiou. – Por que a deixaram voltar?

Ela agarrou a mochila com as duas mãos, abraçou-a contra a barriga e correu rumo à porta, empurrando, ao mesmo tempo, Meghan e Kelsey.

A professora deu dois passos em direção a ela e parou. Acenou afirmativamente com a cabeça e Ginny correu para fora da sala. Seu rosto, contorcido pela raiva, parecia uma careta.

Tudo ficou completamente quieto por um minuto e eu fechei os olhos e comecei a contar de cinquenta a zero – outro dos métodos de confrontar uma situação que eu havia aprendido, não me lembro se foi com a mamãe ou com o doutor Hieler. Ouvi sinos tocando nos ouvidos e me senti agitada. Será que eu também deveria sair? Ir atrás de Ginny e lhe dizer que sentia muito? Voltar para casa e nunca mais aparecer? Será que deveria falar alguma coisa para a classe? O que devia fazer?

Finalmente, a professora Tennille pigarreou uma vez mais, virou-se para a lousa e pegou o pincel. Seu rosto não escondia a perturbação que sentia, mas seus modos indicavam austeridade. A firme e forte Tennille. Não era possível nem agradá-la, nem perturbá-la.

– Como estava dizendo – começou ela e retornou à palestra.

Pisquei mais forte para tirar as luzinhas brancas que dançavam em frente aos meus olhos e tentei me concentrar no que ela estava dizendo, o que era difícil, porque ninguém parou de me encarar.

– A próxima unidade irá abordar...

O burburinho da classe aumentou e, de novo, ela se virou e parou. Virei para a esquerda e vi dois garotos falando acaloradamente um com o outro.

– Classe – disse a professora, sua voz ainda forte, mas perdendo o tom autoritário. – Vocês podem me dar atenção, por favor?

Os alunos pararam de falar, mas continuaram agitados.

– Eu queria continuar com a explicação, porque, do contrário, vamos nos atrasar antes mesmo de o ano começar.

Sean McDannon ergueu a mão.

– Sim, Sean? – disse ela, a voz a traindo, revelando sua exasperação.

Sean tossiu no punho fechado, do jeito que alguns homens fazem quando querem mudar do tom de voz normal para o superpoderoso e másculo. Ele olhou para mim e, então, rapidamente desviou o olhar. Tentei sorrir, mas não adiantou, pois ele já tinha virado o rosto.

Sean era um garoto bacana. Não tinha problemas com ninguém. Nenhum aluno gostava dele ou o odiava de verdade. Ele passava despercebido, o que, às vezes, pode ser a diferença entre se dar bem no Ensino Médio ou ser o saco de pancadas da escola. Que eu saiba, ninguém nunca o importunava. Ele tirava boas notas, fazia parte de clubes acadêmicos, nunca se metia em problemas e tinha uma namorada despretensiosa. Ele morava a uma distância de seis casas da minha, o que significa que tínhamos brincado juntos quando pequenos. Não conversávamos muito desde o 5º ano, mas não havia hostilidade entre nós. Nós nos cumprimentávamos, se nos encontrássemos no corredor ou no ponto de ônibus. Nada demais.

– Hum, professora Tennille, a Senhora Tate nos disse que devíamos falar... hum, sobre essas coisas e...

– E não é justo que seja a Ginny a ter de sair – completou Meghan. Enquanto Sean evitava sutilmente olhar para mim, Meghan fez um esforço para virar a cabeça e me encarar com um olhar que relampejava. – A Ginny não fez nada errado.

A professora Tenille apertou o apagador com as duas mãos.

– Ninguém pediu para a Ginny sair. E tenho certeza de que a Senhora Tate quis dizer que vocês poderiam falar sobre isso no escritório dela...

– Não – disse uma voz atrás de mim. Parecia ser a do Alex Gold, mas meu corpo congelou e não consegui virar a cabeça para me certificar. As unhas se cravaram mais fundo nas palmas das minhas mãos, deixando marcas roxas doloridas em forma de lua crescente.

– Não. Quando aquele cara do trauma veio aqui, ele nos disse que podíamos falar disso quando quiséssemos. Não que eu queira falar sobre isso. Já superei esse negócio todo.

Meghan revirou os olhos e voltou seu olhar cheio de raiva para um ponto acima do meu ombro.

– Sorte sua. Mas não foi você quem teve a cara destruída.

– Bom, talvez seja porque eu nunca enchi o saco do Nick Levil.

– Ei, ei, já chega – interveio a professora Tenille. Mas àquela altura a situação já havia saído de controle. – Vamos retornar à nossa discussão...

– Nem você, Meghan – disse Susan Crayson, que estava sentada imediatamente à direita de Meghan. – Sua cara também não foi destruída. Você nem era amiga da Ginny antes dos tiros. Você só gosta do drama.

E foi aí que os portões do inferno se abriram. Todos na classe falavam, um mais alto que o outro, e era quase impossível distinguir o que cada um dizia.

– ...drama? Minha amiga morreu...

– ...a Valerie não atirou em ninguém. Ela só mandou o Nick fazer isso. E o Nick morreu. Quem liga?

– a Senhora Tate disse que brigar não resolve nada...

– ...já é ruim ter pesadelos todas as noites por causa disso, mas vir para a aula e...

– ...você está dizendo que eu gostei que a Ginny tomou um tiro porque gosto de um drama? Sério que você disse isso?

– ...se tivesse sido legal com o Nick, talvez isso não tivesse acontecido. Não é esse o motivo...

– ...se me perguntarem, acho que ele mereceu morrer. Fico feliz que isso tenha acontecido...

– ...o que você entende de amizade, seu mané...

Era esquisito, porque, no final, estavam tão tomados pela raiva que sentiam uns dos outros que tinham se esquecido de me odiar. Ninguém estava olhando para mim. A professora Tennille tinha desabado na cadeira, atrás da mesa, e olhava através da janela em silêncio, seus dedos brincando com a gola, seu queixo tremendo um pouco.

Para quem acreditasse no que os repórteres da TV haviam dito, aqueles alunos deveriam estar na cantina de mãos dadas cantando "Give peace a chance"[2] – o dia inteiro. Mas a realidade não tinha nada a ver com essa imagem. Eles estavam aos berros uns com os outros. Todas as velhas rivalidades, as velhas piadas, os velhos sentimentos amargos estavam ali, supurando sob a cirurgia plástica, os acenos com a cabeça cheios de simpatia e os lenços de papel amassados.

Finalmente, meu pescoço pareceu afrouxar e me senti capaz de olhar ao redor – olhar ao redor de verdade –, olhar para os garotos e garotas que estavam gritando e balançando os braços. Dois deles chorando. Outros dois rindo.

Senti que precisava dizer alguma coisa, mas não sabia o quê. Se os lembrasse que não tinha sido eu a atiradora, pareceria que estava na defensiva. Tentar consolar alguém seria esquisito demais. Qualquer coisa que eu fizesse pareceria exagero. Eu não estava pronta para enfrentar aquilo e não acreditava que tinha sido capaz de pensar que estava. Não tinha resposta para minhas próprias perguntas. Então, como poderia responder às deles? Minha mão involuntariamente pegou o celular no bolso. Talvez devesse ligar para mamãe. Pedir para ir para casa. Talvez ligar para o doutor Hieler e lhe dizer que, pela primeira vez, ele estava errado. Eu não conseguia aguentar oitenta e três minutos, quanto mais oitenta e três dias.

Depois de um tempo, a professora Tennille conseguiu controlar a classe. Ficamos ali, sentados, a tensão pairando acima de nossas cabeças como uma nuvem, enquanto ela acabava de explicar o plano de estudos.

Aos poucos, as pessoas começaram a se esquecer que eu estava lá. Comecei a sentir que talvez não fosse totalmente impossível ficar. Ficar naquela carteira, naquela classe. Naquela escola. "Você precisa encontrar um modo de ver as coisas como elas realmente são, Valerie", o doutor Hieler tinha me dito. "Você tem de começar a acreditar que o que vê é o que realmente está lá."

---

[2] "Deem uma Chance à Paz", canção composta por John Lennon (1940-1980), em 1969, em protesto contra a Guerra do Vietnã (1955-1975). (N. T.)

Abri o caderno e peguei um lápis. Só que, em vez de anotar o que Tennille falava, comecei a desenhar o que via. Os alunos tinham corpos de adolescentes, vestiam roupas de adolescentes, sapatos de adolescentes desamarrados, jeans rasgados. Mas seus rostos estavam diferentes. Onde eu normalmente via rostos raivosos, caras feias, zombaria, agora, via confusão. Estavam todos tão confusos quanto eu.

Desenhei seus rostos como pontos de interrogação gigantes, brotando dos casacos e camisetas. Os pontos de interrogação tinham grandes bocas que gritavam. Alguns derramavam lágrimas. Outros estavam curvados sobre si mesmos, parecendo cobras.

Não sei se foi isso que o doutor Hieler deu a entender quando me disse para começar a ver o que realmente estava ali. Só sei que desenhar aqueles pontos de interrogação me ajudou muito mais do que contar de cinquenta até zero.

2 de maio de 2008
7h37

"Meu Deus! Alguém ajude!"

    Eu e Nick passamos pelas portas do colégio, o vento empurrando a porta aberta, batendo-a abruptamente atrás de mim. Como de costume, o saguão estava cheio de garotos correndo em direção aos seus armários, reclamando de seus pais, dos professores ou uns dos outros. Muitas risadas, muitos grunhidos sarcásticos, barulho de muitas portas de armário se fechando – os sons da manhã, parte natural da trilha sonora da vida escolar.

    Viramos no corredor e entramos na Praça de Alimentação, onde o movimento ordenado do saguão se transformava em uma multidão estagnada de adolescentes ocupados com suas fofocas antes das aulas. Alguns estavam na mesa do Conselho Estudantil comprando donuts, outros, sentados no chão com suas mochilas apoiadas nas paredes, comendo os donuts que já tinham comprado. Algumas líderes de torcida equilibravam-se em cadeiras para colocar cartazes convocando para eventos. Alguns estavam nos cantos ao redor do palco, namorando. Os perdedores do colégio – nossos amigos – estavam nos esperando, sentados em cadeiras viradas para trás em uma mesa redonda próxima da porta da cozinha. Alguns professores – os corajosos, como Kline e a professora Flores, a professora de Arte – andavam em meio à multidão, tentando manter algum resquício de ordem. Mas todos sabiam que era uma batalha perdida. Ordem e a Praça de Alimentação não combinavam.

    Nick e eu paramos antes de entrar no ambiente. Fiquei na ponta dos pés e estiquei o pescoço. Nick vasculhava o lugar inteiro com o olhar, um sorriso frio no rosto.

– Lá está ela! – disse eu apontando. – Lá está ela!

Nick olhou na direção em que eu apontava e a viu.

– Vou fazer ela me dar um aparelho de MP3 novo – disse eu. Nick abriu o zíper do casaco vagarosamente, mas não notei mais do que isso.

– Vamos logo acabar com isso – disse ele e eu sorri, porque estava muito feliz por ele me apoiar. E também fiquei feliz porque Christy Bruter finalmente iria colher o que plantou. Aquele era o velho Nick – o Nick por quem eu tinha me apaixonado. O Nick que enfrentava Christy Bruter e quem quer que tornasse minha vida um inferno, que nunca se intimidava quando algum dos jogadores de futebol iam atrás dele, tentando humilhá-lo.

O Nick que entendia quem eu era – a família problemática, a vida escolar problemática, com gente como a Christy Bruter sempre me lembrando que eu não era como eles, que, de algum modo, eu era menos do que eles.

Um olhar longínquo se instalou em seus olhos e ele começou a caminhar rapidamente entre a multidão à minha frente. Ele estava apenas caminhando entre as pessoas, seus ombros batendo nos deles, empurrando-os para trás. Ele me deixou em meio a uma esteira de rostos bravos e gritos indignados, mas eu os ignorei e o segui o mais perto que pude.

Ele alcançou a Christy alguns passos antes que eu. Tive de esticar o pescoço para conseguir vê-la acima do ombro dele. Mas pude ouvi-lo. Eu estava me esforçando para ouvir, porque não queria perder um segundo do susto que ele iria dar em Christy. Por isso, tenho certeza do que ouvi. Ainda ouço aquilo todos os dias.

Ele deve ter batido no ombro da Christy, ou fez algo parecido com o que ela tinha feito comigo no ônibus. Eu não pude ver direito porque àquela altura as costas dele impediam minha visão. Mas eu a vi se inclinar para a frente, até quase trombar com sua amiga, Willa. Ela se virou com um olhar surpreso e perguntou:

– Qual é o problema?

Nesse momento, eu tinha alcançado Nick e estava logo atrás dele. No vídeo da segurança, parecia que eu estava ao lado dele. Estávamos todos tão perto uns dos outros que era impossível distinguir quais corpos eram de quem. Mas eu estava apenas um passo atrás dele e só podia ver a parte superior do corpo de Christy, por cima do ombro do Nick.

– Faz muito tempo que você está na lista – disse ele. Fiquei gelada, pois não acreditei que ele tinha falado a ela sobre a lista. Fiquei irritada, sério mesmo. Aquela lista era o nosso segredo. Só nosso. E ele estragou tudo. E eu sabia que Christy Bruter tinha muito que pagar. Ela iria, provavelmente, contar aos amigos dela e eles teriam mais um motivo para rir de nós. Ela podia até mesmo contar aos pais dela sobre aquilo e eles telefonariam aos meus e eu ficaria de castigo. Talvez até fôssemos suspensos e eu me daria mal quando os exames finais chegassem.

– Que lista? – perguntou ela. Então, seu olhar se voltou um pouco mais para baixo e ela arregalou os olhos. Ela começou a rir. Willa também riu. Eu fiquei na ponta dos pés para ver do que elas estavam rindo.

Daí, ouvi um barulho.

Não soou tão alto aos meus ouvidos como soou no meu cérebro. Parecia ser o som do mundo caindo sobre mim. Gritei. Sei que gritei porque senti minha boca se abrir e minhas cordas vocais vibrarem, mas não ouvi nada. Fechei os olhos e gritei novamente, enquanto meus braços instintivamente cobriram minha cabeça e meu único pensamento foi "está acontecendo algo muito ruim, muito ruim". Tenho certeza de que meu corpo entrou no modo piloto automático. Piloto automático para salvar a vida. Era mais como uma mensagem do meu cérebro para meu corpo – perigo: fuja!

Abri os olhos e estiquei os braços para agarrar Nick, mas ele se moveu para o lado e acabei ficando de frente para Christy. Ela tinha um olhar totalmente chocado. Sua boca estava aberta como se fosse dizer alguma coisa e suas mãos, ambas, apertavam o estômago. Estavam cobertas de sangue.

Ela tremeu e começou a cair para a frente. Pulei fora do caminho e ela caiu no chão, entre mim e Nick. Olhei para ela, sentindo como se tudo estivesse em câmera lenta, vi que também brotava sangue nas costas da sua blusa e havia um buraco no tecido, bem no meio da mancha de sangue.

– Acertei – disse Nick, também olhando para o corpo caído. Ele segurava uma arma e sua mão tremia. – Acertei – repetiu. Ele meio que riu um pouco, um riso alto que, acho, me surpreendeu mais que tudo. Tive de acreditar que ele deixou escapar o riso porque se surpreendeu. Tive de acreditar que ele estava tão surpreso quanto eu pelo que fez. Que, em algum lugar debaixo das drogas e da obsessão por Jeremy, havia um Nick que, como eu, achava que aquilo era uma piada, uma encenação.

E, então, tudo voltou ao tempo real. Garotas gritavam e corriam, lotando as saídas e caindo umas sobre as outras. Alguns alunos ficaram de pé e pareciam estar se divertindo, como se alguém tivesse pregado uma peça divertida que eles perderam. O professor Kline estava empurrando alunos para longe e a professora Flores gritava ordens aos adolescentes.

Nick também começou a correr pela multidão, deixando-me com Christy e todo aquele sangue. Virei a cabeça e meu olhar se encontrou com o de Willa.

– Meu Deus! – alguém gritou.– Ajudem! – Acho que fui eu quem gritou, mas até hoje não sei ao certo.

4

Trecho do jornal *Tribuna de Garvin*,
3 de maio de 2008, repórter Angela Dash

Ginny Baker, 16 anos – Ginny, uma aluna que havia recebido medalha de honra ao mérito por suas notas altas, estava se despedindo de amigos antes de correr para as aulas do primeiro período quando o primeiro disparo foi feito. De acordo com testemunhas, Ginny Baker parecia ser um alvo deliberado, pois Nick Levil se abaixou para atirar nela quando ela se agachou atrás de uma mesa.

"Ela estava gritando 'ajude-me, Meg!' quando ele se abaixou e apontou a arma para ela", afirmou a aluna do primeiro ano Meghan Norris. "Mas eu não sabia o que fazer. Não sabia o que estava acontecendo. Nem mesmo ouvi o primeiro tiro. E tudo aconteceu tão rapidamente. Só sei que vi a professora Flores gritando para que nos escondêssemos debaixo da mesa e cobríssemos nossas cabeças, e assim fizemos. E aconteceu de eu me esconder debaixo da mesma mesa que ela. E ele a acertou. Não disse nada para ela. Apenas se abaixou, apontou a arma para o rosto dela, disparou e foi embora. Ela ficou muito quieta depois que ele a acertou. Ela não me pediu mais para ajudá-la e eu achei que tinha morrido. Ela parecia morta."

A mãe de Ginny não foi encontrada para comentar o incidente. O pai da aluna, que vive na Flórida, descreveu o ocorrido como "a pior tragédia que um pai pode imaginar". Ele também disse que irá se mudar de volta para o Meio Oeste para ajudar a filha a passar pela extensa cirurgia plástica que os médicos afirmaram ser necessária para reconstruir o rosto da estudante.

***

– Então, sua mãe voltou a trabalhar hoje? – perguntou Stacey. Estávamos na fila do almoço, esperando para abastecer nossas bandejas. Tínhamos acabado de sair da aula de Inglês. A aula tinha sido tensa, mas consegui sobreviver. Duas garotas ficaram passando bilhetes uma para a outra e a carteira da Ginny estava vazia, mas, fora isso, estava tudo bem. A professora Long, minha professora de Inglês, havia sido uma das poucas a assinar aquela carta de agradecimento da administração da escola. Seus olhos ficaram rasos de água quando entrei na sala de aula, mas ela não disse nada. Apenas sorriu e me cumprimentou com um aceno de cabeça. Esperou que eu me sentasse e começou a aula. Graças a Deus.

– Sim.

– Minha mãe disse que sua mãe ligou para ela outro dia para conversar. Fiz uma pausa, o pegador cheio de salada parado acima do meu prato.

– Sério? Como é que foi?

Stacey não olhou para mim e continuou a acompanhar a fila, os olhos fixos na bandeja. Quem olhasse para nós não saberia dizer se estávamos juntas ou se ela apenas teve o azar de ficar ao meu lado na fila do almoço. Acho que ela gostaria que fosse assim. Era muito mais seguro para ela que a vissem como a azarada que topou comigo.

Pegou uma tigela de gelatina colorida e colocou na bandeja. Fiz a mesma coisa.

– Sabe como é minha mãe – começou. – Ela falou para a sua que não queria que nossa família tivesse mais nenhum contato com vocês. Ela acha que sua mãe não sabe educar os filhos.

– Uau! – exclamei. Senti uma sensação esquisita no estômago. Era como se eu me sentisse mal por minha mãe, algo que eu ainda não havia experimentado. A culpa que senti me quebrou as pernas. Era mais fácil pensar que ela achava que eu era a pior filha do mundo e que tinha arruinado a vida dela. – Ai.

Stacey deu de ombros.

– Sua mãe disse para a minha ir se danar.

Aquilo era mesmo o jeito da minha mãe. Mas tenho certeza de que, depois disso, ela se trancou no quarto e chorou. Ela e a Senhora Brinks eram amigas havia quinze anos. Ficamos em silêncio. Não sei quanto a Stacey, mas, para mim, foi, de novo, aquele estúpido nó na garganta que me impedia de falar.

Pegamos nossas bandejas, pagamos e começamos a andar em direção à Praça de Alimentação para achar um lugar para comer.

Normalmente, isso seria fácil. Antes do ano passado, eu e Stacey ficávamos no canto mais longe, na terceira mesa de trás para a frente. Eu beijava Nick, me sentava entre ele e Mason e, daí, almoçávamos juntos, rindo, reclamando, destruindo guardanapos ou fazendo qualquer outra coisa.

Stacey caminhava à minha frente. Ela parou no quiosque de condimentos para pegar um pouco de ketchup. Também peguei uma porção minúscula, embora não tivesse nada na bandeja que combinasse com ketchup. Eu estava apenas tentando evitar olhar ao redor e ver um monte de rostos virados na minha direção. Sabia que não eram poucos. Ela pegou a bandeja de novo, como se não soubesse que eu estava atrás dela, e eu a segui. Talvez fosse por costume, mas provavelmente era porque eu não sabia o que fazer.

É claro que a turma estaria sentada na mesa no fundo, à esquerda. David estava lá. E também Mason. Duce. Bridget. E o irmão adotivo de Bridget, Joey. David ergueu a cabeça do prato e olhou para nós, acenou para Stacey e, então, pareceu murchar quando seus olhos pousaram em mim. Ele deu um aceno sem graça para mim, que parou no meio do ar. Parecia muito perturbado.

Stacey colocou a bandeja no único lugar vazio da mesa, entre Duce e David. Imediatamente, Duce começou a falar com ela – algo sobre o YouTube – e ela começou a rir com ele, gritando:

– É mesmo, eu assisti! Eu assisti! – Fiquei de pé a poucos metros da mesa, a bandeja nas mãos, sem saber o que fazer.

– Ah, sim – disse Stacey, olhando para mim. Seu olhar era quase de surpresa, como se não tivesse percebido que eu estava atrás dela. Como se não tivéssemos ficado juntas na fila do almoço. Como se não tivesse falado comigo. Ela olhou para o Duce e depois para mim de novo.

– É, hum... – murmurou mordendo os lábios – ...Val. É que... não tem mais cadeiras. Duce passou os braços ao redor dela e, novamente, ela estampou aquele risinho traiçoeiro de quem se acha superior.

David se levantou, como se fosse pegar uma cadeira para mim ou me dar a dele. Ele não estava comendo. Quase nunca comia.

Duce chutou o pé da cadeira de David, desequilibrando-o. Ele não olhou para David ao fazer isso, mas David parou e sentou-se novamente. Ele deu de ombros timidamente e voltou os olhos para a mesa, para o mais longe de mim possível. Duce recomeçou a falar com Stacey, bem perto do seu ouvido. Ela deu um sorriso falso. Até David ficou absorvido por algo que Stacey dizia. Era como se, sem Nick, a "família" tivesse me chutado para fora. Ou talvez eu mesma tenha me chutado para fora. Não sei.

— Sem problema — disse eu, apesar de que ninguém pareceu me ouvir. — Vou me sentar em outra mesa. Não é nada demais.

O que eu realmente quis dizer foi que iria sair de fininho e me sentar sozinha em outro lugar onde ninguém me incomodaria e, ainda mais importante, onde eu não incomodaria ninguém. Foi melhor assim. Mesmo. Sobre o que eu conversaria com eles? Tinham passado o verão tocando suas vidas. Eu passei o meu verão tentando desesperadamente reconstruir a minha.

Virei-me e olhei ao redor da cantina. Foi estranho — tudo parecia igual ao que sempre tinha sido. Os mesmos garotos e garotas sentados juntos. As mesmas garotas magrelas comiam as mesmas saladas. Os mesmos atletas estavam se enchendo de proteína. Os mesmos nerds pelos mesmos cantos, agindo como se fossem invisíveis. O barulho era ensurdecedor. O Senhor Cavitt circulava entre as mesas repreendendo:

— Mãos acima do tampo da mesa, garotos. Mãos acima do tampo.

A única coisa que tinha mudado era eu.

Respirei fundo e comecei a andar, dando tudo de mim para tentar ignorar as gargalhadas e os gritinhos da Stacey atrás de mim. "Era isso o que você queria", disse a mim mesma. "Você queria afastar Stacey. Queria voltar ao Garvin. Queria provar que não precisava se esconder. Você quis isso e agora conseguiu. É apenas o almoço. Engula e caia fora." Mantive os olhos fixos na bandeja e no chão à minha frente, enquanto caminhava em direção ao saguão.

Apoiei as costas na parede logo na saída da Praça de Alimentação, encostei a cabeça e fechei os olhos. Dei um longo suspiro. Suava, e minhas mãos, ainda segurando a bandeja, estavam frias. Não tinha nenhuma fome e desejei que o dia acabasse. Vagarosamente, sentei-me no chão e coloquei a bandeja na minha frente. Descansei os cotovelos nos joelhos e deixei a cabeça cair entre as mãos.

Em minha mente, voltei para o único porto seguro que conhecia: Nick. Lembrei-me de uma vez, eu sentada no chão do quarto dele, com o controle do videogame nas mãos, gritando:

— Não ouse me deixar ganhar. Droga, Nick, você está me deixando ganhar. Para com isso!

Ele fazia aquela expressão com a boca, a que sempre surgia quando estava fingindo — esticava a língua um pouco para o lado, a boca aberta em um sorriso, soltando um sonzinho parecido com um relincho suave.

– Nick, eu disse para você parar com isso. Sério mesmo. Não me deixe ganhar. Odeio quando você faz isso. Você me insulta.

Mais risadas e, então, em uma última tacada, ele perdeu o jogo.

– Droga, Nick! – gritei, socando-o no braço com meu controle, enquanto meu personagem brilhava na tela da TV fazendo uma pose de vitória. – Eu disse para você não me deixar vencer. Droga! – cruzei os braços e virei a cara para ele.

Ele riu bem alto, batendo seu ombro contra o meu.

– O quê? – perguntou. – O quê? Você ganhou honestamente. Além disso, é só uma garota. Precisava de ajuda.

– Ah, não acredito que disse isso. Vou mostrar quem precisa de ajuda. – Rangi os dentes, jogando meu controle para o lado e praticamente agarrando-o, o que o fez rir ainda mais alto.

Soquei seus ombros e peito de brincadeira, sua travessura acabando com meu mau humor. Não era muito frequente, mas quando Nick estava no pique de brincar, era contagiante.

– Ah, não, sua bruta – dizia ele brincando, entre risos. – Ai! Você está me machucando.

Eu o empurrei com mais força ainda, rosnando e sacudindo-o. Nós rolamos pelo chão e, de repente, me vi debaixo dele. Prendia meus pulsos contra o chão e nós dois ofegávamos. Ele se inclinou, chegando bem perto do meu rosto.

– Tudo bem se alguém deixar você vencer de vez em quando – disse ele, ficando sério de repente. – Não precisamos ser sempre perdedores, Valerie. Eles podem querer que a gente se sinta assim, mas nós não somos perdedores. Às vezes também ganhamos.

– Eu sei – respondi, mas me perguntei se ele percebia como eu me sentia vencedora, só de estar em seus braços.

– Ei, venha se sentar comigo – disse uma voz, fazendo-me parar de sonhar acordada. Abri os olhos, preparando-me para o resto da piada. "Venha se sentar comigo... quando o inferno congelar." Ou "venha se sentar comigo... não!" O que vi tirou o meu fôlego.

Jessica Campbell estava de pé na minha frente, seu rosto não demonstrava qualquer emoção. Estava vestindo o uniforme de voleibol, o cabelo preso em um rabo de cavalo.

Jessica praticamente comandava o Colégio Garvin. Era a pessoa mais popular e podia também ser a mais cruel, porque todos queriam ser como ela e faziam tudo para agradá-la. Christy Bruter pode ter começado a me chamar de Irmã da Morte, mas Jessica me chamava daquele modo com uma voz tão fria e indiferente que me fazia sentir pequena e estúpida. Era ela quem instigava Jacob Neal a dar rasteiras em Nick no corredor e foi ela quem disse ao diretor Angerson que nós fumávamos maconha no estacionamento, dentro do meu carro, todas as manhãs, o que era uma mentira absurda, mas que, de qualquer forma, nos levou a uma suspensão. Não se incomodava de rir de nós pelas costas. Fazia isso na nossa cara. Ela aparecia na lista do ódio mais de uma vez. Seu nome estava até sublinhado e com pontos de exclamação ao lado.

Era ela quem deveria ter a grande cicatriz na coxa. Ela provavelmente estaria morta. Fui eu que salvei sua vida. Antes de maio eu odiava a Jessica. Agora, não tinha ideia do que sentia por ela.

A última vez que vi Jessica Campbell, ela estava encolhida de medo na frente de Nick, suas mãos cobrindo o rosto. Gritava. Um grito que rasgava sua garganta. Estava quase delirando de medo. Mas, àquela altura, todos na Praça de Alimentação estavam delirando de medo. Lembro que ela tinha uma listra de sangue em uma das pernas do seu jeans e comida esmagada no cabelo. Desde então penso como foi irônico ter sido justamente ela a pessoa que se comportou da forma mais indigna que já vi na vida, mas não pude me alegrar com aquilo por causa do que estava acontecendo. Eu teria realmente gostado de tê-la visto daquele jeito, mas não pude, pois tudo era horrível demais.

– O quê? – resmunguei.

Ela apontou para a Praça de Alimentação.

– Venha comer na minha mesa, se quiser – convidou ela. Seu rosto ainda não mostrava nenhum sorriso, nenhuma expressão, nenhuma emoção. Senti que era uma armadilha. De jeito nenhum Jessica Campbell iria realmente me convidar para me sentar com ela. Ela estava me levantando para, depois, me derrubar.

Balancei a cabeça vagarosamente.

– Está tudo bem. Mas obrigada mesmo assim.

Ela ficou me encarando por alguns minutos, erguendo a cabeça levemente para um lado e mordendo a parte interior de sua bochecha. Estranho, eu nunca a havia visto morder a bochecha desse jeito antes. Ela parecia... vulnerável. Séria. Talvez até um pouco assustada. Era um olhar que eu não estava acostumada a ver nela.

– Tem certeza? Porque somos só eu e a Sarah e ela está trabalhando em algum projeto de Psicologia. Ela não vai nem saber que você está lá.

Olhei atrás dela, para a mesa onde ela normalmente se sentava. Claro, Sarah estava lá, sua cabeça curvada sobre um caderno, mas também havia uns dez outros garotos e garotas na mesa. Todos da turma da Jessica. Duvidei de que eles não saberiam que eu estaria lá. Eu não era boba. E não estava desesperada.

– Não. Sério mesmo. É legal da sua parte, mas acho que não.

Ela deu de ombros.

– Como quiser. Mas você pode vir quando quiser.

Acenei com a cabeça.

– Vou me lembrar.

Ela começou a se afastar, porém, parou.

– Hum, posso fazer uma pergunta? – pediu.

– Acho que sim.

– Muita gente está querendo saber por que você voltou ao Garvin.

Ah, agora estava claro. Era aqui que ela iria me xingar, dizer que eu não era bem-vinda e tiraria um sarro de mim. Senti o muro familiar começar a se erguer por dentro de mim.

– Porque este é o meu colégio – respondi, provavelmente um pouco na defensiva. – Eu não tinha de sair da escola mais do que qualquer outro. A escola disse que eu poderia voltar.

Ela mordeu novamente a parte interna da bochecha e, então, disse:

– Você tem razão. Não atirou em ninguém.

Ela voltou a desaparecer na Praça de Alimentação e eu fiquei dominada por um pensamento que me abalou: ela não estava me gozando. Realmente tinha dito a verdade. E eu não estava imaginando coisas – Jessica Campbell não parecia ser o que era antes. Acho que ela mudou.

Peguei minha bandeja e despejei a comida no lixo. Não estava mais com fome.

Sentei-me no chão de novo, em uma posição em que podia ver a Praça de Alimentação. "Veja o que realmente está acontecendo, Valerie", sussurrou a voz do doutor Hieler na minha mente. Peguei a mochila e de lá tirei um caderno e um lápis. Observei os adolescentes. Observei-os fazendo o que normalmente fazem e os desenhei – uma matilha de lobos inclinada sobre suas bandejas, seus longos focinhos remexendo ao resmungarem, ao olharem com desprezo, ao rirem. Exceto Jessica. Seu rosto de lobo olhava diretamente para mim. Fiquei quase surpresa ao ver o que tinha desenhado e ao perceber que o rosto dela se parecia mais com o de um filhotinho de cachorro do que com o de um lobo.

2 de maio de 2008
7h41

"Você não se lembra do nosso plano?"

Quando Christy Bruter tombou no chão, bem na minha frente, e a cantina entrou em uma erupção de gritos caóticos, corre-corre e emergências, houve um momento bizarro em que achei que estava imaginando aquilo tudo. Era como se eu ainda estivesse em casa, sonhando na cama. A qualquer minuto meu celular iria tocar de verdade e seria Nick ligando para me dizer que ele e Jeremy iriam passar o dia no Lago Azul e ele não iria à escola.

Mas, então, Nick saiu apressado e Willa caiu de joelhos ao lado de Christy. Ela virou Christy e vi que havia muito sangue. Estava em todo o lugar. Christy ainda respirava, mas era um som horrível, como se ela estivesse tentando respirar através de uma tigela cheia de pudim. Willa pressionou as mãos de Christy, repetindo sem parar que ela ficaria bem.

Ajoelhei-me ao lado de Willa e também comecei a pressionar o ferimento da Christy.

— Você tem um celular? — gritei para Willa. Ela sacudiu a cabeça negativamente. O meu estava na mochila, mas, naquele caos, ela tinha sumido. Depois, vi nos vídeos de segurança que a mochila estava no chão, atrás de mim, encharcada de sangue. Achei estranho o fato de eu ter olhado direto para a mochila, mas o medo e a confusão não me permitirem reconhecê-la. Era como se "sangue" e "mochila" nunca pudessem estar juntos.

— Eu tenho — disse Rachel Tarvin. Ela estava de pé bem atrás da Willa, incrivelmente calma, como se lidasse com tiros todos os dias.

Rachel tirou o celular do bolso do seu jeans e o abriu. Ela começou a digitar os números quando ouvimos outro estampido e mais gritos. Depois, seguiram-se mais dois estampidos. E, então, mais três.

Uma multidão de adolescentes veio correndo na nossa direção e eu pulei, com medo de ser esmagada.

— Não nos deixe! — gritou Willa. — Ela vai morrer. Você não pode ir. Preciso de ajuda. Socorro!

Porém a multidão estava me empurrando junto com ela e, antes que eu me desse conta, estava sendo arrastada, escorregando no sangue da Christy, pela massa de alunos que tentava encontrar o caminho para fora da Praça de Alimentação. Alguém me deu uma cotovelada na boca. Senti o gosto do sangue. Alguém pisou no meu pé com força. Mas eu tentava permanecer no lugar e não percebi nada disso. Christy parecia estar muito longe. Além disso, eu tinha acabado de ver algo ainda pior.

A mesa de donuts do Conselho Estudantil estava coberta de sangue. E vi dois corpos debaixo da mesa. Estavam imóveis. Mais além, vi Nick revirando mesas e cadeiras. Às vezes, ele se agachava e olhava debaixo de uma mesa. Daí, arrastava alguém para fora e falava com ele, com o revólver apontado para o rosto. Então, ouvia-se outro estampido e mais gritos.

Comecei a entender o que estava acontecendo. Nick. A arma. Os estampidos. Os gritos. Meu cérebro ainda estava funcionando lentamente, mas começava a acelerar. Não fazia sentido. Mas talvez fizesse. Nós tínhamos, de certa forma, falado sobre isso.

– Você ouviu sobre os tiros na escola de Wyoming? – perguntou uma noite Nick, ao telefone. Eu estava sentada na cama pintando as unhas dos pés falando com o Nick pelo viva voz do telefone, colocado no criado-mudo ao meu lado. Era uma entre os milhões de conversas que tivéramos, nem mais nem menos importante que qualquer outra.

– Sim – respondi, limpando um pouco do esmalte que tinha escorrido para o canto de um dos dedos. – Que loucura, né?

– Você viu a besteira que a mídia está falando sobre os caras que fizeram isso e sobre como não houve nenhum aviso?

– Ouvi um pouco. Não vi muitas notícias a respeito.

– Eles estão dizendo que esses caras eram muito populares e adorados por todos e que não eram solitários nem nada. Que besteira.

Ficamos em silêncio por um minuto e aproveitei para conectar meu MP3 ao computador.

– Bom, a mídia é uma droga, você sabe.

– É.

Mais silêncio. Folheei uma revista.

– O que você acha? Acha que conseguiria fazer isso?

– Fazer o quê?

– Atirar nas pessoas. Como Christy, Jessica e Tennille.

Mordi uma unha e li a legenda abaixo de uma foto da Cameron Diaz na revista. Algo sobre a bolsa que ela estava usando.

– Acho que sim – resmunguei, folheando as páginas. – Quer dizer, não sou popular nem nada, por isso não seria a mesma coisa.

Ele suspirou – o barulho pareceu um trovão no viva voz.

– É. Você tem razão. Mas eu poderia fazer isso. Poderia explodir essas pessoas. Não seria surpresa para ninguém.

Nós dois rimos.

Ele estava errado. Todos ficaram surpresos. Especialmente eu. Tão surpresa que tinha certeza de que era um erro. Um erro que eu tinha de impedir.

Passei por duas garotas que se abraçavam. Abri caminho em meio à multidão de adolescentes que iam na direção oposta à minha, para a porta, onde todos estavam tentando ir. Enquanto caminhava, fiquei mais forte, mais resoluta, empurrando os alunos que estavam no meu caminho. Batendo de encontro a eles e até mesmo derrubando alguns, que escorregavam no sangue e caíam ruidosamente no chão. Comecei a correr. Empurrando. Correndo. Minha garganta emitia ruídos guturais.

– Não – disse eu, empurrando as pessoas para abrir caminho. – Não. Espere...

Finalmente encontrei uma abertura e corri por ela. Vi um garoto que não reconheci deitado no chão a mais ou menos meio metro de onde eu estava. Ele estava com o rosto voltado para baixo e a parte de trás da cabeça era só sangue.

Três ou quatro tiros ecoaram, desviando minha atenção do garoto morto.

– Nick! – gritei.

Agora que estava no meio da Praça de Alimentação, não conseguia mais vê-lo. Muita gente corria em várias direções. Parei e olhei em volta, virando a cabeça freneticamente de um lado para o outro. Então, percebi algo familiar à minha esquerda. Nick se aproximava do professor Kline, o professor de Química. O professor Kline mantinha sua posição, os braços abertos em frente a um pequeno grupo de alunos. Seu rosto estava vermelho e coberto de suor, ou talvez fossem lágrimas. Corri para alcançá-los.

– Onde está ela? – berrava Nick. Vários alunos atrás do professor deram gritos chorosos e se apertaram ainda mais uns contra os outros.

– Ponha a arma no chão, amigão – dizia o professor Kline. Sua voz tremia, embora eu tivesse a impressão de que ele estava se esforçando ao máximo para mantê-la firme. – Ponha a arma no chão e a gente conversa.

Nick xingou e chutou a cadeira. Ela voou e bateu na perna do professor Kline, mas ele não se abalou. Sequer demonstrou medo.

– Onde está ela?

O professor Kline balançou a cabeça devagar.

– Não sei de quem você está falando. Ponha a arma no chão e a gente conversa sobre isso...

– Cala a boca! Cala essa droga dessa boca! Diga onde aquela vaca da Tennille está, droga, ou arrebento sua cabeça!

Tentei correr mais rápido, mas minhas pernas pareciam feitas de borracha.

– Eu não sei onde ela está, cara. Você não ouviu as sirenes? A polícia já está aqui. Largue a arma e poupe a si mesmo...

Outro estampido dominou o ar. Meus olhos se fecharam instintivamente. E, quando os abri de novo, vi o professor Kline caído no chão, com os braços ainda abertos. Ele caiu direto daquele jeito e, então, virou-se de lado. Eu não tinha certeza de que ele tinha sido atingido, mas seus olhos tinham um olhar turvo, como se não estivessem mais vendo a cantina.

Fiquei imóvel. Meus ouvidos estavam tapados por causa do barulho do revólver, meus olhos queimavam, minha garganta estava seca. Não disse nada. Não fiz nada. Só fiquei lá, olhando para o professor Kline caído de lado, tremendo.

Os garotos e garotas que estavam se escondendo atrás do professor estavam agora encurralados entre o Nick e a parede atrás deles. Havia uns seis ou sete alunos, abraçados uns aos outros e ganindo. No final do grupo, estava Jessica Campbell. Ela estava de pé, curvada como se estivesse meio agachada, com a parte de trás das pernas encostadas na parede. Seu cabelo estava preso em um rabo de cavalo, mas tinha se soltado e caía no rosto. Ela tremia tanto que seus dentes batiam.

Eu estava perto demais quando ele deu o último tiro, por isso estava meio surda. Não consegui entender o que Nick dizia, mas parecia ser "saia do caminho" ou "sai daqui" e ele balançava a arma ao redor. O grupo resistiu no início, mas ele deu um tiro que acertou Lin Yong no braço e todos se espalharam, arrastando a Lin com eles, deixando apenas a Jessica, agachada, sozinha contra a parede.

Então, percebi. Soube naquele instante o que ele iria fazer. Ainda não ouvia direito, porém, pude ouvi-lo berrar para Jessica, enquanto ela chorava e gritava, não chamando ninguém em particular. A boca estava aberta e os olhos fechados, apertados.

"Meu Deus", pensei. "A lista. Ele está pegando as pessoas que estavam na lista do ódio." Comecei a andar de novo, só que, daquela vez, era como se estivesse correndo na areia. Meus pés pareciam pesados e cansados; era como se alguém tivesse amarrado algo ao redor do meu peito que me impedia de respirar e, ao mesmo tempo, me puxava para trás.

Nick começou a erguer o revólver de novo. Jessica levantou as mãos na altura do rosto e se agachou ainda mais contra a parede. Eu não conseguiria chegar a tempo.

– Nick! – gritei.

Ele se virou para mim, ainda com a arma à sua frente. Estava sorrindo. Não importa o que eu me lembre a respeito de Nick Levil em toda a minha vida, provavelmente, aquilo de que mais me lembrarei será o sorriso que ele estampava no rosto quando se virou em minha direção. Era um sorriso inumano. Mas em algum lugar – em seus olhos – juro que vi a feição verdadeira. Como se o Nick que eu conhecia estivesse lá, em algum lugar, começando a sair.

– Não! – gritei, chegando mais perto. – Pare! Pare!

Ele assumiu uma expressão curiosa. O sorriso continuou lá, porém, ele parecia não entender porque eu corria em sua direção. Como se fosse eu que tivesse um problema ou algo parecido. Ele olhou-me com aquele sorriso surpreso e não pude ouvi-lo direito, mas tenho certeza de que ele disse algo como "você não se lembra do nosso plano?", o que me desarmou um pouco, pois eu não lembrava nada sobre plano algum. Além do mais, quando disse isso, estava com um olhar realmente horripilante, como se ignorasse totalmente o que estava acontecendo na Praça de Alimentação. Não se parecia em nada com o Nick que eu conhecia.

Ele balançou a cabeça um pouco, como se estivesse dizendo que eu era tão atrapalhada que nem conseguia me lembrar do tal "plano" e o sorriso se alargou ainda mais. Ele se voltou para Jessica, ao mesmo tempo que erguia a arma novamente. Disparei na sua direção, o único pensamento em minha mente era "não posso ver Jessica Campbell morrer bem na minha frente".

Acho que tropecei no professor Kline. Na verdade, sei que tropecei, porque a câmera de segurança me registrou tropeçando nele. Assim, tropecei e caí ao lado do Nick. Ambos tropeçamos e bamboleamos alguns passos. Então, ouvi outro estampido e senti que o chão da Praça de Alimentação tinha se aberto sob mim.

Tudo o que sei é que caí quase debaixo de uma mesa e a pouco mais de um metro do professor Kline. Nick olhava a arma na mão com uma expressão muito séria e surpresa e estava tão distante de mim que não entendi como fui cair tão longe dele. Também vi que Jessica Campbell não estava mais na frente da parede e acho que a vi de costas enquanto ela corria para a multidão de adolescentes na entrada da Praça de Alimentação.

Então, senti mais do que vi, porém, com certeza, vi um jorro de sangue realmente espesso e vermelho saindo da minha coxa. Tentei falar alguma coisa para o Nick – não me lembro o quê – e acho que ergui a cabeça como se fosse me levantar. Nick olhava da arma para mim e seu olhar estava vidrado. Então, minha visão ficou turva e senti meu corpo ficando cada vez mais leve, ou talvez ficasse, na verdade, cada vez mais pesado, e tudo ficou escuro.

5

Trecho do jornal *Tribuna de Garvin*,
3 de maio de 2008, repórter Angela Dash

Morris Kline, 47 anos – O professor de Química e treinador do time de atletismo masculino, Kline, foi eleito duas vezes Professor do Ano, em 2004 e 2005. "O professor Kline fazia tudo por você", disse a aluna do primeiro ano Dakota Ellis. "Uma vez, ele parou na estrada K, porque viu a mim e a minha mãe com o pneu furado. Ele nos ajudou a trocar o pneu, mesmo estando bem vestido para algum compromisso. Não sei para onde estava indo, mas não se importou de se sujar. Esse era o jeito dele."

Embora os alunos estejam chocados com sua morte, poucos expressaram surpresa pela forma como morreu – como um herói. Atingido no peito enquanto protegia vários alunos e tentava convencer Nick Levil a largar a arma, Kline "mal respirava", de acordo com os paramédicos que chegaram à cena do atentado. Mais tarde, foi declarado morto no Hospital Geral de Garvin. Kline não parecia ser um alvo direto de Nick e deve ter sido atingido no calor do momento.

Ele deixou a esposa, Renee, e três filhos. A senhora Kline disse aos repórteres: "Nick Levil roubou o futuro dos meus filhos com o pai e, pessoalmente, fiquei contente porque ele se matou. Ele não merecia ter um futuro depois de tudo o que fez a essas famílias".

***

O carro da mamãe era o primeiro da fila e me senti imensamente grata por ver aquele Buick cor de canela. Praticamente disparei na direção dele quando o sinal tocou, esquecendo-me completamente de parar no meu armário e pegar o material para fazer a lição de casa.

Entrei no carro e respirei de verdade pela primeira vez naquele dia. Mamãe olhou para mim, a testa enrugada. As rugas pareciam bem fundas, como se estivesse preocupada há muito tempo.

– Como foi? – perguntou ela. Percebi que estava tentando ser alegre e calorosa, mas o tom de preocupação também se manifestou na pergunta. Acho que ela estava preocupada com isso há muito tempo.

– Deu tudo certo. Foi muito chato. Mas deu tudo certo.

Ela engatou a marcha e arrancou.

– Você viu a Stacey?

– Vi.

– Que bom. Deve ter sido legal ter revisto seus amigos.

– Mãe – respondi –, deixa quieto.

Mamãe tirou os olhos do tráfego e olhou para mim, as rugas ficando ainda mais profundas. Seus lábios tinham se apertado e quase desejei ter mentido e dito que tudo tinha sido ótimo. Eu tinha noção do quanto era importante para ela saber que eu tinha voltado com meus velhos amigos e até feito novas amizades, que todos sabiam que eu não tive nada a ver com os tiros e as mortes e que eu era parte da galera feliz sobre a qual ouvíamos falar na TV. Mas o olhar durou um segundo e, então, ela voltou a prestar atenção ao trânsito.

– Mãe, sério mesmo, não é nada demais.

– Eu disse para a mãe dela. Disse que você não foi responsável por aquilo. Achei que ela iria entender. Ela foi sua chefe no escotismo, pelo amor de Deus.

– Mãe, sério. Você sabe o que o doutor Hieler falou sobre como as pessoas iriam agir comigo.

– Sim, mas com os Brinks deveria ser diferente. Eles deveriam saber. Não precisávamos ter de convencê-los. Vocês cresceram juntas. Criamos nossas filhas juntas.

Ficamos em silêncio durante todo o resto do caminho. Mamãe entrou com o carro na garagem de casa e desligou o motor. Então, apoiou a cabeça no volante e fechou os olhos.

Eu não sabia o que fazer. Não podia simplesmente sair do carro e deixá-la ali. Mas achei que ela também não queria falar. Parecia ter tido um dia péssimo.

Finalmente, quebrei o silêncio.

— A Stacey me contou que você falou com a mãe dela.

Ela não respondeu.

— Ela contou que você a mandou ir se danar.

Mamãe riu.

— Bom, você sabe como a Lorraine é arrogante. Eu já queria ter dito isso a ela há muito tempo. — Ela riu novamente e, então, deu uma pequena gargalhada, seus olhos ainda fechados, a cabeça ainda recostada no volante. — Foi a primeira oportunidade que tive. Foi ótimo.

Ela me espiou com um olho e então começou a rir alto. Não pude evitar, logo estava rindo também. De repente, estávamos as duas nos dobrando de rir no banco da frente do carro, na garagem fechada.

— O que eu disse de verdade foi "vai tomar nessa sua bunda gorda e esnobe, Lorraine" – contou, e nós duas rimos ainda mais alto. E, entre uma e outra gargalhada, completou: — E ainda contei a ela que o Howard deu em cima de mim no churrasco do ano passado.

Engasguei.

— Não brinca! O pai da Stacey deu em cima de você? Que nojo! Ele é peludo, nojento e velho.

Ela sacudiu a cabeça, mal conseguindo respirar para poder falar.

— Eu... inventei. Nossa, queria... queria estar lá... quando ela... o acusou.

Recostamos no banco e rimos alto tanto tempo que pareceu uma eternidade. Não me lembrava de ter rido tanto. Eu achava estranho gargalhar. Era quase como se isso tivesse um sabor.

— Você é má – disse eu, quando começamos a recuperar o fôlego. — Adorei, mas você é má.

Ela balançou a cabeça de novo, enxugando os olhos com o mindinho.

— Não. As pessoas más são aquelas que não dão uma segunda chance a você.

Olhei para baixo, para minha mochila, e dei de ombros.

— Acho que não posso culpá-las. Eu pareci culpada. Você não precisa me defender, mãe. Ficarei bem.

Mamãe estava enxugando os olhos com a manga do casaco.

— Mas eles precisam entender que foi Nick que fez aquilo, querida. Ele é que era mau. Eu falo isso há anos para você. Você é tão bonita, merece alguém melhor. Não um garoto como Nick. Você não combina com um garoto como Nick.

Revirei os olhos. Ai, Jesus, de novo não. Mamãe dizendo que Nick não era bom para mim. Mamãe dizendo que eu não devo andar com caras como ele.

Mamãe dizendo que havia algo de errado com Nick – ela podia ver isso em seus olhos. Mamãe, aparentemente, havia esquecido que Nick está morto e que ela não precisa mais falar o quanto ele é mau porque isso já não importa.

Coloquei a mão no trinco do carro.

– De novo não, mãe. Sério mesmo. Ele está morto. Podemos deixar isso para trás? – Abri a porta e saí do carro, puxando a mochila atrás de mim. Fiz uma careta ao colocar o peso na perna ferida.

Mamãe lutou com o cinto de segurança e saiu do carro.

– Não estou brigando com você, Valerie – disse ela. – Só quero ver você feliz. Você nunca está feliz. O doutor Hieler sugeriu...

Se seguisse meu instinto, eu a teria fuzilado com o olhar. Teria dito o que sabia sobre felicidade, isto é, que nunca se sabe quando ela vai virar terror. Que ela nunca permanece em nós por tempo demais. Que há muito eu não sabia o que era felicidade, até Nick ter aparecido na minha vida e que ela e papai deviam saber o porquê. Que, a propósito, se ainda não tinha percebido, ela também nunca estava feliz. Mas, ao vê-la me espiando por cima do carro com seu *tailleur* amarrotado, os olhos cheios de lágrimas, o rosto ainda vermelho por causa das risadas, percebi que iria me sentir mal se dissesse essas coisas todas. Mesmo que fossem verdadeiras.

– Mamãe, eu estou bem. Sério – disse eu. – Nem penso mais em Nick – tranquilizei-a. Então, me virei e entrei em casa.

Frankie estava inclinado sobre o balcão da cozinha, comendo um sanduíche. Seu cabelo estava meio desarrumado e ele tinha o celular na mão e digitava com o polegar, enviando uma mensagem de texto para alguém.

– O que foi? – perguntou quando entrei.

– Mamãe – respondi. – Nem pergunte.

Abri a geladeira e peguei um refrigerante. Apoiei-me no balcão, ao lado dele, e abri o refrigerante.

– Por que ela não consegue enfiar na cabeça que Nick está morto e que ela não precisa ficar mais me enchendo por causa disso? Por que ela tem de fazer sermão o tempo todo?

Frankie se virou na cadeira e olhou para mim, mastigando.

– Provavelmente ela tem medo que aconteça com você o que houve com ela, quer dizer, que se case com alguém que não consegue suportar – respondeu ele.

Comecei a falar alguma coisa, mas ouvi o barulho da porta da garagem e percebi que mamãe estava chegando. Subi as escadas correndo e fui para o meu quarto.

Frankie estava certo. Mamãe e papai eram tudo, menos felizes. Antes de maio passado, eles falavam em se divorciar, o que teria sido uma benção. Frankie e eu ficávamos praticamente eufóricos de pensar que as brigas iriam terminar.

Mas os tiros de Nick, embora tenham separado inúmeras famílias, ironicamente, uniram a minha. Eles disseram que estavam "com medo de traumatizar a família ainda mais em uma época de tensão como aquela", mas eu sabia a verdade.

1) Papai era um advogado bem-sucedido e a última coisa que queria era que a imprensa insinuasse que seus problemas conjugais estavam entre as causas do massacre do Colégio Garvin.

2) Mamãe tinha um emprego, mas nem se comparava ao trabalho do meu pai. Ela ganhava bem, mas não tão bem. E todos sabíamos que algumas contas altas de psiquiatra estavam entrando na despesa doméstica.

Frankie e eu estávamos prontos para tudo que tivesse a ver com o relacionamento deles e eles sempre mostravam uma indiferença civilizada, mas que, às vezes, se transformava em hostilidade, o que nos fazia querer enfiar suas coisas em sacos de lixo e despachá-los em um avião para qualquer lugar.

Entrei no quarto, que parecia ter mais cheiro de bolor e estar mais bagunçado do que quando saí. Parei na entrada e olhei ao redor, meio surpresa de ter vivido naquele espaço desde maio e nunca ter notado como estava repugnante. Realmente deprimente. Não que antes eu limpasse meu quarto regularmente. Mas a não ser pela "Grande Campanha para Tirar o Nick da Minha Vida" que mamãe estava promovendo desde o incidente, nada tinha sido arrumado ou retirado do quarto durante meses.

Peguei um copo que estava no meu criado-mudo há uma eternidade e o coloquei sobre um prato. Estiquei-me e peguei um lenço de papel que tinha sido jogado no chão e o enfiei no copo.

Senti que talvez devesse limpar o quarto. Começar minha própria "Grande Campanha para Começar do Zero". Mas olhei para as roupas amarrotadas no chão, os livros jogados ao lado da cama, a TV com sua tela manchada e suja, e parei. Parecia ser trabalho demais limpar toda a minha tristeza.

Pude ouvir mamãe e Frankie falando na cozinha. A voz dela parecia agitada, como ficava quando ela e papai permaneciam muito tempo sozinhos na cozinha. Senti uma ponta de culpa por ter deixado Frankie receber sozinho a carga das frustrações dela, uma vez que eu era o motivo de ela estar frustrada. Mas eles não pegavam no pé de Frankie como pegavam no meu. Na verdade, desde o massacre, era como se Frankie nem existisse. Não havia horário para ir para a cama, nem tarefas, nem limites. Mamãe e papai estavam sempre ocupados brigando um com o outro para se lembrar que tinham outro filho com quem se preocupar. Eu não sabia se devia sentir inveja ou pena de Frankie por causa disso. Talvez as duas coisas.

O sentimento de cansaço voltou e joguei o copo e o prato no meu cesto de lixo e me deixei cair de costas na cama. Peguei a mochila. Tirei meu caderno e o abri. Mordi os lábios enquanto olhava os desenhos que fiz ao longo do dia.

Rolei na cama e apertei o botão para ligar meu aparelho de som e aumentei o volume. Mamãe subiria em alguns minutos, gritando para eu baixar o som, apesar de ter confiscado todas as minhas músicas "preocupantes" – aquelas que ela, papai e, provavelmente, o doutor Hieler, além de todos os outros velhos caretas do mundo inteiro, achavam que poderiam me incitar a cortar os pulsos na banheira – o que me aborrecia muito, pois eu havia comprado quase todas aquelas músicas com o meu dinheiro. Aumentei tanto o volume que não poderia ouvi-la. Ela ficaria cansada de esmurrar a porta antes de eu me cansar dos murros. Então, que ela esmurrasse a porta o quanto quisesse.

Peguei a mochila de novo e, dessa vez, tirei um lápis. Fiquei mordiscando a borracha do lápis enquanto observava o desenho que tinha começado a fazer da professora Tennille. Ela parecia tão infeliz. Não era engraçado que até há pouco tempo eu teria desejado vê-la infeliz? Eu a odiava. Mas, vendo-a tão triste, senti-me péssima. Senti-me responsável. Queria que sorrisse e fiquei me perguntando se ela sorria quando chegava em casa e abraçava os filhos, ou se simplesmente se sentava em sua poltrona com uma vodca e bebia até não ouvir mais o estampido dos tiros.

Baixei a cabeça e comecei a desenhar. Desenhei-a fazendo as duas coisas, abraçando um garotinho, como se ele fosse um amendoim dentro da casca, enquanto uma das mãos enrolava-se ao redor de uma garrafa de vodca, como se fosse uma planta trepadeira agarrando-se àquilo que a sustenta.

Parte 2

2 de maio de 2008
18h36

"O que foi que você fez?"

Quando abri os olhos, fiquei surpresa ao descobrir que não tinha dormido na minha cama nem estava acordando para um novo dia de aula. É assim que deveria ser, certo? Nick deveria telefonar, e eu iria à escola, odiando cada minuto, preocupada com o que ele e Jeremy estariam fazendo no Lago Azul, sabe Deus o quê, com medo de que Nick me desse um fora e receando ser molestada por Christy Bruter no ônibus. Era para eu acordar e as memórias dos tiros de Nick na Praça de Alimentação não serem nada além de sonho, apagando-se da minha mente à medida que eu despertava.

Acordei no hospital. Havia policiais no meu quarto e a TV estava ligada na cena do crime. Estavam de costas para mim. Olhei a TV, imagens de um estacionamento, um edifício de tijolos à vista, um campo de futebol, todos vagamente familiares, desfilavam na tela. Fechei os olhos de novo. Senti-me grogue. Meus olhos estavam muito secos, minha perna latejava e comecei a lembrar, não exatamente do que tinha acontecido, mas que alguma coisa muito ruim ocorrera.

– Ela está acordando – ouvi alguém dizer. Reconheci a voz de Frankie, mas não o tinha visto quando abri os olhos antes e parecia mais fácil apenas imaginá-lo de pé ao lado da cama do que tentar vê-lo. Por isso, deixei-me ficar naquele mundo imaginário onde Frankie estava ao meu lado, dizendo "ela está acordando", o que era verdade, só que eu não estava no hospital e minha perna não doía.

– Vou chamar a enfermeira – disse outra voz. A de meu pai. Aquela era fácil de identificar. Estava tensa, excitada, abafada. Exatamente como papai. Ele também entrou na minha cena imaginária, no fundo, flutuando para além da minha visão. Digitava alguma coisa em seu *palmtop* e tinha um telefone celular entre o ouvido e o ombro. Ele saiu da minha cena tão rapidamente quanto entrou e, então, era só o Frankie de novo.

– Val – chamou ele. – Ei, Val. Você acordou?

A visão se transformou em uma manhã no meu quarto. Frankie estava tentando me acordar para fazermos alguma coisa divertida, como nos tempos em que papai e mamãe se davam bem e éramos crianças. Procurar nossos ovos de Páscoa, ou um presente de Natal, ou panquecas do café da manhã. Eu gostava daquele lugar. Realmente gostava. Por isso, não sei porque meus olhos se abriram de novo. Fizeram isso sem meu consentimento.

Abriram diretamente para o Frankie, ao lado da cama, aos meus pés. Mas não era a minha cama e sim um leito estranho, com lençol branco, duro, que raspava na pele e um cobertor marrom que parecia com mingau de aveia. Seu cabelo estava sem nenhum gel e tive de fazer um esforço para me lembrar quando tinha sido a última vez em que tinha visto Frankie sem gel no cabelo. Foi difícil combinar o rosto de 14 anos de Frankie com o cabelo que ele usava aos 11 anos. Pisquei diversas vezes até entender direito.

– Frankie – disse eu, mas antes que eu pudesse dizer qualquer coisa, minha atenção foi atraída por um som de choro à minha direita. Voltei a cabeça devagar. Lá estava mamãe, sentada em uma cadeira cor-de-rosa. As pernas cruzadas, o cotovelo apoiado nelas. Em uma das mãos, segurava um lenço de papel amassado, que passava continuamente no nariz.

Olhei para ela. De algum modo, não estava surpresa por ela estar chorando, pois sabia que qualquer que fosse o problema, tinha a ver comigo – mesmo apesar de ainda não entender o porquê de eu estar acordando onde começava a parecer um hospital, em vez de no meu quarto, à espera do telefonema de Nick.

Estiquei o braço e coloquei minha mão no punho de minha mãe (a que segurava o lenço sujo).

– Mãe – sussurrei. Minha garganta doía. – Mamãe – repeti.

Mas ela se afastou de mim. Não de forma abrupta – foi um movimento muito sutil. Apenas inclinou-se para longe do meu alcance. Afastou-se como se estivesse separando-se fisicamente de mim. Afastou-se não como se me temesse, mas como se não quisesse mais ser relacionada a mim.

– Você acordou – disse ela. – Como se sente?

Olhei para mim e me perguntei por que não me sentiria bem. Tudo parecia estar no lugar, inclusive vários arames que, normalmente, não faziam parte do meu corpo. Ainda não sabia por que estava lá, mas sabia que era por algum motivo que eu teria de superar. Minha perna doía um pouco – tudo o que eu conseguia perceber sob o lençol era uma pulsação forte. Mesmo assim, a perna parecia estar lá, por isso não me preocupei muito.

– Mãe – repeti, desejando poder pensar em algo mais para dizer. Algo mais importante. Minha garganta doía e estava inchada. Tentei pigarrear, mas percebi que também estava seca e só consegui dar um pequeno guincho que não ajudou muito. – O que aconteceu?

Uma enfermeira de traje cirúrgico rosa passou agitada por trás de mamãe e pegou um copo plástico com um canudinho, que estava sobre uma mesinha. Ela deu o copo à minha mãe. Mamãe o pegou e olhou para ele como se nunca tivesse visto um copo antes e, então, olhou por trás dos ombros para um dos policiais, que havia saído da frente da TV e estava me encarando, seus dedos enganchados no cinto.

– Você foi baleada – disse o policial, por trás dos ombros de mamãe e eu percebi que ela contraiu o rosto ao ouvir as palavras do policial, apesar de ela estar olhando para ele, e não para mim, e eu não poder ver seu rosto direito. – Nick Levil baleou você.

Franzi a testa. Nick Levil me baleou.

– Mas esse é o nome do meu namorado! – exclamei. Depois, percebi o quanto eu tinha parecido estúpida e fiquei até meio envergonhada disso. Mas, na hora, aquilo não fazia nenhum sentido, principalmente porque eu não me lembrava do que tinha acontecido, pois estava voltando da anestesia e, provavelmente, porque meu cérebro não queria que eu lembrasse tudo de uma vez. Certa vez, assisti a um documentário sobre as coisas diferentes que o cérebro faz para se proteger. Como uma criança que foi vítima de violência e desenvolve múltiplas personalidades. Acho que meu cérebro estava fazendo aquilo – protegendo-me –, mas não por muito tempo. Ao menos não pelo tempo suficiente.

O policial meneou a cabeça para mim, como se já soubesse aquilo sobre Nick e como se eu não estivesse dando nenhuma informação nova. Mamãe voltou o rosto novamente e baixou o olhar em direção aos lençóis. Observei seus rostos, de todos eles – o de mamãe, o do policial, o da enfermeira, o de Frankie e até mesmo o de papai (não o tinha visto voltar ao quarto, mas lá estava ele, de pé ao lado da janela, braços cruzados contra o peito) –, porém, ninguém me olhava direto nos olhos. Não era um bom sinal.

– O que está acontecendo? – perguntei. – Frankie?

Frankie não disse nada – só apertou o maxilar, como fazia quando estava bravo, e balançou a cabeça. Seu rosto ficou muito vermelho.

– Valerie, você se lembra do que aconteceu hoje na escola? – perguntou calmamente mamãe. Não diria que ela fez a pergunta de forma gentil ou terna ou de qualquer jeito que uma mãe faria. Não foi assim. Ela perguntou para os lençóis, com voz baixa, quase apagada, que eu mal reconheci.

– Escola?

E, então, as coisas começaram a voltar na minha cabeça. É engraçado, porque, quando comecei a despertar, o que tinha acontecido na escola parecia um sonho e pensei "é claro que eles não estão falando disso, porque só foi um sonho horrível". Contudo, a percepção de que não tinha sido um sonho caiu sobre mim e quase me senti fisicamente esmagada pelas imagens.

– Valerie, uma coisa horrível aconteceu na escola hoje. Você se lembra? – mamãe perguntou.

Eu não conseguia responder a ela. Não conseguia responder a ninguém. Não conseguia dizer nada. Tudo o que pude fazer foi olhar a tela da TV, onde vi uma tomada aérea do Colégio Garvin cercado de carros e ambulâncias. Olhei tão fixamente que juro que pude ver os minúsculos quadrados de cor que compõem a imagem. A voz de mamãe estava distante. Eu conseguia ouvi-la, mas era como se ela não estivesse falando exatamente comigo. Não no meu mundo. Não sob aquela avalanche de horror. Eu estava sozinha ali.

– Valerie, estou falando com você. Enfermeira, ela está bem? Valerie? Você consegue me ouvir? Meu Deus, Ted, faça alguma coisa!

E, então, ouvi a voz de papai.

– O que você quer que eu faça, Jenny? O que eu faço?

– Não fique aí parado! É sua família, Ted, pelo amor de Deus, é sua filha! Valerie, responda! Val!

Eu, porém, não conseguia tirar os olhos da TV, que eu via e, ao mesmo tempo, não via.

Nick tinha baleado várias pessoas. Baleou Christy Bruter. O professor Kline. Meu Deus, ele os baleou. Ele fez mesmo isso. Eu vi e ele os baleou. Ele os baleou...

Estiquei o braço debaixo do lençol e senti o curativo em volta da coxa. E comecei a chorar. Não a chorar alto, nem a fazer escândalo, mas aquele choro baixinho, que faz tremer os ombros e os lábios – um choro que, certa vez, ouvi a Oprah chamar de "choro feio".

Mamãe pulou da cadeira e se inclinou sobre mim, mas não falou comigo.

– Enfermeira, acho que ela está sentindo dor. Acho que você tem de fazer algo para acabar com a dor. Ted, faça-os acabar com a dor dela – e percebi, vagamente e com surpresa, que ela também estava chorando. Chorando tanto que sua voz saía rouca e suas palavras se embolavam e soavam desesperadas.

Do canto dos olhos, vi papai se aproximar por trás dela, pegá-la pelos ombros e tirá-la de perto da cama. Ela deixou-se levar com relutância, mas foi. E colocou a cabeça no peito de papai e ambos saíram do quarto. Ouvi seus gemidos ásperos diminuindo de intensidade conforme ela se afastava pelo corredor.

A enfermeira apertava os botões de um monitor atrás de mim e o policial tinha se virado e assistia à TV novamente. Frankie continuava de pé, olhando fixamente para meu cobertor, imóvel.

Chorei até meu estômago começar a doer. Tive certeza de que iria vomitar. Meus olhos pareciam estar cheios de areia e meu nariz estava completamente entupido. Mesmo assim, chorei mais um pouco. Não sei dizer o que se passava na minha cabeça enquanto chorava, apenas que tudo parecia, ao mesmo tempo, melancólico, escuro, detestável, infeliz e miserável. Só sabia que queria Nick e nunca mais queria vê-lo. Só sabia que queria minha mãe e que também nunca mais queria vê-la. Só sabia que, apesar de meu cérebro tentar se manter a salvo de si mesmo, eu também era responsável pelo que tinha acontecido naquele dia. Que eu tinha participação naquilo e que nunca quis o que aconteceu. E não podia dizer com certeza que não teria tomado parte naquilo, se tivesse de fazer tudo de novo. Nem tinha certeza de que teria mesmo tomado parte.

Finalmente, o choro diminuiu bastante e pude respirar, o que não foi tão bom assim.

– Vou vomitar – disse.

A enfermeira surgiu com uma comadre, não sei de onde, e a enfiou debaixo do meu queixo. Vomitei na comadre.

– Por favor, saiam um pouco – disse ela aos policiais. Eles assentiram com a cabeça e saíram em silêncio. Quando abriram a porta, pude ouvir o som abafado das vozes de meus pais no corredor. Frankie continuou no quarto.

Vomitei novamente, fazendo barulhos horríveis e deixando escorrer tiras de muco do meu nariz para a comadre. Tomei fôlego e a enfermeira limpou meu rosto com um pano úmido. O toque frio e suave do pano me confortou. Fechei os olhos e recostei a cabeça no travesseiro.

– A náusea é comum depois da anestesia – explicou a enfermeira com uma voz que poderia ser melhor descrita como institucional. – Vai melhorar com o tempo. Enquanto isso, fique com isto por perto – disse me entregando uma comadre limpa e, então, dobrou o pano e o colocou sobre minha testa, saindo do quarto com seus sapatos silenciosos.

Tentei esvaziar a cabeça. Tentei não rever as imagens daquele dia na minha cabeça. Não consegui, porém. Elas se sucediam, cada uma mais horrível que a anterior.

– Ele está na cadeia? – perguntei ao Frankie. Pergunta estúpida. É claro que o Nick estaria na cadeia depois de ter feito uma coisa daquelas.

Frankie olhou para mim com espanto, como se tivesse esquecido que eu estava no quarto com ele.

– Valerie – disse ele, piscando, com a cabeça tremendo, a voz rouca. – O que... o que você fez?

– O Nick está na cadeia? – repeti.

Ele sacudiu a cabeça, negando.

– Ele fugiu? – tornei a perguntar.

De novo ele fez que não com a cabeça.

Sabia que só sobrava uma opção.

– Eles o mataram.

Disse aquilo mais como uma afirmação do que como uma pergunta e me surpreendi quando Frankie mais uma vez fez que não com a cabeça.

– Ele atirou em si mesmo – disse. – Ele está morto.

Maio de 2008

"Eu não fiz isso."

É engraçado: o nome que ninguém sabia, antes do nosso primeiro ano do Ensino Médio, se tornaria o mais famoso da minha classe – Nick Levil.

Naquele ano, Nick era novo no Colégio Garvin e não se adaptava. Garvin é uma daquelas pequenas cidades suburbanas cheias de casões e garotos ricos. Nick morava em uma das poucas ruas de moradores de baixa renda que pontilhavam os limites da cidade, como linhas de fronteira em um mapa. Suas roupas eram amarrotadas, grandes demais e fora de moda. Ele era magro, encanado, e tinha um ar de "não estou nem aí", que as pessoas tendiam a levar para o lado pessoal.

Fiquei caída por ele na hora. Ele tinha aqueles olhos escuros brilhantes e um sorriso torto, adoravelmente defensivo, que nunca revelava os dentes. Como eu, ele não fazia parte da galera bacana e, como eu, não queria fazer.

Não que eu nunca tenha feito parte da galera. Quando você está no Ensino Fundamental, quase todo mundo faz parte da galera e, claro, eu também fazia. Gostava das coisas populares – roupas, brinquedos, garotos, das músicas que deixavam todos malucos nas noites de festa familiar na escola.

Mas ao longo do 6º ano tudo começou a mudar. Comecei a olhar ao redor e vi que, talvez, eu não tivesse tanto em comum com aquelas crianças. Suas famílias não pareciam ser problemáticas como a minha. Não conseguia imaginá-los sentindo a frieza de um lar como eu sentia, como se saíssem para uma tempestade de neve toda vez que abrissem as portas de suas casas. Nos encontros da escola, seus pais os chamavam de "meu garoto" ou de "princesa", enquanto os meus nem apareciam. Quando comecei a duvidar de que me adequaria, Christy Bruter, minha *"best friend forever"*, começou a ficar popular e, de repente, não tive mais dúvidas: eu não era como aquele pessoal.

Por isso, gostei da atitude do Nick. Adotei um visual "não estou nem aí" para combinar e comecei a fazer buracos nas minhas roupas "legais", para que parecessem surradas, para me desfazer da antiga Valerie que meus pais tinham moldado e que ainda tentavam moldar com afinco redobrado. Também contribuía o fato de que mamãe e papai iriam querer morrer quando me vissem saindo com Nick. Eles achavam que eu era a Miss Popularidade na escola, o que demonstra o quanto estavam distantes. O 6º ano já tinha passado há muito tempo.

Nick e eu estávamos na mesma classe de Álgebra. Foi assim que nos conhecemos. Ele gostou dos meus tênis, que estavam colados com fita adesiva, não porque estavam se desmantelando, mas porque queria que parecessem que estavam. Ele começou dizendo:

– Gostei do seu tênis.

E eu respondi:

– Obrigada. Odeio Álgebra.

E ele concordou:

– Eu também.

– Ei – sussurrou ele mais tarde, quando a professora Parr distribuía folhas de exercícios. – Você não é amiga da Stacey?

Fiz que sim com a cabeça e passei o maço de folhas para o garoto nerd que se sentava atrás de mim.

– Você a conhece?

– Ela vem no meu ônibus – respondeu ele. – Parece legal.

– É, ela é. Somos amigas desde o Infantil.

– Legal.

A professora Parr nos disse para ficarmos quietos e continuamos a assistir à aula. Contudo, conversávamos todos os dias antes e depois das aulas. Eu o apresentei a Stacey, a Duce e ao resto do pessoal, e ele se deu bem conosco desde o primeiro instante, especialmente com Duce. Mas ficou óbvio, desde o começo, que eu e ele nos dávamos melhor um com o outro do que com o resto.

Logo, íamos juntos até a sala de aula, nos encontrávamos nos armários e saíamos juntos da escola. Às vezes, a gente se encontrava nas arquibancadas, junto com Stacey, Duce e Mason.

Em um dia péssimo para mim, tudo o que eu queria era devolver o mal para cada um daqueles que estavam estragando o meu dia. Então, tive a ideia de escrever seus nomes em um caderno, como se aquele caderno fosse uma espécie de boneco de vodu ou coisa parecida. Acho que sentia que anotar seus nomes no caderno provava que eram imbecis e que eu era a vítima.

Então, abri meu diário vermelho e numerei todas as linhas da página e comecei a escrever nomes de pessoas, celebridades, conceitos e tudo de que não gostava. No final do dia, já tinha preenchido meia página com nomes como *Christy Bruter* e *Álgebra* – você não pode somar letras com números! E *Fixador de cabelo*. Mesmo assim, achava que ainda havia nomes e coisas a acrescentar à lista, por isso, levei a agenda para a aula de Álgebra e estava absorta escrevendo nela quando Nick chegou.

– Ei – cumprimentou depois de se largar em sua carteira. – Não vi você no seu armário.

– Eu não fui lá mesmo – respondi sem virar o rosto para vê-lo. Estava ocupada escrevendo *Problemas do casamento de papai e mamãe* na agenda. Aquele era um item importante. Escrevi-o quatro vezes.

– Ah – fez ele e ficou quieto por um minuto. Entretanto, eu podia senti-lo olhando por cima dos meus ombros.

– O que é isso? – perguntou finalmente, meio rindo.

– É minha lista do ódio – respondi sem pensar.

Depois da aula, quando estávamos saindo, Nick chegou por trás de mim e disse de um jeito relaxado:

– Acho que você deveria colocar a lição de casa de hoje na sua lista. Está uma droga.

Virei o rosto, e ele estava sorrindo para mim.

Sorri. Ele tinha entendido o espírito e isso me fez sentir bem, pois não estava sozinha.

– Tem razão – concordei. – Vou colocar no próximo período.

E foi assim que começou a famosa lista do ódio: como uma piada. Uma forma de descarregar a frustração. No entanto, ela acabou se transformando em algo que eu nem imaginava.

Todos os dias, na aula de Álgebra, nós pegávamos o diário e escrevíamos os nomes de todas as pessoas da escola que odiávamos em segredo. Sentávamos na última fila, um do lado do outro, implicando com Christy Bruter e a professora Harfelz. Pessoas que nos irritavam. Pessoas que pegavam no nosso pé. Especialmente aqueles que nos intimidavam, a nós e a outras pessoas.

Acho que em algum momento pensamos que a lista viria a ser publicada – que poderíamos mostrar ao mundo como algumas pessoas podiam ser horríveis. Que seríamos os últimos a rir daquela gente, das líderes de torcida que me chamavam de Irmã da Morte e dos atletas que davam pancadas no peito de Nick quando ninguém estava olhando, daqueles "garotos perfeitos" que ninguém acreditava que eram tão ruins quanto os "garotos maus". Conversávamos sobre como o mundo seria melhor se houvesse listas iguais à nossa em todos os lugares, as pessoas seriam cobradas por seus atos.

A lista tinha sido ideia minha. Do meu cérebro infantil. Eu a comecei e a continuei. Ela deu início à nossa amizade e nos manteve unidos. Com aquela lista, nenhum de nós se sentia mais tão sozinho.

A primeira vez que fui à casa de Nick foi no dia em que oficialmente me apaixonei por ele. Entramos na sua cozinha – suja e descuidada. Ouvi uma TV ligada ao longe e uma tosse de fumante ecoando. Nick abriu a porta da cozinha e fez sinal para que eu o seguisse pela escada que levava ao porão.

O chão era de cimento, mas havia um pequeno tapete laranja, bem do lado de um colchão colocado diretamente no chão, com a roupa de cama desarrumada sobre ele. Nick jogou sua mochila no colchão e, então, deixou-se cair nele. Deu um suspiro fundo e passou as mãos sobre os olhos.

– Dia longo – disse. – Mal posso esperar pelo verão.

Em pé, girei vagarosamente. Uma lava-roupa e uma secadora estavam em um canto, com camisas penduradas perto delas. Em outro canto, havia uma ratoeira. Algumas caixas de mudança empilhadas contra uma das paredes. Ao lado delas, uma pequena cômoda com vários tipos de lixo sobre ela e roupas saindo pelas gavetas abertas.

– Este é o seu quarto? – perguntei.

– Sim. Quer ver TV? Ou prefere Playstation?

Ele tinha virado sobre a barriga e mexia em uma pequena TV que estava sobre uma caixa, do outro lado da cama.

– Legal – respondi. – Playstation.

Ao me sentar na cama ao seu lado, notei um engradado de plástico, entre sua cama e a parede, cheio de livros. Andei de joelhos pelo colchão e peguei um.

– *Otelo* – li o título. – Shakespeare?

Ele me olhou. Seu rosto assumiu uma expressão de quem está na defensiva. Não disse nada.

Peguei outro livro.

– *Macbeth*. – E mais dois. – *Sonetos de Shakespeare*. *À Procura de Shakespeare*. O que é isso? – perguntei.

– Não é nada – respondeu. – Aqui – disse, e jogou o controle do Playstation para mim. Ignorei. Continuei mexendo no engradado.

– *Sonho de uma noite de verão*. *Romeu e Julieta*. *Hamlet*. Todos de Shakespeare.

– Este é o meu preferido – disse baixinho, apontando para um dos livros na minha mão. – *Hamlet*.

Observei a capa por um momento e abri o livro em uma página qualquer. Li em voz alta.

– "Que triste coisa! / O mesmo nos tocaria, se lá estivéssemos. / Sua liberdade implica para todos grande ameaça, / para ti, para nós, para qualquer um."

– "Como explicar esse ato sanguinário?"[3] – completou Nick, citando o verso seguinte antes que eu o lesse. Recostei-me e olhei para ele por cima do livro.

– Você lê esse troço?

Ele deu de ombros.

– Isso não é nada.

– Você está brincando! É muito legal. Você decorou tudo. Eu nem entendo o que ele está dizendo.

– Bom, você meio que tem de saber o que está acontecendo na história para entender – explicou.

– Então me conte – pedi.

Ele me olhou sem muita certeza, respirou fundo e, hesitantemente, começou a falar. Sua voz ia ficando cada vez mais animada à medida que me contava sobre Hamlet, Claudio, Ofélia, sobre assassinato e traição. Sobre o fato de a hesitação de Hamlet ser a sua falha fatal. Como ele censurou a mulher que amava. E, enquanto contava a história, citava passagens sobre as personagens como se ele as tivesse escrito de próprio punho. Eu soube que estava me apaixonando por ele, por aquele garoto de roupas surradas e mal-encarado, que sorria de um jeito tímido e citava Shakespeare de cor.

– Como você entrou nessa? – perguntei. – Quer dizer, você tem um monte de livros.

Nick balançou a cabeça. Contou como descobriu a leitura, quando sua mãe estava se divorciando do pai número dois, quando passava noites inteiras sozinho em casa, um garoto sem nada para fazer, enquanto a mãe

---

[3] *Hamlet*, Ato IV, Cena I, fala de Claudio, rei da Dinamarca. (N.T.)

ia de bar em bar à procura de caras, às vezes nem se preocupava em pagar a conta de luz, e ele era forçado a ler para se entreter. Sua avó lhe trazia livros e ele os devorava no mesmo dia. Tinha lido tudo – *Guerra nas Estrelas*, *O Senhor dos Anéis*, *Artemis Fowl*, *O Jogo de Ender*.

– Daí, um dia, Louis, o pai número três – explicou –, trouxe este livro que tinha achado em alguma venda de usados. Era uma piada dele – Nick tirou o *Hamlet* das minhas mãos e o sacudiu no ar. – Tipo, quero ver você ler este aqui, cabeção – disse, imitando uma voz grossa. – Ele riu quando disse isso. Achou que estava sendo muito engraçado. Minha mãe também achou.

– Então você leu para mostrar que eles estavam errados – palpitei, folheando as páginas de *Otelo*.

– Da primeira vez, sim – respondeu. – Mas depois... – ele engatinhou na cama para perto de mim, recostando-se contra a parede assim como eu, e olhou por cima do meu ombro as páginas que eu virava. Gostei do calor do seu ombro contra o meu. – ...comecei a gostar disso, sabe? Tipo, montar um quebra-cabeça ou algo parecido. Além do mais, eu achava engraçado porque Louis era burro demais para saber que tinha me dado um livro no qual o padrasto era o bandido – disse, balançando a cabeça. – Imbecil.

– Daí, sua avó comprou todos esses livros?

Ele encolheu os ombros.

– Alguns. Outros eu comprei. A maioria veio de uma bibliotecária que me ajudou muito na época. Ela sabia que eu gostava de Shakespeare. Acho que tinha pena de mim ou coisa parecida.

Coloquei o *Otelo* de volta no engradado e peguei *Macbeth*.

– Conte-me este – pedi, e ele contou, o controle do Playstation esquecido no chão, ao lado da cama.

Passei os primeiros dias no hospital lembrando-me daquele dia. Vasculhando meu cérebro até me lembrar de cada mínimo detalhe. Os lençóis da cama dele eram vermelhos. O travesseiro não tinha fronha. Havia uma foto, em um porta-retratos, de uma mulher loira – sua mãe – empoleirado na beira da cômoda. Ouvimos o som da descarga que alguém acionou na casa, enquanto ele contava sobre *Rei Lear*. Ouvimos passos acima de nossas cabeças, enquanto a mãe dele ia do quarto para o banheiro e, depois, para a cozinha. Todos os detalhes. Quanto mais me lembrava desses detalhes, mais achava inacreditável o que estavam falando sobre Nick no noticiário, que eu assisti furtivamente, quase me sentindo culpada, depois de as pessoas terem ido para casa, à noite, quando fiquei sozinha.

Quando não ficava recordando aquele dia no quarto do Nick, tentava me lembrar o que tinha acontecido na cantina, o que não era fácil por muitas razões.

Primeiro, porque passei os dois primeiros dias em um tipo de universo alternativo provocado pela medicação. É engraçado, acham que a pior dor que se vai sentir quando se é baleado acontece no momento em que se toma o tiro, mas isso não é verdade. De fato, nem me lembro de ter sentido qualquer coisa na hora em que aconteceu. Medo, talvez. Um sentimento pesado e estranho, acho. Mas não dor. A verdadeira dor só começou no dia seguinte, depois da cirurgia, depois que minha pele, nervos e músculos tiveram um dia para se acostumar com o fato de alguma coisa ter mudado para sempre.

Chorei muito nos dois primeiros dias, muito em função de eu querer que minha dor passasse. Aquilo não era uma mordida de abelha. Doía como o inferno.

A enfermeira, que ainda não gostava de mim, eu podia perceber, vinha e me dava uma dose de uma droga ou me fazia engolir outra. Então, todos pareciam falar coisas estranhas e o quarto se fragmentava. Não sei quanto tempo passei dormindo, mas sei que, depois daqueles dois primeiros dias, quando pararam de me dar analgésicos que turvavam minha mente e começaram a me dar os comuns, eu desejava passar mais tempo dormindo.

Mas o principal motivo de eu não conseguir me lembrar de tudo era que as peças não pareciam se encaixar. Era como se meu cérebro não conseguisse entender aquilo. Sentia como se ele tivesse sido cortado em dois. Na verdade, cheguei até a perguntar para a enfermeira se era possível que o barulho da arma tivesse causado alguma coisa para que meu cérebro estivesse tão confuso e eu não conseguir pensar direito. Tudo no que conseguia pensar era como queria dormir. Como queria estar em um mundo que não fosse aquele.

– O corpo tem muitos mecanismos para se proteger de um trauma – respondeu ela. Eu queria que o meu tivesse ainda mais mecanismos.

Todas as noites, quando ligava a TV fixada na parede em frente à minha cama, via imagens do meu colégio – imagens aéreas que faziam a escola parecer tão distante quanto eu me sentia e também tão enfadonha e sinistra que não parecia ser o lugar onde eu tinha passado três anos da minha vida – e tinha aquela sensação estranha de estar certa de que estava assistindo a uma história fictícia. Mas o enjoo que sentia me lembrava que aquilo não era cenário de ficção. Era real e eu estava bem no meio do problema.

Mamãe passou muito tempo ao meu lado naqueles dois primeiros dias, o tempo todo descarregando emoções sobre mim. Em um minuto chorava baixinho atrás de um lenço de papel, balançando a cabeça com tristeza e me chamando de seu bebê, no outro, transformava-se em uma mulher zangada de lábios enrugados que me acusava e dizia que não acreditava que tinha dado à luz um monstro.

Eu não tinha muito a dizer sobre aquilo. A ela. A qualquer um. Depois que Frankie me disse que Nick estava morto, que ele tinha se matado, eu simplesmente me encolhi ao redor de mim mesma, como uma lesma coberta de sal. Virava de lado e me encolhia, curvando-me em torno dos lençóis e cobertores, com os joelhos enfiados no peito até onde o curativo e a dor na coxa permitiam, e os tubos e fios que me prendiam na cama deixavam. Dobrava-me como uma bola e, depois que meu corpo parava de se dobrar, minha alma continuava. Dobrava-me, dobrava-me e dobrava-me até me tornar algo apertado, enrolado, minúsculo.

Não era que eu tivesse decidido parar de falar. Era só que não tinha nada a dizer. Principalmente porque toda vez que abria a boca, queria gritar de horror. Tudo o que conseguia ver era Nick, morto em algum lugar. Eu queria ir ao seu enterro. Queria ir, ao menos, visitar seu túmulo. Queria cobri-lo de beijos e dizer que o perdoava por ter atirado em mim.

Mas também queria gritar de terror por causa do professor Kline. Por Abby Dempsey e pelos outros que tinham sido baleados. Até mesmo por Christy Bruter. Por mamãe. Por Frankie. E, sim, também por mim. Mas nenhum daqueles sentimentos parecia se encaixar, como se eu estivesse montando um quebra-cabeça e duas peças quase se encaixassem – e esse "quase" era de enlouquecer. Você pode colocar as peças juntas e forçá-las a se encaixar, mas, mesmo que consiga isso forçando, de fato, elas não se encaixam exatamente, não ficam certas. Era assim que meu cérebro estava. Como se eu estivesse forçando peças de um quebra-cabeça para elas se encaixarem.

Então, no terceiro dia, minha porta se abriu de repente. Eu estava olhando para o teto, pensando na vez em que eu e Nick tínhamos passado a tarde jogando *laser tag*[4] no Nitz. Eu ganhei o jogo e o Nick ficou chateado, mas, depois, fomos a uma festa na casa do Mason e ele contou a todos como eu era boa atiradora. Ele estava muito, muito orgulhoso de mim e me senti bem demais. Passamos o resto da noite de mãos dadas, olhando um para o outro com cara de apaixonados. Foi a melhor noite da minha vida.

Quando ouvi o barulho da porta abrindo, fechei os olhos rapidamente, pois queria que, quem quer que estivesse entrando, pensasse que eu estava

---

[4] Um jogo parecido com o *paintball*, mas, em vez de armas de pressão, usa-se raio *laser* para marcar os pontos. (N. T.)

dormindo e fosse embora para que eu pudesse continuar pensando naquela noite. Juro que minhas mãos estavam quentes, como se Nick estivesse de mãos dadas comigo naquele momento.

Ouvi passos ao lado da cama e, então, pararam. Mas os fios não se moveram. Nem ouvi o barulho dos armários ou gavetas se abrindo, como normalmente acontecia quando a enfermeira entrava no quarto. Nem ouvi mamãe fungar seu nariz intrometido. Nem senti o cheiro da colônia de Frankie. Apenas uma presença silenciosa ao meu lado. Abri um olho.

Um cara de terno marrom estava ao lado da cama. Tinha por volta de quarenta anos, pensei, e era completamente careca. Não era um careca que tinha perdido todo o cabelo, mas careca o bastante para raspar a cabeça inteira. Estava mascando chiclete. Não sorriu.

Abri os dois olhos, mas não me sentei. Continuei deitada e também não disse nada. Apenas olhei para ele, meu coração acelerado.

– Como está a perna, Valerie? – perguntou. – Posso chamá-la de Valerie, certo?

Franzi os olhos para ele, mas não respondi. Minha mão se moveu involuntariamente para o curativo na perna. Fiquei me perguntando se deveria me preparar para gritar. Será que aquele cara era um daqueles que aparecem nos filmes de terror e iria me estuprar e me matar na cama do hospital? Quase cheguei a pensar que merecia aquilo, que muita gente ficaria feliz de saber que alguma coisa horrível tinha havido comigo, mas percebi que aquilo não iria acontecer porque ele voltou a falar e a se movimentar.

– Melhor, espero. – Deu um passo para trás e puxou a cadeira. Sentou-se. – Você é jovem. Pelo menos isso ajuda muito. Tomei um tiro no pé, há dois anos, de um maluco, no Center. Levou uma eternidade para sarar. Mas eu sou velho – disse e riu da própria piada. Pisquei. Continuei em silêncio, minha mão ainda sobre o curativo.

Seu sorriso se apagou e ele mascou o chiclete de um jeito solene, olhando meu rosto com a cabeça um pouco inclinada para um lado. Ficou me encarando por tanto tempo que finalmente falei.

– Minha mãe já deve estar voltando – informei. Não sei por que falei aquilo, pois era mentira. Não tinha ideia de quando mamãe viria. Apenas pareceu a coisa certa a dizer; que um adulto viria logo. Assim, ele desistiria de me estuprar.

– Ela está no saguão. Já falei com ela – disse. – Vai subir em seguida. Talvez depois do almoço. Ela está conversando com meu colega agora. Talvez demore um pouco. Seu pai também está lá. Parece que ele não está muito feliz com você.

Pisquei.

– Bom – disse eu. Achei que aquilo estava muito resumido. Bom. Bom, quem era ele? Bom, quem liga? Bom, com certeza não eu. Bom.

– Sou o detetive Panzella – disse o cara de terno marrom.

– Ok – respondi.

– Você pode ver meu distintivo, se quiser.

Balancei a cabeça indicando que não queria ver, principalmente porque ainda não entendia o que ele poderia estar fazendo ali.

Ele se acomodou na cadeira e se inclinou para a frente, seu rosto se aproximou demais do meu.

– Precisamos conversar, Valerie.

Acho que eu sabia o que viria. Fazia sentido, certo? A não ser pelo fato de que, àquela altura, nada fazia sentido. Os tiros não faziam sentido, então, como um detetive de terno marrom sentado na minha frente em um quarto de hospital podia fazer sentido?

Eu estava morrendo de medo. Não. Estava com mais medo ainda. Estava com tanto medo que fiquei com frio e fiquei sem certeza de que conseguiria conversar com ele.

– Você se lembra do que aconteceu na escola? – perguntou.

Balancei a cabeça negativamente.

– Não muito. Alguma coisa.

– Muitas pessoas morreram, Valerie. Seu namorado, Nick, as matou. Você tem alguma ideia do porquê? – perguntou.

Pensei naquilo. Em tudo o que eu recordara do que tinha acontecido na escola, nunca me ocorreu perguntar a mim mesma o porquê. A resposta parecia óbvia. Nick odiava aquelas pessoas. E elas também o odiavam. Era por isso. Ódio. Socos no peito. Apelidos. Risadas. Comentários depreciativos. Ser empurrado de encontro aos armários quando algum idiota metido passava. Eles o odiavam e ele os odiava e de algum modo acabou daquele jeito, com todo mundo morto.

Lembrei-me de uma noite perto do Natal. A mãe de Nick emprestou o carro para ele sair comigo. Era raro sairmos de carro e estávamos ambos entusiasmados para ir a algum lugar mais longe. Resolvemos ir ao cinema.

Nick me pegou naquele calhambeque enferrujado, o chão cheio de copos de café manchados de batom e maços de cigarro vazios enfiados nos cantos dos bancos. Mas não ligávamos. Estávamos felizes de poder sair. Movi-me para o meio do banco da frente para ficar perto dele enquanto ele guiava, hesitante, como se aquela fosse a primeira vez que pegava o volante.

– E aí – disse Nick. – Comédia ou terror?

Pensei.

– Romântico – respondi com um sorriso travesso no rosto.

Ele fez uma careta e olhou para mim.

– Você está falando sério? De jeito nenhum. Não vou assistir a um filme água com açúcar.

– Iria, se eu pedisse – provoquei.

Ele fez que sim com a cabeça, sorrindo.

– É – concordou. – Iria.

– Mas não vou pedir – tranquilizei-o. – Comédia. Estou a fim de rir um pouco.

– Eu também – disse ele. Tirou a mão do volante e a colocou sobre meu joelho. Apertou-o delicadamente e deixou a mão lá. Recostei-me nele, fechando os olhos e suspirando.

– Passei o dia todo ansiosa para encontrar você. Meus pais estavam tão irritantes a noite passada que achei que iria ficar louca.

– É. É legal estar aqui – respondeu, apertando meu joelho de novo.

Entramos no estacionamento do cinema. Estava lotado, as pessoas enchendo a calçada e o gramado na frente do estacionamento. A maioria era adolescente, muitos deles da nossa escola. Nick tirou a mão do meu joelho e a colocou de novo no volante, enquanto guiava vagarosamente à procura de um lugar para estacionar.

Chris Summers passou andando pelo nosso carro, com um copo de refrigerante tamanho gigante. Ele estava com os amigos, zoando como sempre. Eles passaram pelo estacionamento bem na frente do Nick, fazendo-o frear abruptamente.

Chris olhou pelo para-brisa e começou a rir.

– Belo carro, esquisito! – disse, e, então, jogou o copo de refrigerante no para-brisa. O copo abriu e refrigerante e gelo se espalharam e escorreram por toda a frente do carro, deixando marcas de espuma no vidro e no capô.

Pulei, deixando escapar um grito:

– Imbecil! – berrei, mesmo apesar de Chris e seus amigos já terem saído e já estarem entrando no cinema. Vários garotos e garotas que estavam no gramado e viram a cena também estavam rindo.

– Você é um estúpido! – gritei de novo. – Você se acha esperto, mas é um mané!

Xinguei mais um pouco, voltando meu olhar para as pessoas que estavam rindo, inclusive Jessica Campbell, que estava com suas amigas, a mão sobre a boca sorridente.

— Nossa — disse, recostando-me finalmente no banco do carro — Será que ele não sente falta do cérebro?

Mas Nick não respondeu. Estava completamente imóvel, as duas mãos agarrando o volante, o refrigerante manchando o para-brisa. Inclinei-me para a frente. Seu rosto, sorridente há poucos instantes, estava caído. Como se não tivesse o que o sustentasse. Suas bochechas tinham grandes manchas vermelhas e seu queixo tremia. Eu podia sentir a vergonha e o desapontamento irradiando dele, podia quase vê-lo encolhendo, derrotado, ante meus olhos. Aquilo me assustou. Normalmente, Nick zangava-se, reagia. Só que, daquela vez, parecia que queria chorar.

— Ei — disse, tocando de leve seu cotovelo. — Esqueça isso. O Chris é um mané.

Mas Nick não respondeu de novo, não se moveu, mesmo apesar de os carros atrás de nós terem começado a buzinar.

Observei-o por mais um minuto, ouvindo a voz dele em minha mente: "às vezes a gente tem de vencer, Valerie", disse. "Não esta noite", pensei. "Esta noite, ainda somos perdedores."

— Sabe — falei — não estou no pique de pegar um filme. Vamos só comprar alguma coisa para comer e levar para sua casa. A gente pode ver TV.

Ele olhou para mim, seus lábios tesos formando uma linha, os olhos rasos d'água. Ele concordou, balançando lentamente a cabeça, e puxou a alavanca do limpador de para-brisa, que jogou o copo no chão e fez o refrigerante sumir, como se não tivesse arruinado nossa noite.

— Sinto muito — disse ele com uma voz que mal pude ouvir e engatou a marcha, saindo lentamente do estacionamento, como um cachorro com o rabo entre as pernas.

No entanto, sentada ali na cama do hospital, não parecia ser o que o detetive queria saber. Ele não queria saber sobre Nick. Queria saber sobre o cara que cometeu um crime.

— Não sei — respondi.

— Não quer tentar adivinhar?

Dei de ombros.

— Não sei. Nick sabia. Mas você não pode perguntar para ele porque ele está morto. Talvez Jeremy saiba.

— Seria Jeremy Watson? De, humm... — Ele começou a verificar alguns apontamentos em um caderno que tirou não sei de onde — ...Lowcrest? — perguntou.

– Acho que sim. – Ele percebeu que eu não tinha a mínima ideia de qual era o sobrenome do Jeremy nem sabia onde ele morava. Só que era amigo do Nick e que tinha sido a última pessoa que conversou com Nick antes do massacre. – Não conheço Jeremy.

As sobrancelhas do detetive se ergueram um pouco, como se, por algum motivo, ele achasse que eu era uma das amigas mais próximas do Jeremy, ou coisa parecida.

– Eu nunca o vi – informei. – Só sabia que o Nick estava saindo com ele.

O detetive apertou os lábios um pouco, formando um círculo, e franzindo a testa ao mesmo tempo.

– Hum. Engraçado, porque os pais do Jeremy sabem muito a seu respeito. Sabem seu nome e sobrenome. Sabem onde você mora. Disseram para procurar você, se eu quisesse respostas.

– Como iam saber a meu respeito? – disse, erguendo-me, apoiada nos cotovelos. – Eu nunca os vi.

O detetive deu de ombros.

– Talvez Nick falasse muito de você. Isso foi planejado, Valerie? Você e o Nick planejaram atirar nas pessoas?

– Eu não... Não, eu não faria... de jeito nenhum!

– Temos umas doze testemunhas que confirmaram que Nick perguntou a você, "não se lembra do nosso plano?", logo antes de começar a atirar. Você tem ideia de que a que plano ele se referia?

– Não.

– Não acho que você esteja dizendo a verdade.

– É a verdade – disse eu, realmente sofrendo com aquilo. – Não planejei nada disso. Nem sabia que ele estava planejando o que fez.

Ele ficou de pé e endireitou o paletó. Tirou um maço de papéis de um envelope e entregou-os para mim. Olhei os papéis e juro que parei de respirar.

De: cadaver@gmail.com
Para: NicksVal@aol.com
Assunto: Outro jeito de fazer

Acho que prefiro gás mais que qualquer outra coisa. Sabe, tipo entrar na garagem, ligar o carro, deitar no carro, fumar um e morrer. Seria radical, cara, se meus pais entrassem na garagem de manhã, prontos para ir trabalhar, e me encontrassem morto com um baseado enorme na mão. Ah, sabe quem quero colocar na lista? Ginny Baker.

N

De: NicksVal@aol.com
Para: cadaver@gmail.com
Assunto: RE: Outro jeito de fazer
Não sei, ainda prefiro o lance da overdose. Tipo overdose de algo sexy, tipo X ou algo parecido. (KKKKKK) Hilário o lance dos seus pais entrando no carro. Seria engraçado. Aposto que eles iriam fumar o baseado antes de chamar a ambulância, não acha?
E por que a G.B.? Ainda estou com a lista conforme a deixamos na aula de Sociologia. Vou colocá-la para você.
Val

De: cadaver@gmail.com
Para: NicksVal@aol.com
Assunto: RE: RE: Outro jeito de fazer
Por que não? Ela é só mais uma BVMR. Coloque-a na lista. Que número ela é? Acho que 407. Muito mal. Ela merecia estar bem mais no começo da lista.
N

De: NicksVal@aol.com
Para: cadaver@gmail.com
Assunto: RE: RE: RE: Outro jeito de fazer
Todas as BVMRs merecem. Já a incluí. Número 411. Não seria legal se o shopping explodisse e todo o clube das BVMRs ficasse em pedacinhos? O lugar iria ficar cheio de cabelo pintado de loiro e unhas postiças para todo lado. KKKKKKK.
Val

O detetive ficou me encarando enquanto eu olhava o resto dos papéis – todos arquivos do meu computador que, conforme vim a saber, havia sido confiscado pela polícia horas depois do tiroteio.

– O que quer dizer BVMR? – perguntou ele.

– Hum? – resmunguei.

– BVMRs. Vocês dois mencionaram BVMRs. Disseram que Ginny Baker era uma BVMR.

– Ah – murmurei –, preciso beber água. – Ele esticou o braço e empurrou a bandeja que a enfermeira tinha deixado para perto de mim. Peguei a água e bebi. – BVMRs – repeti e balancei a cabeça.

– Não se lembra? – o detetive se abaixou até ficar com os olhos à mesma altura dos meus. Olhou fundo nas minhas retinas e eu comecei a suar. Falou com uma voz baixa, semelhante a um rosnado, e percebi que ele poderia ficar realmente violento quando quisesse.

– Valerie – disse – as pessoas querem justiça. Querem respostas. Pode apostar que vamos até o fim desta história. Vamos descobrir a verdade. De um jeito ou de outro. Você pode não se lembrar exatamente o que aconteceu na cantina há três dias, mas sei que se lembra o que quer dizer BVMR.

Coloquei o copo de água de volta na bandeja. Minha boca parecia estar congelada e não conseguia abri-la.

– Verifiquei com a escola. Não é um tipo de organização escolar. Por isso sei que foi algo que você e o Nick inventaram. – Ele se ergueu novamente e fechou a pasta. – Tudo bem – disse com voz normal. – Vou descobrir. Nesse meio tempo, vou assumir que BVMR é um apelido que vocês deram para alguns garotos e garotas, uma das quais morreu.

– Barbie... – comecei a falar, mas parei. Fechei os olhos e retesei as mandíbulas. Senti frio no corpo todo e pensei em chamar a enfermeira. Contudo, tive a sensação de que a enfermeira não faria nada para me ajudar. Tomei fôlego. – Barbies Vacas Magrelas e Riquinhas – disse. – BVMRs. Barbies Vacas Magrelas e Riquinhas. É isso que significa. O Clube das BVMRs. Entendeu?

– E você queria explodir o clube todo.

– Não. Eu nunca quis explodir ninguém.

– Foi o que você disse. Você é "NicksVal", não é?

– Era piada. Uma piada estúpida.

– George e Helen Baker não estão rindo. O rosto da Ginny está um horror. Se ela sobreviver, não vai mais ser como era. Nunca mais.

– Meu Deus – sussurrei. Minha boca secou. – Eu não sabia.

O detetive contornou a cadeira e foi até a porta arrastando os pés. Apontou para o maço de papéis que ainda estavam na minha mão.

– Vou deixar esses com você esta noite. Você pode dar uma olhada neles e conversamos de novo amanhã.

Entrei em pânico. Não sabia o que falar para ele amanhã – ou em qualquer outra hora.

– Meu pai é advogado. Ele não vai me deixar falar sem um advogado. Isso não tem nada a ver comigo.

Vi um lampejo de alguma emoção brilhar no olhar do detetive – talvez raiva, talvez apenas impaciência.

– Isto não é um jogo, Valerie – comunicou ele. – Quero colaborar com você. Quero mesmo. Só que você tem de colaborar comigo. Já conversei com seu pai. Ele sabe que estou conversando com você. Seus pais estão colaborando, Valerie. Sua amiga Stacey também. Passamos os dois últimos dias vasculhando as suas coisas e as de Nick. Estamos com o notebook. Estamos analisando os e-mails neste momento. Seja lá o que aconteceu, nós descobriremos. Esta é sua chance de esclarecer as coisas. Limpar o nome de Nick, se acha que pode. Mas você vai ter de falar. Tem de cooperar. Para seu próprio bem.

Ele ficou no vão da porta me observando durante alguns minutos.

– Amanhã conversaremos – disse.

Olhei para o meu colo, tentando entender tudo o que ele dizia. O notebook? Os e-mails? Eu não sabia exatamente o que ele queria dizer, mas tinha o palpite de que as coisas não estavam indo bem para mim. Estava tentando me lembrar das coisas horríveis que tinha escrito aquela noite no notebook ou das mensagens de texto que mandei de madrugada para o Nick. Nada era bom. Uma onda de frio tão forte passou por mim, que eu mal sentia meu corpo do pescoço para baixo.

8

– Fale sobre esse seu apelido, Irmã da Morte – disparou o detetive Panzella logo que entrou no quarto na manhã seguinte. Nada de "como está a perna? Espero que melhor". Só "fale sobre esse seu apelido".

– O que é que tem? É só um apelido idiota – respondi, apertando o botão para erguer minha cama na posição em que pudesse me sentar. Estive olhando as folhas com os e-mails que ele tinha deixado na noite anterior – de novo – e estava de mau humor. Tudo o que tínhamos conversado – como não consegui ver? Por que não percebi que Nick estava falando sério?

O detetive folheou algumas páginas no seu caderno de notas e balançou a cabeça.

– De onde vem esse apelido?

– O quê? Você quer dizer, por que eles me chamam assim? Por causa do meu delineador de olhos. Porque uso jeans pretos e pinto o cabelo de preto. Porque, sei lá. Por que não vai perguntar para eles? Nunca pedi para me darem apelidos.

Não, não tinha pedido. Tinha certeza daquilo, mesmo que algumas pessoas da TV dessem a entender que eu gostava do apelido. Christy Bruter era apenas aquela pessoa, conforme mamãe repetia aqueles anos todos. Aquela pessoa que via alguém fraco e vulnerável e o agredia. Aquela pessoa que tinha tantos admiradores que qualquer apelido que inventasse pegaria na hora. Aquela pessoa que podia tornar minha vida horrível se quisesse. Christy gostava de me dar apelidos. E também Jessica Campbell e Meghan Norris. Chris Summers adorava pegar no pé de Nick sempre que podia. Por quê? Como podia saber?

– Não foi porque você estava planejando assassinar pessoas com o seu namorado?

– Não! Já disse que nunca planejei nada com Nick. Nem sabia que Nick planejava algo. É só um apelido idiota. Não fui eu que inventei. Eu o odeio.

Ele virou outra página.

– Um apelido idiota inventado por Christy Bruter.

Fiz que sim com a cabeça.

– A garota em quem, supostamente, Nick atirou primeiro. Aquela que não conseguimos ver direito no vídeo de segurança. Tudo o que vemos é você e Nick confrontando-a e, então, Christy caindo no chão e todo mundo saindo correndo.

– Eu não atirei nela, se é isso o que o senhor está dizendo – protestei. – Não atirei.

Ele afundou na cadeira e se inclinou em minha direção.

– Diga o que a polícia deve pensar, Valerie. Conte para nós exatamente o que aconteceu. Só sabemos o que vimos. E o que vimos é você apontando Christy Bruter para o seu namorado. Pelo menos três outros alunos confirmaram isso.

Balancei a cabeça e esfreguei os olhos com os dedos. Estava ficando com sono e tinha certeza de que o curativo da minha perna precisava ser trocado.

– Você quer me dizer por que fez isso?

– Queria que o Nick brigasse com ela – disse em um quase sussurro. – Ela tinha quebrado meu MP3 player.

O detetive ficou de pé, foi até a janela e fechou a veneziana, impedindo o sol de entrar no quarto. Pisquei. O quarto ficou triste, sem luz. Era como se mamãe nunca mais fosse voltar. Como se eu fosse ficar naquela cama para sempre ouvindo as perguntas daquele tira, mesmo que estivesse padecendo de dor, que a ferida gangrenasse, aprofundasse e virasse uma cratera na minha perna.

Ele puxou outra cadeira, do lado oposto da cama onde estava sentado. Sentou-se no novo lugar e coçou o queixo.

– Então – continuou –, você foi para a cantina e apontou Christy para seu namorado. Quando viu, ela tinha um buraco na barriga. O que está faltando, Valerie?

Senti uma lágrima escorrer.

– Não sei. Não sei o que aconteceu. Juro. Num minuto estávamos entrando na Praça de Alimentação como num dia qualquer e, no momento seguinte, as pessoas começaram a gritar e a correr.

O detetive franziu os lábios e fechou o caderninho. Então, recostou-se na cadeira e dirigiu os olhos para o teto, como se estivesse lendo alguma coisa que estava escrita lá.

– Relatos de testemunhas contaram que você se ajoelhou ao lado de Christy logo depois que ela foi baleada e, em seguida, se levantou e saiu correndo. Disseram que era como se você quisesse se certificar de que ela tinha tomado um tiro e foi embora como se sua intenção fosse deixá-la morrer. Isso é verdade?

Contraí os olhos, tentando afastar a imagem da barriga da Christy Bruter sangrando, minhas mãos tentando estancar o sangue. Tentando não sentir o pânico que vivi naquele dia travar minha garganta. Tentando não sentir o cheiro de pólvora no ar e não ouvir tiros. Mais lágrimas correram pelo meu rosto.

– Não. Isso não é verdade.

– Você não fugiu? Porque, no vídeo, nós vimos você fugir.

– Não. Quer dizer, sim, eu a deixei, mas não fugi. Não a deixei para morrer. Juro. Eu a deixei porque tinha de encontrar Nick. Tinha de falar para ele parar.

Ele balançou a cabeça e virou mais algumas páginas do caderno.

– E o que foi mesmo que você disse para a sua amiga Stacey Brinks quando desceu do ônibus naquele dia?

Minha perna latejava. E minha cabeça também. Minha garganta estava seca porque eu tinha falado muito. E estava ficando com medo. Com muito medo. Não conseguia me lembrar do que tinha dito a Stacey. Estava em um ponto em que não conseguia lembrar muita coisa e aquilo que lembrava, não acreditava que fosse verdade.

– Hum? – insistiu ele. – Você disse alguma coisa a Stacey Brinks depois de descer do ônibus?

Balancei a cabeça.

– De acordo com Stacey, você disse qualquer coisa como "quero matá-la. Ela vai se arrepender por isso". Você disse isso?

Naquele instante, a enfermeira entrou no quarto.

– Desculpe, detetive, mas tenho de trocar o curativo dela antes de meu turno acabar – explicou.

– Sem problemas – respondeu o detetive Panzella. Levantou-se e começou a observar as várias máquinas e equipamentos. – Conversaremos mais tarde – disse para mim.

Desejei que "mais tarde" fosse "nunca"; desejei que, de alguma forma, algum milagre acontecesse entre agora e "mais tarde" e ele resolvesse que não tinha mais nada para me perguntar.

Eu estava sentada em uma cadeira de rodas ao lado da minha cama, usando jeans e camiseta pela primeira vez desde o tiroteio. Mamãe os trouxe de casa. Eram velhos, talvez da época em que eu estava no nono ano ou coisa parecida, e estavam completamente fora de moda. No entanto, eu me sentia bem por usar roupas de verdade de novo, mesmo que isso me impedisse de me mexer sem roçar o tecido sobre meu ferimento na coxa, o que me fazia gemer e morder os lábios. Também era bom estar sentada. Mais ou menos. Não que houvesse muito mais que pudesse fazer além de ficar sentada e assistir à TV.

Durante o dia, quando mamãe, o detetive Panzella e as enfermeiras estavam por lá, eu ligava a TV na Rede Culinária ou qualquer outro canal que não estivesse transmitindo matérias sobre o massacre no colégio. Mas, à noite, minha grande curiosidade vencia, e eu acabava assistindo aos noticiários, com o coração na boca, enquanto tentava descobrir quem tinha sobrevivido, quem tinha morrido e o que a escola iria fazer para superar o ocorrido.

Durante os comerciais, minha mente vagava. Eu me perguntava se meus amigos tinham ou não superado. Se estavam bem. Estariam chorando? Estariam comemorando? Será que a vida simplesmente continuava para eles? E, depois, eu pensava nas vítimas e tinha de bater com o punho na coxa e mudar de canal, tentando pensar em outra coisa.

Tinha passado a manhã respondendo às perguntas do detetive Panzella, o que não era nem um pouco divertido. Nunca tentava pensar no que ele estava fazendo porque tinha certeza de que, não importava o que fosse, não seria bom para mim.

Naquele dia, ele tinha certeza de que eu também tinha atirado. Ou que, pelo menos, estava por trás dos tiros. Não importava o que eu dizia, estava certo disso. Não importava o quanto eu chorasse, ele não mudava de ideia. E, por conta das evidências que ele tinha me mostrado nos dois dias anteriores, acho que não podia culpá-lo. Eu parecia completamente culpada, até mesmo para mim, mas sabia também que não tinha feito nada.

Ele tinha deixado fragmentos de evidências comigo. Tinha estado na minha casa. No meu quarto. Entrou no meu computador. Vasculhou os registros do meu celular. Recuperou e-mails. Leu meu notebook... o notebook.

Ao que parece, muita gente tinha visto o conteúdo do notebook. Até mesmo a mídia sabia o que havia no notebook. Ouvi trechos sendo citados em um desses programas de entrevista que passam na TV tarde da noite. Também ouvi outros trechos divulgados em um noticiário matinal e pensei em como era irônico o fato de os apresentadores de TV mauricinhos e patricinhas que tanto achavam fascinantes as coisas que viram no notebook serem justamente aqueles que iriam parar na lista. Para falar a verdade, acho que uns dois deles já estavam mesmo na lista. Pensei se saberiam disso. E isso me lançava em uma viagem mental, uma sucessão de perguntas que começavam com "e se", o que não era uma boa coisa a se fazer, especialmente com o detetive Panzella fuçando meu quarto o tempo todo.

Já tinha perdido a conta dos dias, mas acho que devia estar lá havia cerca de uma semana, a julgar pelo número de visitas que eu tinha recebido do detetive.

Ele já estava no quarto. Tinha entrado logo depois de me vestirem e me colocarem na cadeira de rodas. Como sempre, cheirava a couro e estalava os lábios direto quando falava. Seu terno era marrom e amarrotado como um saco de pão. E tinha um olhar sarcástico que me fazia sentir como se estivesse mentindo, mesmo sabendo que dizia a verdade. Encurtou nossa conversa e me deixou sozinha, com minha cadeira de rodas e programas de culinária. Fiquei feliz com isso.

Depois de o detetive sair, mamãe chegou com as roupas, algumas revistas e uma barra de chocolate recheada. Parecia estar um pouco mais feliz. Estranho, pensei, porque ela sabia que o detetive esteve no quarto me interrogando. Não parecia ter chorado. O nariz vermelho e os olhos inchados já tinham quase se tornado características permanentes no seu rosto, e fiquei chocada ao vê-la entrar alegremente no quarto, com o rosto maquiado, e, se não estava sorrindo, ao menos estampava no rosto um ar de serenidade.

Ela me entregou as roupas e me ajudou a vesti-las. Daí, apoiei-me nela e fui pulando com a perna boa até a cadeira de rodas, onde ela me deixou cair pesadamente. Daí, pegou o controle remoto, que eu tinha fixado no guarda-cama, e me entregou. Finalmente, sentou-se na ponta da cama e me encarou.

– Sua perna está melhorando – comentou.

Concordei balançando a cabeça.

– Conversou com o detetive?

Repeti o movimento com a cabeça, olhando para meus pés descalços e desejando ter pedido para ela trazer meias.

– Você quer conversar sobre isso?

– Ele acha que sou culpada. E você também.

– Eu nunca disse isso, Valerie.

– Você nunca fica aqui comigo quando ele vem me torturar, mãe. Ninguém fica comigo. Sempre estou só.

– Ele é um policial muito simpático, Valerie. Não quer pegar você. Está apenas tentando descobrir o que aconteceu.

Balancei a cabeça de novo, pensando que estava cansada demais para brigar com ela. De repente, decidi que, na verdade, não importava o que ela pensava. O problema era tão grande que ela não poderia me salvar mesmo se achasse que eu era inocente.

Ficamos caladas, sentadas lá, por alguns minutos. Zapeei pelos canais de TV e acabei assistindo ao programa de Rachel Ray, que estava preparando alguma receita de frango. Estávamos em silêncio, a não ser pelo ruído dos sapatos de mamãe quando ela mudava de posição na cadeira ou quando eu me movia sobre a cadeira de rodas. Provavelmente minha mãe não conseguia pensar em mais nada para falar, a não ser se fosse para ouvir uma confissão dramática, como nas novelas.

– Onde está papai? – acabei perguntando.

– Ele foi para casa.

A próxima pergunta ficou pairando pesadamente no ar e pensei até mesmo em não fazê-la, mas achei que mamãe estava esperando eu perguntar e não queria desapontá-la.

– Ele também acha que sou culpada?

Mamãe se inclinou e começou a cutucar uma mancha no fio do controle remoto, mantendo os dedos ocupados.

– Ele não sabe o que pensar, Valerie. Foi para casa para refletir a respeito. Ao menos foi o que disse.

Aquela resposta ficou pairando entre nós tão pesadamente quanto a pergunta que a havia provocado. "Ao menos foi o que disse." O que significava isso?

– Ele me odeia – desabafei.

Mamãe me lançou um olhar severo.

– Você é filha dele. Ele a ama.

Revirei os olhos.

– Você tem de dizer isso. Mas sabe a verdade, mãe. Ele me odeia. Você também me odeia? Todo mundo me odeia agora?

– Você está sendo boba, Valerie – disse ela. Levantou-se e pegou a bolsa. – Vou descer e comer um sanduíche. Quer alguma coisa?

Balancei a cabeça e, enquanto mamãe saía, um pensamento brilhou em minha mente, como se fosse um relâmpago: ela não disse "não".

Pouco tempo depois que mamãe saiu, ouvi uma batida de leve na porta. Não respondi. Parecia que iria despender muita energia para abrir a boca. Mas, naqueles dias, eu não conseguia manter as pessoas a distância.

Além do mais, provavelmente era o detetive Panzella e, não importava como, daquela vez ele não tiraria uma palavra de mim. Mesmo que suplicasse. Mesmo que me ameaçasse com uma sentença de morte. Estava cansada de reviver o dia do massacre e só queria ficar sozinha.

Mais uma vez bateram na porta e, então, a porta se abriu devagar. Uma cabeça surgiu atrás da porta. Stacey.

Não consigo nem dizer o alívio que senti ao ver seu rosto. O rosto todo. Ela não estava só viva, mas também sem cicatrizes. Sem marcas de bala. Sem marcas de queimadura. Quase chorei ao vê-la de pé na minha frente.

É claro que não se consegue ver cicatrizes emocionais no rosto de uma pessoa, consegue?

– Oi – saudou ela. Não sorria. – Posso entrar?

Mesmo que eu tivesse ficado realmente feliz de ver que ela estava viva, me lembrei, no momento em que abriu a boca, que aquela era a voz da pessoa com quem eu tinha rido e me divertido muito há, ao que parecia, um milhão de anos. Não sabia o que dizer a ela.

Isso pode parecer estúpido, mas acho que eu estava com vergonha. Sabe, quando você é uma criança pequena e seu pai ou sua mãe grita com você na frente dos seus amigos e você se sente humilhado, como se seus amigos acabassem de testemunhar algo muito particular a seu respeito, o que faz você sair completamente da *persona*, naquela atitude "tenho tudo sob controle" que tentamos projetar neste mundo? Era isso que sentia, só que multiplicado por bilhões.

Queria dizer mil coisas a ela, juro. Queria perguntar sobre Mason e Duce. Saber sobre a escola. Se Christy Bruter e Ginny Baker estavam vivas.

Perguntar se ela sabia que Nick estava planejando aquilo. Queria que ela dissesse que tinha ficado surpresa como eu. Que me dissesse que eu não era a única culpada de não ter impedido Nick. De ter sido tão incrivelmente cega e burra.

Mas era tão estranho. Foi completamente surreal quando ela entrou e disse "você não respondeu à porta, achei que estivesse dormindo". Não eram só os tiros. Não eram só as imagens de TV mostrando alunos correndo, alguns sangrando, fugindo da cantina do meu colégio, como se fossem uma veia aberta. Não era só o fato de Nick estar morto e de o detetive Panzella ficar repetindo na cabeceira da minha cama frases que poderiam ser tiradas do roteiro do *Law & Order* ou *Criminal Intent*. Mas era tudo isso junto. Cada lembrança, desde o primeiro ano, quando Stacey me mostrou um dente incisivo mole que ela erguia com a ponta da língua como se fosse um chiclete e eu brincando apoiada em uma barra da gaiola no playground, com a barriga de fora. Era como se tudo fosse um sonho. E isto – este inferno – fosse minha realidade.

– Olá – disse eu, baixinho.

Ela parou no pé da minha cama, com um jeito esquisito, na mesma posição que Frankie estava no dia em que eu acordei.

– Dói?

Encolhi os ombros. Ela tinha feito aquela mesma pergunta para mim nas milhões de vezes em que me machuquei antes, naquele outro mundo de sonho. Naquele mundo onde nós éramos garotinhas normais e não ligávamos se nossas barrigas apareciam quando estávamos brincando ou se o dente mole saía para fora como chicletes.

– Um pouco – menti. – Nada demais.

– Ouvi dizer que ficou, tipo, um buraco aí – disse ela. – Foi o Frankie que me contou, por isso não sei se é verdade.

– Nada demais – repeti. – Na maior parte do tempo não sinto nada. Eles me dão analgésicos.

Ela começou a raspar com o polegar um adesivo que estava na grade da cama. Conhecia Stacey o bastante para saber que aquilo indicava que ela estava nervosa – talvez chateada ou frustrada. Suspirou.

– Disseram que podemos voltar para a escola semana que vem – informou. – Bom, alguns de nós. Muitos alunos estão com medo, acho. Muitos ainda estão se recuperando... – Sua voz ficou mais baixa depois que ela disse a palavra "recuperando" e seu rosto ficou vermelho, como se tivesse vergonha de mencionar aquilo para mim. Fui assaltada por outra imagem onírica, uma de nós debaixo de um lençol dobrado sobre uma mesa de piquenique no quintal da casa dela, alimentando bonecas com comida imaginária. Nossa, parecia tão real alimentar aqueles bebês de plástico. Tudo parecia tão real.

– Seja como for, eu voltarei. E o Duce também. E acho que o David e o Mason. Mamãe me disse que não queria que eu voltasse, mas eu quero, sabe? Acho que preciso. Não sei.

Ela olhou para cima e começou a assistir à TV. Eu podia perceber que não prestava atenção nas bombas de creme que estavam sendo tiradas do forno em algum programa de culinária.

Finalmente, ela olhou para mim, os olhos marejados.

– Você vai falar comigo, Valerie? – perguntou. – Vai dizer alguma coisa?

Abri a boca. Parecia que eu estava cheia de nada, como se estivesse cheia de nuvens, talvez, o que acho ser apropriado quando se acorda de um mundo de sonho como aquele para uma realidade horrível, feia, tão horrenda que tem gosto, forma.

– Christy Bruter morreu? – deixei finalmente escapar.

Stacey olhou para mim por um segundo, girando um pouco os olhos, achando que fez isso de forma quase imperceptível.

– Não, não morreu. Está aí no corredor. Acabei de vê-la.

Como eu não disse nada, ela jogou o cabelo para trás e olhou para mim, franzindo os olhos.

– Desapontada?

Era isso. Aquele mundo. Dizia-me que Stacey, até mesmo minha amiga mais antiga, Stacey, aquela que estava comigo quando entrei no primeiro ano, aquela que usou meu maiô e minha maquiagem, também acreditava que eu era culpada. Mesmo que não dissesse isso em voz alta, mesmo que não acreditasse que eu tivesse puxado o gatilho, bem no fundo ela me culpava.

– Claro que não. Não sei mais o que pensar – respondi. Era a coisa mais verdadeira que eu havia dito em dias.

– Só para você – disse ela. – Não acreditei no que aconteceu. Não no começo. Quando ouvia alguém contar quem tinha dado os tiros, não acreditava. Você e o Nick... sabe, você é minha melhor amiga. E o Nick sempre pareceu ser tão legal. Meio *Edward Mãos de Tesoura*, mas legal. Nunca teria imaginado... Não podia acreditar... Nick. Nossa.

Ela começou a andar em direção à porta, balançando a cabeça. Senti-me totalmente amortecida sentada naquela cadeira de rodas, absorvendo tudo o que ela tinha falado. Não podia acreditar? Bom, nem eu. Mais que tudo, não consegui crer que minha "melhor" e mais antiga amiga acreditava que tudo o que disseram sobre mim era verdade. Não podia crer que nem tinha se ligado em perguntar se o que estavam dizendo tinha realmente acontecido. A moldável Stacey estava sendo moldada para não confiar mais em mim.

– Nem eu. Às vezes continuo sem acreditar – disse. – Mas juro, Stacey, não atirei em ninguém.

– Só falou para o Nick atirar – retrucou ela. – Preciso ir. Só queria dizer que estou feliz porque você está bem – colocou a mão na maçaneta e abriu a porta. – Duvido que deixem você sair daqui, mas, se vir a Christy Bruter no corredor, acho que devia pedir desculpas a ela. – Ela saiu. No entanto, um pouquinho antes de a porta fechar, ouvi-a dizendo: "Eu me desculpei"; e não consegui deixar de ficar me perguntando, durante oito horas depois daquela conversa, por que diabos Stacey teria de se desculpar.

E, quando finalmente entendi que ela tinha se desculpado por ser minha amiga, aquele mundo de sonhos simplesmente sumiu. Na verdade, nunca existiu.

10

Achei que iria para casa. Mamãe entrou no quarto enquanto eu dormia, deixou outra roupa para mim e desapareceu como fumaça. Sentei-me. A luz da manhã entrava pela janela e batia no pé da cama. Tirei o cabelo dos olhos com os dedos. O dia estava diferente de alguma forma, como se tivesse possibilidades.

Levantei-me, apoiando na cama, peguei as muletas que a enfermeira tinha deixado à noite, encostadas na parede, ao lado da cama, e as usei para ir ao banheiro – algo que eu já conseguia fazer sozinha. Os analgésicos ainda me deixavam zonza, mas já tinha saído da terapia intravenosa e o curativo na coxa ainda era volumoso, mas menor do que já fora. Minha perna latejava um pouco, como quando se tem uma farpa enfiada no dedo.

Demorou um pouco para que eu conseguisse manobrar para usar o banheiro, e, quando saí, mamãe estava sentada na beira da cama. Havia uma pequena mala no chão, aos seus pés.

– O que é isso? – perguntei, voltando para a cama com as muletas. Levantei minha camiseta e comecei a tirar o pijama.

– Algumas coisas que achei que você iria precisar.

Suspirei, passando a camiseta pela cabeça e colocando a calça.

– Quer dizer que vou ficar presa aqui mais um dia? Mas eu me sinto bem. Posso cuidar de mim sozinha. Posso ir para casa. Quero ir para casa, mãe.

– Venha, deixe-me ajudar – disse ela, inclinando-se para me ajudar a ajustar o jeans. Ela o abotoou e fechou o zíper, o que foi ao mesmo tempo estranho e confortável.

Pulei até a cadeira de rodas e me deixei cair nela. Tirei o cabelo do encosto da cadeira e me acomodei. Rodei a cadeira até a mesinha, onde a enfermeira havia deixado uma bandeja com comida. Senti cheiro de bacon e meu estômago roncou.

– Eles já disseram quando poderei ir para casa? Amanhã? Acho mesmo que posso ir para casa amanhã, mãe. Será que você podia falar com eles sobre isso? Levantei a tampa que cobria a bandeja com o café da manhã. Meu estômago roncou de novo. Mal podia esperar para comer o bacon.

No momento em que mamãe iria começar a falar, a porta se abriu e um cara vestindo calças cáqui, uma camisa de flanela e um avental de laboratório entrou.

– Senhora Leftman – disse com um jeito jovial. – Sou o doutor Dentley. Conversamos ao telefone.

Olhei para ele, com a boca cheia de bacon.

– E você deve ser Valerie – continuou, em um tom comedido e cauteloso. Esticou a mão como se quisesse que eu a apertasse. Engoli o bacon e hesitantemente apertei sua mão. – Doutor Dentley – repetiu. – Sou psiquiatra aqui do Hospital Geral de Garvin. Como está a sua perna?

Olhei para mamãe, mas ela olhava fixamente para os pés, como se estivesse fingindo que não estávamos no quarto com ela.

– Tudo bem – respondi, pegando mais um pedaço de bacon.

– Bom. Bom – opinou, sempre sorrindo. Era um sorriso nervoso, quase como se estivesse com um pouco de medo, mas não de mim, pessoalmente. Era como se tivesse medo da vida. Como se a vida fosse atacá-lo a mordidas a qualquer momento. – Fale-me sobre o nível de dor que você está sentindo agora.

Ele veio por trás de mim e pegou a prancheta com informações médicas que, claro, também continha o relatório do nível de dor. Eu respondia a essa pergunta umas cem vezes por dia, desde que cheguei ao hospital. Sua dor está em dez? Em sete? Talvez 4,375?

– Dois – respondi. – Por quê? Vou receber alta?

Ele riu e empurrou os óculos com o indicador.

– Valerie, queremos que fique boa – disse ele, com a voz paciente de professor de jardim da infância. – E também queremos que você fique boa por dentro. É por isso que estou aqui. Vou fazer algumas avaliações hoje para podermos determinar o melhor modo de encaminhá-la a um instituto de saúde mental. Você tem vontade de se machucar, hoje?

– O quê? – Olhei sobre meus ombros novamente. – Mamãe? – Mas ela continuava a olhar os sapatos.

– Perguntei se você acha que pode colocar em risco a sua vida ou a de outras pessoas.

– Você quer dizer, se vou cometer suicídio?

Ele assentiu com a cabeça, aquele sorriso idiota pregado no rosto como um mexilhão a uma pedra.

– Ou se cortar. Ou se está tendo pensamentos perigosos.

– O quê? Não. Por que eu iria querer cometer suicídio?

Ele inclinou-se um pouquinho para um lado e colocou uma perna na frente da outra.

– Valerie, conversei muito com seus pais, com a polícia e com seus médicos. Falamos muito a respeito dos pensamentos de suicídio que aparentemente têm assombrado você por muito tempo. E todos tememos que, por causa dos acontecimentos recentes, esses pensamentos possam estar mais intensos.

Nick sempre foi obcecado pela morte. Não era nada demais, sabe? Algumas pessoas são obcecadas por videogames. Outras só pensam em esporte. Alguns caras só curtem coisas militares. Nick gostava da morte. Desde o dia em que, esparramado em sua cama, me falou sobre como *Hamlet* deveria ter matado Claudio quando teve chance, Nick sempre falou sobre a morte.

Mas eram só histórias. Ele contava histórias sobre a morte. Recontava filmes, livros, todos com cenas de mortes trágicas. Falava sobre notícias que havia lido na seção de crimes do jornal. Era disso que gostava. E eu adotei sua linguagem. Também contava histórias. Nada demais. Verdade. Nem percebia que tinha começado a fazer isso. Parecia ficção. Shakespeare contou histórias sobre morte. Poe contou histórias sobre morte. Stephen King contou histórias sobre morte. E nenhum deles estava pregando assassinatos.

Por isso nem mesmo percebi quando a conversa ficou séria. Não percebi quando se tornou pessoal. Não percebi que as histórias do Nick se tornaram narrativas de suicídio. De homicídio. E as minhas também. Só que, até onde eu sabia, ainda estávamos falando de ficção.

Quando folheei os e-mails que o detetive Panzella me deu no primeiro dia em que veio me ver, fiquei perplexa. Como não pude perceber? Como não percebi que os e-mails contavam uma história alarmante que teria assustado qualquer um? Como não pude perceber que a conversa do Nick foi da ficção para a realidade? Como não pude ver que as minhas respostas, ainda que fictícias na minha cabeça, fariam com que todos pensassem que eu também estava obcecada pela morte?

Eu não sabia, não tinha visto. Por mais que quisesse, não tinha visto.

– Você quer dizer os e-mails? Não é o que vocês estão pensando. Era tudo *Romeu e Julieta*. Era Nick, não eu.

Ele continuou falando, como se eu não tivesse dito palavra.

– E nós todos acreditamos que a melhor coisa a fazer com você neste momento é mantê-la segura e interná-la em um programa de residente na nossa clínica, para que você possa combater seus impulsos suicidas. Terapia em grupo, terapia individual, alguns medicamentos.

Agarrei minhas muletas e fiquei de pé.

– Não, mãe. Você sabe que não preciso disso. Diga a ele que não preciso.

– É para o seu próprio bem, Val – mamãe respondeu, finalmente tirando os olhos dos sapatos. Percebi que tinha enganchado os dedos ao redor da alça da mala. – É só por pouco tempo. Mais ou menos duas semanas.

– Valerie – disse o doutor Dentley. – Valerie, podemos ajudar você dando-lhe o que precisa.

– Pare de falar meu nome – retruquei, aumentando o tom da minha voz. – O que preciso é ir para casa. Em casa posso lutar contra qualquer impulso.

O doutor Dentley ficou de pé e inclinou-se para apertar o botão de chamada no controle remoto. Uma enfermeira entrou rapidamente e pegou a mala. Então, ela se colocou ao lado da porta, esperando. Mamãe também se levantou, ficando junto do banheiro, fora do caminho.

– Nós só iremos ao quarto andar, que é onde fica a ala psiquiátrica, Valerie – disse o doutor Dentley com sua voz comedida. – Por favor, sente-se. Vamos levá-la na cadeira de rodas. Será mais confortável para você.

– Não! – exclamei, e pelo jeito que minha mãe piscou, devo ter gritado, embora não tenha percebido. Tudo o que me lembrava era da aula de Artes no último ano do Ensino Médio, quando assistimos a *Um Estranho no Ninho*. Só me lembrava de Jack Nicholson gritando com a enfermeira porque queria que ligasse a TV, do índio com uma cara impassível e assustadora, e do carinha nervoso de óculos. E (isso foi a coisa mais boba que pensei) temi que, quando soubessem que tinha sido internada na ala psiquiátrica, todos fossem me gozar. Christy Bruter ganharia o dia. Tudo o que eu pensava era "vão ter de me levar lá morta, porque de jeito nenhum irei por livre e espontânea vontade".

O doutor Dentley devia estar pensando a mesma coisa porque, enquanto eu gritava: "Não! Não vou! Não! Saiam de perto de mim", o olhar agradável mudou um pouco e ele fez um sinal com a cabeça à enfermeira, que saiu rapidamente para o corredor.

Momentos depois, dois funcionários enormes entraram e o doutor Dentley disse, com voz clínica:

– Cuidado com a perna esquerda.

Imediatamente, os dois vieram para cima de mim, seguraram-me enquanto a enfermeira aproximou-se com uma injeção. Instintivamente, larguei-me na cadeira de rodas. Minhas muletas fizeram um barulhão ao caírem no chão. Mamãe se curvou e as pegou.

Lutei como podia contra o que parecia ser uma tonelada em cima de mim e gritei o mais alto que minha voz permitia. Tão alto que pedaços das minhas palavras ficavam silentes, pois eu as lançava no ar com tanta força que imaginei pessoas com aparência estrangeira pegando esses pedaços de palavras em seus países distantes como se fossem artefatos na poeira. Um dos funcionários se moveu para agarrar melhor um braço, o que me deu espaço para chutar. Chutei com toda a força e acertei bem na sua canela. Ele deixou escapar um "ai" entre dentes e aproximou seu rosto do meu, como se fosse me beijar, mas o chute não adiantou nada. Estava presa. A enfermeira veio por trás de mim e eu mexi a única coisa que ainda podia controlar – meus pulmões – quando ela enfiou a agulha na minha nádega por um espaço na cadeira de rodas.

Em um segundo, a única parte em mim que respondia ao meu impulso de lutar eram as lágrimas, que escorreram pelo rosto e se acumularam no meu pescoço. Mamãe também chorou e aquilo me satisfez um pouco, mas não muito.

– Mamãe – sussurrei, enquanto empurravam a cadeira e eu passava por ela. – Por favor, não faça isso. Você pode impedir... – Ela não respondeu. Ao menos não com palavras.

Eles me conduziram pelo corredor até o elevador. O tempo todo eu chorava, implorava e repetia:

– Eu não fiz aquilo... Eu não fiz aquilo... – mas o doutor Dentley tinha desaparecido e fui deixada apenas com os dois funcionários e a enfermeira que levava a mala, e nenhum deles dava qualquer sinal de que me ouvia.

Chegamos a uma interseção de corredores com uma placa onde se lia "ELEVADORES" e uma seta apontando o caminho. Logo que viramos, passamos por um quarto e reconheci um rosto.

Dizem que as experiências de quase morte mudam as pessoas. Que, de repente, descobrem a importância do amor e da tolerância. Que abrem mão de mesquinharias e do ódio.

Mas, quando os funcionários empurravam minha cadeira de rodas em direção aos elevadores, passamos pelo quarto de Christy Bruter e eu a vi apoiada na cama, me encarando. Vi seus pais de pé ao lado da cama junto com outra mulher, mais jovem, que segurava um menininho nos braços.

– Eu não fiz aquilo... Eu não fiz aquilo... – eu repetia chorando.

Os pais dela me encararam com olhos cansados. E Christy me olhava com um sorriso irônico nos lábios. Era o mesmo sorriso que eu tinha visto tantas vezes no ônibus. Ela não mudou nada.

Os funcionários viraram em um corredor e não pude mais ver o quarto de Christy Bruter.

– Desculpe – sussurrei. Mas acho que ela não me ouviu.

De algum modo, achei que Stacey ouviu.

11

Haverá muitos momentos da minha vida em que pensarei sobre como sobrevivi àqueles dez dias que passei na ala psiquiátrica do hospital. Como me levantava da cama e ia ao banheiro. Como saía do banheiro e ia para as sessões em grupo. Como sobrevivi às vozes agudas que gritavam coisas ridículas noite adentro. Como senti que minha vida tinha descido a um nível nojento, quando um técnico entrou no meu quarto uma manhã e sussurrou, puxando seu avental, que, se eu precisasse "fazer a cabeça", a gente poderia "dar um jeito".

Não podia sequer me refugiar no meu silêncio – meu espaço de conforto. O doutor Dentley certamente consideraria que o silêncio é uma regressão e recomendaria a meus pais que minha internação deveria se estender.

Ele me deixava nauseada. Seus dentes cobertos de tártaro, seus óculos salpicados de caspa e seu jeito de falar igual ao de um livro de psicologia. O tempo todo, enquanto eu respondia às suas perguntas de superpsiquiatra, seus olhos buscavam algo mais importante.

Não sentia que deveria estar ali. A maior parte do tempo, parecia que todos lá eram loucos – até mesmo o doutor Dentley – e eu era a única normal.

Havia Emmit, um garoto do tamanho de uma montanha, que andava pelos corredores pedindo moedinhas para todo mundo. E Morris, que conversava com as paredes como se houvesse alguém ali respondendo o que ele dizia. E Adele, que tinha a boca tão suja que eles nem a deixavam participar do nosso grupo. E Francie, a garota que se queimava e se vangloriava o tempo todo de ter um caso com o padrasto de 45 anos.

Havia uma garota, a Brandee, que sabia por que eu estava lá e ficava me olhando com seus tristes olhos negros, fazendo perguntas o tempo todo.

– Como você se sentiu? – costumava me perguntar na sala de TV. – Sabe, matar pessoas.

– Não matei ninguém.

– Mamãe disse que você matou.

– O que ela sabe sobre isso? Ela está errada.

No corredor, no grupo, lá estava a Brandee com suas perguntas.

– Como é tomar um tiro? Ele atirou em você de propósito? Ele achou que você o entregaria? Alguns dos seus amigos foram baleados ou foram só pessoas que vocês odiavam? Você se arrependeu do que fez? O que seus pais acham? Meus pais iam pirar completamente. Seus pais piraram? Eles odeiam você agora?

Era o suficiente para deixar qualquer um louco, mas dei duro para não sucumbir. A maior parte do tempo eu simplesmente a ignorava. Encolhia os ombros como resposta ou fingia que não a ouvia. Às vezes, eu respondia, achando que, dessa forma, a calaria. Estava errada. Responder provocava uma onda de perguntas e eu acabava me arrependendo de ter falado.

A única coisa boa que aconteceu naqueles dias em que passei na ala psiquiátrica foi que o detetive Panzella parou de vir me torturar. Não sabia se isso se devia ao fato de o doutor Dentley o estar mantendo longe, ou se ele tinha resolvido que eu estava dizendo a verdade, ou ainda se estava desenvolvendo o caso contra mim. Sabia apenas que era bom não tê-lo por perto.

Eu ia de um lugar a outro, conforme determinado. Tirava meu pijama e o robe do hospital como uma boa menina. Sentava-me no sofá da sala de estar e assistia aos programas de TV selecionados, olhando a estrada pela janela, fingindo que não via as melecas de nariz grudadas na parede ao meu lado. Fingindo que meu coração não estava em pedaços. Fingindo que não estava brava, confusa, com medo.

Queria dormir o tempo todo. Queria tomar analgésicos, me encolher na cama e não acordar até a hora de ir para casa. Mas sabia que isso seria visto como um sinal de depressão e só me faria ficar lá por mais tempo. Tinha de fingir. Fingir que estava melhorando. Fingir que meus "pensamentos suicidas" tinham me abandonado.

– Agora percebo como Nick estava completamente errado – dizia. – Quero recomeçar tudo. Acho que a faculdade é uma boa. É, faculdade.

Escondia a raiva que crescia dentro de mim. Raiva dos meus pais por não me apoiarem. Raiva do Nick por estar morto. Raiva das pessoas da escola que atormentavam Nick. Raiva de mim mesma por não perceber que aquilo iria acontecer. Aprendi a conter a raiva, a forçá-la para o fundo da minha cabeça, esperando que ela se dissolvesse e desaparecesse. Aprendi a fingir que a raiva já tinha passado.

Dizia as coisas que precisava dizer para sair dali. Falava as palavras que eles queriam ouvir. Ia às sessões em grupo e não dizia nada quando algum dos outros pacientes me insultava. Tomava as refeições e fazia os testes da forma mais cooperativa possível. Só queria sair.

Finalmente, em uma sexta-feira, o doutor Dentley entrou em meu quarto e sentou-se na ponta da cama. Não me mexi, mas encolhi os dedos dos pés, tentando instintivamente me afastar dele.

– Vamos dar alta a você – disse ele tão casualmente que quase não entendi.

– Sério?

– Sim. Estamos muito felizes com o seu progresso. Mas ainda falta muito para você se curar de todo, Valerie. Estamos liberando você para o tratamento intensivo externo.

– Aqui? – perguntei tentando não parecer estar em pânico. Por algum motivo, mesmo apesar de ser uma paciente externa, a ideia de voltar ao hospital todos os dias me assustava; se eu dissesse ou fizesse alguma coisa errada, Chester e Jock iriam me agarrar e enfiar uma agulha na minha bunda de novo.

– Não, você irá ver... – Ele parou um momento, folheando as páginas do prontuário que tinha nas mãos. Então, balançou a cabeça como se estivesse aprovando o que via. – Sim. Você irá ver o doutor Rex Hieler. – Ele tirou os olhos do prontuário e os dirigiu a mim. – Você vai gostar do doutor Hieler. Ele é perfeito para este caso.

Saí do hospital. Era um "caso", mas estava livre.

Uma enfermeira empurrou minha cade
ira de rodas até a porta de saída do hospital. Tinha consciência de que todos os olhos no edifício me encaravam quando eu passava. Talvez não estivessem olhando para mim, mas senti como se estivessem. Como se todo o mundo soubesse quem eu era e porque estava lá. Como se todo o mundo me encarasse e se perguntasse se o que ouviu a meu respeito era verdade. Perguntando-se se Deus era cruel por ter me deixado viver.

Mamãe tinha parado o carro na entrada e vinha na minha direção, com um par de muletas nas mãos. Eu as peguei e manquei até o carro, deixando-me cair no banco de passageiro sem dizer palavra nem para mamãe nem para a enfermeira, que ficou dando instruções à minha mãe na porta do hospital.

Fomos para casa em silêncio. Mamãe sintonizou o rádio em uma estação que tocava músicas orquestradas. Abri um pouco a janela, fechei os olhos e respirei. O ar tinha um cheiro diferente, como se algo estivesse faltando. Pensei no que faria quando chegasse em casa.

Quando abri a porta de casa, a primeira coisa que vi foi Frankie esparramado no chão, assistindo à TV.

– Oi, Val – saudou ele, sentando-se. – Está em casa.

– Oi. Gostei do seu cabelo. Altura máxima nessas pontas espetadas.

Ele sorriu e passou a mão pelo cabelo.

– Foi o que a Tina disse – respondeu ele. Era como se nada tivesse acontecido. Como se eu ainda não estivesse cheirando a hospital. Como se eu não fosse uma maníaca suicida que estivesse voltando para casa para tornar a sua vida miserável.

Naquele momento, Frankie era o melhor irmão que eu poderia ter.

12

O consultório do doutor Hieler era aconchegante e tinha um ar acadêmico – um oásis de livros e rock suave em um mar de institucionalismo. Sua secretária – uma garota tranquila de pele morena e unhas compridas – era seca e profissional, conduziu a mim e mamãe da sala de espera à sala de atendimento como se estivéssemos lá para comprar diamantes raros. Pegou um refrigerante do frigobar para mim e uma água para mamãe, ao mesmo tempo que, com a outra mão, fazia sinal em direção à porta aberta. Entramos.

O doutor Hieler saiu de trás da mesa, tirando os óculos e sorriu sem abrir a boca, o que conferiu um ar triste aos seus olhos. Ou talvez seus olhos fossem sempre tristes. Acho que, se, como ele, eu passasse o dia todo ouvindo histórias de dor e miséria, também teria olhos tristes.

– Oi – cumprimentou, dando a mão para mamãe. – Sou Rex.

Mamãe esticou a mão. Sua postura era formal e rígida demais para aquele consultório.

– Olá, doutor Hieler – respondeu ela. – Jenny Leftman. Esta é minha filha Valerie – disse, tocando-me no ombro de leve e me empurrando um pouquinho para a frente. – O senhor foi indicado por Bill Dentley do Hospital Geral de Garvin.

O doutor Hieler assentiu com a cabeça. Ele já sabia, como também sabia de antemão o que minha mãe falaria em seguida.

– Valerie frequenta o colégio Garvin. Frequentava – corrigiu. Passado.

O doutor Hieler se acomodou em uma cadeira bem acolchoada e fez um gesto convidando-nos a sentar no sofá em frente a ele. Larguei-me no sofá e observei mamãe sentando-se de um jeito rígido na ponta, como se fosse se sujar nele. Ultimamente, tudo o que minha mãe dizia era embaraçoso, irritante, frustrante. Queria empurrá-la para fora da sala. Queria, mais que tudo, sair de lá.

– Como estava dizendo – continuou mamãe –, Valerie estava na escola no dia do tiroteio.

Os olhos do doutor Hieler se voltaram para mim, mas ele não disse nada.

– Ela, hã, conhecia o jovem que provocou o incidente – concluiu ela. Eu não podia aguentar aquilo, aquela farsa que ela encenava.

– *Conhecia*? – exaltei-me. – Mãe, ele era meu namorado! Nossa!

Fez-se um breve silêncio enquanto mamãe visivelmente procurava se recompor (talvez visivelmente até demais, achei, e imaginei que fazia aquilo também para o doutor Hieler ver como ela tinha sido amaldiçoada com uma filha horrível).

– Sinto muito – disse o doutor Hieler, bem baixinho, e pensei, primeiro, que falava com mamãe. Mas, quando olhei para ele, vi que se dirigia a mim. Estava me acolhendo.

Houve um longo período de silêncio, durante o qual mamãe choramingou, assoando o nariz em um lenço de papel, e eu fiquei olhando meus sapatos, sentindo o olhar do doutor Hieler sobre minha cabeça.

Finalmente, mamãe quebrou o silêncio, a voz soando ainda mais estridente no espaço fechado.

– Obviamente, o pai dela e eu estamos preocupados. Ela ainda tem muito trabalho a fazer e queremos que siga com a vida.

Balancei a cabeça. Mamãe ainda achava que eu tinha uma vida a seguir.

O doutor Hieler respirou fundo e inclinou-se para a frente. Finalmente, tirou os olhos de mim e olhou para mamãe.

– Bem – disse com uma voz tão macia que parecia um acalanto –, seguir com a vida é importante. Mas, neste momento, o mais importante é tirar os sentimentos aí de dentro, lidar com eles e descobrir um jeito de ficar legal com tudo o que aconteceu.

– Ela não fala sobre esse assunto... – argumentou minha mãe. – Desde que saiu do hospital...

O psiquiatra, porém, a conteve com um gesto de mão, seus olhos novamente se voltando para mim.

– Olha, não vou dizer que sei o que você está sentindo. Eu não invalidaria tudo o que você passou dizendo a você que sei como é – falou. Não respondi. Ele se moveu na cadeira de novo. – Talvez pudéssemos começar desse jeito: que tal se expulsássemos sua mãe e conversássemos só eu e você um pouquinho? Você se sentiria melhor?

Não respondi.

Mas mamãe pareceu aliviada. Ela se levantou. O doutor Hieler também se levantou e foi até a porta com ela.

– Trabalho muito com garotos e garotas da idade da Valerie – contou ele em voz baixa. – Costumo ser muito aberto e direto. Não duro, apenas direto. Se houver coisas a serem ditas, elas devem ser ditas para que trabalhemos nelas e vejamos se conseguimos encontrar um jeito de melhorar as coisas. Normalmente, no início, costumo ouvir e oferecer apoio – ele se virou para mim e continuou a falar para nós duas; eu no sofá e mamãe com a mão na maçaneta. – Ao longo do caminho, podemos ou não achar que há coisas que vocês precisam mudar. Se precisar, falaremos sobre isso. Neste ponto, falaremos mais sobre seus pensamentos e comportamento. Alguma pergunta?

Eu não disse nada.

Mamãe tirou a mão da maçaneta.

– O senhor já tratou algum caso parecido com este?

O doutor Hieler desviou os olhos.

– Já lidei com violência, mas nada como este caso. Acho que posso ajudar, mas não vou mentir e agir como se achasse que sei tudo a respeito – ele olhou diretamente para mim de novo e juro que realmente vi dor nos olhos dele naquele momento.

– O que você passou foi muito ruim.

Continuei sem responder. Era mais fácil permanecer em silêncio com o doutor Hieler. O doutor Dentley teria me internado por isso. Já o doutor Hieler parecia esperar por isso.

Quando minha mãe saiu da sala, concentrei-me nos meus sapatos.

– Estarei aqui fora – ouvi-a dizer. E o doutor Hieler fechou a porta. De repente, ficou tudo tão silencioso que pude ouvir o tique-taque do seu relógio. Ouvi o ar escapar do estofado da sua cadeira quando ele se sentou de novo.

– Esta é uma daquelas vezes em que não há nada que possa ser dito – disse ele, de um jeito muito calmo. – Só posso imaginar que foi horrível e continua sendo horrível.

Encolhi os ombros. Ainda não conseguia tirar os olhos dos sapatos. Ele pigarreou e continuou, falando em um tom um pouco mais alto.

– Primeiro, você passa por tudo isso, é baleada, perde uma pessoa que ama. Tudo fica arruinado, escola, família, amigos, e, agora, você está presa num consultório com um psiquiatra gordo que quer entrar na sua cabeça.

Ergui apenas os olhos, mantendo a cabeça baixa, de forma que não visse que sorri um pouquinho. Só que ele deve ter visto, porque sorriu de volta. Eu já começava a gostar dele.

– Olha – continuou, – eu não só acho que isso tudo foi horrível para você, como também sei que você provavelmente tinha pouquíssimo controle sobre o que houve. Quero fazer as coisas de um jeito diferente aqui. Quero que você tenha o controle da situação. Vamos avançar na velocidade que você quiser. Se eu trouxer um assunto sobre o qual não quer falar, ou forçar muito um tópico, você só precisa me dizer e mudamos para um tema mais fácil e seguro.

Levantei um pouco a cabeça.

– A próxima vez em que nos encontrarmos, vamos começar conhecendo você, as coisas pelas quais se interessa, como era sua vida antes disso acontecer, vamos nos conhecer um pouco e prosseguiremos a partir daí. O que você acha?

– Tudo bem – respondi. Minha voz soou baixa, mas me surpreendi ao perceber que havia alguma voz.

13

Quando acordei na manhã seguinte, o detetive Panzella estava sentado à mesa da cozinha, diante da minha mãe, com uma xícara de café à frente. Mamãe estava sorrindo. Nunca havia visto seu rosto tão leve. O detetive estava com a mesma expressão carrancuda de sempre, mas seus ombros estavam relaxados e isso sugeria que ele poderia estar sorrindo, se ele não fosse quem era e se também eu não fosse quem era.

Entrei mancando na cozinha, a borracha na ponta das muletas escorregando um pouco no piso. Lutei contra a sensação de o mundo sair debaixo dos meus pés, como tinha feito inúmeras vezes desde a minha cirurgia. Ainda tomava muitos remédios, tanto analgésicos como psicotrópicos, e ainda estava um tanto confusa com relação à minha liberdade.

– Valerie – disse mamãe, – o detetive traz boas notícias.

Pensei em me sentar à mesa, porém, refleti melhor e me apoiei no canto mais distante do balcão da cozinha, colocando uma distância entre mim e o detetive Panzella que sempre desejei ter colocado quando estava no hospital, mas que não podia fazer.

Observei-o. Estava com o mesmo terno marrom de sempre, e ele parecia ter tomado banho recentemente, como se tivesse acabado de sair do chuveiro antes de vir para a nossa casa. De fato, pensei ter sentido cheiro de sabonete nele, o mesmo sabonete que usamos na nossa casa. Também podia sentir o cheiro da loção pós-barba, o que me causou enjoo. Senti que meus olhos ficavam involuntariamente marejados e, se pudesse usar ambas as pernas, teria saído de casa correndo e gritando, só para me afastar dele.

– Olá – cumprimentou, virando-se na cadeira para me olhar e arrastando a xícara pela mesa, fazendo um pequeno arco com os respingos de café. Mais tarde, removi a mancha grudenta e senti como se estivesse removendo o detetive da minha vida para sempre.

– Oi – respondi.

– Valerie – repetiu minha mãe, – o detetive Panzella veio nos dizer que você não é mais suspeita no caso.

Não disse nada. De repente, não tinha nem certeza de que estava mesmo acordada. Talvez ainda estivesse no hospital, dormindo, na ala psiquiátrica. Eu acordaria em alguns minutos e iria de cadeira de rodas até a terapia de grupo, contaria esse sonho esquisito que havia acabado de ter, e Nan, o esquizofrênico, iria começar a berrar alguma coisa sobre terroristas; Daisy iria chorar e tentar arrancar os curativos dos seus pulsos e Andi provavelmente diria para eu ir me ferrar. O terapeuta idiota apenas ficaria lá sentado balançando a cabeça e deixando todos agirem daquela forma até nos mandar tomar café e medicamentos.

– Não é uma notícia ótima? – entusiasmou-se mamãe.

– É – respondi. O que mais poderia dizer? "Obrigada meu Deus?", ou "Eu disse a vocês", ou ainda "Por quê?". Nada parecia adequado àquele momento. Por isso respondi "É" e ainda acrescentei um "hã, obrigada", o que soou algo bem idiota de se dizer.

– Algumas testemunhas se apresentaram – explicou o detetive. Deu um gole em seu café. – Uma em particular. Ela pediu uma reunião comigo e o advogado do distrito. Foi muito detalhista e persuasiva. Você não será acusada.

Senti como se minha mente estivesse coberta de neblina. Queria acordar, pois começava a me sentir aliviada e tonta e não queria me entusiasmar. Se eu acordasse e descobrisse que ainda estava sob ameaça de ir para a cadeia, iria me sentir pior.

– Stacey? – resmunguei, ainda chocada por ela querer ficar ao meu lado, mesmo sendo óbvio que não confiava mais em mim e que não éramos mais amigas.

O detetive balançou a cabeça, indicando que não.

– Loira. Alta. Do último ano.

Aquela descrição não correspondia a nenhuma das minhas amigas.

14

– Então, conte-me algo sobre a Valerie – disse o doutor Hieler na nossa visita seguinte. Ele se recostou, colocando uma perna sobre o braço da cadeira.

Dei de ombros. Como odiava que mamãe ficasse o tempo todo em cima de mim, como fazia agora, lançando olhares preocupados em minha direção, quis que ela ficasse na sala de espera durante a sessão.

– Você quer dizer, por que eu falava de suicídio e das pessoas que odiava o tempo inteiro?

Ele balançou a cabeça negativamente.

– Não. Quero dizer sobre você. O que você gosta? O que você sabe fazer? O que é importante para você?

Fiquei petrificada na cadeira. Fazia tempo que não havia coisas importantes para mim, além dos tiros e mortes. Nem sabia se ainda havia outra coisa importante para mim além disso.

– Tudo bem, começo eu – disse ele sorrindo. – Odeio pipoca de micro-ondas. Quase fui advogado. E sou ótimo em dar cambalhota de costas. E você? Conte-me sobre você, Valerie. Que tipo de música você gosta? Qual é o seu sabor preferido de sorvete?

– Baunilha – respondi e mordi os lábios. – Hum. E gosto daquele balão – acrescentei, apontando para um balão de madeira com aparência antiga pendurado no teto. – É bem colorido.

Seus olhos acompanharam os meus.

– É, eu também gosto dele. Em parte porque tem uma aparência bacana e em parte por causa da ironia. Ele pesa uma tonelada. Neste consultório, tudo pode voar. Não importa o quanto esteja sendo puxado para baixo. Até mesmo balões de madeira. Legal, né?

– Super! – exclamei, observando o balão. – Eu nunca teria pensado isso.

Ele sorriu.

– Nem eu. Foi minha esposa que disse isso. Só gosto de receber o crédito pela ideia.

Sorri. Havia algo no doutor Hieler que me fazia sentir segura. Queria contar coisas para ele.

– Meus pais se odeiam – falei sem pensar. – Isso conta?

– Só se você achar que sim – respondeu ele. – O que mais?

– Tenho um irmão mais novo que é muito legal. Ele é muito bacana comigo, quase o tempo todo. Não brigamos como alguns irmãos e irmãs. Estou meio preocupada com ele.

– Por que você está preocupada com ele?

– Porque sou irmã dele. Porque ele vai ter de ir ao Colégio Garvin no ano que vem. Porque ele gostava de Nick. Hum. Vamos mudar de assunto.

– Sorvete de baunilha, pais infelizes, irmão legal. Anotado. O que mais?

– Gosto de desenhar. Quer dizer, sabe, gosto de arte.

– Ah! – exclamou ele, recostando-se na cadeira. – Agora estamos chegando a algum lugar. O que você gosta de desenhar?

– Não sei – respondi. – Não desenho nada há muito tempo. Desde que eu era criança. Besteira. Nem sei por que falei isso.

– Está tudo bem. Então, temos sorvete de baunilha, pais infelizes, irmão legal, talvez goste ou não de desenhar. O que mais?

Vasculhei minha cabeça. Aquilo estava sendo bem mais difícil do que pensei.

– Não consigo dar cambalhota de costas – disse eu. Ele sorriu.

– Tudo bem. Menti. Também não consigo. Mas seria legal aprender, você não acha?

Dei uma gargalhada.

– Sim, acho. Mas na maior parte do tempo nem consigo andar direito – disse, apontando para minha perna. Ele assentiu com a cabeça.

– Não se preocupe. Em pouco tempo você estará correndo novamente. Talvez até dando cambalhotas de costas. Nunca se sabe.

– Fui liberada – informei. – Não sou mais suspeita.

– Eu sei – respondeu ele. – Parabéns.

– Posso fazer uma pergunta? – pedi.

– É claro.

– Quando você conversa com a minha mãe... durante as sessões dela... ela me culpa de tudo?

– Não – respondeu ele.

– Quer dizer, ela disse que odiava Nick e que muitas vezes tentou me fazer romper com ele? Ela disse que eu mereci o tiro na perna?

O doutor Hieler balançou a cabeça.

– Ela nunca disse nada disso. Expressou preocupação. Está muito triste. Ela se culpa. Acha que tem de dar mais atenção a você.

– Ela provavelmente quer que você sinta pena dela e me odeie, como todo mundo.

– Ela não odeia você, Valerie.

– Talvez. Mas Stacey odeia – observei.

– Stacey? Uma amiga? – perguntou ele, quase casualmente, embora eu sentisse que nada era casual com o doutor Hieler.

– Sim. Somos amigas desde muito pequenas. Ela foi me ver a noite passada.

– Ótimo! – o doutor Hieler arregalou os olhos e passou o dedo indicador no lábio inferior de modo contemplativo. – Você não parece contente com isso.

Dei de ombros.

– Bom, é. Foi simpático da parte dela ter aparecido. É que... sei lá.

Ele deixou que a frase ficasse entre nós. Novamente encolhi os ombros.

– Pedi para o meu irmão dizer que eu estava dormindo para que ela fosse embora.

Ele assentiu com a cabeça.

– Por quê?

– Sei lá. É que... – tamborilei os dedos. – É que ela nunca se deu o trabalho de perguntar se eu fui parte do incidente. Era para ela ficar do meu lado, sabe? Mas não ficou. Não mesmo. E ela acha que devo me desculpar. Não com ela. Com todos. Uma coisa pública. Tipo, eu devia ir visitar cada família e pedir desculpas pelo que aconteceu.

– E o que você acha disso?

Foi minha vez de ficar em silêncio. Não sabia o que pensar a respeito, além do fato de a ideia de encarar todas aquelas pessoas – as quais estavam enlutadas e pediam justiça aos berros toda vez que eu ligava a TV, ou abria o jornal, ou via a capa de uma revista – ainda me dar enjoo.

– Pedi que o Frankie a dispensasse, não pedi? – respondi com suavidade.

– Sim, mas você não queria que ela fosse embora – afirmou ele. Nossos olhares se encontraram e, então, de repente, ele se levantou e arqueou as costas, estendendo as mãos sobre a cabeça.

– Ouvi dizer que o segredo está nas pernas – disse, agachando-se como se fosse pular.

– Que segredo está nas pernas?

– O da cambalhota de costas no ar.

15

Frankie e eu estávamos sentados à mesa da cozinha, como sempre, ele comendo seu cereal, eu, uma banana, quando notei um jornal dobrado, ao lado do seu cotovelo. Quando vi o jornal, ocorreu-me que aquela era a primeira vez que eu via um desde que tinha voltado para casa.

– Deixe-me ver isso – disse eu, apontando para o jornal.

Frankie olhou o jornal, empalideceu e balançou a cabeça.

– Mamãe disse que não devemos deixar você ler o jornal e, sabe, a TV. E temos de desligar se um repórter telefonar. Mas eles não estão mais ligando tanto agora quanto quando você estava no hospital.

– Mamãe não quer que eu veja o jornal?

– Ela acha que você pode ficar triste de novo e coisa e tal.

– Isso é ridículo.

– Ela deve ter esquecido este aqui. Vou jogar fora.

Ele pegou o jornal e começou a se levantar. Inclinei-me para me levantar e agarrei o jornal.

– Não, não vai – disse eu. – Dê o jornal para mim, Frankie. Estou falando sério. Mamãe não sabe o que diz. Eu assistia à TV no hospital quando ela não estava por perto. Via tudo. Sem falar que eu estava lá durante o tiroteio, lembra?

Ele começou a ir em direção ao lixo novamente, mas hesitou. Sustentei seu olhar.

– Estou bem, Frankie. Sério – falei calmamente. – Não vou ficar triste, prometo.

Devagar, ele me entregou o jornal.

– Tudo bem, mas se mamãe perguntar...

– Está bem, está bem, eu digo que você é um escoteiro ou coisa parecida.

Ele pegou sua tigela de cereal e a levou até a pia. Sentei-me novamente à mesa e li o artigo da primeira página:

Inspetores escolares veem solidariedade na sequência do trágico tiroteio

Angela Dash

Os alunos do Colégio Garvin, que voltaram às aulas na semana passada, relatam uma mudança significativa no modo como veem a vida e como se relacionam uns com os outros, de acordo com o diretor Jack Angerson.

"Se alguma coisa que resultou dessa tragédia pode ser considerada remotamente positiva", declarou ele, "é que parece que os alunos chegaram a compreender uns aos outros e também àquele velho ditado, 'viva e deixe viver'."

Segundo Jack Angerson, não é comum ver antigos inimigos se sentarem juntos no almoço, ver o fim de antigas panelinhas, uma vez que os alunos estão se relacionando de uma forma mais consciente.

"As coisas estão muito mais pacíficas", garante ele. "O número de reclamações dirigidas ao escritório de aconselhamento diminuiu drasticamente."

As dificuldades comportamentais durante as aulas são coisas do passado, diz o diretor, que diz que a escola espera um declínio no número de problemas de comportamento nos próximos anos.

"Creio que os alunos estão começando a compreender que somos todos amigos aqui. Que as críticas, opiniões destrutivas e as antipatias, que são tão comuns em adolescentes, não valem a pena no final das contas. Infelizmente, tiveram de descobrir do modo mais difícil. Contudo, aprenderam e mudaram. É por isso que acredito que essa geração vai fazer deste mundo um lugar melhor para viver."

Os alunos puderam voltar às instalações escolares para completar o ano letivo, apesar de Jack Angerson admitir que foi incluída no currículo uma disciplina que ele chama "controle de dano". A escola contratou uma equipe de conselheiros especializados para trabalhar com os alunos no sentido de ajudá-los a superar o que ocorreu em 2 de maio.

O diretor também relata que os alunos não foram obrigados a voltar. Nenhum exame final será feito e os professores estão trabalhando com os alunos em escala individual para assegurar que cada um consiga as notas de que precisa.

> "*Alguns professores estão promovendo grupos de estudo em suas casas à noite. Outros, na biblioteca. Outros estão fazendo isso online. No entanto, muitos alunos voltaram*", afirma Jack Angerson. "*Alguns deles são muito apegados ao espírito da escola e quiseram apoiar o Colégio Garvin. Quiseram mostrar que não estão com medo. Honestamente, o principal motivo que nos levou a retomar as aulas foi a reivindicação dos alunos.*"
>
> Jack Angerson relata que tem orgulho dos alunos do Colégio Garvin por manter sua lealdade à escola e sente que, nos anos que virão, os alunos do Colégio Garvin irão despontar como fortes líderes na sociedade. "*Tenho orgulho deles por terem sido os primeiros agentes do que acredito ser uma mudança no mundo*", diz o diretor. "*Se houver paz no mundo, esses caras serão os responsáveis.*"

Levei o artigo escondido ao consultório do doutor Hieler naquela tarde. Logo que ele fechou a porta, deixei o artigo cair sobre a mesinha de centro que ficava entre nós.

– Isso faz dele um herói, doutor Hieler? – perguntei.

O psiquiatra examinou o artigo, enquanto se acomodava na cadeira.

– Quem?

– Nick. Se as pessoas que sobreviveram ficaram mais fortes e essa conversa sobre a paz que o artigo diz, então, isso faz dele um herói, não? Tipo, uma versão ao contrário do John Lennon? Um pacifista armado?

– Entendo que seria mais fácil para você vê-lo como um herói. Mas, Valerie, ele matou muita gente. Provavelmente, poucas pessoas irão pensar nele como um herói.

– Só que parece tão injusto que a escola esteja continuando e que finalmente estejam aceitando uns aos outros. Agora ninguém é mau e Nick morreu. Quer dizer, sei que é culpa dele ele ter morrido, mas, mesmo assim, por que não viram isso antes? Por que precisou acontecer tudo isso? Simplesmente não é justo.

– A vida não é justa. Justo era um torneio entre cavaleiros andantes, onde o público se divertia.

– Odeio quando você diz isso.

– Meus filhos também.

Fiquei de mau humor, olhando fixamente o artigo até que as palavras se uniram em uma mancha.

– Você deve achar que sou uma idiota de ficar orgulhosa dele.

– Não, mas também não acho que você está realmente orgulhosa dele. Acho que você queria que essa mudança de atitude no Garvin tivesse acontecido antes e que nada disso tivesse acontecido. Também acho que você não acredita que isso seja realmente verdade.

E, pela primeira vez, mas certamente não a última, desabafei completamente com o doutor Hieler. Contei tudo. Desde a conversa sobre *Hamlet* na cama desarrumada de Nick, até querer que Christy Bruter se desse mal pelo que fez ao meu aparelho de MP3, e também sobre a culpa que sentia. Tudo o que não consegui dizer ao tira no hospital. Que não pude dizer à Stacey. À minha mãe.

Talvez fosse o modo como o doutor Hieler olhava para mim, como se fosse a única pessoa no mundo que podia entender que tudo saiu do controle. Talvez eu estivesse pronta. Talvez fosse o artigo do jornal. Talvez fosse o jeito de meu corpo explodir – deixando a pressão sair antes que pudesse me destruir.

Eu era um vulcão de perguntas, remorso e raiva, e o doutor Hieler permanecia forte ante a tempestade que era tudo isso. Ele me ouvia com atenção, falava com suavidade, com imparcialidade. Assentia com a cabeça de um jeito angustiado.

– Você acha que eu teria feito isso? – perguntei chorando, a certa altura da nossa conversa. – Se eu tivesse uma arma, será que eu teria atirado na Christy? Porque quando Nick disse "vamos acabar logo com isto", e achei que ele iria, sei lá, humilhar a Christy, ou bater nela, me senti tão bem. Tão aliviada. Queria que ele desse um jeito nela.

– Isso é natural, você não acha? Só porque você ficou feliz porque Nick iria resolver seu problema não quer dizer que teria pegado uma arma e atirado nela.

– Eu estava com raiva. Nossa, estava muito brava. Ela quebrou meu MP3 player e eu fiquei com muita raiva.

– De novo: isso é natural. Eu também teria ficado com raiva. Ficar com raiva não é igual a ser culpada.

– Era bom ter Nick ao meu lado, sabe?

Ele fez que sim balançando a cabeça.

– Achei que o nosso namoro iria acabar, por isso foi muito bom quando ele ficou do meu lado. Ele me reconfortou. Achei que ficaríamos bem. Eu não estava nem pensando na lista do ódio.

O doutor Hieler assentiu com a cabeça novamente, seus olhos foram se estreitando à medida que eu ficava mais agitada. Suas palavras flutuaram no ar e me envolveram:

– Valerie, não foi você que fez com que ela fosse baleada. Foi Nick que atirou. Não foi você.

Recostei-me nas almofadas do sofá e dei um gole no refrigerante. Ouvimos uma batida de leve na porta e a cabeça da secretária do doutor Hieler surgiu.

– Seu paciente das três horas já está aqui – disse ela.

O doutor Hieler não desviou os olhos de mim.

– Diga-lhe que estou um pouco atrasado hoje – instruiu ele. A secretária assentiu com a cabeça e sumiu. Depois que ela saiu, fui tomada pelo silêncio que pairou entre nós. Consegui ouvir uma porta se fechando no vestíbulo, alguém falando no corredor. Senti-me envergonhada, exposta, mal acreditando que tinha posto para fora as coisas que falei. Queria sumir de lá, nunca mais ter de encarar o doutor Hieler, esconder-me no meu quarto e desejar que os cavalos do papel de parede me levassem para algum lugar onde eu não fosse tão vulnerável.

Mas percebi, um pouco aterrorizada, que, mesmo calma, aliviada e pequena, eu não tinha posto tudo para fora. Havia mais. Havia coisas piores, mais feias, com as quais eu tinha de lidar. Coisas que me assombravam à noite e que não me deixavam em paz, como uma pulga atrás da orelha, um lugar que coçava e que não conseguia identificar e coçar.

– E se eu estiver levando a sério agora o que não estava levando antes?

– Levando a sério o quê?

– A lista do ódio. Talvez eu não desejasse que aquelas pessoas morressem, mas em algum lugar, sei lá, no inconsciente, eu realmente desejasse. E talvez Nick tivesse percebido isso. Talvez ele soubesse algo a meu respeito que nem eu mesma sabia. Talvez todos tenham visto isso e é por isso que me odeiam tanto; porque sou uma impostora. Coloquei tudo isso em movimento com essa lista estúpida e deixei o Nick fazer o trabalho sujo. Por isso, sei lá, talvez eu esteja levando a lista a sério agora. Talvez isso faça com que todos se sintam melhor.

– Duvido que mais mortes façam alguém se sentir melhor, especialmente você.

– Eles esperam isso de mim.

– E daí? Quem liga para o que eles esperam? O que você espera de você? É isso o que importa.

– É exatamente isto: não sei o que esperar de mim! Porque tudo o que eu esperava com relação à vida deu em merda. E acho que as pessoas se decepcionaram porque não morri. Os pais da Christy Bruter acham definitivamente que eu deveria ter me matado, exatamente como Nick fez. Eles queriam que Nick tivesse mirado melhor antes de atirar em mim.

– Eles são pais e também estão sofrendo. Mesmo assim, duvido que quisessem sua morte.

– Mas talvez eu quisesse que ela estivesse morta. Talvez uma parte de mim sempre quis que ela morresse.

– Val... – murmurou o doutor Hieler, e sua hesitação disse tudo: "Se você não parar de falar esse tipo de coisa, não tenho outra escolha além de mandar você de volta para a ala psiquiátrica com o doutor Dentley". Mordi o lábio. Uma lágrima escorreu pelo meu rosto e, não pela primeira vez, desejei que Nick me abraçasse.

– É que me sinto uma pessoa má, porque até hoje me pego querendo que ele tivesse apenas sido preso para que eu pudesse vê-lo de novo – respondi.

Uma vez mais, fui tomada pela lembrança de Nick segurando meus pulsos no chão do seu quarto, dizendo-me que podíamos ser vencedores. Lembrei-me dele se inclinando para me beijar. Inclinei-me no sofá, sentindo-me mais sozinha do que nunca. Sentindo-me mais fria do que jamais pensei ser possível. Sentindo como, de todo o horror pelo qual passei, aquele fosse o pior. Era o pior porque, mesmo depois de tudo o que aconteceu, eu ainda sentia falta de Nick. "Às vezes a gente também pode vencer", ele me disse, e, ao ouvir de novo aquelas palavras na minha cabeça, comecei a chorar, dominada pela tristeza, doída por dentro. O psiquiatra se aproximou, sentando-se na poltrona ao lado da minha, sua mão nas minhas costas.

– Estou tão triste sem ele – suspirei, pegando um lenço de papel da mão do doutor Hieler. – Estou tão triste.

Parte 3

16

Trecho do jornal *Tribuna de Garvin*,
3 de maio de 2008, repórter Angela Dash

Max Hills, 16 anos – "Achei que eles eram amigos", declarou uma aluna sobre a decisão de Nick Levil atirar em Max Hills, que foi dado como morto no local da ocorrência. "Ele queria, com certeza, atirar nele", afirmou a garota. "Ele se agachava e olhava debaixo das mesas para ter certeza de em quem estava atirando."

Max, descrito pelos amigos como um aluno quieto, bom em matemática e ciências, mas não envolvido demais em atividades extracurriculares, foi visto em muitas ocasiões, tanto na escola como fora dela, conversando com Nick Levil. Muitos acreditavam que os dois eram amigos, o que deixou muitos alunos intrigados, querendo saber por que Nick pretendia matar Max – se é que, de fato, queria.

"Talvez ele tenha pensado que fosse outra pessoa", opinou Erica Fromman, do último ano. "Ou talvez ele não estivesse nem aí se eram amigos ou não", o que é uma hipótese que levou muitos a pensar que as vítimas podem ter sido atingidas aleatoriamente, contrariando as suspeitas anteriores.

A mãe de Max Hill, Alaina, acha, porém, que Max era, de fato, um alvo de Nick Levil. "Ele não emprestou a camionete para o Nick no último verão", declarou ela a repórteres. "E, no dia seguinte, alguém quebrou os faróis da camionete, no estacionamento, enquanto Max estava trabalhando. Ele não pôde provar que foi o Nick que fez aquilo, mas nós dois sabíamos que foi ele. Eles deixaram de ser amigos desde então. Max ficou muito bravo por causa dos faróis. Ele comprou a camionete com seu próprio dinheiro."

***

Quando voltei para a escola no dia seguinte, duvidei muito da minha capacidade de continuar a frequentá-la. Podia esquecer e tentar uma transferência no fim do semestre. Nunca iria esperar tanto tempo.

Ginny Baker nunca mais foi às aulas – ao menos não às em que eu estava matriculada. E Tennille nunca mais me olhou de frente. E Stacey e eu nunca mais almoçamos juntas. Mas o resto das pessoas simplesmente ignorava minha existência, o que eu achava ótimo. Difícil, porém. Ser uma verdadeira excluída, sem ter nenhum outro amigo excluído, é duro.

Fiquei realmente feliz ao chegar em casa, no segundo dia, apesar de mamãe ficar me pajeando como se eu tivesse sete anos de idade, fazendo perguntas sobre a lição de casa, os professores e os meus amigos – os preferidos. Ela ainda acreditava que eram meus amigos. Acreditava no que a mídia divulgava. Nas notícias que diziam que os alunos davam-se as mãos e falavam de paz, amor e aceitação todos os dias. Naquelas que diziam que os jovens eram "incrivelmente flexíveis, especialmente com relação ao perdão". Sempre me perguntei se aquela repórter, Angela Dash, escrevia a sério. Tudo o que aquela mulher escrevia parecia piada.

Como de costume, quando cheguei em casa, peguei alguma coisa para comer e fui direto para o meu quarto. Chutei os sapatos fora, liguei o som e me sentei de pernas cruzadas na cama.

Abri minha mochila, com intenção de fazer a biografia que tinha de lição, mas acabei pegando o caderno preto. Esticando-me na cama, abri-o. Durante o dia, eu tinha desenhado uma fila de alunos na aula de Educação Física, com os rostos dominados por enormes bocas abertas, indo para a pista de atletismo. Um professor – de Espanhol, o professor Ruiz – observando do alto de uma escadaria cheia de estudantes agitados, seu rosto um oval vazio. E meu preferido, o diretor Angerson, empoleirado sobre uma versão minúscula do Colégio Garvin. Seu rosto tinha ficado incrivelmente parecido com o do Chicken Little. Minha versão da "vida nova e melhor no Colégio Garvin". Ver o que é real, conforme sugeriu o doutor Hieler.

Perdi a noção do tempo olhando um esboço que fiz de Stacey e Duce almoçando, suas costas eram paredes de tijolos, e fiquei surpresa ao ver o sol se pondo quando uma batida na porta me chamou a atenção.

– Agora não, Frankie – gritei. Precisava de tempo para pensar, tempo para esfriar a cabeça. Queria acabar o desenho para poder começar logo a fazer a biografia de lição de casa.

Novamente bateram na porta.

– Ocupada! – gritei.

Alguns segundos depois, a maçaneta virou e a porta abriu um pouco. Xinguei a mim mesma em silêncio por ter me esquecido de trancá-la.

– Eu disse que estava... – comecei a falar, mas parei quando a cabeça de Jessica Campbell surgiu no vão da porta.

– Desculpe – disse ela. – Posso voltar mais tarde. É que tentei ligar algumas vezes e sua mãe disse que você não atenderia ao telefone.

Ah, então mamãe continuava a vigiar meus telefonemas.

– Daí ela disse para você vir aqui? – perguntei sem acreditar. Mamãe sabia quem era Jessica Campbell. Todas as pessoas do mundo livre sabiam quem Jessica Campbell era. Deixá-la solta na minha casa seria... arriscado, para dizer o mínimo.

– Não, isso foi ideia minha. – Jessica entrou e fechou a porta atrás dela. Andou até a cama e parou na cabeceira. – Na verdade, quando cheguei aqui, ela disse que você não me receberia. Mas eu disse que queria tentar, por isso ela me deixou entrar. Acho que ela não gosta muito de mim.

Encolhi os ombros.

– Acredite, ela adoraria se você fosse filha dela. Não é de você que ela não gosta. É de mim. Mas isso não é novidade – disse eu, percebendo, assim que as palavras saíram da minha boca, que era uma coisa muito estranha para se falar para alguém que você não conhece direito. – O que você faz aqui? – perguntei, mudando de assunto. – Afinal, você é outra que também não gosta de mim.

O rosto de Jessica ficou muito vermelho e, por um segundo, achei que ela fosse chorar. De novo me surpreendi percebendo que estava diferente da Jessica que eu conhecia. A confiança tinha desaparecido, a superioridade, sumido – tudo substituído por aquela vulnerabilidade esquisita que não parecia ter nada a ver com ela. Ela virou a cabeça para um lado, lançando com destreza o cabelo sobre um ombro, e sentou-se na cama.

– Sentei junto da Stacey no quarto tempo – disse ela. Dei de ombros.

– E?

– Às vezes falamos de você.

Senti meu rosto quente. Minha perna começou a latejar, como sempre acontecia quando ficava ansiosa. O doutor Hieler disse que esse latejar da perna era, provavelmente, minha cabeça, só não usou essas palavras. Usou algo mais adequado, tenho certeza disso, mas me lembro apenas do sentido, isto é, que tudo estava na minha cabeça. Coloquei a mão sobre a cicatriz na coxa, pressionando-a por cima do jeans.

Então, era assim que seria – agora que eu voltava ao colégio, eles saíam do seu lugar para se certificarem de que eu não era oficialmente parte da turma. Eles não iriam me esperar na hora do almoço ou junto ao meu armário para me fazer sentir a garota mais odiada da escola. Estavam vindo à minha casa para me dizer isso. Será que era isso realmente? Será que era essa minha punição?

– Então você veio até a minha casa pra me dizer que fica fofocando sobre mim com minha ex-melhor amiga?

– Não – respondeu Jessica. Ela franziu a testa como se me achasse louca por ter sugerido algo assim. Aquela testa enrugada era parte de uma expressão característica dela, a qual normalmente precedia alguma frase esnobe. Esperei ela falar algo do tipo, mas, em vez disso, suspirou e baixou o olhar até suas mãos. – Não, Stacey e eu conversamos sobre como achamos que você foi envolvida nessa história toda pelo Nick.

– Envolvida?

Com o dedo do meio, ela tirou os cabelos que caíam de um lado do rosto e os prendeu atrás da orelha.

– É. Sabe, você não é culpada, mas ele a arrastou para essa confusão. E daí, quando descobriram que você não era culpada, nunca disseram nada sobre isso.

– Quem não disse nada sobre isso?

– Você sabe. Os jornais. A mídia. Só falavam que você era culpada e que a polícia iria descobrir tudo, mas nunca mais falaram nada depois que a polícia descobriu que você não fez nada. Não é justo. Sério.

A tensão da minha mão sobre a perna diminuiu um pouco e meus dedos se fecharam novamente ao redor do lápis. Alguma coisa não estava fazendo sentido. Jessica Campbell estava no meu quarto me defendendo. Eu quase tinha medo de acreditar.

Ela olhou para o caderno no meu colo.

– As pessoas estão dizendo que você começou outra lista do ódio. É verdade?

Também baixei meus olhos para o caderno.

– Não! – exclamei, fechando involuntariamente o caderno e o enfiando debaixo de uma perna. – É só uma coisa em que estou trabalhando. Um projeto de arte.

– Ah – fez ela. – Angerson falou alguma coisa com você sobre isso?

– Por que ele deveria fazer isso? – perguntei. Mas ambas sabíamos a resposta e nenhuma respondeu.

Jessica observava meu quarto em silêncio. Vi-a olhando para a pilha de roupas no chão, os pratos sujos na penteadeira, a foto de Nick que tinha caído do bolso do meu jeans na noite anterior quando tirei a calça, e que não me importei em pegar e esconder de novo. Foi minha imaginação ou será que os olhos dela se demoraram um pouco mais na foto?

– Gosto do seu quarto – disse ela. Mas era um comentário bobo e não me importei de responder, e acho que ela ficou grata por isso.

– Tenho lição de casa para fazer – disse eu. – Então...

Ela se levantou.

– Claro. Está certo. – Ela balançou o cabelo como se fosse um pêndulo. Acho que aquela balançada de cabelo também estava na lista do ódio. Tentei afastar esse pensamento.

– Olha, o motivo de eu ter vindo... é que o Conselho Estudantil tem um projeto em andamento. Um memorial. Para a formatura, sabe. Você acha que pode nos ajudar no projeto?

Mordi meu lábio inferior. Trabalhar com o Conselho em um projeto? Alguma coisa não me cheirava bem. Encolhi os ombros.

– Vou pensar a respeito.

– Legal. Temos uma reunião na quinta na sala da Senhora Stone. Só para levantar algumas ideias.

– Você tem certeza de que eles querem que eu vá? Quer dizer, não é preciso ser eleito para fazer parte do Conselho?

Foi a vez de ela dar de ombros. Ela olhava para a janela ao fazer esse gesto, o que me fez pensar que, com certeza, eles não queriam que eu fosse nem tinham me elegido para participar.

– Eu quero que você participe – disse ela, como se fosse tudo o que importava.

Balancei a cabeça sem dizer nada. Ela pareceu flutuar no meio do meu quarto por alguns segundos, pensando. Era como se não conseguisse resolver se deveria ir ou ficar. Como se não conseguisse entender como tinha chegado até ali.

– Então, todos estão comentando como foi que você entrou nessa. No massacre, quer dizer – disse com uma voz muito calma. – Você sabia que ele estava planejando fazer isso?

Engoli em seco e olhei pela janela.

– Acho que não – respondi. – Não sabia que ele falava a sério. Sei que isso parece desculpa, mas é o que aconteceu. Ele não era um cara mau.

Ela refletiu sobre minha resposta, seguiu meu olhar pela janela e balançou a cabeça um pouco.

– Você me salvou de propósito? – perguntou ela.

– Acho que não – respondi, depois mudei de ideia. – Não. Tenho certeza de que não.

Ela balançou a cabeça de novo. Acho que era a resposta que esperava. Saiu tão silenciosamente como entrou.

Mais tarde, no consultório do doutor Hieler, enquanto equilibrava uma lata de refrigerante sobre o joelho, contei sobre o estranho encontro.

– Ficar lá, sentada com a Jessica Campbell na minha cama, foi totalmente esquisito. Quer dizer... parecia que eu estava nua com ela no quarto. Era como se tudo o que ela estivesse vendo fosse particular. Isso me deixou nervosa.

Ele coçou a orelha e sorriu.

– Bom.

– Foi bom eu ter ficado nervosa?

– Foi bom você ter conseguido lidar com isso.

Em outras palavras, não pedi que ela se retirasse. Em vez disso, ela mesma foi embora. E depois que saiu, liguei meu som e me estiquei na cama. Deitei-me de lado e fiquei olhando os cavalos no papel de parede. Um deles parecia brilhar um pouquinho. Quanto mais eu olhava, mais parecia querer levantar voo.

17

Trecho do jornal *Tribuna de Garvin*,
3 de maio de 2008, repórter Angela Dash

Katie Renfro, 15 anos – Katie Renfro, aluna do segundo ano, não estava na Praça de Alimentação quando foi baleada. "Katie estava só passando depois de sair da secretaria de orientação", afirmou aos jornalistas Adriana Tate, orientadora do colégio. "Acho que ela nem conhecia Nick Levil", completou.

Katie, cujos ferimentos foram superficiais, foi atingida no bíceps por uma bala perdida que aparentemente ricocheteou em algum dos armários metálicos próximos à Praça de Alimentação.

"Não doeu tanto assim", declarou a garota. "Pareceu mais uma ferroada. Eu nem percebi que tinha sido baleada até sair e um dos bombeiros me avisar que eu estava com o braço sangrando. Daí, entrei em pânico. Mas acho que entrei em pânico principalmente porque todo mundo estava em pânico, entende?"

Os pais de Katie Renfro afirmaram que decidiram tirá-la da escola pública permanentemente.

"Não precisamos nem pensar", declarou Vic Renfro. "Sempre nos preocupamos um pouco com relação ao fato de Katie frequentar uma escola pública. O ocorrido acabou nos fazendo decidir que ela vai para uma escola particular."

"Você nunca sabe", completou a mãe de Katie, Kimber Renfro, num tom sombrio "com quem seu filho se relaciona em uma escola pública. Eles deixam qualquer um entrar nesses lugares. Até mesmo garotos-problema e não queremos que nossa filha fique perto de garotos-problema".

***

– Ela está fazendo uma tempestade em copo d'água – disse eu, enquanto andava, algo que normalmente não fazia no consultório do doutor Hieler. É claro que, normalmente, eu não estava sob o microscópio de mamãe, cuja vigilância aumentava a cada dia. Era como se, em vez de confiar mais em mim, mamãe, na verdade, confiasse menos. Como se ela temesse que, se parasse de me vigiar, eu me envolveria em outro tiroteio.

– E você me culpa? – perguntou mamãe, fungando e esfregando o nariz com um lenço de papel amassado que puxou do bolso do casaco. – Foi duro acreditar que ela queria andar com esse pessoal e que eles queriam andar com ela. E agora o projeto do memorial? Com certeza não é saudável para ela continuar se concentrando no incidente. É claro que ela devia continuar com a vida dela, não é?

– Pela última vez, mãe. Eu não quero andar com eles. Estou trabalhando num projeto. Só isso. Um projeto da escola. Achei que você queria que eu participasse de um projeto da escola. Esta *é* a minha forma de continuar com minha vida.

Mamãe balançou a cabeça.

– Há dois dias, ela nem queria ir para a escola. E, agora, ela quer trabalhar num projeto escolar com os garotos e garotas que estavam na lista do ódio dela – disse ela, dirigindo-se ao doutor Hieler. – Parece suspeito, não? Parece falso para mim.

Dessa vez, eu me dirigi ao doutor Hieler.

– Ela não conversou com Jessica. Eu, sim. Jessica falava sério, quando me convidou. Não foi falsidade.

O doutor Hieler balançou a cabeça, esfregando o lábio, mas não disse nada.

Mamãe também balançou a cabeça, como se eu fosse boba de acreditar em Jessica Campbell. Como se eu fosse boba em acreditar em tudo o que já acreditei, só porque acreditei em Nick. Fiquei em silêncio no consultório e mamãe ficou me encarando.

– O quê? – perguntei finalmente, minha voz ficando alta. – Por que você está me olhando desse jeito? Ela não vai me morder. Ela não está fazendo joguinho comigo, certo? Por que é tão difícil entender? Você não vê TV? Não ouviu as histórias de como a tragédia transformou tudo no colégio? As pessoas não são mais como eram antes. Eles não vão me morder.

– Não estou preocupada com a possibilidade de *eles* morderem você – disse mamãe com uma voz rouca. Ela ergueu os olhos vermelhos para mim e esfregou o nariz novamente com o lenço de papel.

Olhei dela para o doutor Hieler. Ele continuava sentado com o indicador no lábio. Não disse nada. Não se moveu.

– Com o que você está preocupada? – perguntei.

– Você vai fazer mal a eles? – perguntou mamãe. – Você está se aproximando deles para terminar o que Nick começou?

Desmontei na cadeira. Todo o seu choro, seus pedidos, proibições, os jornais escondidos e arrastar-me ao doutor Hieler... tudo isso nunca foi para me proteger dos outros garotos e garotas. Foi para protegê-los de mim. Sempre temeu que eu fizesse mal a eles. Eu era a bandida. Não importava o que eu dissesse, não conseguiria fazer minha mãe pensar de outra forma.

– É que eu não estava prestando atenção antes – disse ela, meio para mim e meio para o doutor Hieler. – E veja o que aconteceu. As pessoas acham que sou uma péssima mãe e, sei lá, talvez estejam certas. Uma mãe devia saber essas coisas. Quanto mais a deixo livre, mais temo ter mais mortes pesando na minha consciência.

Ela enxugou o nariz e o doutor Hieler falou com ela com sua voz calma e compreensiva. Mas eu estava amortecida demais para ouvir o que ele dizia.

Eu tinha mudado a mamãe. Mudado seu papel de mãe. Seu propósito não era mais tão fácil e claro como tinha sido no dia em que nasci. Seu papel não era mais me proteger do resto do mundo. Agora, seu papel era proteger o resto do mundo de mim.

E isso era injusto demais.

Trecho do jornal *Tribuna de Garvin*,
3 de maio de 2008, repórter Angela Dash

Chris Summers, 16 anos – Testemunhas afirmaram que Chris Summers morreu como herói. "Ele estava tentando tirar todo mundo para fora", disse Anna Ellerton, 16 anos. "Ele estava ajudando as pessoas a passarem pela porta da cantina. Era o tipo de coisa que o Chris costumava fazer, sabe? Organizar as coisas."

De acordo com Anna Ellerton, Chris Summers foi empurrado para trás por alunos frenéticos que tentavam fugir da cantina e acabou ficando no caminho de Nick Levil.

"Nick riu e perguntou quem era o tal agora e daí atirou nele", contou Anna. "Achei que ele estava morto, por isso continuei correndo. Não sei se ele morreu na hora ou depois. Só sei que ele estava tentando ajudar. Tudo o que estava fazendo era tentar ajudar."

***

Quase dei meia-volta e fui embora. Olhei através da janela longa e estreita da classe e vi um grupo de garotos e garotas debruçados sobre cadeiras dispostas em um círculo grosseiro – Jessica Campbell no meio deles, falando com seriedade. A Senhora Stone, a conselheira do Conselho Estudantil, estava sentada em uma mesa ao lado, um pouco fora do círculo. Estava de pernas cruzadas, com um sapato pendurado no dedão do pé. Lembrou-me uma fotografia de jornal que eu tinha visto depois do tiroteio – um pé de sapato de salto alto abandonado na calçada em frente à escola, sua dona estava com muito medo, ou muito ferida ou muito morta para pegá-lo de volta.

Fazia mesmo menos de um ano que estávamos no auditório da escola ouvindo os discursos dos candidatos? Fazia mesmo tão pouco tempo que eu e Nick tínhamos nos inscrito nos cursos profissionalizantes e, então, ficamos nos procurando pela sala, revirando os olhos para os candidatos do Conselho Estudantil que, um a um, subiam ao palco, dizendo, por meio da linguagem corporal, o que não podíamos falar em voz alta?

– Em quem você votou na assembleia de hoje? – perguntei a ele naquela mesma noite, quando nos encontramos. Ele estava sem camisa, deitado ao meu lado numa barraca que tínhamos montado no campo atrás da casa dele. Íamos para essa tenda todas as noites desde que o tempo mudou, usando-a como um lugar para ficarmos longe e sozinhos, lermos um para o outro e conversarmos sobre as coisas que eram importantes para nós.

Ele acendeu sua lanterna de bolso e direcionou o foco de luz para o alto da barraca. A sombra de uma aranha dançou na luz, lutando para alcançar o teto da tenda. Fiquei pensando sobre o que ela iria fazer quando chegasse lá. Ou será que era assim que as aranhas passavam a vida – sempre se esforçando para chegar ao alto de algum lugar, o esforço era sua única meta?

– Em ninguém – respondeu Nick com tristeza. – Por que deveria? Não dou a mínima para quem venceu.

– Escrevi o nome do Homer Simpson – disse eu. Nós dois rimos. – Espero que Jessica Campbell não seja eleita presidente.

– Você sabe que ela vai ser eleita – previu. Ele desligou a lanterna e, de repente, a barraca ficou novamente muito escura. Eu não conseguia enxergar nada; só podia dizer que não estava só porque sentia o calor que emanava de Nick ao meu lado. Virei-me no meu saco de dormir e cocei a panturrilha com o dedão do outro pé, certa de que, como agora não conseguia ver a sombra da aranha, ela estava andando por todo o meu corpo, sua próxima conquista.

– Você acha que nosso último ano será diferente? – perguntei.

– Você quer dizer que se votarmos na Jessica Campbell ela vai parar de chamar você de Irmã da Morte e Chris Summers vai parar de ser um babaca? – questionou ele. – Não.

Ficamos os dois em silêncio, ouvindo os sapos do lado de fora da barraca, coaxando em coro ao redor da lagoa ali perto, à nossa esquerda.

– A não ser que façamos isso de um jeito diferente – completou ele muito sossegadamente.

No corredor, do lado de fora do Conselho Estudantil, comecei a me sentir um pouco tonta e apoiei a cabeça no tijolo frio da parede. Só iria recuperar o fôlego e sairia dali. Não podia ir adiante com aquilo. De jeito nenhum. As pessoas estavam mortas e, se havia uma boa definição para "agora já não dá mais para consertar", eu diria que era esta.

Alguém deve ter me visto. A porta se abriu.

– Oi – disse uma voz. – Obrigada por vir.

Olhei para cima. Jessica estava parada à porta. Fez um gesto para eu entrar. Meu corpo entrou no modo piloto automático e a segui.

Todos estavam olhando para mim. Seria impreciso dizer que nem todos os rostos expressavam simpatia. O certo seria dizer que nenhum expressava. Nem mesmo o de Jessica. Sua expressão estava mais para indiferente, como se estivesse conduzindo um prisioneiro à câmara da morte.

Meghan Norris me encarou com as pálpebras semicerradas, os lábios contraídos, os joelhos levantando e baixando impacientemente sob a carteira. Nossos olhos se encontraram e ela desviou o olhar, daí olhou para cima e através da janela.

– Certo – disse Jessica, sentando-se. Sentei-me ao lado dela, ainda apertando com força meus livros contra o peito. Ainda não tinha certeza de que não desmaiaria. Respirei fundo, segurei o ar por dez segundos e exalei lentamente, tão silenciosamente quanto possível. – Certo – repetiu Jessica. Manuseou alguns papéis, tudo de forma profissional. – Conversei com o diretor Angerson e vamos mesmo ter um espaço no canto noroeste do pátio, logo ao lado da entrada para a Praça de Alimentação. Podemos colocar tudo o que quisermos lá, desde que seja aprovado pela Associação de Pais e Mestres, o que não deve ser lá muito difícil.

– De forma permanente? – perguntou Micky Randolf.

Jessica balançou a cabeça.

– Sim, teremos uma cerimônia de dedicação durante a formatura, mas podemos deixar algo fixo.

– Como uma estátua ou algo assim – disse Josh.

– Sim, ou uma árvore – sugeriu Meghan, parecendo entusiasmada, esquecendo-se, ao menos por um momento, de que eu estava lá, poluindo seu espaço pessoal.

– Estátuas são caras – observou a Senhora Stone. – Temos dinheiro para fazer uma?

Jessica consultou alguns papéis novamente.

– A Associação de Pais e Mestres prometeu contribuir com algum dinheiro. E temos nossa conta. E vendas de... donuts... – Fez-se um silêncio desconfortável. Não se vendia mais donuts desde o incidente. Desde que Abby Dempsey, a melhor amiga de Jessica, tinha sido morta ao vender donuts no dia 2 de maio. Jessica pigarreou. – Abby iria querer que usássemos o dinheiro para isso – disse. Senti que me olhavam, mas não levantei a cabeça para descobrir quem me encarava. Remexi-me na cadeira, respirei fundo novamente, prendi a respiração um pouco e exalei.

– Podemos fazer outra campanha para levantar fundos – disse Rachel Manne. – Podemos vender pirulitos e enviá-los em caixas com mensagens.

– Boa ideia – opinou Jessica. Ela escreveu algo em um pedaço de papel. – E podemos fazer uma festa do sorvete.

– Festa do sorvete é uma ótima ideia. Posso falar com o professor Hudspeth para que o Departamento de Teatro faça uma apresentação para a festa – disse a Senhora Stone.

– É mesmo! E talvez o coral possa cantar alguma música – alguém sugeriu. As ideias vinham rápida e furiosamente agora que a conversa sobre o evento tinha começado. Fui abençoada ao ser deixada de lado, abençoada por ser esquecida por todos.

– Então, está resolvido – disse Jessica fechando seu livro e baixando o lápis. – Vamos fazer um show de variedades e uma festa do sorvete. Agora, precisamos decidir o que vai ser o memorial. Alguma ideia? – perguntou e cruzou os braços. Todo o mundo ficou em silêncio.

– Cápsula do tempo – disse eu. Jessica me olhou.

– Como assim?

– Podíamos fazer uma máquina do tempo. Colocar uma placa ou coisa parecida marcando o local e deixar para abrir, tipo, daqui a cinquenta anos ou coisa parecida. Daí as pessoas poderão ver que esta classe tinha mais que... bom... tinha mais.

A sala ficou silenciosa, enquanto todos pensavam a respeito.

– Poderíamos colocar um banco ao lado – acrescentei. – E colocar os nomes das... das... – de repente, não consegui continuar.

– Das vítimas – completou Josh com uma voz que traía irritação. – Era isso que você ia dizer, certo? Os nomes das vítimas gravados no banco. Ou na placa.

– Todas ou só as que morreram? – perguntou Meghan. O ar ficou muito pesado ao meu redor. Fiquei olhando para o chão. Não queria saber para onde todos estavam olhando. Tinha quase certeza de que era para mim.

– Todas – respondeu Josh. – Quer dizer, tipo, o nome da Ginny Baker tem de estar lá, não acham?

– Então, não vai ser exatamente um memorial – observou a Senhora Stone, e todos começaram a conversar novamente.

– Mas e a cara da Ginny...

– ...não precisa ser um memorial, que tal um monumento...

– ...devia ter o nome de todos da classe...

– ...isso seria legal...

– Porque todos foram afetados de um jeito ou de outro...

– ...um memorial tem a ver com perda de vidas, mas também poderia ter a ver com a perda de outras coisas, como...

– ...não dá para pôr o nome de todo mundo da escola...

– Vamos por só os nomes dos que morreram – disse Jessica.

– Nem todos – opinou Josh com uma voz alta o bastante para interromper a conversa. – Não vamos colocar todos – repetiu. – Nick Levil não. De jeito nenhum.

– Tecnicamente ele também foi uma vítima – sussurrou baixo a Senhora Stone. – Tecnicamente, se vocês irão colocar o nome das vítimas, o dele também deveria estar lá.

Josh balançou a cabeça. Seu rosto tinha ficado vermelho.

– Não acho isso certo.

– Eu também não – falei antes mesmo de perceber que tinha aberto a boca. – Não seria justo com os outros – quase engasguei quando percebi o que tinha acabado de fazer. Nick tinha sido tudo para mim. Continuava não acreditando que ele era um monstro, mesmo depois do que ele tinha feito contra a escola. Também não me sentia completamente inocente. Mas, naquele momento, eu o empurrava para debaixo do ônibus... e por quê? Para agradar o Conselho Estudantil? Para ficar bem com essas pessoas que, há poucos meses, riam quando Chris Summers fazia Nick de bobo, que riam quando Christy Bruter me chamava de Irmã da Morte? Para me mostrar para Jessica Campbell, quando eu ainda não sabia se ela me odiava ou se tinha mudado? Ou será que realmente acreditava no que estava dizendo? Era uma parte em mim que ainda não tinha identificado e que de repente apareceu, dando voz ao meu medo: Nick e eu não éramos vítimas... éramos os que mais cometiam bullying?

Senti uma mudança tão abrupta, que podia percebê-la quase fisicamente. Pude praticamente me ver sendo dividida em duas pessoas dentro de mim: a Valerie de antes dos tiros e a Valerie de agora. E elas não combinavam.

De repente, ficou impossível continuar ali sentada, ao lado daquele pessoal, contra Nick.

– Preciso ir – disse. – Hum, minha mãe está me esperando.

Peguei meus livros e saí como um raio em direção à porta, agradecendo a Deus por ter ligado para mamãe antes e ter pedido que ela viesse no horário normal e me esperasse um pouco, caso eu decidisse dar uma passada na reunião. Agradecendo a Deus porque, pelo menos daquela vez, a desconfiança que ela tinha de mim iria compensar, porque ela estaria lá, roendo a unha e procurando sinais de tumulto pela janela da escola.

Eu não me atrevi nem a pensar até estar segura no carro de mamãe. Não me atrevi a parar até me afundar no banco de passageiro e trancar a porta, colocando-a como um obstáculo entre mim e a reunião.

– Vai – disse eu. – Vamos para casa.

– Qual é o problema? – perguntou mamãe. – O que está acontecendo? O que houve lá, Valerie?

– A reunião acabou – respondi, fechando os olhos. – Vai. Só isso.

– Mas porque aquela garota está correndo atrás de você? Meu Deus, Valerie, por que ela está correndo?

Abri os olhos e olhei pela janela de passageiro. Jessica estava correndo em direção ao carro.

– Vai, mãe! – gritei. – Por favor, mãe!

Mamãe pisou fundo, talvez um pouco fundo demais, pois os pneus cantaram, e saímos rapidamente do estacionamento. Olhei pelo retrovisor e vi Jessica ficando cada vez menor. Ela ficou parada na beira da calçada, onde eu estava poucos momentos antes, vendo nosso carro também ficar cada vez menor.

– Meu Deus, Valerie, o que aconteceu? Alguma coisa aconteceu? Ai, por favor, me diga que nada aconteceu. Valerie, não vou conseguir aguentar se mais alguma coisa tiver acontecido.

Eu a ignorei. Mas, quando senti uma comichão na bochecha e esfreguei, vi que era uma lágrima e percebi que não a tinha ignorado. É que eu estava chorando demais para responder.

Alguns minutos depois, paramos na entrada da garagem. Quando mamãe parou, esperando a porta da garagem abrir, saí correndo. Abaixei-me, passei por baixo da porta da garagem que ainda não tinha aberto completamente e entrei em casa. Estava na metade da escada quando ouvi mamãe gritando na cozinha.

– Doutor Hieler, por favor. Sim, é urgente, droga!

19

Trecho do jornal *Tribuna de Garvin*,
3 de maio de 2008, repórter Angela Dash

Lin Yong, 16 anos – "Quando vi o que ele fez, fiquei de coração partido", disse Sheling Yong ao responder sobre os ferimentos da filha. "Estou grato por Lin estar viva, mas a bala deixou uma sequela permanente em seu braço. Ela era uma violinista completa. Agora isso acabou. Seus dedos não funcionam mais direito. Ela não pode mais tocar."

Lin Yong foi atingida no antebraço, o impacto da bala rompeu seu pulso causando grande dano aos nervos do braço. Depois de quatro cirurgias, Lin ainda tem uso limitado do terceiro dedo e do polegar.

"Foi no meu braço direito", disse a garota. "Por isso estou tendo dificuldade para escrever. Estou tentando aprender a escrever com a mão esquerda. Mas minha amiga Abby está morta, por isso não reclamo muito do braço. Com certeza, ele podia ter me matado."

***

Depois da reunião do Conselho Estudantil, minha mãe discutiu com a secretária do doutor Hieler até que ela nos encaixou em um horário de atendimento.

– Sua mãe disse que você saiu nervosa da reunião do Conselho Estudantil, Val – disse o doutor Hieler antes mesmo de eu me sentar na poltrona. Acho que percebi um pouco de contrariedade na sua voz. Fiquei pensando se ele chegaria em casa tarde por ter de me atender. Fiquei pensando se sua mulher colocaria seu prato no forno para mantê-lo aquecido e se seus filhos estavam fazendo as lições em frente à lareira, esperando pelo pai para brincar de caubói e índio com eles. Era assim que eu imaginava a vida doméstica do doutor Hieler; como aquelas famílias perfeitas dos seriados de TV dos anos 1950, com uma família paciente e amorosa que nunca tinha nenhum problema.

Balancei a cabeça.

– É, mas não foi uma crise nem nada.

– Tem certeza? Sua mãe disse que tinha alguém correndo atrás de você. Alguma coisa aconteceu?

Pensei na pergunta. Devia responder que sim, que algo havia acontecido? Devia contar que o que houve foi que eu abandonei publicamente Nick, que finalmente colocaram na minha cabeça que Nick era ruim? Devia lhe dizer que me sentia muito culpada por causa daquilo? Que cedi à pressão da turma e que estava envergonhada de ter feito isso?

– Ah – tentei parecer indiferente. – Eu derrubei minha calculadora e não percebi. Ela estava tentando me devolver. Eu pego amanhã no primeiro período. Não tem problema. Minha mãe é paranoica.

Percebi pelo modo como ele inclinou a cabeça que não estava acreditando em uma palavra do que eu disse.

– Sua calculadora?

Balancei a cabeça.

– E você estava chorando por causa disso? Da calculadora?

Balancei a cabeça novamente, olhando para o chão. Mordi o lábio inferior para que ele não tremesse.

– Deve ser uma calculadora e tanto – brincou ele. – Deve ser uma calculadora realmente muito boa. – Como eu não falava nada, ele continuou com uma voz baixa, suave, comedida. – Você deve se sentir mesmo muito mal por ter deixado cair uma calculadora como essa. Talvez você ache que devia tomar mais cuidado com a calculadora.

Ergui os olhos até ele. Seu rosto estava duro.

– É mais ou menos isso – disse eu.

Ele se mexeu na cadeira.

– Perder uma calculadora de vez em quando não faz de você uma pessoa má, Valerie. E se você acabar não encontrando essa calculadora e precisar de uma nova... bom, tem calculadoras muito boas por aí.

Mordi meu lábio com mais força e balancei a cabeça.

Alguns dias depois, a Senhora Tate estava na sala de xerox quando entrei para pegar minha permissão para chegar atrasada. Tentei passar despercebida, mas a secretária sempre fala alto demais e, quando me viu, praticamente gritou:

– Você tem um atestado médico, Valerie? – Tate virou-se e me viu.

Ela fez sinal para que eu a acompanhasse até seu escritório e a segui com minha permissão de atraso cor-de-rosa na mão. Ela fechou a porta atrás de nós. Seu escritório parecia ter sido limpo recentemente. As pilhas de livros ainda estavam no chão, mas haviam sido colocadas numa área central. Também não havia embalagens usadas de hambúrguer na mesa e seu velho arquivo havia sido substituído por um preto, novinho em folha. Ela tinha colocado todas as fotografias no alto do arquivo, o que fez com que sua mesa parecesse espaçosa, mesmo que ainda tivesse muitas folhas de papel soltas, jogadas aleatoriamente umas sobre as outras.

Sentei-me na cadeira do outro lado da mesa e ela apoiou uma nádega sobre um canto da mesa. Com a unha feita, ela recolocou um cacho de cabelo desarrumado no lugar e sorriu para mim.

– Como vai você, Valerie? – perguntou com uma voz suave, como se eu fosse tão frágil que, se ela falasse no tom errado, eu desmontaria. Queria que a secretária tivesse me chamado com aquela voz e que a Senhora Tate falasse comigo do jeito normal.

– Estou bem, acho – respondi. Balancei o papel cor-de-rosa no ar. – Consulta médica. Minha perna.

Ela baixou o olhar.

– Como vai a perna?

– Está bem, acho.

– Bom – comentou ela. – Você tem visto o doutor Hieler ultimamente?

– Há poucos dias. Depois da reunião do Conselho Estudantil.

– Que bom, que bom – disse a Senhora Tate balançando a cabeça enfaticamente.

– O doutor Hieler é um ótimo médico, pelo que ouvi dizer. Muito bom no que faz.

Concordei com um movimento de cabeça. Quando penso nas vezes em que me sinto mais compreendida e em segurança, o doutor Hieler está envolvido de um jeito ou de outro.

A Senhora Tate ficou de pé e caminhou ao redor da mesa. Deixou-se cair na cadeira, que cedeu um pouquinho sob seu peso.

– Ouça, eu queria conversar com você sobre o almoço, disse ela.

Suspirei. O almoço ainda não era minha hora preferida do dia. Para mim, a Praça de Alimentação parecia ser assombrada e eu e Stacey ainda nos encontrávamos na mesa de condimentos, mas ela ia se sentar com meus velhos amigos, fingindo que nunca me conheceu e eu ia para o corredor, fingindo que tudo o que eu mais queria na vida era comer sozinha, sentada no chão, ao lado do banheiro dos meninos.

– Eu vejo você no corredor todos os dias – disse a Senhora Tate, como se estivesse lendo minha mente. – Por que você não está almoçando na Praça de Alimentação? –, perguntou, inclinando-se para a frente e apoiando os cotovelos na mesa. Juntou as mãos na frente do corpo, como se estivesse rezando. – Jessica Campbell esteve aqui ontem. Ela disse que convidou você para almoçar na mesa dela, mas você não vai. É verdade?

– É. Ela me convidou há um tempinho. Não era nada pessoal ou coisa parecida. Eu só estava ocupada... trabalhando num projeto de arte – disse eu e toquei involuntariamente a capa do meu caderno preto.

– Você não faz aula de arte.

– É um projeto pessoal. Eu faço aula de arte no centro comunitário – menti. A Senhora Tate sabia que era uma mentira descarada, mas não liguei. – Olha, não é nada contra a Jessica. Só quero ficar sozinha. Além disso, duvido muito que os amigos da Jessica me queiram ao lado deles. Ginny Baker almoça naquela mesa. Ela não aguenta nem olhar para mim.

– Ginny Baker está tirando uma licença médica.

Eu não tinha ideia. Meu rosto queimou. Abri a boca e a fechei de novo.

– Não é sua culpa, Valerie, se é que está pensando. Ginny tem muito trauma a superar e ela está lutando com o fato de ter de voltar à escola desde o incidente. Ela conversou com os professores e ficará bem estudando em casa durante um tempo. Jessica realmente parece estar querendo se aproximar. Você não devia fugir dela.

– Não estou fugindo – disse eu. – Fui à reunião do Conselho Estudantil. É que... – A Senhora Tate me encarou do alto do nariz, os braços cruzados no peito. Suspirei. – Vou pensar a respeito – falei, mas querendo dizer "não, não vou almoçar com aqueles caras". Levantei-me apertando meus livros com força.

A Senhora Tate olhou para mim por um instante e também se levantou.

– Ouça, Valerie – disse, puxando a ponta da jaqueta, que parecia apertada e desconfortável. – Eu não queria ter feito isso, mas comer fora da Praça de Alimentação sem permissão do professor é proibido a partir de agora. O diretor Angerson proibiu todas as atividades solitárias de alunos.

– O que isso quer dizer?

– Quer dizer que se virem você sozinha por aí, você vai pegar detenção.

Durante um segundo, eu não sabia o que dizer. Queria gritar, "isto aqui é uma prisão agora? Vocês são carcereiros?", mas ela provavelmente responderia, "sempre fomos", por isso fiquei quieta.

– Que seja – disse e saí em direção à porta.

– Valerie – chamou ela e me tocou o cotovelo de leve. – Dê uma chance a eles. Jessica quer mesmo fazer dar certo.

– Fazer o que dar certo? – perguntei. Agora eu sou um projeto da classe? Sou um tipo de piada? Por que ela apenas não me deixa em paz? Antes, eles me ignoravam.

A Senhora Tate deu de ombros e sorriu.

– Acho que ela está só tentando ser sua amiga.

"Mas por quê?", eu queria gritar. "Por que de repente Jessica Campbell quer ser minha amiga? Por que de repente ela está sendo legal comigo?"

– Não preciso de amigos – disse eu. A Senhora Tate piscou, uma ruga se formou em sua testa, seus lábios se apertaram. Suspirei. – Só quero fazer o que tenho de fazer na escola e me formar – falei. – O doutor Hieler acha que é nisso que devo me concentrar agora. Estou tentando manter as coisas em ordem.

Isso não era exatamente verdade. O doutor Hieler nunca tinha me dado nenhum tipo de orientação do tipo "vai fundo e faça isso" ou qualquer outra. Na verdade, ele estava evitando que eu me matasse.

Como a Senhora Tate não respondeu, peguei a deixa para ir embora. Saí de lá, minha perna latejava porque o médico tinha cutucado e apalpado a ferida naquela manhã, minha permissão para chegar atrasada na mão, sem parar de pensar em como iria almoçar naquele dia.

20

Trecho do jornal *Tribuna de Garvin*,

3 de maio de 2008, repórter Angela Dash

Amanda Kinney, 67 anos – Amanda Kinney, chefe dos zeladores do Colégio Garvin há 23 anos, foi atingida no joelho por uma bala perdida quando procurava proteger alunos colocando-os dentro de um depósito de alimentos. "O depósito já estava aberto porque estávamos colocando sacos limpos nas latas de lixo", contou a jornalistas na sua casa, onde os recebeu com o joelho enfaixado e apoiado em travesseiros. "Eu estava apertando os alunos lá dentro, até não caberem mais, daí, fechei a porta. Acho que ele nem sabia que a gente estava lá. Não percebi que levei um tiro até que um dos garotos me disse que eu estava sangrando. Olhei para baixo e minha calça estava toda suja de sangue e tinha um pequeno rasgo no joelho."

Amanda Kinney, que fez amizade com muitos alunos do Colégio Garvin, conhecia Nick Levil bem. "Na verdade, ele morava a apenas algumas quadras de mim, por isso eu o conhecia desde que ele se mudou para Garvin. Eu achava que ele era um garoto muito simpático. Às vezes ficava bravo sem motivo, mas era um garoto simpático. Sua mãe também é uma pessoa muito simpática. Isso deve tê-la partido ao meio."

* * *

– Desculpe pelo atraso – justifiquei-me, entrando apressadamente e me deixando cair no sofá. Estiquei o braço e peguei o refrigerante que o doutor Hieler havia deixado para mim sobre a mesinha de centro, como sempre fazia. – Peguei detenção de sábado e ela se estendeu porque o professor estava em uma palestra e perdeu a noção do tempo.

– Sem problemas – respondeu o doutor Hieler. – Eu tinha alguns relatórios que estavam atrasados mesmo – comentou, mas surpreendi-o dando uma olhada de lado para o relógio. Fiquei me perguntando se ele tinha jogos dos filhos para assistir naquele dia. Talvez uma reunião da aula de ginástica da filha. Talvez um almoço com a esposa. – Por que você pegou detenção?

Revirei os olhos.

– Almoço. Não comi na Praça da Alimentação como eles queriam. Por isso peguei detenção todos os dias e, na sexta, Angerson me deu detenção de sábado. Acho que ele pensa que vai me dobrar se eu pegar muitas detenções. Mas não vai funcionar. Não quero comer lá.

– Por que não?

– Com quem vou almoçar? Não posso simplesmente andar por lá e chegar para alguém e perguntar, "oi, posso me sentar aqui?" e eles vão responder "Claro!". Meus velhos amigos nem me deixam sentar com eles.

– E aquela outra garota? Aquela do Conselho Estudantil.

– Os amigos da Jessica não são meus amigos – respondi. – Nunca foram. Era por isso que Nick e eu os colocamos na lista... – parei de falar abruptamente, surpreendendo-me comigo mesma por mencionar a lista do ódio de modo tão casual. Tentei ignorar isso, mudando de assunto. – O Angerson insiste em estimular a solidariedade na escola, para não pegar tão mal na TV. Isso é problema dele, não meu.

– Parece que o problema não é só dele. Detenção aos sábados não é o jeito ideal de passar seu final de semana, não é? – cutucou e pude jurar que ele voltou a olhar rapidamente o relógio de parede.

– Que seja. Não estou nem aí.

– Acho que você liga mais do que admite. O que aconteceria se você tentasse só um dia?

Eu não tinha resposta para aquela pergunta.

Mamãe tinha saído quando a sessão terminou. Ela tinha deixado um bilhete grudado do lado de fora da porta do consultório do doutor Hieler, dizendo que tinha algo a fazer e logo estaria de volta e que era para eu esperar por ela no estacionamento. Peguei a nota antes que o doutor Hieler a visse, rasguei-a e a enfiei no bolso. Se a tivesse visto, ele se sentiria obrigado a ficar mais tempo e eu já estava me sentindo mal por tê-lo prendido lá.

Além disso, eu não queria falar mais.

Saí do prédio do consultório e fiquei do lado de fora durante um momento, sem saber direito o que fazer. Eu teria de me esconder, senão o doutor Hieler iria me ver ao sair. Pensei em pular para trás da cerca viva ao lado do prédio, mas não tinha certeza de que minha perna me permitiria. Além do mais, havia algum animal debaixo dela. Eu podia ouvir um ronronado e duas vezes vi os galhos se mexerem.

Enfiei as mãos nos bolsos e caminhei vagarosamente através do estacionamento, chutando pedras enquanto andava. Logo cheguei à calçada. Parei e olhei ao redor. Ou era a cerca viva ou era o bairro empresarial do outro lado da estrada. Ou ser vista pelo doutor Hieler e ter de voltar para uma prorrogação da sessão. Não obrigada. Tirei as mãos do bolso e esperei na beira da calçada os carros passarem. Talvez eu encontrasse o carro de minha mãe na loja de conveniência da rua comercial do outro lado da rodovia. Os carros pararam de passar por um momento e eu corri mancando até o outro lado da pista.

O carro de mamãe não estava no estacionamento da loja. Procurei duas vezes nos dois estacionamentos. Ela também não tinha voltado e parado no estacionamento do doutor Hieler. Isso eu podia ver de onde estava. E eu estava ficando com sede.

Entrei vagarosamente na loja de conveniência e perambulei até achar um bebedouro. Parei nas prateleiras de revistas e folheei algumas. Fui até o corredor de doces, desejando ter dinheiro para comprar um recheado de chocolate. Mas não demorou muito para que ficasse entediada.

Saí novamente, fiquei na ponta dos pés e estiquei o pescoço para ver o estacionamento do doutor Hieler. O carro de mamãe não estava lá e, agora, nem o do doutor Hieler. Suspirei e me sentei na calçada, com as costas apoiadas na vitrine da loja até que o gerente veio e me disse que eu tinha de sair de lá. As pessoas não gostavam de ver sem-tetos vagabundeando em frente à loja, explicou ele.

– Isto aqui não é a Assistência Social Pública, garota – disse.

Por isso andei algumas portas além, procurando um bom lugar para me sentar.

A loja de celulares estava cheia e também o lugar onde mamãe costumava me levar para cortar o cabelo quando eu era pequena. Olhei pela vitrine, e observei uma garotinha chorando, enquanto a mãe segurava sua cabeça para que o cabeleireiro pudesse cortar seus cachos loiros de bebê. Também olhei a loja de celulares, onde todos pareciam bravos, inclusive os empregados.

Logo, cheguei ao fim da rua e estava para dar meia-volta e voltar à loja de conveniência quando vi uma porta se abrindo ao lado de um prédio. Uma mulher de seios gigantescos vestindo um avental de brim cheio de tinta de tecido e pedras de bijuteria saiu e sacudiu um pano no ar. Voou purpurina para todo o lado quando ela balançou o tecido. Ela parecia a fada madrinha da Cinderela, atrás daquela nuvem de purpurina.

Ela me viu observando-a e sorriu.

– Às vezes temos um vazamento – disse com vivacidade e desapareceu para dentro de novo, levando com ela o pano cheio de purpurina.

Admito que fui tomada pela curiosidade. Queria saber que tipo de vazamento parecia tão bonito, tão brilhante. Em geral, os vazamentos são feios e fazem uma tremenda bagunça. Aquele era lindo.

Logo que a porta se fechou, senti que todo o mundo tinha ficado para trás. Dentro, o lugar era entulhado, escuro e tinha cheiro de igreja no domingo de Páscoa. Havia fileiras e fileiras de prateleiras da altura do teto quase desmoronando por causa do peso dos bustos de gesso, tigelas de cerâmica, baús de madeira, cestas, potes e caixas de papelão de formatos interessantes. Andei por um dos corredores, sentindo-me diminuída.

No final do corredor, dei em um espaço amplo e me espantei. Havia molduras em todos os lugares, pelo menos uma dúzia delas, e uma mesa comprida coberta com jornais perto de uma janela que dava para o leste. Ao redor havia cestas e caixas de material – tintas, panos, faixas, montes de argila, canetas.

A mulher de avental de brim que eu tinha visto do lado de fora estava empoleirada em um banco em frente a uma tela, dando pinceladas transversais de cor violeta no quadro.

– Acho que o sol da manhã é o mais inspirador, não acha? – perguntou ela sem se voltar para mim.

Não respondi.

– É claro que a esta hora do dia todas as pessoas naquele armazém estão aproveitando a luz brilhante. Mas eu... – ela ergueu o pincel e cutucou o ar com ele. – Eu pego o sol mais inspirador do dia. Eles podem ficar com seu pôr do sol. É o nascer do sol que chama a atenção das pessoas. O renascimento sempre faz isso.

Eu não sabia o que dizer. Nem tinha certeza de que ela estava mesmo falando comigo. Ainda estava de costas para mim e trabalhava com tanta concentração na pintura que achei que, talvez, estivesse falando consigo mesma.

Fiquei plantada naquele lugar, sem saber direito para onde olhar em primeiro lugar. Queria tocar as coisas – correr os dedos pelos vasos de gesso, cheirar dentro das caixas e esmagar um punhado de argila – mas temia que, se mexesse qualquer parte do meu corpo, até os lábios, eu cederia ao meu capricho e me perderia naquele labirinto caótico para sempre.

Ela deu mais algumas pinceladas de violeta nos cantos da tela e, então, levantou-se do banco e se afastou um pouco, admirando sua obra.

– Aí está! – exclamou. – Perfeito – disse e colocou a palheta no banco, equilibrando o pincel sobre ela. Daí, finalmente se voltou para me olhar. – O que você acha? – perguntou. – Muito violeta? – Ela se virou e estudou a tela mais um pouco. – Violeta nunca é demais – murmurou. – O mundo precisa de mais violeta. Mais e mais, sabe?

– Eu gosto de violeta – disse eu.

Ela bateu palmas duas vezes.

– Muito bom! – disse. – Isso decide. Chá? – E correu para trás da caixa registradora, então, pude ouvir o barulho de porcelana. – Como você gosta? – perguntou com voz abafada.

– Hum – resmunguei –, eu... não posso. Tenho de sair. Minha mãe.

Sua cabeça se ergueu – uma mecha de cabelo castanho manchado de branco caiu-lhe sobre a testa.

– Ah! E eu achei que ia ter companhia hoje. Este lugar sempre parece tão abandonado quando minhas aulas terminam. Quieto demais. Bom para ratinhos, não para Bea, que sou eu. – Ela bebeu de uma xícara minúscula com coelhinhos pintados; uma xícara de um jogo de chá de criança. E ergueu o dedinho enquanto bebia.

– Você dá aulas aqui? – perguntei.

– Dou sim – respondeu. Contornou um canto rapidamente, fazendo o ar se mover. – Dou aulas. Um monte de aulas. Cerâmica, pintura, macramê, o que for, eu dou aula.

Virei-me um pouco para a esquerda e enfiei um dedo dentro de um balde de contas de madeira.

– Qualquer um pode fazer essas aulas?

Ela franziu a testa.

– Não – respondeu, olhando fixamente para minha mão no balde de contas. Retirei-a abruptamente, duas contas caíram e dançaram no chão. Ela sorriu quando ruborizei, como se minha vergonha lhe despertasse ternura. – Ah, não, não dou aula para qualquer um. Alguns me dão aula.

Eu estava para sair quando ela esticou o braço e agarrou minha mão. Abriu-a, virou a palma para cima, e a estudou, seus olhos delineados com lápis brilhavam através das mechas de cabelo.

– Ah! – exclamou. – Ah!

Tentei tirar a mão, mas não pus muita força na tentativa. Apesar de estar estranhando muito ela me tocar, queria saber o que aqueles "Ahs" queriam dizer.

– Preciso ir – disse eu, mas ela ignorou.

– Olha, eu posso reconhecer outro artista em qualquer lugar. E você é uma artista, né? É claro que é. Você gosta de violeta! – falou e apertou minha mão com ainda mais força, puxando-me atrás dela. Ela me levou até a tela na qual tinha estado trabalhando. Com a mão livre, pegou a palheta e o pincel no banco e apontou para a tela.

– Sente-se – convidou.

– Eu acho que preciso...

– Ah, senta! O banco não gosta quando seu convite é ignorado.

Sentei-me.

Ela me deu o pincel.

– Pinte – disse. – Vá em frente.

Olhei para ela.

– Aqui? No seu retrato?

– Retratos são feitos por fotógrafos. Isto aqui é uma pintura. Então, pinte.

Fiquei olhando para ela por um tempo. Ela virou minha cabeça em direção à tela.

– Vamos, pinte.

Lentamente, mergulhei o pincel na tinta preta e fiz um traço transversal sobre o violeta.

– Hum – murmurou ela e então fez: – Ah.

O melhor modo de descrever o sentimento que brotou em mim é dizer que foi miraculoso. Ou talvez comovente. Ou talvez ambos. Não sei. Só sei que não consegui parar naquele traço, nem na próxima pincelada, nem nos pontos semelhantes a árvores que fiz em um dos cantos. Só sei que me senti longe ao fazer aquilo, que mal podia ouvir as exclamações de Bea atrás de mim, seus sussurros, suas frases ditas com voz de bebê para as cores que eu usava ("ah, sim, é sua vez, ocre! Será que o pequenino espinheiro azul também não quer uma chance?").

Antes que me desse conta, fui arrancada do meu devaneio por um zunido no bolso da frente do meu jeans – meu telefone celular levou minha atenção para longe da tela, que, de repente, pareceu ser apenas uma tela novamente.

– Ah, maldita tecnologia – resmungou Bea quando atendi. – Por que não podemos mais nos comunicar com pombos-correio? Lindas penas com adoráveis bilhetes amarrados. Eu poderia usar algumas penas de pombos aqui. Ou de pavão. Ah, sim, de pavão! Só que nunca ninguém se comunicou através de pavão, acho...

— Onde você está? – a voz da minha mãe vibrou no telefone. – Eu estava ficando doente de preocupação. Nem o doutor Hieler, nem você estavam. Pelo amor de Deus, Valerie, será que não consegue ficar me esperando como pedi? Você sabe como fiquei nervosa?

— Já estou indo aí – resmunguei ao telefone. Levantei-me do banco enquanto enfiava o telefone de volta no bolso. – Sinto muito – disse eu a Bea. – Minha mãe...

Ela golpeou o ar com uma mão, pegou uma vassoura com a outra e foi direto para uma pilha de serragem acumulada debaixo da mesa de trabalhar com madeira.

— Nunca sinta muito por uma mãe – aconselhou ela. – Você pode sentir muito pela mãe, por algo que ela sofreu, mas por algo que a mãe fez, não. Quase sempre as mães adoram violeta. Eu devia saber... tive uma mãe muito violácea.

Corri pelo corredor por onde tinha entrado – sentindo como se estivesse fugindo de uma floresta escura e mística – e quando estava quase na porta, a voz de Bea flutuou através da loja.

— Espero ver você no fim de semana que vem, Valerie.

Sorri e saí. Foi só quando entrei no carro de minha mãe, sem fôlego e suada da corrida e da euforia, que lembrei que não tinha dito meu nome para Bea.

21

O almoço foi um tipo de pizza mexicana petrificada, que combinava bem com uma segunda-feira, se você quer saber. Eu também me sentia como uma pizza petrificada na maioria das segundas-feiras, sendo forçada a sair do pequeno casulo de felicidade que era meu quarto e tendo de ir ao holofote do Colégio Garvin.

A não ser pelo sábado de manhã, meu final de semana tinha sido abençoadamente tranquilo. Mamãe e papai não estavam se falando por qualquer motivo e Frankie estava em um retiro da igreja com um amigo. Não que nossa família frequentasse a igreja, um tema que a mídia levantou vez ou outra logo depois dos tiros no colégio, mas aparentemente havia duas garotas que frequentavam a igreja de seu amigo, e Frankie estava determinado a passar um tempo sozinho com uma delas. Verdade seja dita, se Frankie pudesse colocar as mãos em uma garota no final de semana, ele não pensaria duas vezes – fosse em um retiro de igreja ou não –, o que eu achava errado, mas, seja como for, tentar ficar com uma garota no retiro poupava-o de aguentar a guerra fria de mamãe e papai em casa.

Eu conseguia aguentar isso muito bem ficando no meu quarto. Meus pais nem esperavam outra coisa de mim. Nem mesmo me chamavam para descer na hora do jantar. Eu descia silenciosamente quando achava que todos estavam fazendo outra coisa, pegava algo na geladeira e levava de volta ao quarto, como se fosse um quati com os restos que pegou em uma lata de lixo.

Uma vez, num sábado à noite, desci até a cozinha depois de ouvir a porta da frente se fechar e encontrei meu pai à mesa, inclinado sobre uma tigela de cereais.

– Ah! – exclamei. – Achei que vocês tinham saído.

– Sua mãe foi a um grupo de apoio ou coisa parecida – respondeu sem tirar os olhos da tigela. – Não tem nada para comer nesta droga de casa – comentou. – A não ser que você goste de cereal.

Olhei dentro da geladeira. Ele tinha razão. A não ser por uma embalagem de leite, um pouco de ketchup, uma pequena tigela com o resto de uma salada de feijão e meia dúzia de ovos, não havia muito mais para comer.

– Cereal está bom – resolvi, puxando uma caixa do fundo da geladeira.

– Essa droga está murcha – informou papai.

Olhei para ele. Seus olhos pareciam ter sido contornados com lápis vermelho, seu rosto estava barbado. Suas mãos pareciam ásperas e trêmulas e percebi que fazia tanto tempo que não olhava para meu pai que nem tinha percebido o quanto ele havia envelhecido ultimamente. Parecia velho. Gasto.

– Cereal está bom – repeti, com mais delicadeza, dessa vez, pegando uma tigela no armário.

Coloquei o cereal na tigela e adicionei leite. Papai comia em silêncio. Quando eu estava saindo da cozinha, ele disse:

– Tudo está murcho nesta droga de casa.

Parei. Estava com um pé no primeiro degrau.

– Você e a mamãe brigaram de novo?

– O que você quer dizer com isso? – reagiu ele.

– Você... você quer que eu peça uma pizza ou algo parecido? Para o jantar, quer dizer?

– O que você quer dizer com isso? – repetiu ele. Parecia que tinha razão, por isso voltei a subir a escada, entrei no quarto e ouvi rádio enquanto comia o cereal. Ele tinha razão: estava murcho.

Eu tinha jogado a pizza petrificada na bandeja e estava brincando com o viscoso coquetel de frutas enlatadas no quadrado ao lado dela, quando ouvi a voz do diretor Angerson sobre meus ombros.

– Você não está planejando comer no corredor, está? – perguntou ele.

– Sim, acho que estou – respondi, continuando o que estava fazendo. – Gosto daquele corredor.

– Não era isso que eu esperava ouvir. Devo escalar um professor para a detenção de sábado?

Voltei-me e olhei-o nos olhos, usando cada centímetro de determinação que me restava. Angerson nem se importou em compreender.

– Acho que sim.

Stacey, que estava imediatamente à minha frente na fila, pegou sua bandeja e se mandou, correndo para uma mesa. Pude ver com o canto dos olhos ela dizer algo para Duce, Mason e o resto do pessoal. Seus rostos se voltaram para mim. Duce estava rindo.

– Não vou deixar você orquestrar outra tragédia nesta escola, mocinha – disse o diretor Angerson, ficando vermelho no pescoço, desde a gravata ao queixo. "Então a medalha, a carta e todo aquele negócio de heroína e perdão era besteira", pensei. – Há uma nova política escolar que não permite nenhum isolamento nesta escola. Qualquer um que for observado isolando-se do corpo estudantil será cuidadosamente examinado. Odeio dizer, mas em alguns casos extremos o aluno poderá ser expulso. Fui claro?

Percebi que a fila estava passando ao meu redor e alguns garotos e garotas me encaravam. Alguns estavam sorrindo e sussurravam aos amigos algo sobre mim.

– Nunca orquestrei nada – respondi. – E também não estou fazendo nada errado agora.

Ele mordeu os lábios e olhou furiosamente para mim, o rubor subindo do queixo para as bochechas.

– Eu gostaria que você considerasse suas opções – disse ele. – Como um favor especial aos sobreviventes desta escola.

Ele deixou a palavra "sobreviventes" cair em mim como uma bomba e funcionou. Fiquei abalada. Senti que ele falou a palavra com a voz muito alta e que todos ouviram. Ele se virou e saiu, depois de um minuto, voltei-me para o coquetel de frutas. Peguei mais coquetel com mãos tremulas, apesar de, de repente, meu estômago parecer estar muito cheio.

Paguei a comida e levei a bandeja para a parte principal da Praça de Alimentação. Senti que todos olhavam para mim, como um bando de coelhos pegos no meio da noite por um facho de luz da varanda. Mas olhei para a frente, só para a frente, e fui indo em direção ao corredor.

Pude ouvir Angerson dentro da cantina dizendo a alguns rapazes onde as batatas fritas deveriam ficar e onde não deveriam, e preparei-me para enfrentar outra discussão ao ouvir passos vindos em minha direção.

– Tem certeza de que quer fazer isso? – perguntou enquanto eu me sentava no chão, equilibrando cuidadosamente minha bandeja no colo.

Abri a boca para responder, mas fui interrompida por uma movimentação no corredor. Jessica Campbell, com sua bandeja de almoço, passou pelo diretor Angerson e sentou-se no chão ao meu lado. Sua bandeja fez um barulho ao raspar no tecido da mochila, quando ela a tirou das costas.

– Olá, diretor Angerson – disse com vivacidade. – Desculpe o atraso, Valerie.

– Jessica – disse ele, fazendo uma afirmação que parecia ser uma pergunta. – O que você está fazendo?

Ela sacudiu sua embalagem de leite e abriu-a.

– Almoçando com a Valerie – respondeu. – Temos algumas coisas do Conselho de Estudantil para discutir. Achei que aqui é o melhor lugar para conversar sem sermos interrompidas. O barulho está muito alto lá dentro. Não consigo ouvir nem meus pensamentos.

O diretor Angerson parecia querer esmurrar alguma coisa. Ele ficou de pé ali por um minuto, fingiu que alguma coisa preocupante estava acontecendo na Praça de Alimentação e saiu apressadamente para "acabar com o problema".

Jessica sorriu baixinho depois que ele saiu.

– O que você está fazendo? – perguntei.

– Almoçando – respondeu ela, dando uma mordida na pizza. Fez uma careta. – Nossa, está petrificada.

Sorri apesar de tudo. Peguei minha pizza e dei uma mordida. Comemos em silêncio, uma ao lado da outra.

– Obrigada – agradeci com a boca cheia de pizza. – Ele está procurando qualquer motivo para me expulsar.

Jessica balançou a mão.

– Angerson é um bundão – disse ela e riu quando abri meu caderno e desenhei uma bunda de terno e gravata.

22

Trecho do jornal *Tribuna de Garvin*,
3 de maio de 2008, repórter Angela Dash

Abby Dempsey, 17 anos – Como vice-presidente do Conselho Estudantil, Abby Dempsey estava vendendo donuts na mesa do Conselho para uma campanha de levantamento de fundos. Ela foi atingida duas vezes na garganta. A polícia acredita que foram balas perdidas, disparadas com a intenção de atingir outro aluno que estava a cerca de um metro à esquerda de Abby. Os pais da garota não deram declarações aos repórteres e, segundo amigos da família, estão "profundamente abalados pela perda da sua filha única".

***

Mamãe ligou e deixou uma mensagem no meu celular dizendo que tinha uma reunião e que não poderia me pegar. Minha primeira reação foi sentir ultraje por ela esperar que eu pegasse o ônibus depois de tudo o que tinha acontecido. Como se eu pudesse me sentar em um banco ao lado da turma de Christy Bruter e tudo ficaria bem. "Como ela pôde fazer isso comigo?", pensei. "Como ela pode me atirar para os lobos desse jeito?"

Eu não pegaria o ônibus para casa, quer minha mãe me buscasse ou não. Na verdade, minha casa ficava a apenas oito quilômetros do colégio e eu já tinha andado essa distância mais de uma vez. Mas isso foi quando minhas duas pernas estavam boas. Tinha dúvida de que conseguiria fazê-lo agora. Com certeza minha coxa ficaria latejando quando estivesse na metade do caminho e eu seria obrigada a me sentar e esperar que o primeiro predador me expulsasse.

Mas eu achava que poderia andar um quilômetro e meio, ou pouco mais, e o escritório de papai não era muito mais longe que isso. É claro que pegar carona com papai não estava entre minhas prioridades. Com certeza, dar uma carona para mim também não estava entre os maiores desejos dele. Contudo, seria melhor do que tentar evitar o drama no ônibus escolar.

Houve um tempo em que eu tinha vergonha porque o escritório de papai não era tão imponente. Lá estava ele, supostamente um grande advogado, em um pequeno "escritório satélite" de tijolinhos, que era só um jeito de dizer "buraco no subúrbio". Mas, hoje, eu estava feliz porque ele trabalhava em um buraco não muito longe da escola, porque o sol de outubro não esquentava o ar. Mas, depois de umas poucas quadras, já estava arrependida de não ter pegado o ônibus.

Eu só tinha estado duas vezes no escritório de meu pai. Ele não colocava, por assim dizer, um tapetinho escrito "bem-vindo" para sua família aparecer lá. Gostava de fingir que não queria nos expor às "pessoinhas", como chamava aqueles a quem representava. Mas acho que, na verdade, o escritório era o lugar onde ele se refugiava da família. Se começássemos a aparecer por lá, qual seria o sentido de ele ficar o tempo todo no trabalho?

Senti uma pressão na perna e estava mancando como um monstro de filme de terror, quando abri a grande porta dupla de vidro incrustada nos tijolos do escritório. Fiquei feliz por ter conseguido chegar.

O ar quente me cercou e fiquei na entrada friccionando a coxa um minuto antes de entrar no escritório. Senti cheiro de pipoca flutuando no ar e uma pontada de fome me apertou por dentro. Segui o cheiro através do vestíbulo e virei no canto, entrando na sala de espera.

A secretária de papai piscou atrás da mesa ao me ver. Não me lembrava o seu nome. Eu a tinha visto uma única vez, em algum piquenique familiar que a matriz da firma de papai tinha promovido um ou dois verões antes, e achei que ela se chamava Britni ou Brenna ou algum outro nome jovem e da moda desse tipo. Mas me lembrava, com certeza, que tinha 24 anos e o cabelo liso e brilhante cor de cacau mais incrível que já vi, que lhe descia pelas costas como a capa de um super-herói. Seus olhos eram grandes, brilhavam lentamente e abrigavam enormes pupilas confiantes, contornadas por uma cor que a melhor forma que posso descrever é verde-primavera. Lembro-me dela, bela e tímida, rindo por mais tempo do que qualquer pessoa das estúpidas piadas caretas de papai.

– Oh! – exclamou, suas faces ruborizando. – Valerie. – Foi uma afirmação. Ela não sorriu, engoliu em seco; engoliu em seco como fazem nos filmes; e imaginei-a colocando o dedo sobre um botão vermelho debaixo da mesa, para soar o alarme caso eu puxasse uma arma ou coisa parecida.

– Oi – cumprimentei. – Meu pai está? Preciso de uma carona.

Ela empurrou a cadeira com rodinhas, afastando-se da mesa.

– Ele está em uma teleconf... – começou a dizer, mas não pôde concluir porque a porta do escritório de papai se abriu naquele momento.

– Querida, você pode pegar a pasta do caso Santosh...? – disse ele com o nariz enfiado em uma pilha de papéis, lendo-os. Andou ao redor da mesa e passou por trás da cadeira de Britni/Brenna. Ela permaneceu imóvel, a não ser pelo rubor que coloriu seu rosto. Quando passou por ela, a mão de papai pousou com familiaridade em seu ombro, pressionando-o suavemente, um gesto que eu não via ele fazer em mamãe há... uma eternidade. Britni/Brenna baixou a cabeça e fechou os olhos. – Qual o problema, docinho? Você parece tensa – começou a dizer, finalmente erguendo os olhos, que pararam em mim.

Sua mão pulou do ombro de Britni/Brenna para os papéis que levava. O gesto foi sutil, quase passou despercebido, tanto que me perguntei se tinha mesmo visto o que vi. Poderia ter achado que imaginei aquilo, se meus olhos não tivessem pousado, não acidentalmente, no rosto de Britni/Brenna, que parecia estar quase molhado de tão vermelho. Seu olhar estava fixo na mesa diante dela. Parecia envergonhada.

– Valerie – disse papai. – O que você está fazendo aqui?

Tirei os olhos de Britni/Brenna.

– Preciso de uma carona – respondi. Ao menos acho que respondi. Não tenho certeza absoluta porque meus lábios estavam amortecidos. Britni/Brenna murmurou alguma coisa e correu para o banheiro. Adivinhei que ela não iria sair de lá até eu ter ido embora. – Mamãe, ah... mamãe tinha uma reunião.

– Ah – fez papai. Será que eu estava vendo coisas ou ele também estava ficando vermelho? – Ah, claro. Certo. Espere um minuto.

Ele entrou rapidamente no escritório e ouvi o barulho de coisas sendo remexidas, gavetas sendo fechadas, chaves tilintando. Fiquei plantada onde estava, começando a achar que tinha imaginado aquela coisa toda.

– Está pronta? – perguntou papai. – Preciso voltar, por isso, vamos.

Era tudo trabalho. Era o jeito de papai. Não esperava nada menos que isso.

Ele abriu a porta, mas não consegui sair do lugar.

– É por isso que você e a mamãe se odeiam? – eu quis saber.

Ele pareceu ter pensado em fingir que não sabia do que eu estava falando. Inclinou a cabeça para o lado e deixou a porta fechar.

– Não é o que você está pensando – respondeu. – Vamos para casa. Isso não é da sua conta.

– Não é por minha causa – disse eu. – Não é minha culpa que você e mamãe se odeiam. É sua culpa.

Apesar de eu bem saber que meus pais não estavam exatamente apaixonados antes dos tiros no Garvin, aquilo me tocou como uma grande revelação. E, por algum motivo, me senti pior do que me sentia antes. Sempre achei que fosse por minha causa. Que quando eu me fosse de casa, eles se apaixonariam e seriam felizes novamente. Agora, com o lindo rosto ruborizado de Britni/Brenna na parada, papai e mamãe nunca mais se apaixonariam. De repente, todas aquelas brigas que tiveram ao longo dos anos não pareciam mais poder ser revertidas. De repente, entendi porque me apeguei a Nick como a um salva-vidas – ele não apenas compreendia as famílias-problema, como compreendia famílias-problema que nunca seriam felizes novamente. Deve ter havido uma parte em mim que sempre soube.

– Valerie, deixa para lá.

– Esse tempo todo eu fiquei me culpando por fazer você e mamãe se odiarem e você tava tendo um caso com sua secretária. Meu Deus, como sou idiota.

– Não – suspirou ele e colocou a mão na testa. – Eu e sua mãe não nos odiamos. Você não sabe nada sobre minha relação com sua mãe. Não é problema seu.

– Então está tudo bem? – perguntei, fazendo um gesto em direção ao banheiro. – Está tudo bem? – Ele provavelmente achou, devido ao contexto da conversa, que eu me referia ao que estava acontecendo entre ele e Britni/Brenna. Mas o que eu queria dizer é que ele estava mentindo. Estava mentindo sobre quem era, como eu tinha feito. E tudo estava bem. Mas não parecia certo. E eu pensei em como, por conta de tudo o que aconteceu, ele não conseguia ver por que não é certo mentir sobre quem você é.

– Por favor, Valerie, deixe-me levar você para casa. Tenho trabalho a fazer.

– Mamãe sabe?

Ele fechou os olhos.

– Ela tem uma ideia. Mas, não, eu não contei para ela, se é isso o que você quer dizer. E eu agradeceria muito se você não fosse contar a ela, porque, na verdade, você não sabe de nada.

– Preciso ir – disse eu, passando por ele e saindo pela porta. Foi bem melhor sentir o ar frio da rua, do que aquele ar quente de quando entrei.

Fiquei tentando ouvi-lo enquanto ia pela calçada, pelo mesmo caminho que viera. Esperei que ele saísse na janela e gritasse: "Pare, Valerie! Você entendeu tudo errado. Valerie! Amo sua mãe, Valerie! E a sua carona, Valerie?".

Mas ele não fez nada disso.

23

Voltei para a escola andando. Não sabia mais o que fazer. Deixei uma mensagem no celular de mamãe, enquanto voltava.
– Oi, mãe. Tive de pedir ajuda para um dever de casa e perdi o ônibus – menti. – Espero você me pegar depois da sua reunião.
Quando cheguei ao colégio, entrei e larguei minhas coisas ao lado da vitrine gigante que assombra os visitantes com brilhantes taças de futebol americano e atletismo e enormes ampliações de fotos de treinadores que há muito tempo tinham saído da escola. Seus dias de glória terminados há muito tempo. Ou, simplesmente, há muito terminados, mas sem glórias.
Sentei-me no chão ao lado da vitrine e peguei meu caderno. Queria desenhar alguma coisa, lidar com minha emoção através de um desenho. Mas não sabia o que desenhar. Confusa como estava, era difícil ver a realidade. Não conseguia fazer meu lápis criar o contorno das linhas do rosto de Britni/Brenna. Não conseguia fazê-lo desenhar as curvas dos olhos culpados de papai – seu grande segredo descoberto. Ele se casaria com ela? Teriam filhos? Não conseguia imaginar meu pai segurando um bebê de rosto rosado, imitando a vozinha do bebê, dizendo que o ama. Levando-o aos jogos de beisebol. Vivendo uma vida que ele, provavelmente, considerava sua "verdadeira vida", aquela que ele merecia, no lugar daquela que tinha.
Coloquei a ponta do lápis no papel e comecei a desenhar – imediatamente a curva da barriga de uma mulher grávida tomou forma. Desenhei um feto dentro dela, encolhido, sugando um dedinho minúsculo, enrolado no cordão umbilical. Então, desenhei uma linha curva idêntica, do lado oposto. Uma lágrima correndo por um nariz afilado. Os olhos de minha mãe. Uma linha de fúria entre eles. Outra lágrima, pendurada num cílio, meu nome escrito nela.
Ao longe, ouvi o barulho de um armário fechando e passos se aproximando. Fechei meu caderno e fingi estar olhando distraidamente através

da entrada do colégio. Meus dedos se fecharam ao redor do caderno, que antes tinha sido como óculos mágicos. Ele me permitia representar o mundo como realmente era, mas, agora, parecia ser um segredo vergonhoso.

– Ei, e aí? – Jessica Campbell vinha em minha direção.

– Oi – respondi.

Jessica parou na minha frente e colocou a mochila no chão. Olhou pela porta de entrada. Suspirou e se sentou com as pernas cruzadas ao lado da mochila, a menos de um metro de mim.

– Estou esperando a Meghan – disse ela, como se estivesse se justificando por sentar-se ao meu lado sem ser para me salvar de Angerson. – Ela recomeçou a fazer alemão. Eu disse que daria uma carona a ela. – Ela pigarreou sem jeito. – Quer uma carona? Posso levar você também, se puder esperar a Meghan. Ela não deve demorar muito.

Balancei a cabeça.

– Minha mãe está vindo – respondi. – Deve chegar logo. – E acrescentei: – Obrigada.

– De nada – resmungou e pigarreou de novo.

Outro barulho de armário sendo fechado no hall de Ciências, e nossas cabeças se viraram na direção do som de dois garotos conversando. Suas vozes foram sumindo e ouvimos uma porta se fechando, cortando a conversa completamente.

– Você vem à reunião do Conselho Estudantil amanhã? – perguntou Jessica. – Vamos ver os avanços do projeto do memorial.

– Ah! – exclamei. – Achei que a reunião era só uma vez. Achei... bom, eu meio que larguei vocês da última vez. E, sabe, achei que precisava ser eleita para participar do Conselho Estudantil. Algo me diz que poucas pessoas votariam em mim.

Ela fez uma cara engraçada e deu uma risadinha nervosa.

– É, provavelmente não – comentou. – Mas eu estou dizendo que está tudo bem. Todo mundo entende que você vai ser uma parte do projeto. É legal.

Levantei uma sobrancelha e lancei-lhe um olhar "duvido". Ela riu de novo, dessa vez mais relaxadamente e por mais tempo.

– O que foi? É sim.

Não pude evitar. Ri também. Logo, estávamos as duas tendo um ataque de riso, apoiando as cabeças contra a parede de tijolos atrás de nós, a tensão cedendo.

– Olha – disse eu, estudando o grafite no fundo da vitrine, acima da minha cabeça. – Agradeço o que você está fazendo por mim, mas não quero que as pessoas comecem a sair do Conselho Estudantil por minha causa.

– Nem todos estão contra você. Algumas pessoas acharam a ideia ótima desde o começo.

– É, tipo a Meghan, aposto – brinquei. – Ela quer ser minha melhor amiga, sabe. Amanhã a gente vai se vestir igual. Que nem irmãzinhas.

Olhamos uma para a outra por um momento e rimos novamente.

– Não exatamente – disse Jessica. – Mas ela acabou concordando. Posso ser muito persuasiva – admitiu ela, dando um risinho malévolo e arqueando as sobrancelhas. – Sério. Não se preocupe com Meghan. Ela vai ficar numa boa com isso. A gente precisa que você participe. *Eu* preciso que você participe. Você é inteligente e muito criativa. Precisamos disso. Por favor?

Uma porta se abriu no final do corredor e Meghan apareceu. Jessica pegou sua mochila e o casaco. Encolheu os ombros.

– Você não atirou em ninguém – disse. – Eles não têm nenhum motivo para odiá-la. É o que tenho falado o tempo todo – afirmou, levantando-se e colocando a mochila nas costas. – Vejo você amanhã, então?

– Certo – respondi. Ela começou a andar em direção a Meghan.

De repente, lembrei-me de uma coisa. O que o detetive Panzella tinha dito sobre a garota que ajudou a me inocentar? Ela era loira. Alta. Do último ano. Ficava repetindo, "ela não atirou em ninguém...".

– Jessica – chamei. Ela se virou. – Hum... Obrigada.

– De nada – respondeu ela. – Esteja lá amanhã, certo?

Alguns minutos depois, mamãe encostou o carro em frente à escola e buzinou. Corri para o carro e entrei. Estava brava.

– Não acredito que você perdeu o ônibus – disse ela. Reconheci aquele tom de voz; o de quando está frustrada e irritada. O tom de voz com que ela quase sempre está quando chega em casa do trabalho.

– Desculpe – respondi. – Precisei de ajuda com um trabalho.

– Por que simplesmente não pegou uma carona com seu pai?

A pergunta me atingiu como um cutucão no peito. Senti meu coração acelerando. Senti meu estômago se revirando, tentando se adaptar ao tamanho da verdade. Escutei meu lado racional gritando em meus ouvidos: "Ela precisa saber! Ela tem o direito de saber!".

– Papai estava ocupado com um cliente – menti. – Teria de esperar mais tempo.

Acho que deveria me sentir culpada por ter mentido para minha mãe sobre o que eu sabia. Mas papai também não atirou em ninguém.

No sábado seguinte, implorei a mamãe para me levar ao estúdio de Bea depois da nossa sessão com o doutor Hieler.

– Não sei, Valerie – disse mamãe, uma ruga entre as sobrancelhas. – Aula de arte? Nem ouvi falar dessa mulher. Nem sabia que tinha um estúdio de arte lá. Tem certeza de que é seguro?

Revirei os olhos. Mamãe estava de mau humor há dias. Quase parecia que quanto mais eu tentava continuar com minha vida, menos ela confiava em mim.

– Sim, claro que é seguro. Ela é só uma artista, mãe. Puxa, você não vai me deixar fazer isso? Por que não faz compras na loja de conveniências enquanto eu estou lá?

– Não sei.

– Por favor, mãe? Você está sempre dizendo que quer que eu faça alguma coisa normal. Aulas de arte são normais.

Ela suspirou.

– Tudo bem, mas eu vou com você. Quero conhecer esse lugar. A última vez que deixei você, por conta própria, fazer o que queria, você se envolveu com o Nick Levil, e veja no que deu.

– Você me lembra disso todos os dias – murmurei revirando os olhos. Forcei o dedo contra a cicatriz na coxa para não explodir contra ela. Com o humor que tinha estado nos últimos dias, provavelmente mudaria de ideia sobre me levar ao estúdio de Bea.

Entramos no estúdio juntas e senti mamãe hesitar na porta, tão logo o ar pesado e com cheiro de bolor nos envolveu.

– Que lugar é este? – perguntou em voz baixa.

– *Shh* – reagi, apesar de não saber exatamente porque queria que ela ficasse quieta. Talvez porque tinha medo de que Bea a ouvisse e dissesse que eu não poderia fazer aulas, pois a energia negativa de minha mãe arruinaria a bela luz matinal violeta.

Andei pelo corredor até o fundo do estúdio, onde podia ouvir música – o som de sinos sendo tocados ritmicamente – e o murmúrio de algumas vozes. Pude ver as costas dos artistas inclinadas nos bancos de frente para as telas. Havia uma senhora idosa trabalhando com papel em um canto, dobrando e amassando até o papel assumir formas intrincadas e de animais, e um garotinho brincando com carrinhos debaixo de uma das mesas. Bea estava inclinada sobre um espelho, ao redor do qual colocava e colava conchas, formando um elaborado desenho. Parei no final do corredor, tendo certeza de que tinha entendido mal Bea e que não deveria estar ali. "Ela estava sendo simpática. Ela não queria mesmo que eu viesse", pensei. "Devo ir."

Mas, antes que eu pudesse completar o último pensamento, Bea se levantou e sorria para mim, um monte de purpurina no cabelo, com fitas e pequenas bolas penduradas.

– Valerie – disse ela abrindo, os braços. – Minha Valerie violeta! – exclamou batendo as mãos duas vezes. – Você voltou. Eu estava esperando por você.

Balancei a cabeça.

– Eu queria, hã... queria fazer algumas aulas de artes com você. Pintura.

Ela vinha em nossa direção, ignorando completamente o que eu dizia. Seu riso abriu-se ainda mais quando abraçou minha mãe. Percebi o corpo de mamãe ficando duro sob o abraço de Bea e, então, Bea sussurrou alguma coisa no ouvido de minha mãe e seu corpo relaxou. Quando Bea se afastou, a expressão de mau humor tinha saído de seu rosto, substituída por um olhar de curiosidade. Bea era estranha, não havia dúvida. Era o tipo de pessoa que normalmente mamãe consideraria doida, mas a excentricidade combinava tanto com ela que, mesmo de mau humor, mamãe ficou desarmada.

– É um prazer muito grande conhecê-la – disse Bea à minha mãe. Mamãe balançou a cabeça, engoliu, mas não disse nada. – É claro que você pode pintar conosco, Valerie. Tenho um cavalete bem aqui para você.

– Quanto vai custar? – perguntou mamãe, abrindo a bolsa e remexendo dentro.

Bea balançou as mãos no ar.

– Custa, principalmente, paciência e criatividade. Também tempo e estudo. E autoaceitação. Mas você não vai encontrar nada disso na sua bolsa.

Minha mãe pareceu congelar. Olhou-a com um ar de curiosidade e, então, fechou a bolsa.

– Estarei na loja de conveniência. Você tem uma hora – disse ela para mim. – Só uma.

– Um é meu número favorito – sorriu Bea. – Em inglês, a palavra "um" tem o mesmo som do passado de "vencer" e podemos todos dizer no final do dia que vencemos de novo, não podemos? Em alguns dias, chegar ao fim do dia é uma grande vitória.

Mamãe não respondeu nada, apenas saiu pelo corredor devagar e deliberadamente. Pude sentir uma lufada do ar do estacionamento quando mamãe saiu do prédio.

"Um. Venci. Uma hora. Só uma. Venci." Misturei as palavras na minha cabeça.

Virei-me para Bea.

– Eu queria pintar – pedi. – Preciso pintar.

– Então, é claro que você vai pintar. Você está pintando desde hoje de manhã, quando acordou. – Ela bateu na testa com o dedo. – Bem aqui. Você tem estado pintando muito. Usando um monte de violeta. Você já acabou a pintura. Tudo o que precisa fazer é colocar na tela.

Ela me levou até uma banqueta e sentei-me, hipnotizada pelas pinturas dos artistas que trabalhavam em silêncio, na minha frente. Uma senhora pintava uma paisagem nevada, outra tecia tons de ferrugem e vermelho em um celeiro que havia desenhado cuidadosamente a lápis. Um homem pintava um avião militar, usando como referência uma fotografia presa com fita adesiva no canto superior esquerdo do cavalete.

Bea foi rapidamente a um carrinho ali perto e voltou com uma paleta e pincel para mim.

– Agora – disse ela –, você deve começar pintando o cinza, para sombrear. Provavelmente não fará muito mais por hoje. Você vai precisar esperar um tempo para secar antes de aplicar cores gloriosas – instruiu abrindo um jarro e derramou uma coisa marrom com aparência de geleia na paleta, ao lado das cores. – E não se esqueça de misturar isso nas tintas. Ajuda a secar mais rapidamente.

Assenti com a cabeça, peguei o pincel e comecei a pintar. Sem esboços, sem imagens de referência. Apenas a imagem em minha mente – o doutor Hieler, como eu realmente o via. Haveria poucas sombras no quadro. Não haveria escuridão.

– Hum – fez Bea acima do meu ombro. – Ah, sim, sim.

Ela foi para a outra parte do estúdio sussurrando instruções com suavidade aos outros artistas, apoiando-os com carinho. A certa altura, ela começou a rir alto, quando um artista contou-lhe que tinha enfiado o celular no liquidificador naquela manhã e o transformado em purê. Mas eu não podia olhar para ela. Não conseguia tirar os olhos da tela, não até sentir o ar da rua acariciar minha nuca e ouvir a voz de mamãe, uma voz que não combinava com aquele lugar, flutuando através do corredor até mim.

– Acabou o tempo, Valerie.

Quando olhei para cima, fiquei surpresa ao ver Bea de pé ao meu lado com a mão no meu ombro.

– O tempo nunca acaba – sussurrou, sem olhar para mim, mas mirando minha tela. – Como sempre há tempo para a dor, também sempre há tempo para a cura. É claro que há.

25

Tinha acabado de entrar no hall de Ciências quando Meghan gritou meu nome e correu atrás de mim. Andei mais devagar, olhando preocupada na direção da sala da Senhora Stone, onde a reunião do Conselho Estudantil começaria em alguns minutos, e, relutantemente, parei.

– Ei, Valerie, espere! – gritou Meghan, seu cabelo balançando enquanto corria até mim. – Quero falar com você.

Normalmente, eu teria continuado caminhando. Meghan tinha deixado bem claro que me julgava responsável pelo que tinha acontecido e eu achava que qualquer coisa que ela tivesse para me dizer não seria boa.

Mas eu não tinha nenhum lugar para onde ir. Os corredores estavam vazios àquela hora do dia, naquela parte do prédio. Todos os atletas estavam no campo. Os outros já tinham pegado suas caronas para casa.

– Ei – disse de novo, tomando fôlego ao me alcançar. – Está indo para a reunião do Conselho Estudantil?

– Sim – respondi sem certeza, cruzando os braços no peito de um jeito defensivo. – A Jessica me pediu.

– Legal, vou com você – disse Meghan. Olhei para ela por um segundo a mais e comecei a andar devagar até a sala da Senhora Stone. Depois de alguns passos ela disse: – Gostei da sua ideia de fazer uma cápsula do tempo. Vai ser muito legal.

– Obrigada – respondi e andei um pouco mais. Mordi o lábio, pensei e, então, perguntei: – Sem querer ofender, mas por que você está vindo comigo?

Meghan inclinou a cabeça para o lado, parecendo pensar sobre o que eu tinha perguntado.

– Quer saber a verdade? Jessica me disse para ser legal com você. Bom, ela não me disse de verdade, mas, você sabe... ela ficou bem brava comigo porque deixei você de fora e brigamos por causa disso. Fizemos as pazes, mas acho que ela está certa. Pelo menos posso tentar – disse e deu de ombros. –Você não faz maldades nem nada. Só é quieta.

– Normalmente, não sei o que dizer – confessei. – Sempre fui quieta. Só que isso não era muito notado antes, acho.

Ela me olhou.

– É, acho que tem razão – concordou.

Dava para ver a sala da Senhora Stone logo à frente. Uma luz estava acesa e ouvi vozes saindo pela porta. A voz da Senhora Stone se destacava. Algumas risadas cortavam o ar. Paramos.

– Eu queria perguntar uma coisa – disse Meghan. – Hum... alguém me disse que meu nome estava na lista do ódio. E eu fiquei pensando, sabe... por quê? Quer dizer, um monte de gente está falando que as vítimas tiveram o que mereciam porque maltrataram o Nick, mas eu nem conhecia vocês. Nunca falei com ele.

Apertei os lábios e desejei mais que tudo que já tivesse chegado à sala da Senhora Stone, com Jessica me protegendo. Meghan estava certa sobre uma coisa – realmente não a conhecíamos tão bem antes do tiroteio. Nunca tínhamos falado com ela nem sabíamos como era sua personalidade. Mas sentíamos que a conhecíamos bem o bastante, por causa das pessoas com quem ela andava.

Lembrei do dia em que colocamos o nome de Meghan na lista.

Nick e eu estávamos almoçando quando Chris Summer e seus amigos patetas passaram por nossa mesa, como se fossem donos da Praça de Alimentação, como sempre.

– E aí, esquisito? – disse Chris. – Segura isto para mim – falou, tirando um chiclete da boca e jogando no purê de batata do Nick. Os amigos dele começaram a rir, as mãos no peito, trôpegos como se estivessem bêbados.

– Cara, que nojo...

– Boa, cara...

– Bom proveito, esquisito...

Eles caminharam vagarosamente até a mesa, levando seu riso com eles. Pude ver a raiva ferver em Nick, seus olhos ficaram escuros e embotados como buracos negros, seu maxilar teso. Ficou diferente daquele dia no cinema. Na ocasião, ele pareceu triste, derrotado. Agora, parecia bravo. Ele começou a afastar a cadeira da mesa.

– Não – disse eu, colocando a mão em seu ombro. Nick já tinha sido repreendido duas vezes naquele mês por brigar e Angerson o estava ameaçando com uma suspensão. – Eles não valem o seu tempo. Aqui, coma o

meu purê – sugeri e empurrei minha bandeja com o almoço na sua direção.
– Não gosto mesmo de batata.

Ele congelou, suas narinas inchadas, as palmas das mãos colocadas firmemente no tampo da mesa. Respirou fundo algumas vezes e se acomodou na cadeira.

– Não – disse calmamente, empurrando a bandeja de volta para mim. – Não estou com fome.

Acabamos de almoçar em silêncio, eu lançando olhares dissimulados na direção da mesa de Chris Summer, atrás de nós. Memorizei quem eram as pessoas que estavam lá – entre elas, Meghan Norris –, todos praticamente se ajoelhando diante de Chris como se ele fosse um deus. E quando cheguei em casa naquela noite, abri meu caderno e escrevi todos os nomes daquelas pessoas, um a um.

Parecia realmente justo na época. Eu os odiava tanto pelo que estavam fazendo com Nick, comigo, conosco. Mas, agora, de pé no corredor do lado de fora da sala da Senhora Stone, tudo parecia diferente. Ali, Meghan não era tão horrível. Era só outra pessoa confusa tentando fazer a coisa certa. Exatamente como eu.

– Não tinha a ver com você – disse sinceramente a Meghan. – Foi o Chris. Você estava almoçando com ele uma vez... – comecei a explicar e parei, percebendo que não importava o quanto eu e Nick estávamos bravos naquele dia, não importava o quanto Chris estava sendo mau com Nick, dado tudo o que aconteceu, não faria sentido para ela. Mal fazia sentido para mim agora. – Foi estupidez. Mais que isso, foi errado.

Felizmente, a cabeça de Jessica surgiu atrás da porta da sala da Senhora Stone e nos espiou.

– Ei, olá – cumprimentou. – Achei que tinha ouvido vozes. Vamos, estamos para começar.

Ela voltou a desaparecer na sala. Meghan e eu continuamos mais um pouco no corredor, sem jeito.

– Bom – disse ela finalmente –, acho que já não importa mais, certo? – perguntou e sorriu. Foi forçado, mas não foi falso. Reconheci seu esforço.

– Acho que não – respondi.

– Vamos. Senão entrarmos, a Jess vai começar a ter um chilique.

Entramos na sala da Senhora Stone e, pela primeira vez, não me senti com vontade de sair correndo.

26

Trecho do jornal *Tribuna de Garvin*,

3 de maio de 2008, repórter Angela Dash

Nick Levil, 17 anos – embora testemunhas e a polícia tenham identificado Nick Levil, que cursava o último ano do Ensino Médio, como o autor dos disparos, não está claro qual foi sua motivação para cometer os crimes. "Ele era meio à parte, mas eu não diria que era um solitário ou coisa parecida", disse Stacey Brinks, aluna do último ano, aos repórteres. "Ele tinha uma namorada e um monte de amigos, também. Às vezes falava de suicídio – muito, na verdade – mas nunca falou nada sobre matar alguém. Pelo menos, não para nós. Talvez Valerie soubesse, mas nós não sabíamos."

A polícia foi capaz, com a ajuda de vídeos, de rastrear os movimentos de Nick na manhã de 2 de maio e concluir o que aconteceu na cantina naquele dia. Depois de abrir fogo em um refeitório cheio de estudantes, a maioria rapazes de classe média alta, Nick Levil atirou em sua namorada, Valerie Leftman, na perna e, então, apontou a arma para si. Partes do vídeo, que mostram o terrível fim de sua loucura, foram transmitidas online e por alguns canais de notícias, levantando protestos da família de Nick.

"Meu filho pode ser o autor dos disparos, mas também é uma vítima", disse a mãe de Nick Levil aos repórteres. "Que se danem esses tubarões da mídia que acham que algo assim não está abalando minha família. Eles acham que não parte nosso coração ver repetidas vezes nosso filho meter uma bala no cérebro?"

Entre lágrimas, o padrasto de Nick acrescentou: "Nosso filho também está morto. Por favor, não se esqueçam disso".

***

Não sei o que aconteceu, mas, de um jeito ou de outro, acabei me costumando com a amizade de Jessica Campbell. O final do semestre chegou, e, se o doutor Hieler não tivesse ficado me olhando fixamente de um jeito estranho em uma de nossas sessões, eu talvez nunca tivesse percebido.

– Eu disse que você iria terminar o semestre na escola – comemorou.
– Nossa, sou bom nisso!

– Não fique tão orgulhoso de si mesmo – provoquei. – Ninguém disse que vou voltar depois das férias de final de ano. Como você sabe se eu não vou me transferir de escola?

Mas, realmente, voltei depois das férias de final de ano e, quando, novamente, entrei pelas portas da escola, em janeiro, o nervosismo que senti era muito menor do que foi no primeiro dia de aula.

As pessoas pareciam estar acostumadas à ideia de me ver pela escola, algo que parecia ter sido estimulado pelo fato de Jessica e eu almoçarmos juntas todos os dias.

E eu ainda ia às reuniões do Conselho Estudantil. Estava começando a participar mais, até mesmo ajudei a decorar a sala para o aniversário da Senhora Stone. Teríamos uma reunião especial – cerca de cinco minutos para trabalhar no projeto do memorial e o resto do tempo dedicado a comer bolo e a dar os "pêsames" à Senhora Stone por ela ficar mais velha. Seria uma surpresa e trabalhamos rapidamente para terminar a decoração antes de ela voltar, pois, naquele mês, era ela a responsável por fiscalizar os alunos que vinham e voltavam à escola de ônibus.

– Vou mesmo ao show do Justin Timberlake – contou Jessica, de pé na cadeira. Ela se inclinou para a frente e a cadeira balançou sob seu peso. Ela oscilou um minuto, se equilibrou e se esticou ainda mais, ficando na ponta dos pés. Rasgou um pedaço de fita adesiva do rolo e colou a faixa azul que tinha na mão no tijolo da parede da escola. – Você vai?

– Não, minha mãe não vai deixar – respondeu Meghan. Ela estava segurando a outra ponta da faixa. Jessica jogou o rolo de fita adesiva para ela. – Droga!

– Peguei – disse eu. Manquei até a faixa que tinha caído no chão e peguei; torci-a do jeito que Meghan tinha feito antes e dei a faixa a ela.

– Obrigada – disse. Ficou na ponta dos pés e fixou a faixa na parede. Enquanto fazia isso, Jessica enchia um balão para colar no meio da faixa.

Peguei um balão no saco sobre a mesa atrás de mim e também comecei a soprar. Atrás de mim, outros alunos colocavam um pano na mesa e o bolo. Josh correu até a cantina para pegar as bebidas que a mãe da Jessica tinha trazido.

– Eu queria ir – disse Meghan. – Adoro o Justin Timberlake.

– Nossa, ele é muito gato, né? – comentou Jessica.

Meghan deu um suspirou profundo.

– Minha mãe não me deixa ir a lugar nenhum hoje em dia. Ela está tão paranoica. Meu pai diz pra deixar pra lá. Mas agora ela está falando para eu fazer faculdade comunitária no ano que vem porque ela não suporta a ideia de eu ir fazer faculdade fora. Como se fosse ter outro tiroteio na escola ou coisa parecida. Ela precisa de terapia.

Amarrei o balão que estava enchendo e peguei outro do saco.

– Bom, papai conseguiu os ingressos para mim com um cara do trabalho – disse Jessica. – Ele chegou em casa e disse: "Ei, Jess, você conhece esse cantor, Dustin Timberland? Ele canta música country?" – contou ela, e nós rimos. – E eu: "Claro, conheço Justin Timberlake!", e ele: "Bom, ganhei dois ingressos para o show dele e posso dar para você, mas tem de ir com o Roddy". Então, meu irmão vai vir da faculdade este final de semana e me levar. Tudo bem. Normalmente Roddy é muito legal.

– De jeito nenhum meus pais me deixariam ir com o Troy – disse Meghan. – Ele sai com perdedores como o Duce Barnes. Eu provavelmente tomaria um tiro com o Troy junto – seu rosto ficou vermelho e ela lançou um olhar dissimulado para mim.

Eu conhecia Troy. Às vezes, ele ficava com Duce quando Nick não estava por perto. Troy tinha se formado no Colégio Garvin cerca de três anos antes e era lendário na escola por ser esquentado. Uma vez, ele arranjou um problema por socar até amassar uma fileira inteira de armários. Meghan queria corresponder às expectativas do irmão e o adorava, mas não era igual a ele.

Ninguém disse nada durante um minuto. Amarrei o balão que estava enchendo e deixei-o cair no chão. Virei, peguei outro do saco e o levei à boca.

– Você vai ao show, Valerie? – perguntou Meghan.

Limpei a garganta. Ainda não me sentia totalmente confortável com Meghan e acho que o sentimento era mútuo.

– Hum – disse, testando minha voz, que soou casual demais para o jeito como eu me sentia. – Acho que não. Acho que estou de castigo para o resto da vida.

– Por quê? – perguntou ela. Jessica pulou da cadeira e começou a me ajudar com os balões.

– Bom. Os tiros – respondi. Senti meu rosto queimando.

Meghan me dirigiu um olhar curioso e, então, disse:
— Mas não foi culpa sua. Você também tomou um tiro.
— É, mas acho que meus pais não veem a coisa desse jeito. Eles não param de falar da minha "falta de julgamento".
Meghan deu um gemido em tom de reprovação e exclamou:
— Isso é tão injusto!
Jessica amarrou seu balão.
— Você já perguntou a eles se pode sair? – quis saber ela.
Balancei a cabeça.
— Nem tenho para onde ir – disse, dando de ombros. O pessoal atrás de nós decidia calmamente onde colocar as velas de aniversário.
— Jess, você deveria convidar a Valerie para a festa do Alex – disse Meghan. Ela pulou da cadeira e se afastou para admirar a faixa. – Como está?
Jessica colocou as mãos na cintura e estudou a parede.
— Acho que está perfeito. O que você acha, Val?
Fiquei de pé.
— Parece legal.
Todas nós sopramos os balões por alguns minutos e, então, Jessica disse:
— A Meghan estava falando da festa que a gente vai no dia 25. É uma festa de celeiro. Já foi em alguma?
Balancei a cabeça e amarrei meu balão.
— Vai ser na fazenda do Alex Gold. Seus pais vão para a Irlanda por duas semanas. Vai ser uma festa bem louca.
— Da última vez, perdi meus sapatos – completou Meghan. – E a Jamie Pembroke ficou toda vomitada. Lembra? – Ela e Jessica riram. – Você devia vir, Val – acrescentou Meghan. – É muito legal.
— É, venha mesmo – disse Jessica. Ela se aproximou e cutucou meu braço. – Todo mundo vai dormir lá em casa.
Fingi que iria pensar, que estava entusiasmada com o convite, mas o alarme tocou tão alto na minha cabeça que mal pude raciocinar. Uma coisa era ir à reunião do Conselho Estudantil com Jessica. Almoçar com ela sentada no corredor. Outra coisa completamente diferente era ir a uma festa cheia de amigos dela. Eu só conseguia imaginar o que alguns deles diriam sobre ela me convidar. Podia apenas imaginar o que Nick diria se eu fosse. Não tinha jeito de eu conseguir lidar com aquilo.
Mas Jessica me olhava com tanta seriedade, tão aberta, que não podia recusar sem ao menos fingir que tinha pedido para meus pais.
— Está certo – disse eu. – Vou tentar.

Jessica sorriu com alegria e até Meghan riu um pouco.
– Legal!
– O que é isso? – perguntou a Senhora Stone no corredor. Ela ainda estava encolhida de frio e seu nariz estava vermelho por causa do vento forte que apareceu do nada naquela manhã.
– Surpresa! – gritamos em uníssono e a sala entrou em uma erupção de sons de buzinas e gritos de viva.
A Senhora Stone colocou a mão no peito e olhou ao redor da sala, mas pareceu ficar mais tempo olhando para mim, Jessica e Meghan, enquanto ríamos, de pé, uma ao lado da outra, roçando os ombros e tagarelando.
– Que surpresa incrível! – disse ela, enxugando o canto dos olhos.

27

– Sinto muito, meninas, mas vocês não podem mais se sentar aqui – informou o diretor Angerson. – Os pedreiros vão entrar e sair por aqui.

Jessica e eu ficamos de pé, segurando as bandejas à nossa frente.

Pedreiros tinham entrado e saído do prédio a manhã toda, martelando, quebrando e usando máquinas barulhentas que tornavam totalmente impossível se concentrar em qualquer coisa. Estavam instalando novas portas nas salas de aula – portas com janelas – e substituindo o vidro dos dois lados por um material à prova de balas. As portas que estavam instalando eram trancadas por dentro quando fechavam, o que significa que, se você precisasse ir ao banheiro durante a aula, teria de bater para entrar de novo. É claro que isso era feito para que ficássemos em uma pequena fortaleza de segurança, no caso de alguém entrar no prédio com uma arma, uma bomba ou coisa parecida.

– Tudo bem – disse Jessica. Olhamos uma para a outra e ambas viramos e encaramos a cantina.

– Vamos – disse ela com sua velha voz de Jessica, a Comandante, que eu me lembrava tão bem. – Você pode se sentar comigo. Ela jogou o cabelo com confiança sobre um ombro e aprumou o peito, caminhando destemida através da multidão.

Senti meus pés frios e pesados, mas a segui de qualquer forma. Ela me levou até o que eu conhecia como Quartel-General das BVMRs e só de pensar ficava em pânico.

– Oi, pessoal! – disse Jessica. Ela colocou a bandeja na mesa e empurrou duas cadeiras vazias. A conversa na mesa parou na hora.

– Oi, Jess – respondeu Meghan. Só que a voz dela estava baixa e ela não sorriu. Aquele momento na reunião do Conselho Estudantil enchendo balões juntas poderia facilmente ter sido uma alucinação. – Oi, Val.

Tentei sorrir, mas falar estava fora de questão.

– Achei que agora você almoçava no corredor – comentou Josh. – Com *ela*.

– Angerson proibiu isso, é claro – disse Jessica. Ela se sentou e se virou para mim. – Vem, Val. Senta. Ninguém vai ligar.

Alguém fez um *tch!* Quando ela disse aquilo, mas não pude perceber quem.

Sentei-me, concentrando-me apenas na comida na minha bandeja, porém sabia que não conseguiria comer. De repente, o molho de carne parecia uma geleia marrom, e a carne, plástico. Meu estômago revirava como louco.

– Ei, Jess, você vai na festa do celeiro? – perguntou alguém.

– Sim, nós duas vamos.

– Duas, quem?

Jessica apontou para mim com o garfo.

– Convidei a Val para dormir lá em casa na noite da festa.

– De jeito nenhum – disse Josh, com aquela voz grossa de Josh.

– Vai sim – respondeu Jessica. – Qual é o problema? – Percebi o tom esnobe na sua voz, o qual eu conhecia tão bem. Quantas vezes eu o ouvi direcionado a mim? "O que você está olhando, Irmã da Morte? Que botas legais, Irmã da Morte. Como se eu fosse falar com seus amigos lesados, Irmã da Morte. Está com problema? Qual é o problema com você? Existe um problema, Irmã da Morte?" Só que, daquela vez, o tom de voz não era dirigido a mim, mas aos amigos sobre os quais ela reinava. Senti-me aliviada e, então, senti-me culpada por estar aliviada. Naquele momento, não saberia dizer quem mudou mais: Jessica Campbell ou eu.

– Para falar a verdade, ainda não pedi aos meus pais – murmurei a Jessica. Eu ia pedir este final de semana.

Ela fez um gesto para mim, indicando que eu esperasse. Sua atenção estava concentrada no outro lado da mesa. Os olhos estavam semicerrados, desafiando seus amigos a fazer qualquer objeção à minha presença. Ela segurava o garfo com firmeza, em frente a ela. O humor à mesa mudou e pairou uma atmosfera de constrangimento no ar.

Todos olhavam suas próprias bandejas e as vozes baixaram. Várias pessoas à mesa murmuravam alto o bastante para eu perceber que falavam de mim, mas não tão alto que eu pudesse entender o que diziam. Ouvi, porém, alguém falar:

– Ela vai levar o caderno? – e outra pessoa riu e respondeu: – Ela vai levar um amigo?

Era demais. Fui estúpida ao pensar que poderia me enturmar com eles, mesmo apesar de já ter passado bastante tempo. Mesmo com Jessica ao meu lado. "Veja o que é real", era o que o doutor Hieler queria que eu fizesse. "Veja o que realmente está acontecendo". Bem, eu podia ver o que realmente estava acontecendo e não era nada bom. Era a mesma coisa que antes. Só que, na época, eu teria escrito o nome deles na lista do ódio e corrido até Nick em busca de conforto. Agora, eu era uma pessoa diferente e não tinha ideia do que fazer, a não ser fugir.

– Esqueci – disse, ficando em pé com minha bandeja. – Tenho de entregar um relatório de Inglês antes da última aula ou vou levar um zero. Droga – expliquei, tentando rir, mas minha boca estava seca e, quando falei, tenho certeza de que as palavras saíram truncadas.

Levantei-me e levei minha bandeja até a janela de entrega de pratos. Joguei todo o almoço no lixo e saí apressada para fora da cantina, ouvindo vagamente a voz do doutor Hieler na minha cabeça: "Se você continuar a perder peso, sua mãe vai perguntar sobre anorexia de novo". Andei rapidamente até o banheiro feminino na ala de Comunicação Artística e me tranquei no reservado de deficientes físicos. Fiquei lá até o sinal tocar, prometendo a mim mesma que não iria de jeito nenhum àquela festa.

28

Estava sentada na cama admirando o novo esmalte rosa-choque com o qual tinha pintado as unhas dos pés. Fazia tanto tempo que não pintava as unhas de rosa que duvidei que o esmalte ainda estivesse bom. Estava todo ressecado ao redor da tampa do vidro e separado em duas camadas – rosa no fundo e transparente em cima. Parecia ter ficado duro, então, pinguei algumas gotas de acetona no frasco e isso resolveu o problema.

Normalmente, a cor que uso é preto. Ou azul-marinho. Às vezes, verde-escuro ou amarelo-cadáver. Mas há muito tempo era rosa. Tudo era rosa. Acho que me queimei e fiquei cor-de-rosa. E, depois, me queimei mais ainda e fiquei preta. Não estou certa.

Tudo o que sei é que finalmente cedi à curiosidade e peguei de debaixo da pia a velha caixa de esmaltes que há muito tinha sido levada para lá pela Linda Princesa Valerie do Céu e me pus a pintar as unhas dos pés de rosa-choque. Não machucaria ninguém se minhas unhas ficassem rosa por alguns dias, certo?

Ainda estava esperando as unhas secarem – soprando de leve sobre elas – quando ouvi uma batida, muito leve, na minha porta.

Inclinei-me e baixei o volume do aparelho de som.

– Sim?

A porta abriu um pouco e papai enfiou a cabeça nesse espaço. Ele fez uma careta em direção ao aparelho de som, por isso inclinei-me novamente e o desliguei.

– Podemos conversar? – perguntou ele.

Acenei a cabeça afirmativamente. Eu e ele não nos falávamos desde o incidente com Britni/Brenna duas semanas antes.

Ele entrou no quarto e o atravessou como se estivesse pisando em um campo minado. Empurrou uma pilha de camisetas com o pé. Notei que usava tênis. Tênis de corrida. E jeans e uma camisa polo. Era seu visual casual, mas, mesmo assim, formal.

Ele se sentou na beira da minha cama. Não disse nada de imediato, apenas ficou olhando as unhas dos meus pés. Contraí os dedos instintivamente e fiquei com medo de estragar a pintura. Relaxei-os. Apenas uma unha tinha borrado. Com o polegar, retirei a maior parte do esmalte e, então, fiquei olhando meu pé que, de repente, parecia tão vulnerável e imperfeito com uma unha pintada de rosa-choque na ponta e sem nada no centro. Era como se tivesse começado, mas esquecido de terminar de me embelezar.

– Cor nova? – perguntou, o que achei uma pergunta realmente estranha vinda de papai. Pais reparam na cor do esmalte que as filhas usam? Não estava certa, mas não era algo que meu pai repararia e isso me fez ficar apreensiva.

– Não. Muito velha – respondi.

– Ah – fez ele, e continuou ali sentado mais um tempo. – Ouça, Val, sobre Briley...

"Briley", pensei. "Claro, o nome dela é Briley."

– Pai – comecei a falar, mas ele ergueu a mão para me interromper. Engoli em seco. Qualquer sentença que começasse com "Ouça, Val, sobre Briley..." não era o início de uma conversa agradável. Tinha certeza disso.

– Apenas ouça – disse ele. – Sua mãe...

Fez uma pausa. Sua boca abriu e fechou algumas vezes, como se não soubesse o que falar a partir daquele ponto. Suas mãos estavam caídas pesadamente no colo. Seus ombros, tombados.

– Pai, não vou contar para a mamãe. Você não precisa fazer isso – comecei a dizer, mas ele me interrompeu.

– Já fiz – admitiu. – Já fiz.

Fiquei quieta, então. Os dedos dos meus pés estavam ficando frios. Olhei fixamente para eles, esperando que o rosa-choque se transformasse em roxo ou azul-gelo como aqueles anéis indicadores de humor. Talvez amarelo-cadáver não fosse uma cor assim tão do passado. Comecei a me perguntar quem era a impostora, a velha Valerie ou a nova, algo que eu sentia diversas vezes depois dos tiros de Nick, como se eu pudesse mudar de uma hora para outra.

– Eu contei – confessou finalmente. – Contei tudo para ela. Para sua mãe.

Eu não disse nada. Não sabia o que dizer. O que eu podia dizer?

– Ela não recebeu bem a notícia, é claro. Está muito brava. Pediu que eu fosse embora.

– Puxa – suspirei.

– Se isso faz qualquer diferença para você, eu amo Briley. Eu a amo há muito tempo. Provavelmente vamos nos casar.

Fazia diferença. Mas provavelmente não da maneira como ele esperava. Pensei com uma satisfação sombria que eu finalmente teria uma "mondrasta", uma monstra-madrasta. De algum modo, dentro do contexto da minha vida, aquilo se encaixava. Senti uma ponta de arrependimento – ter uma mondrasta teria sido algo que eu e Nick teríamos em comum.

Ficamos sentados em silêncio por um tempo. Imaginei em que papai estaria pensando, por que ainda estava ali. Será que estava esperando perdão? Esperava que eu dissesse que estava tudo bem ele fazer aquilo? Esperava que eu fizesse alguma declaração magnânima aceitando Briley na minha vida?

– Quanto tempo você e... hum... *ela*... estão juntos? – perguntei.

Ele ergueu um pouco os olhos para poder olhar dentro dos meus. Acho que foi a única vez em que olhei meu pai nos olhos e fiquei surpresa com a profundidade que vi. Penso que sempre percebi meu pai como uma pessoa monodimensional. Nunca pensava em nada que não fosse trabalho. Nunca tinha uma emoção que não fosse impaciência ou raiva.

– Isso aconteceu muito antes dos tiros – confessou, com uma risadinha amarela. – Em alguns aspectos, o tiroteio aproximou sua mãe de mim. Ficou mais difícil deixá-la. Eu magoei Briley um milhão de vezes nos últimos meses. Era para eu ter ido morar com ela no verão. Esperávamos estar casados agora. Mas os tiros...

Ele deixou, como muitos outros, a sentença inacabada depois dessas palavras, como se por si só explicassem tudo. Eu sabia, porém, o que ele queria dizer. Sem precisar completar a frase. Os tiros mudaram tudo. Para todos. Até mesmo para Briley, que não tinha nada a ver com o Colégio Garvin.

– Eu não podia deixar Jenny depois disso. Ela estava passando por grandes dificuldades. Respeito sua mãe e não quero magoá-la. Eu só não a amo. Não do jeito que amo Briley.

– Então você vai mesmo fazer isso – disse eu. – Quer dizer, ir embora. Ele balançou a cabeça devagar.

– Sim – respondeu. – É a coisa certa a fazer. Eu tenho de fazer.

Queria que houvesse uma parte em mim que se rebelasse contra isso. "Não, você não tem de fazer isso", queria gritar para ele, "Não, você não pode!". Mas não consegui. Porque a verdade – e nós dois sabíamos disso – era que ele já teria ido embora há muito tempo. Eu o tinha feito ficar, quando tudo o que ele queria era estar em outro lugar. De um modo esquisito, ele era outra vítima dos tiros. Uma das pessoas que não conseguiram escapar.

– Você está brava? – perguntou, o que achei ser uma pergunta realmente estranha.

– Sim – admiti. E estava. Só não tinha certeza se estava com raiva dele. Mas não julguei que ele precisava saber. Acho que não queria saber. Mas creio que era importante para ele notar que eu me importava a ponto de ficar brava.

– Algum dia você irá me perdoar? – quis saber.

– Algum dia você irá me perdoar? – disparei de volta, olhando-o diretamente nos olhos.

Ele sustentou o olhar durante alguns momentos, então, se levantou em silêncio e foi em direção à porta. Não se virou ao alcançá-la. Apenas pegou a maçaneta e ficou com a mão lá.

– Não – respondeu sem me olhar. – Talvez isso faça de mim um mau pai, mas não sei se consigo. Não importa o que a polícia disse, você estava envolvida no tiroteio, Valerie. Você escreveu os nomes na lista. Você escreveu o *meu* nome na lista. Você tinha uma boa vida aqui. Pode não ter puxado o gatilho, mas ajudou a provocar essa tragédia.

Abriu a porta.

– Sinto muito. Sinto mesmo – disse e saiu para o corredor. – Vou deixar meu novo endereço e telefone com sua mãe – completou antes de sair da minha vista.

29

Como sempre, achei que seria mais seguro não descer para o jantar e pegar alguma coisa para comer depois que todos tivessem ido para a cama. Esperei até que a luminosidade que entrava pela fresta entre a porta e o chão sumisse, indicando que as luzes tinham sido apagadas, e saí mancando.

Entrei na cozinha e fiz um sanduíche de manteiga de amendoim e geleia sob a luz da geladeira. Fechei a porta da geladeira e me sentei à mesa da cozinha, preferindo comer no escuro. Sentia-me bem e isolada daquele jeito. Como se tivesse um segredo. E era a realidade, não era? Besteira. Depois que seus colegas foram mortos a tiros, tudo o mais – até mesmo seu pai largando a família – parece trivial.

Acabei meu sanduíche e estava para levantar quando ouvi um barulho na sala. Parecia ser o som de um longo suspiro e uma pequena tossida. Congelei.

Ouvi o som de novo, dessa vez, seguido pelo som característico de um lenço de papel sendo puxado da caixa.

Tateei o caminho pela escuridão.

– Olá – disse baixinho.

– Vá para a cama, Valerie. Sou eu, só isso – respondeu mamãe do sofá, que mais parecia uma escura fortaleza. Sua voz estava grave, seu nariz, entupido.

Fiquei quieta. Ela fungou de novo. De novo, ouvi o som do lenço de papel sendo puxado da caixa. Em vez de ir em direção às escadas, entrei na sala e fiquei atrás da poltrona reclinável. Pousei minhas mãos no alto do encosto.

– Você está bem? – perguntei.

Ela não respondeu. Circundei a poltrona e me abaixei para me sentar, mas mudei de ideia e, em vez disso, dei mais alguns passos e me sentei no chão abraçando os joelhos em frente ao sofá. Agora, podia ver sua silhueta, o branco do seu robe, que se abria nos joelhos, fazendo sua pele parecer superbronzeada contra ele na escuridão.

– Você está bem? – repeti a pergunta.

Houve outro longo silêncio e comecei a pensar que devia ir para a cama, como ela tinha dito. Mas, logo depois, ela falou.

– Pegou alguma coisa para comer? Eu disse ao doutor Hieler que não vejo você comer há semanas.

– Tenho descido à noite. Não sou anoréxica, se é isso o que você acha.

– Eu achava – concordou ela e percebi em sua voz que tinha recomeçado a chorar. Ela voltou a fungar e o som do pranto silencioso pairou no ar ao meu redor. Ela deu um suspiro profundo no final. – Você ficou tão magra e nunca vejo você comendo. O que eu devia achar? O doutor Hieler disse que achava que você estava fazendo exatamente isso, comendo quando não estou por perto.

Outro ponto para o doutor Hieler. Às vezes eu esquecia o quanto ele devia me defender mesmo sem eu saber. Às vezes me perguntava quantas vezes ele deve ter acalmado minha mãe com relação a algo ridículo.

– Então, o papai se foi? – perguntei depois de um tempo.

Acho que ela acenou com a cabeça, porque a silhueta se mexeu um pouco.

– Foi morar com ela. É o melhor a fazer.

– Você vai sentir a falta dele?

Ela respirou fundo e exalou de uma vez.

– Já sinto falta. Mas não do cara com quem eu vivi os últimos anos. Sinto falta do cara para quem eu disse "sim". Você provavelmente não entende.

Mordi meu lábio, tentando decidir se deveria me sentir ofendida por ela me rejeitar daquele jeito. Tentando decidir se deveria brigar.

– Bom, acho que entendo – acabei dizendo. – Também sinto falta do Nick. Sinto falta do tempo em que fazíamos coisas do tipo jogar boliche e éramos felizes, só isso. Sei que você acha que ele era mau, mas ele não era. Nick era muito meigo e muito inteligente. Sinto falta disso.

Ela assoou o nariz.

– É, acho que sim – disse ela, e me senti muito bem por não ter palavras para responder. – Você se lembra... – começou ela, mas parou. Ouvi outro lenço saindo da caixa e outra fungada lacrimosa.

– Você se lembra daquele verão em que fomos para Dakota do Sul? Lembra, fomos na velha perua do seu avô, com a geladeira carregada de sanduíches e refrigerantes e simplesmente fomos porque seu pai queria que você e Frankie conhecessem o Monte Rushmore?

– Sim – respondi. – Lembro que você levou o penico caso ficássemos com vontade de ir ao banheiro na viagem. E Frankie comeu perna de caranguejo em um bufê em algum lugar do Nebraska e vomitou tudo na mesa.

Mamãe riu.

– E seu pai não descansou até visitar aquele maldito Palácio do Milho.

– E o Museu da Rocha, o Rock Museum. Lembra, eu chorei porque achei que lá iria ter músicos de rock e, quando chegamos, só tinha rochas.

– E sua avó, que Deus a tenha, fumou aqueles cigarros nojentos o caminho todo.

Ambas rimos e ficamos em silêncio de novo. Tinha sido uma viagem maravilhosa e horrível.

Então, mamãe disse:

– Nunca quis que vocês tivessem pais divorciados.

Pensei a respeito. Encolhi os ombros, mesmo sabendo que ela não poderia ver.

– É, acho que por mim tudo bem. Papai odiava viver aqui. Ele pode não ser o melhor pai do mundo, mas acho que ninguém deve sofrer assim.

– Você já sabia – concluiu ela.

– Sim. Vi a Briley há um tempo no escritório do papai. Daí adivinhei.

– Briley – repetiu mamãe, como se estivesse testando o nome. Será que achava aquele nome mais atraente que o seu? Mais interessante do que Jenny?

– Você contou para o Frankie? – perguntei.

– Seu pai contou – disse ela. – Logo depois de falar com você. Eu falei a ele que não seria eu a magoar vocês. Achei que era justo ele mesmo contar que estava indo morar com uma garota de vinte anos de idade. Não vou mais fazer o trabalho sujo para ele. Estou cansada de fazer o papel de má.

– O Frankie está legal?

– Não, ele também não saiu do quarto. E, agora, acho que vou ter outro filho com problemas e não... sei... se... consigo aguentar isso... sozinha. – A voz dela se afogou em uma onda de lágrimas tão abrupta e sentida que fez brotar lágrimas também nos meus olhos, sem que eu percebesse. Se alguém estivesse passando e ouvisse uma pessoa chorando daquele jeito, iria jurar que ela perdeu tudo o que tinha.

– Frankie é um bom garoto, mãe – tranquilizei-a. – Ele sai com garotos legais. Ele não vai... – "Ser como eu", era o que eu ia dizer, mas a vergonha me dominou de novo e eu disse: – ...arranjar problemas.

– Espero que não – admitiu ela. – Na maioria dos dias, mal consigo lidar com o que está acontecendo com você. Sou só uma. Não consigo levar todo mundo nas costas o tempo todo.

– Você não precisa mais me levar nas costas – respondi. – Estou bem, mãe, sério. O doutor Hieler disse que estou fazendo muito progresso. E estou fazendo aulas de pintura com a Bea. E trabalhando naquele projeto do Conselho Estudantil – disse eu e, de repente, senti um impulso incontrolável de confortar minha mãe. De repente, eu estava tomada de tanta compaixão por ela que, juro, acho que nunca sentirei algo semelhante de novo. De repente, eu queria ser aquela pessoa que lhe devolveria a esperança, que lhe devolveria Dakota do Sul. – Na verdade, queria saber se você me deixaria ir dormir na casa da Jessica Campbell no próximo final de semana – falei e senti um aperto na garganta.

– Aquela garota loira que tem vindo aqui?

– É, ela é presidente do Conselho Estudantil e capitã do time de voleibol. Ela é uma boa pessoa, juro. Almoçamos juntas todos os dias. Somos amigas.

– Ah, Val! – exclamou ela com a voz rouca e pesada. – Tem certeza de que quer fazer isso? Achei que você odiava essas meninas.

Minha voz ficou uma oitava mais alta.

– Não mesmo, mãe. Ela é a garota que eu impedi de ser baleada. Salvei a vida dela. Salvei a Jessica. E somos amigas agora.

Fez-se um longo silêncio de novo. Mamãe fungou algumas vezes e o som foi de um nariz tão congestionado que quase senti que não conseguia respirar.

– Às vezes esqueço – começou ela, sua voz flutuando até mim na escuridão. – Às vezes esqueço que você também foi uma heroína aquele dia. Tudo o que vejo é a garota que fez uma lista das pessoas que ela queria que morressem.

Resisti ao impulso de corrigi-la. "Eu não queria que aquelas pessoas morressem", quis dizer. "E você nunca saberia sobre a lista se o Nick não tivesse perdido a cabeça. Mas Nick perdeu. Não fui eu. Não fui eu!"

– Às vezes eu fico tão ocupada vendo você como o inimigo que destruiu a vida da família que me esqueço de que foi você que parou o tiroteio. Foi você que salvou a vida daquela garota. Nunca a agradeci por ter feito isso, né?

Fiz que não com a cabeça, mesmo sabendo que ela não podia me ver. Suspeitava que ela, como eu, conseguia sentir o gesto no ar.

– Então ela é sua amiga mesmo?

– Sim. Eu gosto realmente dela – confessei, descobrindo, meio chocada, que era verdade.

– Então, você deve ir. Deve estar com sua amiga. Deve se divertir.

Senti um frio na barriga. Não estava certa se conseguiria me divertir com aquelas pessoas. A ideia que elas tinham de diversão era muito diferente da que eu tinha.

30 ☆

– Acho que você sabe que meu pai foi embora – disse eu, estudando a estante do doutor Hieler, de costas para ele, enquanto ele assumia sua posição padrão na cadeira: a perna jogada sobre o braço da cadeira, passando o dedo indicador direito preguiçosamente sobre o lábio inferior, numa pose contemplativa.

– Sua mãe me contou – respondeu. – O que você acha disso?

Dei de ombros e ergui o olhar para estudar as figuras de porcelana no alto da estante. Um elefante, um médico e uma criança, um pedaço de quartzo polido. Presentes de clientes.

– Eu já sabia. Não fiquei muito surpresa.

– Às vezes, mesmo as coisas que você espera que vão acontecer podem magoar – sugeriu.

– Não sei. Acho que superei papai há muito tempo. Acho que fiquei magoada antes, mas agora... não sei... agora parece um alívio.

– Posso entender.

– A propósito, obrigada por ter falado sobre o lance da anorexia com a mamãe – agradeci. Parei de olhar para a estante e me voltei para o sofá.

Ele assentiu com a cabeça.

– Mas você tem de comer. Sabe disso, não sabe?

– Sim, sei. Estou comendo. Ganhei alguns quilos. Não muitos. Não é como se estivesse tentando perder peso.

– Acredito em você. É que ela está preocupada. Só isso. Às vezes você tem de dar uma força para as pessoas mais velhas. Deixe-a ver comendo alguma coisa de vez em quando. Tudo bem?

Concordei com a cabeça.

– Está certo. Você tem razão.

Ele abriu um sorriso largo e deu um soco no ar.

– Estou certo de novo. Devia ganhar a vida desse jeito.

Ri, revirando os olhos.

– Ah! Quase esqueci. Fiz uma coisa para você.

Suas sobrancelhas se ergueram e ele se inclinou para a frente para pegar a tela que tirei da mochila.

– Você não precisava fazer isso – disse.

Ele virou a tela e a estudou. Era o retrato que eu tinha pintado no estúdio de Bea no sábado anterior.

– Isto é incrível! – exclamou. E repetiu com ainda mais entusiasmo: – Isto é realmente incrível! Não tinha ideia de que você era capaz de fazer isso.

Fui para trás dele e olhei por cima dos seus ombros meu *Retrato de um Hieler*. Não o cara de cabelo castanho-escuro e olhar receptivo que eu via todos os sábados em seu consultório, mas sim como eu o via: um lago de tranquilidade, um raio de sol, um caminho para sair do túnel longo e escuro em que eu vivia.

– É, acho que gosto muito de pintar. Tenho ido nessa senhora que tem um estúdio do outro lado da rua e ela tem me deixado pintar de graça. Também comecei a fazer um caderno. Tenho desenhado as coisas como eu as vejo. Não como todo mundo quer que as vejamos, mas o que realmente está lá. Tem ajudado. Apesar de as pessoas acharem que é outra lista do ódio. Não estou nem aí. Também desenho essas pessoas.

Ele apoiou a tela cuidadosamente no abajur que estava na mesa ao seu lado.

– Posso ver o caderno? Você poderia trazê-lo na nossa próxima sessão?

Sorri sem graça.

– Tudo bem. Sim. Tudo bem.

31

A casa de Jessica Campbell cheirava a baunilha. Era tão limpa que brilhava, exatamente como a minivan com a qual a mãe dela tinha nos levado para casa, e as cores me lembravam de comerciais. Azul brilhante, do tom da mirta, verdes-claros, amarelo vivo que quase ofuscou meus olhos quando fiquei olhando tempo demais.

Sentamos à mesa da cozinha – Jessica, Meghan, Cheri Mansley, McKenzie Smith e eu – comendo pretzels que sua mãe havia feito para quando chegássemos da escola. Ela os serviu em uma bandeja oval, onde estavam pintadas as mãos do Senhor em oração, juntamente com pequenas vasilhas cheias de mostarda, molho barbecue e queijo derretido.

Jessica e Cheri estavam falando sobre Doug Hobson, que havia baixado as calças depois do treino de atletismo, no começo da semana. Elas riam e enchiam a boca de pretzels de um jeito tão descuidado, que achei que estava no cinema assistindo-as na tela. Meghan e McKenzie estavam lendo um artigo de revista sobre penteados. Eu me sentei no canto mais distante da mesa, mordiscando um pretzel.

A mãe de Jessica estava de pé, ao lado da pia, sorrindo de alegria para a filha, rindo todas as vezes que as garotas contavam uma história engraçada, mas sem se intrometer na conversa. Tentei ignorar o fato de seu sorriso se dissolver toda vez que olhava para mim.

Acabamos de comer e fomos para o quarto de Jessica, no andar de cima. Ela colocou uma música que eu não conhecia. As quatro se levantaram e começaram a dançar, falando mais alto que a música, dando gritinhos que acho que minhas cordas vocais não seriam capazes de emitir. Sentei-me na cama e as observei, sorrindo sem perceber, ou mesmo percebendo. Imaginei que, se eu tivesse o caderno comigo, teria conseguido desenhar cada uma delas exatamente como se pareciam naquele momento. Para variar, senti que eu percebia a realidade.

Depois de um tempo, a mãe de Jessica bateu na porta e a abriu só um pouco, com aquele sorriso mostrando o brilho de seus dentes perfeitos. Ela anunciou que o jantar estava pronto e descemos a escada, encontrando pizzas caseiras no balcão entre a sala e a cozinha. Havia três tipos. A massa perfeitamente tostada e crocante. A carne assada à perfeição. Os legumes, perfeitamente macios. As bordas recheadas cuidadosamente com manteiga, alho e queijo. Pareciam perfeitas demais para comer.

Não pude deixar de imaginar o que teria acontecido àquela mãe se eu não tivesse me colocado entre Nick e Jessica. Se ela tivesse perdido sua filhinha. Será que ela ainda faria pizzas perfeitas, ou colocaria fruteiras cheias de lima decorando a mesa da cozinha, ou acenderia velas com aroma de baunilha? Ela não parecia alguém que tolerava bullying. Será que ela sabia que Jessica me chamava de Irmã da Morte? Será que estava decepcionada com Jessica por me tratar daquele jeito? Decepcionada consigo mesma por criar uma filha que fazia aquilo? E o que teria feito se fosse minha mãe? O que a teria abalado mais, saber que sua filha estava morta, ou que ela pode ser considerada uma assassina?

Depois do jantar, nos amontoamos no carro de Jessica e fomos para a festa. Sua mãe ficou na porta da frente, acenando para nós como se fôssemos pré-escolares partindo em nossa primeira excursão com a escola. A casa de Alex era longe, e o caminho, de terra. Depois de um tempo, não reconheci os arredores – passamos por estradas rurais que eu nem sabia que existiam em Garvin.

Alex morava em uma casa de fazenda, de formato irregular e com tijolos à vista, escondida atrás de um bosque de maçãs silvestres. As luzes da casa não estavam acesas, o que dava uma aparência sinistra à noite, mesmo com a alameda que levava à casa repleta de carros.

Um pouco além da alameda, um grande portão que dava para um pasto estava aberto, e Jessica entrou na grama. Mais adiante, havia um estacionamento, tão cheio como se toda a Garvin tivesse ido à festa. Jessica estacionou ao lado dos outros carros. Logo que saímos do carro, ouvimos ecos de música à nossa esquerda. À frente, vimos o celeiro, a porta toda aberta, um quadrado de luz negra e meias-luas de luz colorida que giravam, refletindo na grama.

Além, ouvíamos risadas e gritos, e acima de tudo isso, podíamos ouvir os sons que se espera ouvir em uma fazenda – um cão latindo ao longe, mugidos intermitentes, sapos coaxando na lagoa próxima.

Jessica, Meghan, McKenzie e Cheri praticamente correram até o celeiro, conversando excitadas e balançando ao ritmo da música. Segui devagar, atrás, mordendo meu lábio inferior, o coração batendo rapidamente, minhas pernas moles.

O celeiro estava lotado e não consegui encontrar Jessica e as outras em meio àquele mar de gente. Abri caminho empurrando as pessoas e acabei dando em uma banheira de metal cheia de gelo e de bebidas. Havia principalmente cerveja, mas procurei e finalmente achei um refrigerante. Eu não tinha bebido nenhuma gota de álcool desde que Nick tinha morrido e não sabia como iria lidar com isso.

— Não quer uma? — Alguém me ofereceu, falando nas minhas costas. Virei-me e vi Josh segurando uma cerveja. — Isto é uma festa, mano.

Ele deu um passo à frente, tirou o refrigerante da minha mão e enfiou-o de volta no gelo, daí revirou a banheira e pegou uma garrafa de cerveja. Abriu a tampa.

— Aqui — disse, abrindo um sorriso que mostrou todos os seus dentes.

Peguei a cerveja com as mãos trêmulas. Pensei em Nick. Nas vezes em que fomos juntos a festas. Nas vezes em que imaginávamos como eram as festas de gente como Jessica e Josh. Em como Nick ficaria decepcionado se me visse bebendo com Josh. Em como, na verdade, não importava mais o que Nick achava, pois estava morto. E, de algum modo, aquela ideia parecia fazer diferença. Dei um grande gole.

— Você veio com a Jess? — gritou Josh para se fazer ouvir acima da música.

Meneei a cabeça e dei outro gole.

Ouvimos a música por um tempo, olhando as pessoas. Josh terminou sua cerveja e jogou a garrafa atrás de alguns fardos de feno, onde havia uma pilha de garrafas vazias. Ele enfiou a mão na banheira e pegou outra, hesitando um pouco.

Dei outro gole e, para minha surpresa, percebi que já tinha bebido mais de meia garrafa. Meus braços e pernas começaram a ficar quentes. Minha cabeça também ficou leve e comecei a achar que aquela festa tinha sido uma ótima ideia. Tomei outro gole e balancei a cabeça um pouco, ao ritmo da música.

— Que dançar? — convidou Josh.

Olhei para trás, pois tinha certeza de que ele não estava falando comigo. Ele mal podia olhar para mim naquelas reuniões do Conselho Estudantil. Ele também não tinha sido receptivo na mesa do almoço. A mudança parecia tão... repentina.

Ele riu.

— Estou falando com você — disse.

Ri de volta. E não foi uma risadinha, o que me surpreendeu. Levei a garrafa à boca e descobri que já estava vazia. Joguei-a atrás dos fardos de feno e peguei outra no gelo. Josh a tirou da minha mão e a abriu, devolvendo em seguida.

— Não danço mais — respondi, dando um grande gole. — Minha perna...

Mas, quando olhei para baixo, minha perna parecia igual à de qualquer outra pessoa. E, pensando bem, não estava latejando no momento. Dei outro grande gole.

— Vamos — disse ele, passando um braço sobre meus ombros e se inclinando para perto de mim. — Ninguém vai perceber.

Bebi de novo e lambi os lábios. Ele tinha um cheiro bom. De sabonete. Sabonete masculino, como o que Nick usava. Eu adorava o cheiro em Nick. E, de repente, senti uma saudade tão grande que doeu. De repente, senti-me tão sozinha como se estivesse em uma jaula. Fechei os olhos e recostei a cabeça no braço de Josh. As coisas flutuavam em frente aos meus olhos fechados. Sorri, daí abri os olhos e acabei com o resto da minha cerveja. Joguei a garrafa vazia na pilha e peguei sua mão.

— Então, o que estamos esperando? — gritei. — Vamos dançar!

Fiquei impressionada como os movimentos vieram fáceis. Voltaram, devo dizer. Lembrei do tempo em que dançar era uma das coisas que eu mais gostava de fazer e, com o álcool no corpo, era difícil permanecer na realidade. Lembrei das mil vezes em que dancei nos braços de Nick, ele respirando no meu pescoço, sussurrando: "Você é linda, sabia? Essas aulas da dança são lesadas, mas pelo menos posso estar com a garota mais linda da classe".

Começou a tocar uma música lenta e deixei Josh me abraçar, apertando minha cintura. Apoiei a cabeça nele, meus olhos fechados. As mangas de couro da sua jaqueta de jogador de futebol roçavam meu rosto e fui envolvida pelo som e pelo perfume dele e pela sensação do couro áspero da jaqueta na minha orelha. De olhos fechados, imaginei que estava sentindo o cheiro da jaqueta de couro de Nick, sentindo um dos seus zíperes contra minha orelha. Ouvindo-o dizer que me amava. Que sempre me amaria.

Por um minuto, minha fantasia foi tão real que fiquei surpresa ao abrir os olhos e ver Josh em vez de Nick.

— Acho que preciso tomar um ar — disse eu. — Minha cabeça está girando. Acho que bebi rápido demais.

– Claro – concordou ele. – Tudo bem.

Abrimos caminho em meio à multidão e saímos do celeiro. Algumas pessoas estavam espalhadas, aqui e ali, malhando, fumando, brincando de passar a mão e sair correndo sob a luz fraca e ao som da música que escapava pela porta aberta. Viramos em um dos cantos do celeiro, onde não havia ninguém. Josh sentou na grama e me larguei ao lado dele, esfregando as mãos na testa, que estava começando a ficar molhada de suor.

– Obrigada – agradeci. – Não tenho me exercitado muito nos últimos meses. Estou meio fora de forma.

– Sem problema – respondeu Josh. – Estava pronto para dar um tempo – disse e sorriu. Um sorriso genuíno. E aquela festa estava legal. Não era nada parecida com o que eu e Nick imaginávamos.

De repente, ouvi um barulho em umas moitas próximas e três caras saíram do pasto alto, vindo em nossa direção. Reconheci o irmão de Meghan, Troy. Os outros dois eram garotos mais velhos que saíam com Troy, mas eu não sabia os seus nomes.

– Ei, o que temos aqui, Joshy? – perguntou Troy, de pé, ao nosso lado, braços cruzados contra o peito. – Está ocupado com a namorada do assassino? É arriscado! Ei, ouvi dizer que matar pessoas deixa ela excitada.

O sorriso de Josh se apagou como se fosse uma lâmpada, substituído por um olhar duro que eu conhecia bem.

– Com ela? Sai dessa, cara. Só estou vigiando. Para o Alex. Para ela não causar problemas.

Fiquei surpresa ao sentir quase fisicamente aquelas palavras, como se fossem um soco no peito. Lá estava eu de novo, achando que Josh estava realmente me dando atenção, estúpida demais para ver a realidade. A velha cega Val em ação. Minha cabeça zunia e senti lágrimas brotando. "Idiota", pensei. "Val, você é uma idiota."

– Obrigada, mas não preciso de babá – disse eu. Esforcei-me para parecer dura, para mostrar que não tinha sido atingida, mas minha voz tremeu e me vi forçada a morder os lábios. – Pode ir agora – falei quando consegui me controlar. – Eu estava indo.

Troy se agachou e apertou meus joelhos com as mãos, olhando direto nos meus olhos, perto demais para ser agradável.

– É isso aí, Joshy. Pode ir. Deixe que eu fico com a Irmã da Morte.

– Legal – concordou Josh. Ele ergueu-se e se foi. Ao virar no canto do celeiro, virou a cabeça e olhou sobre os ombros uma última vez. Fui capaz de jurar que percebi um olhar de arrependimento em seu rosto, mas como eu podia confiar no que via? Eu era a pior do mundo no quesito perceber o que as pessoas estavam pensando. Também pode ser que estivesse escrito "INGÊNUA" na minha testa.

– Se ela não se comportar – disse Troy, tão perto de mim que seu hálito fez meu cabelo se mover –, vou conversar com ela na sua própria linguagem; e imitou a forma de uma arma com seu indicador e polegar, pressionando minha testa com o dedo. Desviei-me com raiva.

– Vá embora, Troy – gritei, tentando me erguer. Mas ele apertou ainda mais minha perna, seu dedinho apertando perigosamente perto da minha cicatriz. – Ai, você está me machucando. Deixe-me ir.

– Qual o problema? – perguntou Troy. – Não é assim tão durona sem o namorado? – Sua boca estava tão próxima que sentia seus perdigotos na minha orelha. – Alex me disse que você viria hoje. Parece que seus novos amiguinhos não estão tão entusiasmados com você em suas festas.

– Alex não é meu amigo. Vim com a Jessica – respondi. – Não importa. Estou indo embora mesmo. Deixe-me ir.

Seus dedos cravaram ainda mais fundo na minha perna.

– Minha irmã estava naquela cantina – começou ele. – Ela viu os amigos dela morrerem graças a você e àquele bosta do seu namorado. Ela ainda tem pesadelos por causa disso. Ele teve o que mereceu, mas você saiu livre. Você deveria ter morrido naquele dia, Irmã da Morte. Todo mundo queria que você tivesse morrido. Olhe em volta. Onde está a Jessica, se ela queria tanto que você viesse? Até mesmo as amigas com quem você veio não querem ficar com você.

– Deixe-me ir – pedi de novo, empurrando suas mãos. Mas ele apenas apertou os dedos com ainda mais força.

– Seu namorado não era o único capaz de conseguir uma arma – disse. Ergueu-se devagar e levou a mão à cintura do seu jeans, de onde puxou alguma coisa pequena e escura. Ele a apontou para mim e, quando o luar bateu nela, dei um suspiro de susto e me encostei na parede do celeiro. – Então, foi esse tipo de arma que o psicótico do seu namorado usou? – perguntou, revirando a pistola em sua mão de um modo contemplativo. Ele a apontou para minha perna. – Você reconhece essa arma? Não é difícil conseguir uma. Meu pai esconde esta aqui em uma viga, no andar de baixo. Se eu quisesse, podia despachar umas pessoas, como o Nick.

Eu tentei desviar o olhar, ser forte, ao menos levantar e sair correndo. Mas não conseguia olhar para nenhum lugar, exceto para a arma brilhando na mão de Troy, e senti-me como se não tivesse ossos e como se meus músculos fossem inúteis. Um zunido começou a soar no meu ouvido, exatamente como no dia dos tiros e não consegui respirar. Imagens da Praça da Alimentação começaram a se formar na minha mente.

– Pare – gemi. Lágrimas desceram pelos meus olhos e eu as limpei com mãos trêmulas.

– Fique longe da minha irmã e das amigas dela – disse ele.

– Deixa disso, cara – interveio seu amigo. – Vamos lá, Troy, estamos perdendo as bebidas. Esse negócio não está nem carregado.

Troy me encarou, seu rosto se abriu em um sorriso. Ele balançou a arma na frente do meu rosto e riu como se fosse uma piada engraçada.

– Você tem razão – concordou com o amigo. – Vamos sair daqui. Enfiou a arma de volta na cintura e saiu com os outros, dando a volta no celeiro, em direção à porta.

Sentei-me na grama, fazendo um som áspero com a garganta, um som que não era nem de choro nem de suspiro, mas algo intermediário. Senti como se meus olhos estivessem saltando das órbitas e tudo o que consegui pensar foi em ir embora. Fiquei de pé com esforço e corri com todas as minhas forças através do pasto, em direção à estrada, ignorando a dor na perna que latejava toda vez que meu pé tocava o chão.

Continuei correndo até meus pulmões parecerem ter derretido e, então, passei a andar, primeiro por estradas de terra e, depois, por pavimentadas, seguindo os trilhos da estrada de ferro até a rodovia. A certa altura, parei e me sentei em um muro baixo ao lado de um lago para tomar fôlego e descansar a perna. Engatinhei até a beira do lago e deitei de barriga no chão, borrifando meu rosto com água fria. Então, sentei-me ali, meu jeans encharcado por causa do chão molhado, olhando o céu que parecia tão claro e tão cheio de promessas.

Finalmente, cheguei à rodovia e, logo depois, a um posto de gasolina. Tirei o celular do bolso e disquei o número do celular de papai. Eu o tinha incluído na minha agenda pensando: "Nunca vou ligar para este número. Nunca vou ligar".

O telefone chamou duas vezes.

– Pai? – disse eu. – Você pode vir me pegar?

32

Papai me pegou no posto de gasolina, de pijama, seu rosto angular estava tenso, as mãos apertavam o volante com força. Ele não olhou diretamente para mim, quando entrei e me sentei no banco do passageiro, ao seu lado. Continuou sentado lá, olhando para a frente, com o maxilar retesado.

– Você bebeu? – perguntou. – Foi por isso que me telefonou? Porque está bêbada?

– Não – respondi, recostando a cabeça no banco. – Não estou bêbada.

– Estou sentindo o cheiro.

– Só tomei duas cervejas. Por favor, não conte à mamãe. Por favor. Isso a mataria.

Ele me deu um olhar que dizia claramente, "e eu?", mas pensou melhor. Talvez percebesse que não era só eu que estava matando a mamãe. Ele também tinha a ver com a morte dos sonhos dela.

– Não acredito que sua mãe está deixando você ir a festas – resmungou.

– Talvez ela esteja tentando confiar em mim – disse eu.

– Pois não devia – respondeu ele, me encarando ao sair do posto e entrar na rodovia.

Ficamos em silêncio, papai balançando a cabeça com impaciência de tempos em tempos. Olhei para ele, perguntando a mim mesma como tínhamos chegado àquela situação. Como o mesmo homem que pegava sua filhinha no colo e beijava seu rostinho podia estar tão determinado a tirá-la de sua vida, do seu coração? Como, mesmo quando ela procurava por ele em busca de ajuda – "por favor, papai, venha me pegar, venha me salvar" – tudo o que fazia era acusá-la? Como a mesma filha podia olhar para ele e não sentir nada além de desprezo, culpa, raiva e ressentimento? Porque tudo o que vinha dele durante tantos anos tinha se tornado contagioso?

Talvez fosse o álcool ou talvez fosse a crueldade que senti depois da ameaça de Troy, ou talvez as duas coisas, mas, por algum motivo, não consegui interromper o ultraje que senti crescendo dentro de mim. Ele era meu pai. Era para ele me proteger, para, pelo menos, ficar preocupado quando telefonei de um posto de gasolina no meio do nada, na calada da noite, pedindo para ele vir me buscar.

– Por que não? – deixei escapar, sem conseguir me conter.

Ele olhou para mim.

– Por que o quê?

– Por que mamãe não deveria confiar em mim, pai? Por que você está tão determinado em fazer com que pareça que eu sou um problema o tempo inteiro? – explodi, olhando para seu rosto, esperando que ele se virasse e fizesse contato visual. Ele não se virou. – Estou fazendo muito progresso ultimamente e você nem liga.

– Você arrumou problema de novo, esta noite – sentenciou ele.

– Você não tem nem ideia do que aconteceu esta noite – respondi, minha voz ficando mais alta. – Tudo o que sabe é que, como eu estava envolvida, sou culpada de alguma coisa. Você poderia ao menos fingir que se importa, sabia? Poderia ao menos tentar entender.

Papai deu uma risadinha cínica.

– Vou dizer o que entendo – disse com uma voz que tinha assumido o tom cáustico de quem fala em um tribunal. – Entendo que, quando você é deixada por conta própria, se mete em encrenca. É isso que entendo. Entendo que, quando estou tentando passar uma noite legal e descansada com a Briley, aparece você e, de novo, estraga tudo.

Encostei-me no banco e ri.

– Desculpe por atrapalhar sua vidinha perfeita com a mulherzinha perfeita – disse eu. – Sinto muito que você seja incomodado pela sua família verdadeira. Porque, caso você não se lembre...

Mas papai não me deixou terminar, sua voz ribombando no carro:

– Entendo que sua mãe deixa você fazer o que bem entende. Se eu estivesse lá, você não teria ido a droga de festa nenhuma.

Arregalei os olhos.

– Mas você não estava, pai. Essa é a questão. Você nunca estava lá. Mesmo quando estava por perto, não estava lá. A Briley não é da sua família. Eu sou da sua família. *Eu* sou. A Briley é só um caso... um caso idiota.

Papai virou a direção com força e o carro saiu para o acostamento. O carro atrás de nós freou bruscamente até parar e buzinou. Daí, saiu devagar e passou por nós, o motorista olhando com raiva para papai, mas ele não percebeu. Parou o carro e saiu. Deu vários passos longos na direção do meu lado do carro, abriu minha porta e me agarrou pelo ombro com uma força incrível, arrastando-me para fora do carro. Gritei e tropecei no cascalho.

Ele me puxou para perto do seu rosto, seus dedos ainda apertando meus ombros com força.

– Ouça aqui, mocinha – rosnou entre dentes. – É hora de você entender uma coisa. Você tem uma vida muito boa, sua fedelha mimada, estou cheio... – Ele tremeu ao dizer "cheio" e perdigotos voaram através dos seus dentes e gengiva e pousaram na minha bochecha – ...Cheio de você arruinar a vida de todo mundo. Ou você começa a agir direito ou ponho você para fora antes que possa dizer "fedelha mal-agradecida", entendeu?

Eu estava de olhos arregalados, ofegante. Meu ombro doía, onde ele havia apertado e minhas pernas tremiam. Minha raiva tinha desaparecido. Estava assustada demais para ficar brava. Assenti com a cabeça, entorpecida.

Ele relaxou um pouco, mas não me largou e continuou a falar com raiva, entre dentes.

– Bom. Agora, vou levar você para a minha casa com Briley que, queira ou não, também é minha família e é melhor você não ferrar com ela enquanto estiver lá. E se acha que não vai conseguir agir como uma pessoa normal por uma maldita noite, levo você para casa agora mesmo, mas você vai ter cinco minutos para pegar suas merdas e sair fora. Fora desta família. Ponto final. E não me provoque.

Um carro prateado passou ao nosso lado e diminuiu a velocidade, a janela do passageiro se abriu. O rosto de uma mulher surgiu, com uma expressão curiosa e preocupada.

– Está tudo bem aqui? – gritou. Nenhum de nós se moveu, nossos olhos fixos um no outro, nossos corpos à sombra do carro.

Finalmente, papai, ainda ofegante e com as narinas dilatadas, soltou meu ombro e olhou para a mulher.

– Tudo bem. Está tudo bem – respondeu, indo em direção à frente do carro.

– Moça – gritou a mulher –, você está bem? Quer que liguemos para alguém?

Vagarosamente, como se estivesse dentro da água, voltei-me e olhei para ela. Estava com um celular na mão e o balançou um pouco na minha direção, os olhos fuzilando papai, enquanto ele abria a porta do motorista e entrava no carro. Uma parte em mim queria fugir com ela, me agachar no banco traseiro do carro dela e implorar para ela me tirar dali. Queria que me levasse a outro lugar. Mas, em vez disso, balancei a cabeça.

– Estou bem – disse eu. – Obrigada.

Tonta, passei a mão pela manga da camisa, que estava amarrotada por causa do aperto que meu pai me dera.

– Tem certeza? – insistiu ela. O carro começou a sair devagar.

Balancei a cabeça.

– Sim – respondi. – Estou bem.

– Certo – disse ela sem muita segurança. – Tenha uma boa noite.

Ela continuou olhando para mim enquanto o carro andava, até desaparecer na noite.

Encostei-me no carro de papai, tremendo toda. Meu coração batia rapidamente e estava enjoada. Respirei fundo algumas vezes e tentei me acalmar antes de entrar no carro e fechar a porta. Ficamos em silêncio o resto do caminho.

Quando chegamos ao apartamento de papai, Briley, enrolada em um fofo robe cor-de-rosa, esperava à porta. Ela me olhou quando entramos e dirigiu um olhar surpreso a meu pai.

– O que está acontecendo? – quis saber.

Papai largou as chaves em uma mesinha de canto e continuou andando. Segui-o timidamente e olhei ao redor. O lugar se parecia com papai, embora eu não tenha reconhecido nada que fosse dele. Todas aquelas coisas já estavam na casa. Mas aqueles objetos todos poderiam facilmente ser dele. Havia uma TV de tela plana em um canto da sala, muitos móveis de couro – preto – e duas estantes enormes cheias de livros. Na mesinha de centro, havia duas taças com um resto de vinho tinto. Imaginei os dois sentados com seus pijamas e robes assistindo ao programa do David Letterman de mãos dadas, tomando vinho antes de irem para cama, quando o telefone tocou. Será que Briley revirou os olhos quando ele saiu? Será que tentou convencê-lo a não sair?

Ouvi a porta da geladeira se abrir e fechar. Fiquei parada, plantada no corredor, sob o olhar de Briley.

– Venha – convidou ela e tocou meu ombro de leve, de um jeito parecido com o que papai tinha tocado o ombro dela no escritório aquele dia. O toque que os delatou. – Vou pegar um pijama para você.

Segui-a até um quarto fresco e apertado. Ela fez sinal para que eu me sentasse, o que fiz, enquanto ela procurava um pijama no armário.

– Aqui está – disse ela, entregando-me o pijama. Ficou de pé na minha frente, mão na cintura, estudando-me. – Ele é seu pai – começou. – Merece saber o que aconteceu.

Pisquei e baixei a cabeça, olhando meu colo.

– Seria mais fácil contar para mim? – perguntou. Falou aquilo sem forçar um tom gentil na voz e nem tentou me tocar, o que gostei. Se ela tivesse arrumado alguma mecha do meu cabelo ou acariciado minhas costas eu teria perdido a confiança. Ela apenas se sentou na cama ao meu lado, as mãos apoiadas no colchão ao seu lado e disse: – Conte-me e eu conto para ele. Ele vai ter de saber de qualquer jeito. Você não pode ficar aqui se não contar a ele. Eu mesma ligo para sua mãe.

Contei tudo. Ela não disse nada enquanto eu falava, nem me abraçou quando terminei. Apenas ficou de pé, alisou os lados do seu robe com as palmas da mão e disse:

– Você pode se trocar no banheiro, ali, à direita.

A próxima coisa de que me lembro era estar sentada de pernas cruzadas no divã de couro, tomando o copo de leite que ela tinha trazido para mim e ouvindo-os brigar na cozinha.

– Ela não pode deixá-lo sair ileso – rugiu Briley. – Você sabe disso.

– Ela está com medo. É claro – berrou papai. – Além do mais, ela não vai me ouvir em nada esta noite. Isso está claro.

Uma parte de mim estava orgulhosa de ter provocado aquela discussão, de ter causado um desentendimento no feliz casal. Era como se eu estivesse rindo por último, apesar da ameaça de meu pai. Mas não consegui. Estava só cansada e entorpecida. E me sentia uma estúpida. Incrivelmente estúpida.

– Ela tem passado por maus momentos na escola. Ele não a machucou. Ele nem frequenta mais o colégio. Já se formou – argumentou papai.

– Isso não interessa, Ted. Ele a ameaçou. Ele a assustou demais. E estava armado.

– Mas não estava carregada. Nem sabemos se era uma arma de verdade. Além disso... não temos nada a ver com isso. Deixe que a mãe dela resolva, se ela quiser contar para a mãe. Foi Jenny quem a deixou sair. Então, ela que resolva o problema.

– Ela precisa de um pai agora, Ted.

– Mas você não é mãe dela! – rosnou papai.

Fiquei boquiaberta ao ouvir isso e cheguei até mesmo a sentir pena de Briley. Ela deve ter reagido porque, de repente, sua voz ficou baixa – raiva controlada.

– Desculpe... desculpe. Sei que você quer que sejamos uma família, mas, neste momento, ainda é muito cedo. Você ainda não é madrasta dela. E eu sou o pai.

– Então, aja como um pai – foi sua resposta abrupta.

Em seguida, ouvi passos, o som de chinelos batendo do assoalho de madeira e a porta do quarto se fechando. Logo depois, ouvi papai arfando na cozinha. E mais passos. Papai veio até a sala.

– Levo você para casa amanhã cedo – disse com uma voz contida. – E a garota com quem você iria passar a noite? Não acha que ela vai ligar para sua mãe quando der pela sua falta?

– Liguei para o celular dela e disse que tinha passado mal e que pedi para você ir me pegar. Ela não vai me procurar.

Ele balançou a cabeça.

– Ouça – disse, deu um suspiro e esfregou a testa. – Como advogado, aconselho você a procurar a polícia e avisar que recebeu uma ameaça. Veja o que eles dizem. Assim, pelo menos, eles registram a queixa.

– Vou pensar a respeito – falei.

– Pense mesmo – insistiu e, então, ficou em silêncio. – E você terá de contar a sua mãe.

– Eu sei – concordei, mas disse a mim mesma que não faria isso. Aquela festa era a sua viagem a Dakota do Sul. Além disso, ele tinha razão. Eu não era nenhuma especialista em armas nem nada. Podia ser um revólver de mentira. Como eu saberia a diferença?

Ele se virou para sair da sala.

– É melhor dormir logo – aconselhou, apontando para o travesseiro e o cobertor ao meu lado, no sofá. – Levo você para casa bem cedo. Tenho coisas a fazer amanhã.

Ele desligou o abajur e a sala foi tomada pela escuridão. Estiquei as costas no sofá e fiquei olhando para o teto até meus olhos doerem. Estava com medo de fechá-los, temendo que as imagens daquela noite retornassem à minha mente. Meu cérebro tinha muitas imagens assustadoras registradas. Tinha certeza de uma coisa: estava enjoada e cansada de sentir medo. Mas, de onde eu estava, todos os caminhos que podia seguir eram aterrorizantes.

Outra coisa também ficou clara. Nunca poderia contar com papai. Nem valia a pena tentar. Seria perda de tempo. Ele já tinha uma opinião a meu respeito.

Na manhã seguinte, papai me colocou no carro e me levou para casa. Não conversamos nada até chegarmos. Ainda era cedo, o céu estava cinza e a casa parecia adormecida.

– Diga ao Frankie que pego vocês no sábado de manhã – disse. – Vamos comer alguma coisa.

Concordei com a cabeça.

– Digo a ele, mas acho que vou ficar em casa.

Ele pensou a respeito do que eu disse, olhando meu rosto. Depois de um momento, meneou brevemente a cabeça.

– Isso não me surpreende.

33

Depois que papai me deixou, subi as escadas em silêncio, entrei no quarto e caí na cama, onde adormeci. Mamãe entrou no quarto pouco depois e me disse que já era hora de ir à terapia. Acenei para ela, pedindo que saísse, e prometi que ligaria ao doutor Hieler à noite. Menti, contando a ela que tinha ficado acordada até tarde, conversando com Jessica, e precisava dormir um pouco.

Mas, depois que mamãe saiu, virei de costas e me peguei olhando o teto novamente, mais uma vez sem conseguir dormir. Depois de um tempo, levantei e pedi a mamãe que me levasse ao estúdio de Bea.

– Minha nossa! – disse Bea, examinando meu rosto quando entrei no estúdio. – Meu Deus! – voltou a exclamar, mas não disse mais nada. Apenas voltou a fazer o que estava fazendo; um trabalho de bijuteria; balançando a cabeça e fazendo sons com a língua.

Peguei uma tela branca da estante e coloquei-a em meu cavalete. Fiquei olhando para ela por tanto tempo que achei que, quando mamãe viesse me pegar, eu não teria nada para mostrar, a não ser uma tela que tinha mil imagens, mas apenas para mim.

Finalmente, peguei um pincel e o coloquei ao lado da paleta, sem saber que cor usar.

– Você sabia... – murmurou Bea, pegando com as unhas uma conta verde brilhante de uma caixa e colocando-a em um bracelete – ...que algumas pessoas pensam que os pincéis só servem para pintar? Como tem gente bitolada!

Fiquei olhando para o meu pincel. De repente, minhas mãos começaram a trabalhar independentemente, como tinham feito tantas vezes antes, pegando o pincel de forma que os pelos se viraram na palma da minha mão. Então, fechei o punho ao redor deles. Senti os pelos amassarem e se enrolarem no meu pulso.

Coloquei a ponta do pincel, do lado contrário dos pelos, na tela e fiz pressão. Um pouco de início e, então, pressionei com força. Senti um "pop" e ouvi a tela rasgar quando o pincel atravessou a tela, deixando um buraco no meio. Puxei o pincel, examinei-o e fiz de novo, a uns três centímetros do primeiro furo.

Eu estaria mentindo se dissesse que estava criando algo em particular. Não pensava em nada enquanto fazia aquilo. Só percebia que minhas mãos se moviam e que, a cada furo que abria na tela, sentia um alívio que não conseguia explicar. Não estava sentindo, procurava algo que estava sendo tirado de mim.

Logo, havia dez rasgos na tela. Pintei-os de vermelho. Circundei-os com preto, com pequenas gotas que pareciam lágrimas.

Afastei-me e olhei para o que tinha feito. Era feio, escuro, descontrolado. Como o rosto de um monstro. Ou talvez estivesse vendo meu próprio rosto. Não podia dizer. Era o rosto de alguma coisa má ou era minha própria imagem?

– As duas coisas – murmurou Bea, como se eu tivesse feito a pergunta em voz alta. – Claro que são as duas coisas. Mas não deveria ser. Nossa, não deveria!

Ainda assim, eu sabia o que tinha de fazer. De certo modo, Troy tinha razão. Eu não tinha nada a ver com aquele pessoal. Não tinha nada a ver com Jessica, com Meghan e, com certeza, não tinha nada a ver com Josh. Eu não tinha nada a ver com aquelas festas. Nem com o Conselho Estudantil. Não tinha nada a ver com Stacey e Duce. Com meus pais que tinham sofrido tanto. Com Frankie, que fazia amigos com tanta facilidade.

Quem eu estava enganando? Na verdade, nunca tive nada a ver com Nick. Porque eu o traí, o fiz pensar que acreditava na mesma coisa que ele, fiz com que ele pensasse que eu estaria ao seu lado não importava o que acontecesse, mesmo que fosse para matar alguém.

Mas eu estava errada. Eu era tanto o monstro quanto a garota triste. Não conseguia separar os dois.

E, quando larguei o pincel, que caiu no chão espalhando gotículas de tinta na barra do meu jeans e rolou para longe, fingi não ouvir as palavras de apoio que Bea dizia atrás de mim.

34

— Você não pode desistir agora — disse Jessica. Uma ruga de irritação surgiu na testa dela. — Só faltam dois meses para acabar o projeto. Precisamos da sua ajuda. Você se comprometeu.

— Bom, agora estou saindo fora — respondi. — Estou fora. — Fechei meu armário e fui em direção à porta de vidro.

— Qual é o seu problema? — rosnou Jessica, correndo atrás de mim. Por um momento, quase consegui ver a velha Jessica se manifestando; quase pude ouvir sua voz repetindo: "Está olhando o quê, Irmã da Morte?", o que, de algum modo, tornava mais fácil o que eu tinha de fazer.

— Esta escola é o meu problema — rugi entre dentes. — Seus amigos bundões são meu problema. Só quero que me deixem em paz. Só quero terminar e sair fora daqui. Por que ninguém consegue entender isso? Por que você está sempre me forçando a ser alguém que não sou? — desabafei.

— Meu Deus, quando você vai deixar tudo de lado? Esse lance de "eu não sou uma de vocês", Valerie? Quantas vezes vou ter de dizer que você é. Achei que fôssemos amigas.

Parei e me virei para encará-la. Isso foi quase um erro. Senti-me tão culpada — pude ver a mágoa no seu rosto —, mas sabia que tinha de me afastar dela. Afastar-me do Conselho Estudantil. De Meghan. Afastar-me de Alex Gold que queria tanto que eu fosse à sua festa que pediu para o Josh me pajear e para o Troy me ameaçar. Afastar-me de toda essa confusão e mágoa.

Eu não podia contar a Jessica o que aconteceu entre mim e Troy na festa. Ela já tinha forçado Meghan a me aceitar. Ela iria, provavelmente, arrombar a porta da casa de Troy e faria com que fosse preso. Eu a imaginava assumindo a mim como sua causa, forçando todos de Garvin a me aceitar, quisessem ou não. Estava cheia de ser o projeto de caridade de Jessica, sempre vigiada, sempre à vista. Simplesmente não conseguia mais fazer aquilo.

– Bom, você estava errada. Não somos amigas. Eu só estava fazendo isso porque me senti culpada por causa da lista. Eles não querem que eu participe, Jessica. E eu não quero mais participar. Nick não ia conseguir aguentar sua turminha e nem eu consigo.

O rosto dela ficou vermelho.

– Caso você ainda não tenha notado, Valerie, Nick está morto. Por isso, a opinião dele não importa. E só para constar, acho que nunca importou, a não ser por alguns minutos, em maio. Mas achei que você fosse diferente. Achei que fosse melhor. Você salvou a minha vida, lembra-se?

Franzi os olhos e olhei fundo nos dela, fingindo que era tão confiante quanto ela.

– Você não entendeu mesmo, né? Eu não quis salvar você – disparei. – Só queria que ele parasse de atirar. Poderia ter sido qualquer pessoa.

Seu rosto não traiu nenhuma emoção, mas começou a respirar com mais intensidade. Pude ver claramente seu peito subindo e descendo enquanto ofegava.

– Não acredito em você – reagiu. – Não acredito em nenhuma palavra.

– Pode acreditar. Porque é verdade. Você pode acabar seu projetozinho do Conselho Estudantil sem mim.

Virei-me e comecei a andar. Quando estava quase chegando à porta da entrada, ouvi a voz de Jessica protestando às minhas costas.

– Você acha que isso tem sido fácil para mim? – gritou. Eu parei e me virei. Ela ainda estava onde a tinha deixado. Seu rosto tinha uma expressão engraçada, quase distorcida por causa da emoção. – Acha? – perguntou, largando a mochila no chão e começando a vir em minha direção. Andava com firmeza, uma mão no peito. – Bom, não tem sido fácil. Ainda tenho pesadelos. Ainda ouço os tiros. Ainda... vejo a cara do Nick toda vez que olho para... você – disse e começou a chorar, seu queixo tremendo como se fosse um bebezinho, mas sua voz continuava firme e forte. – Eu não gostava de você... antes. Não posso mudar isso. Tive de brigar com meus amigos para incluir você. Tive de brigar com meus pais. Mas, ao menos, estou tentando.

– Ninguém pediu para você tentar – respondi. – Ninguém pediu para você ser minha amiga.

Ela balançou a cabeça com força.

– Você está errada – protestou. – No dia 2 de maio eu soube disso. Eu sobrevivi e isso tornou tudo diferente.

– Você é louca – afirmei, mas minha voz saiu vacilante e insegura.

– E você é egoísta – retrucou ela. – Se você der as costas para mim agora é porque, simplesmente, é muito egoísta.

Ela se aproximou até ficar apenas a alguns passos de mim e tudo o que eu queria era sair dali, quer isso me tornasse uma egoísta ou não. Abri as portas e saí. Desmontei no carro de mamãe e afundei no banco. Senti um peso e um frio no peito. Meu queixo tremia e tinha um nó na garganta.

– Vamos para casa, mãe – pedi, enquanto ela saía com o carro.

35

— Ainda não quer falar? — perguntou o doutor Hieler, acomodando-se em sua poltrona. Ele me deu um refrigerante. Eu não disse nada. Não tinha dito nada desde que ele veio me buscar na sala de espera. Não disse uma palavra quando ele me ofereceu o refrigerante, nem respondi quando me disse que ia sair para pegar uma bebida para nós dois e que já voltaria. Só fiquei lá, sentada no sofá de mau humor, braços cruzados e uma expressão de raiva escurecendo meu rosto.

Ficamos em silêncio um pouco.

— Você trouxe o caderno? Ainda quero ver seus desenhos — disse ele.

Balancei a cabeça.

— Quer jogar xadrez?

Levantei-me do sofá e me sentei em frente ao tabuleiro de xadrez.

— Sabe — começou ele, ao mesmo tempo que movia uma peça, iniciando o jogo. — Estou começando a achar que algo está aborrecendo você — disse e piscou para mim, rindo. — Uma vez li um livro sobre comportamento humano. É por causa dele que consigo reconhecer quando uma pessoa está chateada.

Não sorri de volta. Apenas olhei para o tabuleiro e fiz minha jogada.

Jogamos um pouco em silêncio e prometi a mim mesma que não diria nada. Que eu iria voltar àquele lugar calmo e solitário em que fiquei no hospital. Queria me encolher até desaparecer. Nunca mais falar com ninguém. Mas era um problema ficar em silêncio com o doutor Hieler. Ele se importava demais. Ele me dava segurança.

— Você quer falar a respeito? — perguntou, e, antes que eu pudesse fazer algo para impedir, uma lágrima desceu pelo meu rosto.

– Eu e Jessica não somos mais amigas – contei. Revirei os olhos e bati na bochecha com raiva. – E nem sei por que estou chorando por causa disso. Não que a gente tenha sido amigas de verdade. Que estupidez.

– Como isso aconteceu? – perguntou ele, parando de jogar e se recostando na cadeira. – Ela acabou percebendo que você é perdedora demais para ser amiga dela?

– Não – respondi. – Jessica nunca diria isso.

– Então, quem disse? Meghan?

– Não – admiti.

– Ginny?

– Não vejo Ginny desde o primeiro dia de aula.

– Hum – fez ele, balançando a cabeça. – Então, só sobrou você.

– Ela ainda quer ser minha amiga – confessei. – Mas eu não posso.

– Porque alguma coisa aconteceu.

Olhei para ele com raiva. Ele tinha cruzado os braços e passava o indicador no lábio inferior, como fazia sempre que tentava tirar alguma informação de mim.

Suspirei.

– Não tem nada a ver com eu ter brigado com Jessica.

– Foi só coincidência – provocou ele.

Não respondi. Só balancei a cabeça e deixei as lágrimas correrem.

– Só quero que isso termine logo. Só quero que este drama pare. Ninguém acredita em mim – sussurrei. – Ninguém liga.

O doutor Hieler se mexeu na cadeira, inclinou-se para a frente, ficando da altura dos meus olhos, e me olhou fixamente.

– Eu ligo e eu acredito.

Acreditei nele. Se tinha alguém que ligasse para o que tinha acontecido na festa, era ele. Se alguém se importava com o que tinha acontecido entre mim e Troy, era o doutor Hieler. E o fato de eu ter segurado aquilo tudo, a segurança que sentia uma semana antes, de repente, tudo ficou pesado e se transformou em dor física. Quando dei por mim, estava, inacreditavelmente, contando tudo. Era como se nem o silêncio me protegesse mais.

Contei tudo ao doutor Hieler. Ele recostou-se na cadeira e ouviu, com olhos cada vez mais vívidos, à medida que eu falava, seu corpo ficando mais tenso, enquanto a história se desenvolvia. Juntos, telefonamos para a polícia para relatar a ameaça de Troy. Disseram que iriam verificar. Provavelmente, não podiam fazer muita coisa. Especialmente porque eu nem sabia direito se era uma arma de verdade, explicaram. Mas não riram de mim quando contei. Não me acusaram de mentirosa.

Quando a sessão terminou, o doutor Hieler me acompanhou até a sala de espera, onde mamãe aguardava, sozinha, lendo uma revista.

– Agora, você precisa contar a sua mãe o que aconteceu – disse ele. Mamãe olhou para mim, assustada. Sua boca tomou a forma de um pequeno "o", como se fosse outro olho me encarando. – E terá de se esforçar para melhorar – avisou ele. – Você não vai parar agora. Não vou deixar. Deu um duro desgraçado e tem ainda mais trabalho pesado à sua frente.

Mas eu não tinha vontade de continuar dando duro, e a única coisa que consegui fazer quando cheguei em casa foi cair na cama e dormir.

Contei tudo para minha mãe no carro, até mesmo sobre a ameaça que papai me fez no acostamento da estrada, quando foi me pegar. Pareceu, até mesmo, indiferente enquanto ouvia e não disse nada quando terminei. Mas, logo que chegamos em casa, ela ligou para o papai. Subi as escadas e fui para o meu quarto, de onde pude ouvir a voz de mamãe ficando cada vez mais alta conforme ela falava, acusando-o de saber e de não contar. De ter ido me buscar sem telefonar para ela. Por não estar em casa, onde era o lugar que deveria estar.

Algum tempo depois, ouvi o som da porta da frente sendo aberta e, em seguida, os murmúrios de mamãe de novo. Papai estava na entrada da casa, as mãos na cintura, o rosto expressando irritação.

Notei que estava com roupas casuais, o que estranhei, porque era dia útil, e papai nunca saía do trabalho antes de anoitecer. Daí, notei algumas manchas de tinta em sua camisa e percebi que ele devia ter passado o dia em casa, pintando o apartamento de Briley. Fazendo com que ficasse a cara deles. Fechei a porta com cuidado, para não ser ouvida, e fui até a janela. Briley estava no carro, esperando por ele.

Ouvi a voz ansiosa da minha mãe se queixando. Ouvi-o trovejar de volta:

– O que eu deveria fazer? – Uma pausa e, então: – Mande-a de volta para a ala psiquiátrica, é isso o que eu penso. Estou cagando se aquele psiquiatra disse que ela fez progresso!

Então, ouvi a porta da frente bater. Fui até a janela de novo e o vi entrar no carro, com Briley, e ir embora.

Pouco tempo depois que papai se foi, percebi movimento à porta do quarto e abri um olho. Vi Frankie de pé, à entrada do quarto. Ele parecia um pouco mais velho, com o cabelo mais curto brilhando com gel e a camisa abotoada até a altura da barriga, sobre uma camiseta de marca e jeans pré-desbotado. Seu rosto parecia artificialmente calmo e inocente, com as bochechas sempre rosadas, o que conferia a ele uma expressão de estar sempre com vergonha. Talvez ele *estivesse* sempre com vergonha. Veja a vida que ele tinha.

Desde que papai saiu de casa, Frankie tinha praticamente se mudado para a casa de seu melhor amigo, Mike. Eu ouvi mamãe dizendo à mãe de Mike que ela precisava de um tempo para colocar as coisas em ordem com sua filha mais velha e agradecia muito à família de Mike pelo que estavam fazendo a Frankie. Imaginei que tinha sido esse tempo que Frankie passou na casa de Mike que o transformou. A mãe de Mike era uma dessas matronas perfeitas que nunca deixaria um filho seu ter cabelo espetado e muito menos uma filha que começasse um tiroteio na escola. Frankie era um bom menino. Até eu percebia isso.

– Oi – cumprimentou ele. – Você está legal?

Fiz que sim com a cabeça e me sentei na cama.

– Sim. Estou legal. Só um pouco cansada.

– Eles vão mesmo mandar você de volta para o hospital?

Revirei os olhos.

– Papai só estava com raiva. Ele me quer fora da vida dele.

– Você precisa voltar? Quer dizer, está louca ou coisa parecida?

Quase ri. Na verdade, deixei escapar uma risadinha, o que fez minha cabeça doer. Balancei a cabeça, indicando um não. Não era louca. Ao menos, não achava que fosse.

– Eles só estão chateados – expliquei. – Vão superar isso.

– Bom, se você for... – começou a dizer e parou. Então, pegou minha colcha, e notei suas unhas roídas. – Se você for, escreverei para você – disse.

Senti vontade de abraçá-lo. De consolá-lo. Dizer-lhe que não seria necessário porque eu nunca voltaria a nenhuma ala psiquiátrica idiota. Que eu ficaria longe de papai, e ele acabaria se acalmando. Queria dizer a ele que nossa família ficaria bem – que ficaria até melhor.

Mas não disse nada disso. Não disse nada, porque, de algum modo, não falar nada parecia mais humano do que fazer todas essas promessas. Afinal de contas, era para eu saber de alguma coisa?

De repente, ele se iluminou.

– Papai vai comprar um quadriciclo para mim! – contou entusiasmado. – Ele me falou no telefone, ontem à noite. E vai sair comigo e me ensinar a andar. Não é incrível?

– É incrível – concordei, com o máximo de entusiasmo que consegui reunir. Era legal ver Frankie sorrir e se entusiasmar de novo, mesmo não acreditando que papai iria comprar nada para ele. Isso seria tão... paternal... e nós dois sabíamos que nosso pai não era nada paternal.

– Você pode andar também – convidou ele. – Se, tipo, você for na casa do papai.

– Obrigada. Vai ser legal.

Ele ficou ali sentado um pouco mais, parecendo sem graça, do jeito que os garotos ficam quando estão sob muita pressão. Se eu fosse uma boa irmã, teria dito a ele para ir em frente e fazer algo divertido. Mas não liguei de ficar ali sentada com ele. Ele irradiava algo que me fazia sentir bem. Com esperança.

Mas ele logo se levantou.

– Bom, tenho de ir para a casa do Mike. Vamos à igreja hoje à noite – disse e baixou a cabeça, como se sentisse vergonha de ir à igreja. – Legal... a gente se vê – despediu-se, sem jeito. E foi.

Voltei a me afundar nos travesseiros e fiquei olhando os cavalos no meu papel de parede não irem a lugar nenhum. Fechei os olhos e tentei me imaginar cavalgando um deles novamente, como fazia quando era criança. Mas não consegui. Tudo o que me veio à mente foram os cavalos me derrubando todas as vezes, fazendo-me cair de bunda no chão duro. Os cavalos também tinham rostos: o de papai, o do diretor Angerson, de Troy. Nick. O meu.

Depois de um tempo, virei de costas e fiquei olhando o teto, percebendo que tinha de fazer alguma coisa. Eu não podia mudar o passado. Mas se fosse para eu me sentir inteira novamente, teria de dizer adeus a ele. "Amanhã", disse a mim mesma. "Amanhã será o dia."

36

Apesar de nunca ter ido visitar o túmulo de Nick, sabia exatamente onde era. Um dos motivos era que ele tinha aparecido a cada dez segundos na TV durante dois meses seguidos depois dos tiros no Colégio Garvin. E também ouvi tantas outras pessoas falarem sobre ele que já tinha uma boa ideia de sua localização.

Não disse a ninguém que iria visitar a sepultura. A quem diria? A mamãe? Ela iria chorar, proibiria, provavelmente viria comigo, chamando meu nome aos berros, com a janela do carro aberta. Papai? Bom, a gente não estava nem se falando. O doutor Hieler? Eu teria contado, mas não sabia que iria visitar o túmulo de Nick a última vez que o vi. Talvez eu devesse ter contado. Provavelmente, o doutor Hieler teria me levado de carro e, agora, minha perna não estaria doendo tanto por ter andado. Meus amigos? Bem, de um jeito ou de outro, eu os tinha chutado para fora da minha vida.

Passei por algumas fileiras de sepulturas bem cuidadas, com epitáfios novos e polidos e buquês de flores frescas. Encontrei o jazigo de Nick entre os túmulos do seu avô Elmer e da sua tia Mazia, dos quais eu havia ouvido falar a respeito, mas não tinha conhecido.

Fiquei de pé, observando, durante um minuto. O vento, que anunciava o fim do inverno, brincou ao redor dos meus tornozelos, e fiquei arrepiada. Tudo parecia de acordo – meu desespero, a dor no meu peito por causa do esforço, o frio, o vento, o cinza. Era assim que os cemitérios deveriam ser, certo? Ao menos, é sempre assim nos filmes. Frios, sombrios. Alguma vez o sol brilhou enquanto você visitava a sepultura de alguém que amava? Duvido.

O túmulo de Nick refletia, como os outros próximos, a luz do céu nublado projetando sombras cinzentas nas letras. Mas pude ler:

Nicholas Anthony Levil
1990-2008
Filho Amado

As palavras "Filho Amado" surpreenderam-me. Estavam escritas com uma letra pequena, em itálico, quase escondidas pela grama. Como se fosse uma desculpa. Pensei em sua mãe.

Eu a tinha visto na TV, mas não parecia a mesma pessoa. Eu a conhecia como "Mã", como Nick a chamava, e ela sempre foi tranquila e legal comigo. Sempre ausente, com a intenção de deixar que eu e Nick fizéssemos nossas coisas sozinhos – nunca sufocando, nunca estabelecendo regras de comportamento apropriado. Sempre era legal. Eu gostava dela. Pensava nela como minha sogra e gostava da fantasia.

É claro que Mã iria querer que Nick fosse lembrado como um "Filho Amado". É claro que faria isso da forma mais relaxada possível – sussurrando essas palavras com letras pequenas na sua lápide. Apenas um sussurro. "Você é amado, filho. Era meu amado. Mesmo depois disso tudo, ainda me lembro do filho amado. Não posso esquecer."

Havia um buquê de rosas azuis de plástico preso a um vaso de metal no alto da lápide. Toquei uma das pétalas frágeis, perguntando a mim mesma se Nick iria querer ter flores em seu túmulo e, então, fiquei surpresa ao perceber que nunca perguntei isso a ele. Três anos juntos, e eu nunca tinha me preocupado em perguntar se ele gostava de flores, se suas preferidas eram as rosas, se achava absurdo ter rosas de plástico azuis. E, de repente, aquilo pareceu, em si, uma grande tragédia: o fato de eu nunca vir a saber isso.

Ajoelhei-me, minha perna protestando. Estiquei o dedo e desenhei o nome de Nick: "Nicholas". Sorri com tristeza, lembrando como eu o provocava por causa de seu nome.

– Nicholas – cantava, me esquivando entre a cozinha e a sala de jantar, segurando o porta-retratos com a foto dele que tinha acabado de pegar de cima da lareira. – Oh, Nicholas! Venha aqui, Nicholas!

– Você vai se arrepender – avisava ele de algum lugar da sala. Sua voz estava alegre, e, mesmo sabendo que eu o estava provocando por causa do nome que ele odiava, sabia que queria me pegar não para me castigar, mas para brincar. – Quando puser as mãos em você...

Ele pulou de um canto, gritando "Aha!", e eu gritei e corri, passando rindo pela cozinha e subindo as escadas até o banheiro.

– Nicholas, Nicholas, Nicholas – gritei gargalhando. Eu ouvia as risadas dele logo atrás de mim. – Nicholas Anthony!

– Peguei! – gritou ele, jogando-se em minha direção e agarrando-me pela cintura quando eu estava quase chegando ao banheiro. – Você vai pagar caro! – Ele me jogou no chão e ficou sobre mim, fazendo cócegas até eu chorar de rir.

Agora, isso parecia ter sido há tanto tempo.

Novamente, desenhei seu nome na lápide com o dedo. Fiz isso duas vezes. De algum modo, senti que o velho Nick – aquele que me fazia cócegas no corredor do banheiro do segundo andar da casa dele – estava mais vivo do que nunca.

– Eu não odeio você – sussurrei e, então, repeti mais alto. – Não o odeio.

Um gaio-azul cantou em uma árvore à minha esquerda. Procurei entre os galhos e folhas, mas não vi o passarinho.

– Já era hora – ouvi uma voz atrás de mim.

Pulei ao mesmo tempo que me virei, desequilibrando e caindo de costas. Duce estava sentado em um banco de concreto atrás de mim, inclinado para a frente, as mãos entre os joelhos.

– Há quanto tempo você está aí? – perguntei, levando a mão ao peito, tentando desacelerar meu coração.

– Todos os dias, desde que ele morreu. E você?

– Não foi isso o que perguntei.

– Eu sei.

Ficamos nos encarando por um minuto. O olhar de Duce parecia ser um desafio. Era o mesmo olhar que um cão lança ao outro quando está pronto para brigar.

– E, então, o que você está fazendo agora? – quis saber ele.

Encarei-o, dessa vez era eu quem o desafiava com o olhar.

– Você não pode me expulsar daqui – disse eu. – E não sei por que você me culpa. Você também podia ter impedido Nick. Você era o melhor amigo dele.

– Era você quem tinha a lista – contrapôs.

– E ele passou a noite na sua casa dois dias antes dos tiros – disparei de volta. – Então – completei com suavidade –, podíamos ficar discutindo isso o dia todo. Isso não vai trazer ninguém de volta.

Um carro passou por nós e um velho saiu cuidadosamente do banco de trás segurando um buquê de flores perto da cintura. Observamos quando ele se ajoelhou vagarosamente, cabeça inclinada, o queixo quase tocando o peito.

– Os tiras também me interrogaram – contou Duce sem tirar os olhos do velho. – Acharam que eu podia estar envolvido, porque saía muito com ele.

– Sério? Nunca soube disso.

– É, eu sei – disse com o rosto amargo. – Você só estava preocupada com você mesma, pobre Valerie. Tomou um tiro. Estava triste. Foi suspeita. E nunca considerou o resto da turma. Você nem perguntou, cara, como nós, o resto da turma, estávamos nos sentindo. Simplesmente nos dispensou.

Encarei-o, chocada. Ele tinha razão. Eu nem mesmo havia perguntado a Stacey, na única vez em que nos encontramos, como todos estavam. Não telefonei para ninguém. Não mandei e-mails. Nada. Nem pensei nisso.

– Meu Deus – sussurrei e, de repente, pude ouvir a voz de Jessica nos meus ouvidos: "Você é egoísta, Valerie". – Desculpe. Não achei que...

– Aquele detetive Panzella praticamente se mudou para a minha casa, cara. Pegou meu computador e tudo o que quis – interrompeu-me Duce. – Mas o incrível é que... eu não tinha nem ideia. Nick nunca me disse nada sobre atirar nas pessoas para matar. Ele nem me avisou nem nada.

– Ele também não me avisou – contei, mas minha voz saiu quase como um sussurro. – Desculpe, Duce.

Duce balançou a cabeça, remexendo o bolso para pegar um cigarro, que acendeu sem pressa.

– Por um tempo, achei que era trouxa por não saber. Achei que não éramos assim tão amigos como pensei que fôssemos. Também me senti culpado. Tipo, eu deveria ter desconfiado e, daí, talvez pudesse ter feito alguma coisa. Poderia ter ajudado Nick. Mas agora... sei lá. De repente, ele não nos contou para nos poupar.

Não consegui segurar uma risada sarcástica.

– Bom, se ele queria nos poupar, então, não funcionou.

Duce riu de um jeito suave.

– Nem brinca.

O velho estava se esforçando para ficar de pé novamente e, enquanto se dirigia de volta ao carro, puxou o casaco mais para junto do corpo. Observei-o, enquanto se ia.

– Lembra quando fomos ao Serendipity? Aquele parque aquático? – perguntei.

Duce riu de novo.

– Lembro, você estava um saco aquele dia. Só reclamava que estava com frio e fome e blá-blá-blá. Nem deixou o cara se divertir.

– É – concordei. E olhei para o túmulo. *Nicholas Anthony.* – E no fim do dia vocês sumiram, e eu e Stacey tivemos de ficar procurando por todo o parque até encontrarmos os dois comendo biscoito com aquelas duas loiras de Mount Pleasant...

O riso de Duce ficou mais largo.

– Aquelas garotas eram gostosas.

Balancei a cabeça, concordando.

– É, eram mesmo. E você lembra o que eu disse ao Nick quando vi vocês lá?

Encarei Duce. Ele meneou a cabeça em uma negativa. Sempre sorrindo. As mãos balançando.

– Eu disse que o odiava. Falei assim mesmo: "Odeio você, Nick" – contei e me abaixei para pegar uma folha seca. Comecei a rasgá-la com os dedos. – Será que ele sabia que eu não estava falando sério? Você não acha que ele morreu pensando que eu o odiava, né? Quer dizer, faz muito tempo, sabe, a gente acabou ficando, mais tarde, naquele mesmo dia. Mas, às vezes, fico encanada que ele se lembrava do que eu tinha falado e que, talvez, no dia em que ele... atirou nas pessoas... quando tentei impedi-lo, ele se lembrou do que eu tinha dito lá no Serendipity e, por isso, se matou. Porque achou que eu o odiava.

– Talvez você o odeie.

Pensei a respeito e balancei a cabeça.

– Eu adorava o Nick. Demais – admiti e deixei escapar uma risada exasperada, enquanto balançava a cabeça. "Minha farsa trágica" – era assim que Nick chamaria isso, se eu fosse uma das personagens sofredoras das tragédias de Shakespeare que ele tanto adorava.

Ouvi o som de roupas raspando contra o concreto. Duce havia se mexido para um lado do banco e dava tapinhas no concreto ao lado dele. Ergui-me e fui me sentar ao seu lado. Ele pegou minha mão. Usava luvas, e o calor de sua mão envolveu a minha e irradiou-se para todo o meu corpo.

– Você acha que ele fez isso por mim? – perguntei baixinho.

Duce pensou a respeito e cuspiu no chão, aos seus pés.

– Acho que ele não tinha nem ideia do motivo, cara – opinou. Era uma possibilidade que nunca tinha considerado. Talvez eu não tenha sabido o que Nick iria fazer porque ele mesmo não sabia.

Ele soltou minha mão, que, sem o calor de sua luva, rapidamente ficou fria de novo, e passou o braço ao redor dos meus ombros. Isso foi meio esquisito, mas não de um jeito mau. Em alguns aspectos, Duce era o mais próximo de Nick que eu poderia chegar de novo. De algum modo, parecia ser o braço de Nick que me envolvia e seu calor que me aquecia. Encostei a cabeça em seu ombro.

– Posso perguntar uma coisa? – pediu ele. Consenti com um meneio de cabeça. – Se você o amava tanto, por que não veio aqui antes?

Mordi o lábio. Pensei por um tempo.

– Porque não sentia que ele estava aqui. Ele ainda estava em tantos outros lugares que eu via, que não achava que era possível que alguma parte dele estivesse aqui.

– Ele era meu melhor amigo – confessou Duce. – Sabia?

– Também era meu melhor amigo.

– Eu sei – admitiu ele. Havia um tom seco em sua voz, mas muito sutil. – Acho.

Ficamos sentados em silêncio, os dois sem tirar os olhos do túmulo de Nick. O vento aumentou, e o céu escureceu. As folhas dançaram ao redor dos meus pés em pequenos círculos, fazendo cócegas. Quando comecei a tremer, Duce tirou o braço do meu ombro e se levantou.

– Preciso ir.

Balancei a cabeça.

– A gente se vê.

Fiquei lá mais alguns minutos depois que Duce se foi. Fiquei olhando a sepultura de Nick até meus olhos lacrimejarem e os dedos dos pés ficarem amortecidos de frio. Então, me levantei e tirei uma folha da lápide com o pé.

– Tchau, Romeu – disse baixinho.

Saí andando, tremendo, e não olhei para trás, mesmo sabendo que nunca mais iria visitar seu túmulo de novo. Ele era o "Filho Amado" da Mã. As palavras gravadas no granito não falavam nada sobre mim.

37

Um carro da polícia estava estacionado em frente de casa quando cheguei. Atrás, estava o carro de papai e, a seguir, um surrado jipe vermelho. Um sentimento de terror se apossou de mim. Entrei em casa correndo.

– Graças a Deus! – gritou mamãe, correndo da sala até a porta da frente. Abraçou-me forte. – Graças a Deus!

– Mãe...? – balbuciei. – O que...?

Um policial seguiu-a até o corredor de entrada. Parecia não gostar de estar ali. Papai o seguiu e parecia gostar menos ainda de estar ali. Olhei para a sala e vi o doutor Hieler, sentado no sofá, com rugas no rosto que o deixavam com um ar rude e cansado.

– O que está acontecendo? – perguntei, desembaraçando-me de mamãe. – Doutor Hieler? O que aconteceu?

– A polícia ia ordenar uma busca – explicou papai, a voz carregada de raiva. – Nossa, o que falta acontecer?

– Começar uma busca? Por quê?

Mas o policial veio em minha direção e respondeu:

– Você não ia querer ser pega como fugitiva. Só pra você saber.

– Fugitiva? Eu não estava fugindo. Mãe...

O policial se dirigiu à porta, e mamãe o seguiu, agradecendo e se desculpando. O rádio que ele trazia no ombro estava chiando, não ouvi bem o que disseram.

O doutor Hieler se levantou, pegou seu casaco e veio na minha direção. Seu rosto exprimia confusão, raiva, tristeza e alívio, tudo ao mesmo tempo. Outra vez, pensei na sua família, que o esperava em casa. Qual tranquilidade doméstica eu havia interrompido daquela vez? Será que a mulher dele estaria em casa, torcendo para que eu tivesse fugido de vez?

– Foi ao túmulo? – perguntou baixinho. Nem mamãe nem papai o ouviram. Assenti com a cabeça. Ele respondeu meneando a sua. – Vejo você no sábado – disse. – Daí, a gente conversa. Depois, ficou falando baixinho com minha mãe no corredor de entrada; ambos se desculpando; e apertou a mão de papai ao sair. Observei o policial sair em seu carro e o doutor Hieler entrar no jipe e sair discretamente.

– Preciso voltar – disse papai à minha mãe. – Avise-me se precisar de alguma coisa. E continuo com a mesma opinião. Ela precisa de mais ajuda do que está recebendo, Jenny. Você precisa fazê-la parar de estragar nossas vidas – disse e olhou para mim. Desviei os olhos.

– Já ouvi, Ted – suspirou mamãe. – Já ouvi.

Papai colocou uma mão no ombro de mamãe e deu uma batidinha rápida, então desapareceu, saindo pela porta da frente.

Eu e mamãe ficamos no corredor vazio, olhando uma para a outra.

– Isso foi um show – desabafou com amargor. – De novo. Repórteres invadiram nosso quintal. De novo. O doutor Hieler teve de expulsá-los. Eu tinha lhe dado o benefício da dúvida, Valerie, e veja o que aconteceu de novo. Se der uma mão, você pega o braço.

– Desculpe – pedi. – Eu não sabia. Juro. Eu não estava fugindo. Fui só andar.

– Você ficou fora durante horas, Valerie. Não disse a ninguém para onde ia. Achei que tinha sido sequestrada. Ou ainda pior. Achei que aquele Troy tinha cumprido a ameaça que fez.

– Desculpe – repeti. – Eu não percebi.

– Lorota – ouvimos uma voz acima de nós. Ambas olhamos para cima. Frankie estava de pé, vestia só uma cueca samba-canção e uma camiseta, o cabelo penteado de lado com gel.

– Frankie – avisou mamãe, mas ele a interrompeu.

– Papai tem razão: a única coisa que ela faz é arranjar problemas.

– Eu já pedi desculpas – falei de novo. Parecia que era a única coisa que podia fazer. – Não queria causar nenhum problema. Fui ao cemitério, comecei a conversar com Duce e acho que perdi a noção do tempo.

Mamãe olhou para mim assustada.

– Duce Barnes?

Olhei para o chão.

– Ah, Valerie, ele é um deles – suspirou. – É do tipo do Nick. Você ainda não aprendeu? Depois de tudo o que passou, continua a sair com garotos e arranjar problemas?

— Não, não é isso — defendi-me.

— Eu tinha teste de futebol hoje — gritou Frankie do alto das escadas. — Mas perdi porque papai e mamãe estavam aqui desesperados porque você desapareceu. Meu Deus, Valerie, eu tento ficar do seu lado, mas você só pensa em si mesma. Acha que você e o Nick são vítimas de todo mundo — acusou ele. — Mas, mesmo agora que o Nick morreu, você ainda faz coisas que deixam as pessoas infelizes. Não dá mais. É como diz papai. Você é impossível. Estou cheio da minha vida sempre ter de girar ao seu redor.

Ele entrou no quarto pisando duro e bateu a porta.

— Muito bom — comentou mamãe, gesticulando em direção ao lugar onde Frankie estava. — Por que você não nos deixa ter um dia de paz? Eu estava confiando em você...

— E eu não fiz nada de errado — interrompi, praticamente aos berros. — Fui dar uma andada, mãe. Não estraguei o seu dia. Você o estragou porque não acredita em mim. — Mamãe abriu a boca e arregalou os olhos. — Para onde vocês vão me levar? Não atirei em ninguém! Não fiz isso! Pare de me tratar como se eu fosse uma criminosa. Estou cansada de ser culpada por tudo aqui.

Ouvi a porta do quarto de Frankie se abrir um pouco, mas não olhei para cima. Em vez disso, fechei os olhos por um momento e respirei fundo, tentando me acalmar. A última coisa que eu queria era causar mais problemas para Frankie.

— Fui andar para me despedir — expliquei calmamente, abrindo os olhos e encarando mamãe. — Você deveria estar feliz de verdade. Nick está oficialmente fora da minha vida, para sempre. Talvez agora você possa acreditar em mim.

Mamãe fechou a boca e deixou os braços caírem ao longo do tronco.

— Bom — disse ela depois de uma longa pausa. — Ao menos você está salva.

Ela se virou e subiu as escadas, deixando-me sozinha no corredor de entrada. Ouvi a porta de Frankie fechando acima de mim. "É", pensei. "Salva."

38

Frankie foi morar com papai durante a semana e voltava para casa apenas nos finais de semana. Mamãe jurou que não foi por minha causa, mas não pude acreditar depois da cena que ele fez, especialmente porque ele se mudou sem se despedir. Senti-me realmente culpada por isso. Nunca quis magoar Frankie. Nunca quis que sua vida girasse ao redor da minha. Mas parece que eu tinha o dom de fazer isto: magoar as pessoas sem querer.

Quando a primavera já tinha se estabelecido com força total, banindo completamente o inverno, percebi que ele tinha cortado o cabelo do mesmo jeito que os outros jogadores do time de futebol e estava usando óculos que completavam seu visual clean, algo que eu nunca tinha imaginado para ele.

Não falava muito comigo, a não ser para fazer relatórios sobre como papai e Briley estavam se dando, quando mamãe não estava por perto.

– Papai comprou um carro novo – contava ele, ou então: – Briley é tão legal, Val, você devia dar uma chance para ela. Ela ouve punk, você acredita? Já imaginou mamãe ouvindo punk?

Eu fingia não ligar para o que acontecia com papai e Briley, mas, uma vez, quando Frankie estava tomando banho, revirei a mochila dele, procurando seu celular e vasculhei as fotos que ele tinha armazenado até achar imagens deles. Daí, sentei-me no chão e fiquei olhando os dois até meus olhos parecerem estar cheios de areia.

O processo de divórcio estava quase no final. Notei, porém, que Mel, o advogado de mamãe, ainda a visitava, muitas vezes à noite, e, de vez em quando, trazia sanduíches quentes ou uma garrafa de vinho. Também percebi que mamãe se maquiava nos dias em que ele vinha e sentava-se extasiada com ele à mesa da cozinha, rindo sempre e tocando de leve seu antebraço com as pontas dos dedos.

Eu mal conseguia aguentar a ideia, mas comecei a me perguntar que tipo de padrasto seria Mel. Perguntei a mamãe. Ela ficou vermelha e disse simplesmente:

– Ainda estou casada com seu pai, Valerie.

Mas, ao dizer isso, saiu andando como se estivesse em um sonho, mexendo no colar com um riso doce nos lábios, como fez Cinderela na manhã seguinte ao baile.

Embora eu e Duce tivéssemos feito uma trégua no dia em que visitei o túmulo de Nick, na escola, nada mudou entre nós. Não nos falávamos. Não nos encontrávamos nas arquibancadas de manhã. E não almoçávamos juntos. Em vez disso, consegui ludibriar a Senhora Tate para me deixar almoçar no seu escritório, prometendo estudar os catálogos de universidades enquanto estivesse lá.

Era a época do ano em que tudo parecia interminável e entediante. Por algum motivo, ouvir os passarinhos cantando do lado de fora da janela aberta de nossa classe fazia com que as horas se arrastassem ainda mais lentamente. Os trabalhos escolares também pareciam estúpidos, agora que estávamos tão perto da formatura. Estávamos enrolando. Já não tínhamos aprendido, àquela altura, tudo o que precisávamos? Não podíamos apenas sair e ir brincar lá fora como fazíamos quando éramos crianças? Os alunos do último ano não mereciam um recesso?

O dia 2 de maio chegou e passou sem alarde. Fizemos um minuto de silêncio de manhã, seguido de uma leitura dos nomes das vítimas pelo alto-falante, juntamente com os anúncios da manhã. Em algumas igrejas locais, houve missas ou cerimônias. Mas a maioria das pessoas apenas seguiu com suas vidas. Depois de apenas um ano.

Todos só falavam da formatura. Da festa depois da formatura. Das horríveis festas familiares antes dela. Do que vestiriam, como evitariam que seus chapéus caíssem, que pegadinha fariam com o diretor Angerson.

Era uma tradição da nossa escola que todo formando colocasse na mão do diretor alguma coisa pequena e fácil de esconder quando apertavam as mãos no momento da entrega dos diplomas. Um ano foram amendoins. Outro, moedinhas. Outro ano foram bolinhas de borracha, daquelas que pulam sem parar. Angerson era obrigado a colocar tudo o que lhe davam nos bolsos e, no final da cerimônia, seus bolsos ficavam inchados, enormes, com o peso de setecentas bolinhas, moedinhas ou amendoins. Corria o boato de que, naquele ano, seriam preservativos, mas as líderes de torcida estavam fazendo uma forte campanha contra.

Elas preferiam sininhos, pois assim ele não poderia se mexer sem fazer barulho. Eu estava com os sininhos. Ou, talvez, nada. Pode ser que tudo o que Angerson precisasse da nossa turma era simplesmente um tempo. Um punhado de nada.

E quando as conversas sobre a formatura perderam a intensidade, o assunto era faculdade. Quem iria para a Universidade de Michigan? Quem iria para o exterior? Quem não iria para nenhuma faculdade? E você ouviu o boato de que J.P. iria para o Corpo da Paz? O que é o Corpo da Paz? Será que ele vai pegar malária e morrer? Será que rebeldes locais o iriam sequestrar e degolar em uma cabana escondida com folhas de bananeira? A conversa não acabava nunca.

Todos os dias, na hora do almoço, a Senhora Tate me torturava com perguntas sobre meus planos futuros.

– Valerie, ainda não é tarde para conseguir uma bolsa em uma das faculdades comunitárias – dizia ela, com um olhar triste.

Eu balançava a cabeça.

– Não.

– O que você vai fazer? – perguntou ela um dia, quando almoçávamos juntas.

Eu tinha pensado a respeito, acredite. O que eu iria fazer depois da formatura? Para onde iria? Como viveria? Ficaria em casa e esperaria que mamãe e Mel possivelmente se casassem? Iria morar com papai, Briley e Frankie e tentar arrumar um relacionamento que sabia que meu pai não queria? Sairia de casa e arranjaria um emprego? Dividiria uma casa com alguém? Iria me apaixonar?

– Vou me recuperar – respondi. E queria mesmo conseguir isso. Precisava de um tempo para me recuperar. Pensaria no futuro mais tarde, quando o Colégio Garvin tivesse saído de mim como um casaco pesado em um quarto quente, e quando começasse a esquecer os rostos dos meus colegas de classe. Do Troy. Do Nick. Quando começasse a esquecer o cheiro de pólvora e de sangue. Se é que algum dia eu conseguiria.

Tudo parecia ir bem até uma sexta-feira chuvosa, quando o cheiro de grama cortada invadia os corredores. Grandes nuvens de tempestade pairavam no céu e faziam parecer que a escola estava envolvida numa escuridão noturna. O sinal de saída tinha acabado de tocar, e os corredores estavam cheios de gente. Como de costume, eu não fazia parte daquilo. Apenas me movia dentro da minha bolha, esperando para marcar outro X no calendário – um dia mais perto da minha formatura.

Estava no meu armário, deixando meu livro de Matemática e pegando o de Ciências.

– E aí, quem era a garota que tentou se cortar? – ouvi uma menina perguntando alguns armários adiante do meu. Agucei os ouvidos e olhei para elas.

– Como assim? – quis saber a amiga.

Os olhos da menina se arregalaram.

– Você não ouviu? Uma garota do último ano tentou se matar dois dias atrás. Tomou remédios, acho. Ou cortou os pulsos. Não lembro. O nome dela é Ginny alguma coisa.

Respirei fundo.

– Ginny Baker? – perguntei a ela.

As duas olharam para mim. Seus rostos expressavam confusão.

– O quê? – perguntou uma das garotas.

Dei alguns passos na direção delas.

– A garota que tentou se matar. Você disse que o nome dela era Ginny alguma coisa. É Ginny Baker?

Ela estalou os dedos.

– É! Ela mesma. Você a conhece?

– Sim – respondi e corri de volta ao meu armário, enfiando os livros lá dentro. Fechei o armário, batendo a porta, e corri para a secretaria do colégio. Passei rapidamente pelas secretárias e entrei no escritório, onde a Senhora Tate tirou os olhos de um livro e me olhou assustada.

– Acabei de saber da Ginny – contei, tentando recobrar o fôlego. – A senhora pode me levar até o hospital?

39

Precisei morder as palmas das mãos quando saí do elevador e entrei no vestíbulo da ala psiquiátrica do Hospital Geral de Garvin. Senti meu estômago revirar, como se o menor erro que eu cometesse bastasse para que alguém aparecesse com uma camisa de força e me levasse de volta ao quarto onde tinha ficado internada, obrigando-me a ficar lá e a participar daquelas sessões em grupo malucas. Obrigando-me a ouvir a frase idiota do doutor Dentley, "deixe-me repetir o que ouvi, Senhorita Leftman. Deixe-me liberá-la".

Fui até o posto de enfermagem. Uma enfermeira com cabelo espetado ergueu a cabeça e olhou para mim. Surpreendi-me ao perceber que não a reconhecia, o que significava que ou eu estava dopada demais para memorizar seu rosto ou, então, ela era nova ali. Também não pareceu me reconhecer, por isso apostei na última hipótese.

– Pois não? – perguntou ela com aquela expressão cansada e cheia de suspeitas que todas as enfermeiras de psiquiatria têm, como se eu fosse ajudar um paciente a escapar e acabar com o dia dela.

– Vim ver Ginny Baker – disse eu.

– Você é parente? – quis saber ela e, continuou a mexer em uns papéis que estavam sobre sua mesa como se eu não existisse.

– Sou meia-irmã dela – respondi, surpresa com a facilidade com que a mentira saiu.

A enfermeira ergueu a cabeça e olhou para mim. Parecia não acreditar em nenhum momento que eu era meia-irmã de Ginny, mas o que poderia fazer – pedir um teste de DNA? Ela suspirou, fez um movimento com a cabeça acima de seu ombro direito e disse:

– Quatrocentos e vinte e um, à esquerda, ali.

Ela voltou a trabalhar com os documentos e fichas, e eu me dirigi ao quarto rezando para não encontrar ninguém que soubesse que eu não era, de fato, filha de um dos pais de Ginny, especialmente o doutor Dentley. Respirei fundo e entrei no quarto sem parar para pensar.

Ginny estava sentada na cama, seus braços com fios ligados a monitores e a uma bolsa de soro. Ela assistia à TV com um olhar vago. Um grande copo plástico com um canudinho dobrável estava na mesinha da cama, à sua frente. A mãe estava sentada ao lado da cama e também assistia à TV, sintonizada em um tipo de programa dramático de entrevistas. Ninguém falava. Nenhuma delas parecia ter lavado o cabelo naquele dia.

A Senhora Baker foi a primeira a olhar para mim quando entrei no quarto. Seu torso ficou visivelmente tenso ao me reconhecer, e sua boca se abriu um pouco.

– Desculpe interromper – disse eu. Ao menos acho que disse. Minha voz saiu como um guincho.

Então, Ginny olhou para mim e, uma vez mais, fiquei chocada ao ver seu rosto tão desfigurado. Uma vez mais, lamentei. Não importava quantas vezes eu olhasse para os ossos deformados do seu rosto, os lábios esfolados, sempre ficava chocada.

– O que você está fazendo aqui? – murmurou ela.

– Desculpe interromper – repeti. – Queria falar com você.

A mãe de Ginny tinha se levantado da cadeira, mas ficou atrás dela, quase como se estivesse se escondendo. Eu meio que esperei que ela pegasse a cadeira para me afastar, como fazem os domadores de leões.

Os olhos de Ginny dirigiram-se à mãe e, depois, voltaram a me encarar, mas nenhuma delas falou.

– Fiquei no quarto 416 – contei. Não sabia por que era importante contar isso a ela. Contudo, por algum motivo, pareceu ser a coisa certa a dizer. – Deste lado é melhor, porque eles colocam os pacientes que sofrem de insônia nos quartos de 450 a 459.

Então, reconheci uma voz que vinha do corredor e o rangido de sapatos baratos. Preparei-me para ser expulsa, o que era ruim, pois, mesmo sem saber o que queria dizer a Ginny, certamente ainda não tinha dito.

– Bem, como está Ginny, hoje? – ouvi a voz atrás de mim, quando entrou no quarto. Doutor Dentley.

Ele foi até a cama de Ginny, pegou a mão dela e tomou seu pulso, comentando o tempo todo que tinham uma ótima equipe naquela manhã, perguntando se ela estava nervosa e como ela tinha dormido, antes de perceber que mãe e filha estavam olhando para mim. Ele se virou e se surpreendeu ao me ver.

– Valerie! – exclamou. – O que você está fazendo aqui?

– Oi, doutor Dentley. Só estou visitando.

Ele saiu de perto de Ginny, aproximou-se de mim e colocou a mão nas minhas costas, entre os ombros, empurrando-me suavemente em direção à porta.

– Não acho, por causa das circunstâncias, que você deva ficar aqui. A senhorita Baker precisa de tempo para...

– Não tem problema – interveio Ginny. O doutor Dentley parou de me empurrar. Ginny balançou a cabeça quando olhamos para ela. – Não me importo de ela estar aqui.

Tanto o doutor Dentley quanto a mãe de Ginny olharam para ela como se realmente tivesse ficado louca. Imaginei que o doutor Dentley, em sua cabeça, já planejava mandá-la para a ala dos esquizofrênicos.

– Sério – confirmou Ginny.

– Bem... – começou o doutor Dentley com arrogância – mesmo assim, tenho de fazer algumas avaliações...

– Espero lá fora – comuniquei.

Ginny balançou a cabeça de um jeito cansado, parecendo que a última coisa que queria era ficar um tempo sozinha com o doutor Dentley. Saí do quarto, sentindo-me muito mais livre por ter sido reconhecida e não ter sido convidada a ficar no hospital. Sentei-me no corredor, ouvindo ecos da voz de Dentley vindos da porta do quarto.

Logo ouvi passos, e a mãe de Ginny saiu para o corredor. Ao me ver, parou um instante, mas foi só um instante. Se não estivesse prestando atenção, não teria percebido a hesitação. Pigarreou, olhou para o chão e começou a andar de novo. Parecia cansada. Como se não dormisse há anos. Como se, a vida toda, nunca tivesse tido uma boa noite de sono. Como se, caso fosse colocada no quarto 456, ao lado de Ronald – que gostava de ficar sentado a madrugada toda tirando casquinhas de feridas dos cotovelos e cantando velhas canções da Motown[5] –, ela estivesse em casa.

Já tinha quase passado por mim, mas pensou melhor. Quando olhou para mim, seu rosto parecia uma linha reta.

– Não percebi que isso iria acontecer – disse.

---

[5] Gravadora célebre por ter lançado, nos anos 1960 e 1970, a música afro-americana em nível comercial. (N. T.)

Olhei-a fixamente. Não sabia se devia responder.

A Senhora Baker olhou para a frente novamente. Sua voz não tinha nenhuma entonação, como se tivesse se desgastado e não funcionasse mais direito.

– Acho que devo agradecer você por ter interrompido o tiroteio – falou, e começou a andar apressadamente pelo corredor, afastando-se de mim. Olhou na direção do posto de enfermagem, passou pela porta vaivém empurrando-a bruscamente e se foi. Ela achou que devia... mas não agradeceu. Não de fato.

Mesmo assim, era quase tão bom quanto se tivesse agradecido.

Logo depois, o doutor Dentley saiu assobiando. Levantei-me.

– O doutor Hieler disse que você está indo bem – comentou. – Espero que ainda esteja tomando seus medicamentos.

Não respondi. Mas ele também não estava esperando uma resposta. Simplesmente saiu andando pelo corredor, dizendo enquanto se ia:

– Ela precisa descansar hoje. Por isso, não fique muito tempo.

Respirei fundo duas vezes e entrei. Ginny enxugava os olhos com um lenço de papel.

Procurei uma cadeira, a que estava mais longe dela, e me sentei.

– Ele é tão idiota – disse. – Quero ir embora. Ele não me deixa. Disse que sou uma ameaça para mim mesma e que a lei me obriga a ficar. Imbecil.

– É – concordei. – Eles internam os suicidas por uns três dias, ou algo assim. Mas a maioria fica mais tempo porque seus pais entram em pânico e piram. Sua mãe pirou?

Ginny deu uma risadinha cínica e assoou o nariz.

– Ela está mais que pirada – disse. – Você nem imagina.

Ficamos lá, sentadas, assistindo à TV por um momento. Passava um desses programas de variedades. A foto de uma estrela teen estava chapada na tela. Era morena. Não parecia nem glamorosa nem feliz. Parecia uma garota qualquer. Achei até mesmo que se parecia um pouco comigo.

– Quando Nick se mudou para cá, a gente era amigo – falou do nada, quebrando o silêncio. – Ele fez o curso técnico comigo, quando estava no primeiro ano.

– Sério? – estranhei. Nick nunca tinha me contado que havia sido amigo de Ginny Baker. – Não sabia.

Ela assentiu com a cabeça.

– A gente se falava, tipo, todo dia. Eu gostava dele. Ele era inteligente. E legal, também. Era disso que eu gostava. Ele era legal.

– Eu sei – concordei. De repente, parecia que eu e Ginny tínhamos algo em comum agora. Eu não era a única que via isso. Havia mais alguém. Alguém mais via a bondade em Nick. Mesmo apesar de seu rosto deformado, ela via isso.

Ginny recostou a cabeça no travesseiro e fechou os olhos. Lágrimas escorriam pelas pálpebras, mas ela não as enxugou. Ficamos quietas por um tempo, e acabei me inclinando para pegar um lenço de papel da caixa que estava perto de mim. Estiquei-me ainda mais para a frente e suavemente coloquei o lenço sobre seus olhos fechados.

Ela franziu o rosto um pouquinho, mas não abriu os olhos nem me impediu. Passei o lenço, a princípio vagarosamente e, depois, com mais vigor, sentindo com os dedos sobre o papel molhado as cicatrizes curvas das suas bochechas. Quando seu rosto ficou seco, recostei-me na minha cadeira de novo.

Quando voltou a falar, a voz dela soou como o coaxar de um sapo.

– Quando comecei a sair com Chris Summer no final daquele ano, Chris me viu falando com Nick e pirou total. Ficou morrendo de ciúme. Acho que foi assim que tudo começou. Acho que, se eu não tivesse ficado amiga de Nick, Chris o teria ignorado. Ele era tão ruim com Nick. O tempo todo.

– Ginny, eu... – comecei, mas ela balançou a cabeça, interrompendo-me.

– Tive de parar de falar com Nick. Tive de fazer isso porque Chris nunca iria deixar barato. "Por que você quer ser amiga daquele esquisito?" – disse com uma voz grossa, imitando Chris Summers.

– Mas foi Chris que... – tentei dizer, mas ela me cortou outra vez.

– Eu fico só pensando... talvez se eu não tivesse sido amiga do Nick... ou, talvez, se eu continuasse amiga dele e tivesse dito para o Chris desencanar... talvez esse tiroteio... – ponderou, o rosto se contorcendo em uma careta. – E, agora, os dois estão mortos.

As imagens do programa de variedades mostravam agora um rapper de quem eu nunca tinha ouvido falar. Ele usava um desses gigantescos cifrões de ouro no pescoço e fazia para a câmera aquele sinal típico que os rappers fazem com a mão. Ginny abriu os olhos, assoou o nariz e olhou para o rapper.

– Não foi sua culpa, Ginny – tranquilizei-a. – Você não provocou nada disso. E eu... hã..., sinto muito por Chris. Sei que você gostava muito dele. – Em outras palavras, eu achava que Ginny também via bondade em

Chris. O que a tornava, de algum modo, melhor do que eu, porque nunca consegui ver isso. Será que isso fazia Chris e Nick mais parecidos do que diferentes? Ambos unidos por um aspecto que não era o único, tampouco o melhor, aspecto deles?

Ginny tirou os olhos molhados da TV e os dirigiu a mim.

– Quero morrer desde que Nick fez isso comigo – contou. Apontou para o rosto. – Você não tem nem ideia do número de cirurgias por que tive de passar e por quantas ainda terei de passar. Eu não queria morrer antes, quando ele estava atirando. Eu estava, tipo, rezando para ele não me matar. Mas, agora, queria que ele tivesse me matado. Ouço as pessoas falando de mim, quando saio na rua. E, quando eles pensam que não consigo ouvir, dizem: "Que pena. Era uma garota tão bonita". Era. Uma coisa do passado, entende? Não que ser bonita seja a coisa mais importante do mundo, mas... – Uma vez mais, não conseguiu concluir o que dizia. Eu sabia, porém, o que ela iria dizer: ser bonita não é tudo, mas, às vezes, ser feia é tudo.

Eu não sabia o que dizer. Ela tinha sido tão direta, tão audaciosa. Havia um pequeno rasgo no meu jeans, na altura da coxa. Enfiei o dedo no rasgo.

– Sabe – continuou ela –, não me lembro de tudo o que aconteceu naquele dia. Mas sei que você não teve nada a ver com aquilo. Eu disse isso à polícia. Fui com Jessica à delegacia de polícia e tudo o mais. Meus pais ficaram muito putos. Acho que eles queriam culpar alguém que ainda estava vivo. Ficaram me dizendo que eu não sabia de tudo. Que eu podia estar esquecendo coisas, entende? Mas sei que você não atirou em ninguém. Eu vi você correndo atrás dele, tentando fazê-lo parar. Também vi você tentando ajudar Christy Bruter.

Fiquei remexendo o dedo no furo do meu jeans. Ginny se recostou no travesseiro e fechou os olhos de novo, como se estivesse exausta. E, provavelmente, uma boa parte dela estava mesmo exausta.

– Obrigada – agradeci, baixinho. Disse mais para o buraco no meu jeans que para ela. – E sinto muito. Quer dizer, sinto muito mesmo pelo que aconteceu com você. Sei que não tem a ver, mas ainda acho você bonita.

– Obrigada – respondeu ela. Uma vez mais, apoiou a cabeça no travesseiro e fechou os olhos. Sua respiração ficou suave e estável, como se estivesse começando a dormir.

Meu olhar pousou em um jornal que estava na cadeira onde a mãe de Ginny havia se sentado. A manchete me chamou a atenção:

> VÍTIMA DE DISPAROS TENTA SE SUICIDAR:
> O DIRETOR VOLTA A AFIRMAR QUE OS ESFORÇOS
> PARA REVERTER O TRAUMA NO COLÉGIO GARVIN
> AINDA ESTÃO FIRMES

    A matéria havia sido escrita por Angela Dash, claro. De repente, tive uma ideia. Peguei o jornal, dobrei-o até ficar um pequeno quadrado e o coloquei na minha mochila.

    – Preciso deixar você dormir – disse eu. – Acho que tenho uma coisa a fazer. Volto mais tarde – completei, quase com medo.

    – Legal. Vai ser bom – respondeu ela, sem abrir os olhos, enquanto eu ia até a porta.

40

– Acho que você devia fazer isso – aconselhou-me o doutor Hieler, jogando meia xícara de café na pia da minúscula cozinha do consultório.

Quando saí do hospital, fui direto ao consultório do doutor Hieler, na mesma rua, sentindo que precisava falar. Ele estava em um intervalo entre clientes, mas tinha cinco minutos enquanto preparava a sessão. Segui-o pelo consultório, observando-o pegar latas vazias de refrigerante dos clientes que já tinham saído e arrumar os papéis em sua mesa.

– Escreva alguma coisa. Não precisa ser uma desculpa nem nada. Só algo que represente a classe para você.

– Tipo um poema ou algo assim?

– Um poema é uma boa ideia. Ou algo do tipo.

Ele voltou a entrar no consultório, e eu segui logo atrás.

– E daí eu leio o poema, ou seja lá o que for, na cerimônia de graduação?

– Sim – respondeu, enquanto tirava migalhas de batata frita da sua mesa com as mãos em concha, jogando-as no lixo, logo abaixo.

– Eu.

– Você.

– Mas você não está esquecendo que eu sou a Irmã da Morte, a Garota que Odeia Todo Mundo? Aquela que todos adoram odiar?

Ele parou e inclinou-se sobre a mesa.

– É exatamente por esse motivo que você deve fazer isso. Você não é essa garota, Val. Nunca foi – disse e olhou para seu relógio de pulso. – Tenho um paciente esperando...

– Ah, tudo bem – respondi. – Obrigada pelo conselho.

– Não é um conselho – corrigiu ele, indo até a porta enquanto eu o seguia. – É uma lição de casa.

– Você pode me esperar aqui? – pedi à minha mãe. – É só um minuto.
– Aqui? No jornal? – Estranhou ela. – O que você vai fazer aí?
Ela olhou o prédio de tijolos através do para-brisa onde se lia "Tribuna de Garvin" sobre a porta de acesso.
– É para um projeto da escola – expliquei. – O projeto do memorial. Tenho de pegar uma pesquisa com uma mulher que trabalha aqui.
Provavelmente, naquele momento, todos os alarmes de perigo soaram na cabeça de mamãe. Lá estava ela, chegando tarde do trabalho e tendo de me pegar no consultório do doutor Hieler, sem planejar, e me levar diretamente à sede da *Tribuna de Garvin*, sem maiores explicações além de "explico tudo mais tarde, juro". Não pareceu acreditar nem um pouco que eu iria fazer o que disse, mas estava tão aliviada por nenhuma viatura da polícia estar atrás de nós e por eu não estar algemada que acabou concordando.
– Está tudo bem, mãe – disse eu, com a mão na maçaneta do carro. – Acredite em mim.
Ela me olhou firme durante um tempo e, então, esticou o braço e tirou o cabelo do meu ombro.
– Acredito – admitiu. – Acredito mesmo em você.
Sorri.
– Não vou demorar.
– Faça o que tiver de fazer – falou, acomodando-se atrás do volante. – Estarei aqui.
Saí do carro e entrei no prédio da *Tribuna de Garvin* empurrando a porta vaivém. Um segurança apontou para um formulário que eu teria de assinar sem dizer nenhuma palavra. Depois que assinei meu nome, ele pegou o formulário e leu.

– E quem vai ver? – perguntou.
– Preciso falar com Angela Dash.
– Ela está esperando você?
– Não – admiti. – Mas ela tem escrito um bocado a meu respeito; por isso, acho que vai querer falar comigo.

Ele pareceu estar em dúvida, mas esticou o braço, pegou o telefone e resmungou alguma coisa no aparelho.

Alguns minutos depois, uma morena corpulenta vestindo uma saia de brim superapertada e botas fora de moda veio caminhando com preguiça em minha direção. Ela abriu a porta que dava acesso aos escritórios.

– Sou Valerie Leftman – apresentei-me.
– Sei quem você é – cortou ela. Sua voz era profunda. Um tanto masculina. Saiu andando rapidamente pelo hall e eu a segui. Desapareceu em um escritoriozinho pequeno e escuro, quase sem luz, a não ser pela luminosidade cinzenta da tela do computador. Entrei atrás dela. Sentou-se atrás da mesa.

– Menina, como tentei falar com você – começou ela, com a atenção voltada para a tela do computador, seus dedos manuseando loucamente o mouse. – Você tem pais protetores.

– Eu só soube que eles estavam controlando os telefonemas que eu recebia muito tempo depois – expliquei. – Mas, provavelmente, eu não teria falado com você. Naquela época, eu não falava com ninguém. Nem com meus pais protetores.

Ela desviou os olhos da tela do computador e me olhou por um momento, visivelmente sem nenhum interesse.

– Por que veio aqui agora? Está finalmente pronta para falar? Porque, se for isso, tenho de dizer que não queremos mais seu depoimento. Já é um assunto ultrapassado esse seu. A não ser pela tentativa de suicídio e pelo minuto de silêncio em 2 de maio, não aconteceu nada de novo. Precisamos continuar. O massacre do Colégio Garvin é uma história velha.

Apesar de Angela Dash não ser a pessoa que pensei que seria, definitivamente agia como eu achava que agiria, o que me deu coragem. Abri o zíper da minha mochila e tirei o artigo que havia pegado no quarto de Ginny, no hospital. Joguei na mesa.

– Quero que você pare de escrever estas coisas – disse. – Por favor.

Ela parou de clicar o mouse. Tirou os óculos e os limpou na saia. Colocou-os de volta e piscou.

– Como?

Apontei para o jornal.

– Você não tem escrito a verdade. As coisas não são como aparecem nos seus artigos. Está fazendo todo mundo pensar que a gente está superando o que aconteceu e que tudo é um grande festival de amor e tolerância na escola, mas não tem nada a ver.

Ela revirou os olhos.

– Eu nunca disse festival de amor...

– Você fez a Ginny Baker parecer uma maluca suicida que não consegue superar o que aconteceu, enquanto todos os outros já conseguiram – interrompi. – E é mentira. Você nem mesmo falou com Ginny Baker. Nunca conversou com ela. A única pessoa com quem você conversou foi o diretor Angerson, e está contando as mentiras que ele quer que você conte. Ele não quer perder o emprego, por isso, tem de dar a impressão de que tudo está bem de novo no Colégio Garvin.

Ela se inclinou para a frente, apoiando-se nos cotovelos, e deu um sorrisinho arrogante.

– Contando mentiras, é? E de onde você pega suas informações? – perguntou.

– Eu vivo isto – respondi. – Vou todos os dias para essa escola. Estou lá e vejo o que as pessoas ainda fazem umas para as outras. Fico lá e vejo que Ginny Baker não é a única que ainda está sofrendo. Fico lá e vejo que o que o diretor Angerson vê e o que ele quer ver são duas coisas totalmente diferentes. Você nunca esteve lá. Nem um único dia. Nunca foi à minha casa. Nunca foi a um jogo de futebol, ou uma competição de atletismo, nem a um baile. Você nunca foi ao hospital ver Ginny.

Ela se levantou.

– Você não sabe onde estive – respondeu.

– Pare de escrever – pedi. – Pare de escrever sobre nós. Sobre o Colégio Garvin. Deixe a gente em paz.

– Vou levar seu conselho em consideração – falou lentamente, com um tom falsamente agradável na voz. – Mas me desculpe se eu ouvir primeiro meu editor e depois você.

Percebi, pela primeira vez, o quanto ela parecia insignificantemente pequena atrás daquela mesa – aquela pessoa que eu sempre tinha considerado uma gigante, com toneladas de poder.

– Tenho um artigo para continuar a escrever – disse. – Se quiser ver a "verdade" em texto, talvez deva pensar em escrever um livro. Posso ser a *ghost writer*, se estiver interessada.

E, de repente, percebi que a história que Angerson queria que as pessoas soubessem sobre o Colégio Garvin seria a versão a ser contada. Que Angela Dash era uma jornalista preguiçosa e ruim e que escreveria qualquer coisa que ele quisesse que ela escrevesse. Que a verdade sobre o Colégio Garvin nunca seria ouvida. E que não havia nada que eu pudesse fazer a respeito.

Mas talvez houvesse.

Saí rapidamente do prédio, mamãe continuava a me esperar, estacionada na calçada.

– Conseguiu o que precisava? – perguntou ela, lendo meu rosto com um olhar inquisidor. – Conseguiu a pesquisa?

– Na verdade, consegui – respondi. – Acho que consegui exatamente o que precisava.

42

Não tinha certeza se seria tarde demais para retomar o projeto do Conselho Estudantil, mas queria tentar. Faltavam apenas duas semanas de aula, e eu queria contar a Jessica meus planos para o memorial.

Entrei hesitante na sala, preparando-me para encarar o Conselho Estudantil, mas Jessica era a única na sala. Encontrei-a curvada sobre uma pilha de papéis.

– Oi – cumprimentei da porta. Ela ergueu os olhos. – Onde estão todos? Achei que tinha uma reunião.

– Ah, oi – respondeu ela. – Foi cancelada. Stone está com gripe. Estou só estudando para o meu exame final de cálculo – contou. Então, esfregou os cotovelos com as mãos e franziu os olhos. – Você querendo vir a uma reunião? Achei que tinha desistido.

– Tive uma ideia para apresentar o memorial – disse eu. Entrei na sala e sentei-me à mesa ao lado da dela. Peguei um papel no qual estivera trabalhando a noite toda (um resumo do meu plano) e dei a ela. Ela pegou o papel e começou a ler.

– É! – exclamou, abrindo um sorriso. – Isto está muito bom. Bom demais, Val. Quer uma carona? – ofereceu me olhando de lado.

Sorri para ela.

– Quero.

Nossa primeira parada foi na casa do professor Kline. Era uma casa pequena e aconchegante com um jardim mal cuidado na frente e um gato laranja, magrelo, deitado nos degraus da varanda.

Jessica estacionou na entrada da garagem e desligou o motor do carro.

– Está pronta para isto? – perguntou. Fiz que sim com a cabeça. Na verdade, acho que nunca estaria preparada para aquilo, mas era algo que precisava fazer.

"Veja as coisas como elas realmente são", disse a mim mesma. "Veja o que realmente está à sua frente."

Saímos do carro e subimos os degraus que levavam à porta de entrada. O gato miou para nós como se estivesse se queixando e correu para debaixo de uma moita. Toquei a campainha.

Pude ouvir um cachorrinho latindo furiosamente junto à porta e alguém fazendo "shhhh" para ele ficar quieto, mas não adiantou nada. Finalmente, a porta se abriu, e uma mulher com cara de rato, cabelo desarrumado e óculos enormes abriu a porta e nos encarou. Ao seu lado havia um garoto vesgo chupando um picolé.

– Pois não? – perguntou.

– Olá – cumprimentei nervosa. – Hã, a senhora é a Senhora Kline? Sou Val...

– Sei quem você é – cortou ela. – O que quer?

Sua voz saiu como farpas de gelo, e senti minha coragem me deixar. Jessica olhou para mim e deve ter percebido que eu estava assustada, pois me ajudou.

– Desculpe incomodá-la – começou. – Mas gostaríamos de saber se podemos conversar com a senhora alguns minutos. É para um projeto que irá envolver seu marido.

– Um memorial – completei sem pensar. Imediatamente, senti meu rosto queimar. Fiquei envergonhada por mencionar a morte do marido na frente dela. Era como se dizer aquilo tornasse, de algum modo, ainda mais difícil para aquela mulherzinha robusta criar seus filhos sozinha.

Ela ficou olhando para nós em silêncio durante um longo momento. Parecia estar ponderando cuidadosamente. Talvez temesse que eu estivesse armada e que atiraria nela, deixando seus filhos órfãos.

– Tudo bem – concordou, finalmente, abrindo a porta um pouco mais, ao mesmo tempo que se moveu para o lado, dando a mim e a Jessica espaço suficiente para nos espremermos na sala bagunçada atrás dela. – Mas tenho pouco tempo.

– Obrigada – agradeceu Jessica, e entramos.

Quarenta minutos depois, estávamos na casa de Abby Dempsey – uma visita emotiva para Jessica, que era amiga de Abby e não via os pais dela desde o funeral –, e, uma hora depois, estávamos falando com a irmã mais velha de Max Hill, Hannah, sentadas em espreguiçadeiras na sua garagem.

Quando a noite caiu, já estávamos no quarto de Ginny Baker no hospital, vendo-a chorar atrás de uma montanha de lenços de papel usados e amassados. Ginny estava passando por um dia ruim. Ela queria ir para casa. Só que, na noite anterior, tinha quebrado um espelho de bolsa e usado um caco para cortar os pulsos. Teria de ficar internada durante algum tempo e estava mal por causa disso. Conversamos com a mãe dela na sala de espera do hospital.

Por volta de oito da noite, estávamos famintas e ainda tínhamos uma visita a fazer. Jessica parou em um posto de gasolina e matamos a fome com salame e alguns sacos de batatas fritas. Liguei para minha mãe e disse que chegaria um pouco mais tarde e quase chorei de alegria quando ela me disse que não tinha problema e que era para eu apenas tomar cuidado. Algo que ela diria antes da tragédia. Ficamos no estacionamento do posto, enrolando.

– Talvez não seja uma boa ideia – opinei, sentindo-me enjoada depois de comer tanta gordura.

– Você está de brincadeira? – perguntou Jessica, enfiando um salgadinho na boca. – É uma ideia ótima! E já quase acabamos! Não vai amarelar agora.

– Estou pensando se não vai mais abrir a ferida do que curar. Só estava pensando...

– Você só estava pensando que está com medo de ir à casa de Christy Bruter. Não a culpo, Val, mas a gente vai.

– Mas ela foi o motivo de isso tudo acontecer. Meu MP3 player...

– Ela não é o motivo de isso tudo ter acontecido. Nick é o motivo de isso ter acontecido. Ou o destino. Ou seja lá o que for. Não importa. A gente vai.

– Não tenho certeza.

Ela amassou o saco vazio de salgadinho, fazendo uma bola, e jogou no banco de trás. Girou a chave na ignição, e o motor do carro ligou.

– Eu tenho certeza. A gente vai – anunciou. Saiu do estacionamento, e eu não pude fazer nada. Não tinha escolha. Estávamos indo.

– Só dói de vez em quando – disse Christy, sentada no sofá entre seus pais. Ela só olhava para Jessica enquanto falava. Não a culpei. Também foi difícil olhar diretamente para ela. – E nem diria que "dói" mais. Na verdade, é só uma sensação meio estranha. Como se meu corpo fosse estranho. O pior de tudo, sério mesmo, é não poder mais jogar softball. Já tinham me oferecido uma bolsa na faculdade para jogar. Além do mais, papai me treinava, e agora...

O pai dela a interrompeu, dando-lhe uma palmada no joelho:

– Agora, ele está feliz por poder tê-la treinado todos esses anos – confessou. – Agora ele está feliz de ter uma filha viva que pode ir para a faculdade.

A mãe de Christy fez um pequeno som com a boca, que pareceu ser "amém", e enxugou o canto de um olho com a ponta do dedo. Ela não tinha falado muito desde que Jessica e eu chegamos. Estava sentada ao lado da filha, acariciando o joelho dela e balançando a cabeça, concordando com o que ela dizia, o tempo todo com um sorriso trêmulo e pouco convincente. Meneou a cabeça de novo quando o pai de Christy contou que tinha apenas rezado para ter uma filha feliz que tivesse uma vida longa, e não por uma filha que pudesse jogar softball.

– Você... – comecei, mas parei, sem saber exatamente o que queria perguntar. "Você me culpa?" Era o que eu queria perguntar. "Você me odeia ainda mais agora? Queria que Nick tivesse me matado? Tem pesadelos comigo?" Abri e fechei a boca. Engoli em seco.

O Senhor Bruter deve ter percebido meu embaraço, porque se inclinou para a frente, apoiou os cotovelos nos joelhos e olhou diretamente nos meus olhos. Suas mãos balançavam entre as pernas.

– Aprendemos muito sobre perdão desde que tudo isso aconteceu – disse ele. – Não queremos ver ninguém mais sofrendo por causa dessa tragédia. Ninguém.

Christy olhava fixamente para as mãos pousadas no colo. Jessica se mexeu um pouco na minha direção.

– Houve heróis que morreram pela sua escola – continuou ele, falando com tranquilidade. – E houve heróis que quase morreram pela escola. E houve heróis que interromperam os tiros. Que ligaram para 190 quando Christy foi atingida. Que tentaram fazer sua barriga parar de sangrar. Heróis que... perderam pessoas que amavam. Somos gratos a todos esses heróis do Colégio Garvin.

Jessica esticou a mão e tocou meu braço. Senti-me cercada de amigos. Senti – Deus, como isso aconteceu? – orgulho.

Quando cheguei em casa, totalmente exausta, mamãe e Mel estavam assistindo à TV.

– Está tarde – disse ela, abraçada a Mel. Seus pés estavam sobre o sofá. Ela parecia estar se sentindo tão bem como eu nunca tinha visto antes, nem mesmo quando ela ainda sentava abraçando papai. – Estava ficando preocupada com você.

– Desculpe – respondi. – O projeto tem de ser feito antes da formatura.

– E você acabou? – perguntou Mel, e, para minha surpresa, percebi que não me importava que ele quisesse saber. No final, Mel era um cara legal. E fazia mamãe feliz, o que, na minha opinião, o tornava um cara ainda mais legal.

– Bom, acabei as pesquisas – contei. – Já fiz todas as entrevistas.
Ele balançou a cabeça, aprovando.
– Guardei jantar para você – disse mamãe. – Está no forno.
– Não, obrigada – respondi. – Eu e Jess comemos alguma coisa.– Andei pela sala e fiquei atrás do sofá. – Acho que vou para a cama.

Beijei mamãe no rosto – algo que havia anos não fazia. Ela ficou surpresa.

– Boa noite, mãe – despedi-me, dirigindo-me para a escada. – Boa noite, Mel.

– Boa noite – respondeu Mel, alto, encobrindo a voz de minha mãe.

43

Entrei no consultório do doutor Hieler para minha última sessão praticamente voando.

– Acho que comecei a entender quem sou – contei, com um largo sorriso nos lábios, enquanto me jogava no sofá e abria meu refrigerante.

– E quem é você? – perguntou o doutor Hieler, com um sorriso amplo no rosto. Sentou-se na sua cadeira e passou a perna em um dos braços da poltrona, como sempre fazia.

– Sim, quer dizer, sei que parece meio lesado, mas acho que conversar com toda essa gente me fez lembrar de quem eu realmente sou.

– E quem é você? Quem você lembra que é?

– Bom – comecei, enquanto me levantava e começava a andar pela sala. – Para início de conversa, eu gostava da escola. Gostava mesmo. Gostava de estar com meus amigos, de sair com eles e de ir a jogos de basquete e coisas do tipo. Era esperta e tinha iniciativa, entende? Queria fazer faculdade.

O doutor Hieler balançou a cabeça assentindo, pressionando o indicador contra os lábios.

– Bom – comentou. – Eu concordaria com todas essas coisas.

Parei de andar e me sentei de novo no sofá, excitada com tanta energia.

– E a lista do ódio era real. Eu estava muito brava. Não era para mostrar ao Nick. Quer dizer, eu não estava tão brava quanto ele, entende? Nem percebi o quanto estava brava. Mas também estava. O bullying, as provocações, os apelidos... meus pais, minha vida... tudo parecia tão bagunçado e sem sentido, e eu estava realmente puta com isso. Talvez, na época, uma parte de mim era suicida, e eu simplesmente não sabia.

– Possivelmente – opinou ele. – Você tinha razão de estar brava.

Levantei-me de novo.

— Você vê? Eu não estava inventando. Não de todo. — Virei-me e olhei pela janela. A neblina estava descendo sobre os carros no estacionamento. — Pelo menos, não era uma impostora — concluí, observando as gotas de água que se formavam nas capotas dos carros. — Pelo menos, não fui falsa.

— É — concordou ele. — Mas você consegue dar uma supercambalhota para trás?

— Não, ainda não consigo fazer isso.

— Sério? Eu consigo.

— Você não consegue. É um tremendo mentiroso.

— Mas sou bom nisso — disse ele. — E estou orgulhoso de você, Val. Não estou mentindo sobre isso — completou e foi até o tabuleiro de xadrez, como sempre fazia. E me venceu, como sempre fazia.

44

– Sei que você não quer que eu me entusiasme – disse a Senhora Tate. Um donut meio comido estava na mesa em frente dela. Saía fumaça da sua xícara de café. Era gostoso o cheiro do escritório da conselheira pedagógica logo de manhã. Cheirava como o amanhecer devia cheirar: rico, brilhante, reconfortante. – Mas não consigo evitar. Essa novidade é instigante.

– Não é uma novidade – respondi sonolenta, sentada na cadeira em frente a ela. – Só estou dizendo que quero esses catálogos agora. Para mais tarde.

Ela balançou a cabeça com entusiasmo.

– É claro! É claro, para depois! Com certeza. Quem culparia você? Mais tarde está bem. Quanto tempo depois?

Dei de ombros.

– Não sei. Quanto tempo for necessário. Preciso de algum tempo para pensar nas coisas. Mas a senhora tem razão, a faculdade sempre esteve nos meus planos, e não posso deixar de ser quem sou.

Agora que sabia quem eu não era, estava determinada a me lembrar de quem era. Quem eu iria me tornar.

A Senhora Tate abriu a porta do armário e tirou vários catálogos grossos.

– Não tenho palavras para dizer, Valerie, o quanto estou orgulhosa de ouvir isso – confessou sorrindo. – Aqui estão. Muitos catálogos para escolher. Sabe, você pode me telefonar se tiver dúvidas ou precisar de ajuda.

Ela me entregou os catálogos, e inclinei-me sobre a mesa para pegá-los. Eram pesados. Gostei de sentir esse peso. Pela primeira vez, o futuro parecia ter mais consistência que o passado.

… Parte 4

> *Ai de mim, como responderemos*
> *a essa sangrenta ação?*
> Shakespeare

Não posso dizer que as câmeras de TV não me deixaram um pouco nervosa. Havia tantas. Esperávamos algumas – na verdade, estávamos contando com isso –, mas tantas assim? Minha garganta estava seca quando tentei falar.

Estava quente para maio, e a beca grudava na minha perna quando batia uma rajada de vento. A formatura aconteceu, como sempre, ao ar livre, no vasto gramado que fica no lado leste da escola. Algum dia, a administração sempre avisava, a formatura seria feita em um grande auditório que seria construído por causa da expansão da escola e para proteger os participantes do clima imprevisível do Meio Oeste americano. Mas não seria naquele dia. Naquele dia, seguíamos a tradição. Pelo menos podíamos fazer isso, aquela perturbada turma de 2009. Gostamos de manter a tradição.

Eu podia ver minha família – Frankie sentado entre papai e mamãe, mais para o canto, nas últimas fileiras. Briley estava do outro lado de papai.

Mamãe tinha um sorriso amargo nos lábios e lançava olhares hostis aos cinegrafistas. Senti-me, de repente, repleta de gratidão pelo fato de ela, de algum modo, ter conseguido manter as câmeras longe de mim, apesar de tudo o que aconteceu. A única repórter com quem conversei foi Angela Dash, quando fui ao seu escritório. Isso me fez perceber, com alguma surpresa, que, apesar de todas as acusações que ela fez e da falta de confiança ao longo do último ano, mamãe não protegeu apenas o resto do mundo de mim. Ela também me protegeu do resto do mundo. Apesar da luta, sempre houve amor, o lugar seguro, o lar para onde voltar.

Papai parecia estar mal, entre mamãe e Briley, mas sempre que nossos olhares se cruzavam, eu percebia um brilho de alívio no seu rosto. E o alívio era real, eu podia distinguir claramente. Via esperança em seus olhos e sabia, com bastante certeza, que apesar do que dissemos um ao outro, ambos iríamos nos perdoar com o tempo. Mesmo que nunca esquecêssemos. Só precisaríamos de tempo.

De vez em quando, Briley se inclinava e sussurrava alguma coisa no ouvido dele, e ele sorria. Fiquei feliz por ele ter motivo para sorrir. Queria que Mel tivesse vindo com mamãe. Assim, ela também teria motivo para sorrir.

Frankie parecia entediado, mas eu suspeitava que ele estava forçando para se parecer assim. O ano seguinte seria a vez de Frankie experimentar os corredores do Colégio Garvin. Sua vez de se apressar sob os olhos vigilantes do diretor Angerson. Sua vez de ir ao escritório da Senhora Tate, ao mesmo tempo chocado e reconfortado pela falta de obediência. Eu sentia que Frankie se daria bem. Apesar de tudo, ele ficaria bem.

O doutor Hieler também estava lá, sentado na fila de trás daquela onde estavam mamãe e papai. Estava com os braços ao redor dos ombros da esposa. Ela não se parecia em nada com o que eu tinha imaginado. Nem linda nem glamorosa. Também não tinha a expressão de paciência infinita e graça que eu esperava que tivesse. Ficava olhando o relógio de pulso, franzindo os olhos por causa do sol e, uma hora, rosnou alguma coisa no seu celular. Eu gostava mais da versão que eu tinha criado para ela. Queria mesmo acreditar que famílias como a que eu tinha imaginado para o doutor Hieler existissem. Especialmente para ele.

Atrás do doutor Hieler destacava-se uma mancha violeta: Bea. Seu cabelo arrumado em um coque alto e enfeitado com várias bugigangas violeta que tilintavam quando ela se movimentava. Vestia um conjunto violeta e apertava na sua frente uma bolsa violeta do tamanho de uma mala pequena. Ela sorriu para mim, o rosto sereno e lindo, como uma pintura.

Angerson levantou-se e pediu silêncio, iniciando a cerimônia. Fez um pequeno discurso sobre perseverança, mas pareceu não saber exatamente o que dizer a respeito daquela classe. Nenhum dos velhos chavões funcionava ali. O que ele poderia falar a respeito do futuro para pais que não conseguiam largar o passado, que não podiam fazer nada além de ver suas esperanças para o futuro dos filhos murcharem – seus rebentos mortos há mais de um ano? O que ele poderia dizer para o resto de nós, tão marcados pelo que aconteceu naqueles corredores e salas assombrados do colégio que conhecíamos e que tínhamos amado? Não haveria boas lembranças – desapareceriam para sempre. Não haveria reuniões futuras – seria muito traumático.

Logo, ele passou a palavra a Jessica, que se levantou confiante e subiu os degraus até o palco. Sua voz soou regular e suave, enquanto falava sobre a faculdade e a academia – assunto insosso que não fez brotar lágrimas nos olhos dos ouvintes. Então, ela hesitou, sua cabeça curvada sobre os papéis que trazia nas mãos.

Fez uma pausa tão longa que as pessoas começaram a tossir e a se movimentar em suas cadeiras, provocando uma onda de desconforto. Parecia que estava rezando – e talvez estivesse mesmo. Angerson pareceu perturbado e, por duas vezes, fez um rápido aceno para ela, como se fosse expulsá-la ou tirá-la do palco. Quando ela finalmente levantou o rosto, sua expressão tinha mudado. Estava mais suave. Tinha se transformado da resoluta presidente do Conselho Estudantil na garota que havia acariciado meu braço quando o pai de Christy Bruter falou sobre perdão.

– Nossa turma – começou Jessica – sempre será definida por uma data. O dia 2 de maio de 2008. Ninguém desta classe vai passar essa data sem se lembrar de alguém que amava e que morreu. Lembrará das cenas e dos sons daquela manhã. Lembrará da dor, da perda, da tristeza e da confusão. Irá se lembrar do perdão. Apenas se lembrará. Nós do Conselho Estudantil da turma de 2009 estamos dando ao Colégio Garvin um memorial para que essa data não seja nunca esquecida... – Sua voz ficou embargada e ela fez uma pausa, baixou novamente a cabeça, enquanto se recompunha. Quando voltou a erguer a cabeça, seu nariz estava vermelhíssimo, e a voz, trêmula – ...para lembrar as vítimas daquele dia. Pessoas que nunca esqueceremos.

Meghan levantou-se da cadeira e foi até um montículo no gramado, próximo ao palco, coberto com um lençol. Ela pegou a ponta do lençol e o puxou. Sob o lençol, havia um banco de concreto, de um branco-cinzento tão brilhante que cegava. Sob o banco, havia um buraco no chão mais ou menos do tamanho de um televisor. Ao lado do buraco, havia um monte de terra e uma caixa de metal com a tampa aberta – a cápsula do tempo.

Da minha cadeira, pude ver que a caixa estava quase cheia com vários objetos – fios com pompons amarrados, dados de pelúcia, fotografias.

Jessica fez um gesto com a cabeça em minha direção, e me levantei. Senti as pernas moles quando subi os degraus da escada que levavam ao palco. Jessica moveu-se para o lado, dando-me espaço, mas, quando cheguei perto, ela se aproximou e me envolveu em seus braços. Deixei que ela me abraçasse, sentindo seu calor irradiar através da minha beca, fazendo que ela grudasse ainda mais na minha pele. Mas não liguei.

Lembrei-me do dia em que tentei desistir do projeto do Conselho Estudantil, quando ela veio andando pelo corredor em minha direção. Lágrimas nos olhos, desesperada, a mão no coração, a voz grave e pesada. "Eu sobrevivi, e isso fez a diferença", disse ela então. Na época, eu respondi que ela era louca, mas agora, abraçada a ela no palco durante nossa formatura, nosso projeto completo, entendi o que ela quis dizer e sabia que tinha razão. Aquele dia mudou mesmo as coisas. Nós ficamos amigas não porque quisemos, mas porque, de algum modo, precisamos ficar. E pode me chamar de louca, mas eu sentia quase como *tivéssemos* de ser amigas.

Ao longe, podia sentir, mais do que ver, os flashes das câmeras dos fotógrafos. Podia ouvir o murmúrio dos repórteres ao fundo. Jessica e eu nos separamos, fui ao microfone e pigarreei.

Vi todos os meus velhos amigos: Stacey, Duce, David e Mason. Vi Josh, Meghan e até mesmo Troy, sentados nas últimas filas, com os pais de Meghan. Vi todo o mundo, um mar ondulante de desconforto e tristeza, cada pessoa com sua própria dor, cada qual contando suas histórias, todas mais ou menos trágicas ou triunfantes. Nenhuma mais trágica ou triunfante que a outra. De certa forma, Nick estava certo: às vezes, todos temos de ser vencedores. Mas o que ele não entendeu foi que todos temos também de ser perdedores. Porque não se consegue uma coisa sem a outra.

A Senhora Tate começou a roer a unha ao me ver. Mamãe estava de olhos fechados. Parecia nem estar respirando. Ocorreu-me, por um momento, que talvez eu devesse seguir meu instinto e usar aquela oportunidade para me desculpar. Formalmente. Para todo o mundo. Talvez, mais do que eu estava prestes a lhes dar, eu lhes devia desculpas.

Mas senti a mão de Jessica pegando a minha, seu ombro tocando o meu e, ao mesmo tempo, vi Angela Dash abaixar a cabeça e escrever em um caderno de notas. Olhei para o papel onde havia escrito meu discurso.

– Este ano, no Colégio Garvin, tivemos de lidar com uma dose brutal de realidade. O ódio das pessoas. Esta é a nossa realidade. As pessoas odeiam e são odiadas. Enchem-se de rancor e exigem castigo.

Olhei para o diretor Angerson, que parecia empoleirado na ponta da cadeira, pronto para pular e me interromper se eu falasse algo inoportuno. Percebi que tremi um pouco, hesitando. A mão de Jessica se apertou – apenas um pouquinho – ao redor da minha. Prossegui.

– As notícias dizem que o ódio não é mais a nossa realidade. – Angela Dash se remexeu na cadeira. Seus braços estavam cruzados. O caderno de anotações e a caneta, esquecidos. Fuzilou-me com o olhar, os lábios franzidos, feios. Pisquei, engoli e me forcei a prosseguir. – Não sei se é possível fazer as pessoas pararem de odiar. Até pessoas como nós, que viram em primeira mão o que o ódio é capaz de fazer. Nós todos fomos feridos. E vamos continuar com essas feridas por muito tempo. E nós, mais que qualquer um, iremos procurar uma nova realidade todos os dias. Uma realidade melhor.

Olhei para trás, para além de onde meus pais estavam, em direção ao doutor Hieler. Estava de braços cruzados, o indicador tocando o lábio inferior. Balançou a cabeça para mim, bem de leve, como se quase não tivesse feito movimento algum.

Dei meio passo para o lado. Jessica inclinou-se para o microfone, ainda de mãos dadas comigo.

– Sabemos que podemos mudar a realidade – declarou. – É difícil, e a maioria das pessoas nem tenta fazer isso, mas é possível. Você pode mudar a realidade do ódio ao se abrir para uma amiga. Ao salvar uma inimiga.

Jessica olhou para mim e sorriu. Sorri de volta, um sorriso triste. Fiquei me perguntando se continuaríamos a ser amigas depois da formatura. Se iríamos nos ver alguma vez depois daquele dia.

– Contudo, é preciso ter vontade de ouvir e de aprender para mudar a realidade. Principalmente ouvir. Ouvir de verdade. Como presidente da turma de formandos de 2009, peço a todos vocês que se lembrem das vítimas do atentado de 2 de maio e saibam a verdade sobre quem eram essas pessoas.

Limpei a garganta.

– Muitas das vítimas morreram porque o autor dos disparos... – comecei, mas hesitei. – ... meu namorado, Nick Levil, e eu achávamos que eram pessoas más. Só víamos o que queríamos ver e... – enxuguei uma

lágrima. Jessica soltou minha mão e começou a massagear minhas costas
– ...nós não... Nick e eu não... não conhecíamos... quem essas pessoas
eram de verdade.

Jessica se inclinou sobre o microfone novamente.

– Abby Dempsey – evocou ela – adorava andar a cavalo. Ela tinha
um cavalo chamado Nietzsche e cavalgava Nietzsche todos os sábados
de manhã. Ela iria se apresentar no Rodeio Júnior de Knofton. Ela estava
muito entusiasmada com isso. Ela também era minha melhor amiga –
acrescentou com voz embargada. – Colocamos um cacho da crina de
Nietzsche na cápsula do tempo em homenagem a Abby.

Ela deu um passou para trás, e eu, um para a frente. Minhas mãos
tremiam, fazendo balançar as anotações que segurava. Eu ainda não
conseguia erguer o rosto. Mas o fato de me lembrar do rosto dos pais
com quem Jessica e eu conversamos ajudava. Todos os pais a quem
eu finalmente havia me desculpado. Todos os pais que aceitaram meu
pedido de desculpas. Lembrei-me dos que me perdoaram. Dos que não
me perdoaram. Dos que me disseram que eu não lhes devia desculpas.
Choramos juntos, e eles se emocionaram ao contar histórias de seus filhos.
A maioria deles estava lá, na plateia.

– Christy Bruter – disse eu – foi aceita na Universidade Notre Dame
e vai estudar psicologia. Ela quer trabalhar com vítimas de trauma e já
está escrevendo, junto com um *ghost writer*, um livro sobre sua experiência de quase morte. Christy escolheu colocar uma bola de softball na
cápsula do tempo.

Jessica avançou para a frente novamente.

– Jeff Hicks estava vindo do hospital, onde foi visitar seu irmãozinho
que tinha acabado de nascer, naquela manhã de 2 de maio. Estava atrasado, mas estava feliz ao sair do hospital, entusiasmado por ter um irmão.
Ele até mesmo sugeriu o nome do bebê: Damon, como o nome do seu
jogador de futebol preferido. Em homenagem a Jeff, seus pais batizaram
o bebê de Damon Jeffrey. Colocamos a pulseira de identificação do berçário de Damon Jeffrey em nome de Jeff.

– Ginny Baker – voltei a anunciar. Respirei fundo. Tinha tanta coisa
que eu queria dizer sobre Ginny. Ginny que tinha sofrido tanto. Que
continuava a sofrer. Que não podia estar conosco aquele dia porque estava ocupada tentando acabar o que Nick tinha começado. Para se punir
pelo bullying que ela acreditava ter provocado. – Ginny foi vencedora

do Concurso de Beleza Infantil de Garvin aos dois anos de idade. Sua mãe disse que sempre a inscrevia em shows de talentos e que a ensinou a usar o batom quando tinha apenas seis anos. Ginny escolheu... – Parei de falar, tentando não chorar – ...escolheu não colocar nada na cápsula do tempo. – Concluí e baixei a cabeça.

Continuamos desse jeito – contando histórias sobre Lin Yong, Amanda Kinney, Max Hills e outros e colocando lembranças na cápsula do tempo. A viúva do professor Kline soluçou alto quando colocamos uma moeda de 25 centavos na cápsula em sua homenagem, como lembrança de seu hábito de jogar moedas de 25 centavos para os alunos que respondiam corretamente as perguntas que fazia durante a aula. Uma de suas filhas escondeu o rosto nas dobras do vestido da mãe e ficou imóvel.

Depois de homenagearmos a todos, desci a escada e voltei ao meu lugar. Tentei não cruzar os olhos com ninguém – o som de narizes sendo assoados estava ensurdecedor.

Jessica ficou sozinha no palco, os pés firmemente plantados, o nariz vermelho, mas os olhos brilhavam ferozes. O cabelo loiro drapejava ao vento como teias de aranha.

– Ainda há mais duas pessoas – anunciou ao microfone. Franzi a testa e contei nos dedos o número de vítimas. Achei que tínhamos homenageado todos. Jessica respirou fundo. – Nick Levil – disse ela – adorava Shakespeare.

Parei de respirar. Quando Jessica tinha ido conversar com a família de Nick? Por que tinha feito isso? Fez aquilo sem mim de propósito? Olhei em direção ao banco. O nome de Nick estava lá, o último nome na lista de vítimas. Emiti um ruído involuntário com a garganta e cobri o rosto com as mãos. Naquele momento, não consegui segurar as lágrimas, especialmente quando ela colocou na cápsula do tempo a velha cópia surrada de *Hamlet* que tinha sido de Nick, o mesmo livro do qual ele havia lido tantas passagens para mim.

Mal a ouvi dizer:

– Valerie Leftman é uma heroína. Mais corajosa que qualquer pessoa que já conheci. Uma pessoa que não se acovardou diante das balas. Valerie sozinha salvou minha vida e interrompeu o atentado de 2 de maio de 2008, impedindo-o de ser pior do que foi. E sou abençoada de tê-la como amiga. Valerie coloca um caderno de desenhos na cápsula do tempo.

Então, ela pegou meu caderno espiral e o jogou sobre o *Hamlet* de Nick. Minha realidade e a fuga de Nick... um sobre o outro.

Ninguém aplaudiu logo que Jessica terminou, agradeceu a todos e foi se sentar. Mas, então, em um crescendo, como se fosse água começando a ferver, um forte aplauso começou. Algumas pessoas – as que ainda conseguiam manter o controle sobre si – ficaram em pé.

Voltei a cabeça e vi mamãe e papai aplaudindo e enxugando os olhos. O doutor Hieler estava em pé, nem ligando de enxugar os olhos.

O diretor Angerson subiu ao palco novamente e nos fez voltar à cerimônia de formatura, retomar nossas vidas.

Pensei na mala que estava aberta sobre minha cama. Minhas coisas quase todas lá dentro. A foto de mim e Nick sentados na pedra no Lago Azul debaixo das calcinhas e sutiãs. A cópia de A *dádiva do medo*, que o doutor Hieler havia me dado, com a dedicatória "se cuida". A pilha de cartões de visita que papai colocou na minha mão sem dizer uma palavra, no sábado anterior, quando veio pegar Frankie. Os catálogos de faculdades que a Senhora Tate me deu.

Pensei no trem que iria pegar na manhã seguinte – destino desconhecido – e em mamãe chorando na estação, implorando-me uma vez mais para não ir, ao menos não sem ter um plano. E em como papai, provavelmente, iria parecer aliviado, sua figura diminuindo, enquanto eu o estivesse observando da janela do trem. E também pensei que não iria me importar se ele realmente parecesse aliviado.

Pensei nas coisas que perderia enquanto estivesse longe. Será que mamãe e Mel se casariam enquanto eu não estivesse lá? Perderia o primeiro emprego de Frankie, talvez o de salva-vidas na piscina pública local? Perderia a notícia da gravidez de Briley? Será que perderia tudo isso e será que, ao ouvir essas novidades, acharia que eles mereciam minha ausência no momento em que estivessem celebrando essas coisas boas?

– Tem certeza disso? – perguntou o doutor Hieler em nossa última sessão. – Você tem dinheiro suficiente?

Assenti com a cabeça.

– E o seu telefone – tranquilizei-o, mas acho que ambos sabíamos que eu nunca telefonaria, mesmo que acordasse entre as sombras de uma pensão cheirando a bolor, com a perna doendo e a voz de Nick ecoando em meus ouvidos. Nem mesmo se meu cérebro permitisse que me lembrasse da imagem enevoada de Nick metendo uma bala na cabeça, em frente aos meus olhos turvos. Nem mesmo para desejar Feliz Natal, ou feliz aniversário, ou para dizer "estou bem" ou "ajude-me".

Ele me abraçou e pousou o queixo no alto da minha cabeça.

– Você vai ficar bem – sussurrou, embora eu não saiba ao certo se falou aquilo para mim ou para ele mesmo.

Voltei para casa e arrumei minhas coisas, deixando a mala aberta sobre minha cama, ao lado dos cavalos do papel de parede, que estavam – e sempre estiveram, claro – completamente imóveis.

JENNIFER BROWN

Diga alguma coisa

Um conto de *A lista do ódio*

Tradução: Nilce Xavier

Para Scott

Último ano do Ensino Médio

O verão não foi longo o bastante. Claro que não foi longo o bastante. Poderia ter durado um milênio e ainda haveria dias em que meus pais ficariam me encarando do outro lado da mesa, esperando sinais do meu sei-lá-o-quê pós-traumático, para confirmar as suspeitas de que eu estava perturbado — e, mesmo assim, o verão não teria sido longo o bastante.

Funerais.

Flores.

Olhares desconfiados.

Pessoas — basicamente todo mundo — se escondendo atrás de óculos escuros.

Repórteres.

Câmeras de TV apontando para nós o tempo todo.

E ursinhos de pelúcia. Tantos ursinhos de pelúcia que o fedor impregnava o ar quando chovia, o pelo mofado dava a eles uma aparência de cadáveres em decomposição, como as miniaturas de soldados mutilados nas maquetes bélicas do meu pai.

Eu não voltei lá durante as férias de verão. Ouvi dizer que alguns alunos voltaram só para ficar largados nos degraus da frente e nas arquibancadas "recordando". Mas eu não. Depois daquele último sinal, naquele último dia, eu praticamente deixei marcas de derrapagem nos degraus, tentando dar o fora dali. *Penúltimo ano de merda.* Não via a hora de tudo acabar.

Além disso, eu tinha repassado mentalmente cada segundo daquela manhã um milhão de vezes. Eu lembrava, querendo ou não. E não entrava na minha cabeça por que todos queriam se agarrar àquilo enquanto eu fazia tudo o que podia para esquecer. O que eu vi, o que eu ouvi, o que eu sabia. Se eu me permitisse lembrar de tudo o que sabia, de tudo o que não estava contando, a culpa me devoraria. Deixe que esse bando mórbido de filhos da mãe se lembre — eu só queria ter um apagão.

Mas agora o verão tinha acabado, o último ano do Ensino Médio estava começando, e eu não tinha escolha a não ser voltar. Sentei à mesa da cozinha, sozinho, tentando me convencer de que não odiaria outro ano no Colégio Garvin.

Ouvi os passos lentos e arrastados do meu pai subindo as escadas do porão e senti o cheiro do solvente que ele sempre usa para tirar os resquícios de tinta das mãos quando termina de mexer com alguma cena de batalha. Meu pai era fanático por guerras e passou a maior parte da vida criando, destruindo e recriando cenas de batalha — suas maquetes bélicas — em cima de uma velha mesa de pingue-pongue no nosso porão, fazendo colinas com papel machê e prédios com palitos de sorvete. Era incrível. Passei mais horas lá embaixo do que podia contar, observando enquanto ele pintava cuidadosamente os uniformes de azul ou marrom com um palito de dente, imaginando o caos e os odores sulfúricos de uma batalha.

Agora eu sabia como era o caos em primeira mão.

Agora não conseguia tirar o odor sulfúrico do meu nariz. Por que o verão não foi longo o bastante pelo menos para eu não sentir mais esse cheiro?

— Primeiro dia — disse meu pai, anunciando o óbvio enquanto enxaguava as mãos na pia. — Último ano do Ensino Médio. Como o tempo voa!

Permaneci sentado diante da minha tigela de cereais, observando as pequenas bolhas de leite que se formavam à medida que o cereal ficava encharcado. Soltei um ruído sem significado.

Papai secou as mãos e pôs café na caneca térmica que mamãe sempre deixava fora do armário para ele antes sair para o trabalho, no estacionamento de ônibus escolares.

— Nervoso?

Respondi com outro ruído qualquer, dessa vez encolhendo os ombros. Que raio de pergunta era aquela? É claro que eu estava nervoso. Nervoso pra caramba.

Papai colocou a caneca sobre a mesa — finas espirais de vapor emergiam das aberturas na tampa —, pousou a mão no meu ombro e disse:

— Tente ter o melhor dia possível, amigão, só isso.

— Vou tentar. — E me forcei a comer uma colherada do cereal empapado. — Vai dar tudo certo.

Papai saiu, e, pouco depois, escutei os passos de Mason martelando o piso da entrada. Ele abriu a porta da frente sem bater.

— E aí, David, já tá pronto? — perguntou, passando o antebraço na testa para limpar o suor. — Lá fora tá mais quente que um clube de *striptease*. — Ele se inclinou para dedilhar a lateral do aquário na sala de estar, assustando o peixe.

Levei minha tigela para a pia, jogando os restos de cereal no triturador.

— Como se você soubesse como é um clube de *striptease* — falei.

— Cara, você nem imagina o que Duce e eu fizemos nesse verão. Afinal... você passou o verão inteiro trancado em casa que nem uma madre superiora.

— Seja lá o que for — eu disse, indo para meu quarto para pegar a mochila —, sei que vocês não foram a nenhum clube de *strip*. Stacey mataria os dois. Você por convidar o Duce, e ele por aceitar.

Saímos de casa e fomos caminhando pela calçada. Mason imediatamente acendeu um cigarro, deu uma longa tragada e soltou a fumaça pelo canto da boca.

— Quanto menos Stacey souber sobre seu queridinho e fiel Ducey de estimação, menos ela vai sofrer. Eles estão *namorando*, mas não estão *casados*. Todo cara tem necessidades.

— Tem razão, você tem necessidades. — Dei uma risadinha. — Necessidades especiais.

Mason deu um soco de leve no meu braço e outra tragada no cigarro. Um ônibus barulhento passou por nós e ouvimos as conversas ecoando pelas janelas abertas. A naturalidade daquele barulho era tão estranha. Como um primeiro dia de aula qualquer. Definitivamente não como o primeiro dia de aula do ano letivo depois do infame massacre do Colégio Garvin, cortesia de um maníaco desgraçado, meu amigo Nick Levil.

— Falando sério agora — disse Mason quando não dava mais para ouvir o ruído do motor do ônibus. — Por onde você andou, cara? Parece que faz uma eternidade que não te vejo.

— Quase não saí de casa — respondi. — Meus pais meio que piraram e não largaram do meu pé o verão inteiro.

— Ahhh, então quer dizer que o bebezinho curtiu o verão em casa no colinho da mamãe? Que fofo! — ele zombou, esticando o braço para tentar dar um tapa na minha cabeça, mas eu desviei e ergui o antebraço para desviar a mão dele.

— Não — falei. — Além disso, Sara também estava em casa. Então...

— Oh, a gata universitária veio passar as férias de verão em casa? Ela ainda tem aqueles peitões?

— Sei lá, seu nojento.

— Cara, quando você vai entrar na puberdade?

— Nunca, se isso significa ficar olhando para os peitos da minha irmã. Você é um doente. A Amy sabe que tem um irmão tarado? Alguém devia avisá-la.

Ele parou, encarando-me com um olhar sincero.

— Está tudo bem, Frei Tuck. Eu ainda vou ser seu amigo mesmo se você nunca gostar de garotas.

— Vai se ferrar! — falei, dando um soco no ombro dele. Ele estava tirando sarro, mas a verdade é que nada poderia ter menos graça para mim.

Viado.

Bicha.

Gayzinho.

Princesa.

Quantas vezes já tinha sido chamado de tudo aquilo ou até de coisa pior? Quantas vezes Chris Summers bateu no meu peito, puxou o boné na minha cara e me beliscou? *Oh, não vai chorar, viadinho. É só uma brincadeira. Você não aguenta uma brincadeirinha? Achava que os gays tinham senso de humor. David Judy... é seu sobrenome de verdade? Até seu sobrenome é um nome de menina. Qual é o problema, seus ovários estão doendo? A sua TPM está atacada hoje. Talvez seu namorado faça você se sentir melhor...*

Tentei espantar a lembrança das provocações e agressões de Chris Summers. Agora ele não chamava mais ninguém de viadinho. Ele estava morto.

Mason esfregava o ombro no local onde eu tinha batido.

— Que droga, cara, eu só estava brincando.

— Desculpe — murmurei.

Seguimos em silêncio por alguns minutos, então perguntei:

— Você acha que vai rolar um monte de... sei lá... assembleias ou algo do tipo? Sobre aquilo?

Mason deu uma última tragada demorada no cigarro e jogou a bituca no chão. Quatro passos depois, pisei nela e a esmaguei inteirinha.

— Não... acho que eles querem seguir em frente. Fingir que não aconteceu. Bridget me contou que o pai dela é um dos empreiteiros, e que eles pintaram e remodelaram tudo. Disse que nem parece mais o mesmo lugar.

Viramos na esquina da Rua Starling e chegamos ao campo de futebol, que ainda estava com a grama alta após ter sido negligenciado durante o verão. A escola ia surgindo à nossa frente, uma colmeia borbulhante de energia e atividade — ônibus roncando no meio-fio enquanto calouros em roupas novas e engomadas desciam; carros parando, buzinando, manobrando para lá e para cá tentando achar uma vaga; o Senhor Angerson estava parado na calçada, acenando para os estudantes. Imediatamente me lembrei de Nick e Val, de como eles costumavam imitá-lo. *Garotos e garotas, façam escolhas inteligentes hoje. Alunos do Garvin, vamos mostrar o espírito de nossa escola ao nos portarmos como damas e cavalheiros.*

— Duce e Stacey — disse Mason, apontando na direção de um casal se pegando nas arquibancadas. Eles estavam na nossa área de sempre, na extremidade mais afastada da escola, o ponto cego do diretor Angerson. Liz e Rebecca estavam sentadas ali perto. Normalmente, ali era o ponto de encontro dos nossos amigos. Mas este ano estava faltando parte da nossa galera.

Obviamente.

Nick estava morto.

Valerie estava... bem, ninguém tinha notícias de Valerie ultimamente.

Atravessamos o campo depressa, Mason começou a dar gemidos altos e obscenos quando chegamos às arquibancadas e começamos a subir.

— Oh, Duce — ele disse com a voz em falsete. — Oh, Duce, você me deixa tão excitada! Você me faz ter pensamentos tão safados!

Duce e Stacey se soltaram. Ela passou os dedos ao redor dos lábios para limpar o brilho labial borrado e mostrou o dedo do meio para Mason com a outra mão.

— Isso é uma oferta? — perguntou Mason, e Stacey revirou os olhos.

— Que original.

— Oi, David — Stacey me cumprimentou, e Duce acenou para mim com a cabeça.

— E aí — respondi, e então todos nós nos sentamos meio sem graça. Eu sabia o porquê. Todos eles se reuniram durante o verão, divertiram-se, e eu fiquei em casa, sozinho, revivendo o dia 2 de maio, pensando sem parar em tudo o que tinha acontecido. Assistindo às notícias, ciente de que estavam procurando informações que eu tinha, mas estava com muito medo de falar.

— Seu cabelo está bagunçado — disse Stacey, passando a mão na minha cabeça.

— Você está parecendo um sargento — disse Duce, levantando-se e passando por mim, conduzindo o grupo arquibancadas abaixo. Quando chegou à calçada, ele se virou e bateu continência para mim. — Senhor, sim, senhor!

— Que engraçado — murmurei, seguindo atrás deles. Duce e Nick eram melhores amigos, muito próximos. Hoje, no entanto, Duce estava fazendo piadinhas, como se Nick só estivesse matando aula de novo, como se não fosse nada de mais. Enquanto isso, meu estômago revirava de pavor, e só piorava a cada passo que eu dava em direção às portas duplas da entrada.

Talvez Chris Summers estivesse certo a meu respeito. Talvez eu fosse mesmo muito sensível. Talvez eu fosse uma menininha.

Duce não parava de falar enquanto caminhávamos, mas eu não prestava atenção em nada do que ele dizia, quando, de repente, Stacey respirou fundo.

— Não acredito — ela engasgou. — Val?

Olhei para a frente e vi a melhor amiga de Stacey, Valerie Leftman, parada na calçada, parecendo perdida e amedrontada. Elas sempre foram melhores amigas. Mas isso foi antes.

— Oi — Valerie disse timidamente, e por um segundo senti um frio na barriga violento, como sempre sentia toda vez que a via. Passei por Stacey e abracei Val, mas tudo parecia rígido, todo mundo parecia zangado, e eu rapidamente a soltei e dei um passo para trás, olhando para o chão.

Mal ouvi Stacey lhe perguntar sobre sua perna ou a resposta de Val. E então Duce a interrogou sobre o túmulo de Nick, e senti meu estômago afundar ainda mais. A voz dele era dura e cínica, cheia de desprezo.

Nick. Ela provavelmente sabia o que Nick estava tramando. Foi o que todos pensaram. Foi por isso que todos a culparam.

Ela devia saber.

E ela jurou que não.

Mas outra pessoa sabia.

Alguém mais sabia e não disse nada.

Penúltimo ano do Ensino Médio

1. Álgebra — não dá para somar letras e números juntos!!!
2. Christy Bruter.
3. Os malditos problemas dos meus pais. Você se casou com ela. Aprenda a lidar com a minha mãe.
4. Spray de cabelo.
5. Ginny Baker.

Val testemunhou um dos momentos mais embaraçosos da minha vida. Eu ainda era calouro no Garvin, tinha acabado de me mudar no verão. Se me perguntarem qual é a pior coisa que um pai pode fazer com seu filho, a minha resposta seria: obrigá-lo a frequentar uma nova escola no penúltimo ano do Ensino Médio, especialmente se ele é um garoto quieto, tímido e introvertido como eu. Minhas chances de integrar qualquer círculo de popularidade eram quase nulas.

Estávamos na aula de Educação Física, o que era uma droga, porque eu ainda não tinha músculos como a maioria dos garotos. Até algumas meninas eram maiores do que eu. Mais altas, mais maduras, com aparência melhor. E enquanto eu andava por aí como um alienígena recém-nascido e desajeitado, dois caras da nossa turma provavelmente barbeavam-se desde o dia em que nasceram: Chris Summers e Jacob Kinney, seu amigo do time de futebol. Eu não estava no Colégio Garvin há muito tempo, mas bastou um dia para perceber que as garotas achavam que Chris e Jacob eram os únicos dois machos na face da Terra.

Era outono, e o treinador Radford estava com aquele papo de "aproveitar o clima maravilhoso", o que significava que ele iria nos torturar ao ar livre e não dentro do ginásio, mandando a gente percorrer a rotatória do ônibus escolar e o campo de futebol para nos aquecermos. O que na prática terminava com todo mundo engolindo tantos insetos, a ponto de vomitar, e torcendo os tornozelos na tentativa de não sermos sugados pelas poças de lama atrás dos banheiros químicos.

— Quatro voltas — gritava o treinador conforme nos alinhávamos no asfalto. — E depressa. — Ele esperou enquanto cambaleávamos até nossos lugares: Chris, Jacob e alguns outros abrindo o caminho e se posicionando na linha de frente, os garotos asmáticos se acotovelando por lugares no fundo, e eu em algum lugar do meio.

Eu não era um mau corredor, sempre pratiquei vários esportes quando criança. Eu também era bem magro, o que ajudava, mas desde o primeiro ano, quando todo mundo começou a se dividir em panelinhas e categorias — atletas marombados, maconheiros, nerds, artistas, e por aí vai —, eu não fazia mais nenhuma atividade física. Eu não ligo para o que as pessoas dizem; mas se você não for aceito pelo grupinho de atletas logo de cara, pode esquecer de praticar esportes, não importa o quão bom você seja. É a mais pura verdade.

O técnico conferiu o relógio e apitou, e todos nós começamos a correr. A princípio todo mundo corria rápido demais, só para mostrar *alguma coisa* para... Eu não sei... alguém — talvez o treinador ou Chris e Jacob. Mostrar que não éramos tão inferiores? Ou talvez que não éramos tão inferiores quanto os garotos atrás de nós.

O clima realmente não estava ruim. Estava fresco e o céu estava claro, os pássaros cantavam, havia sol e tudo o mais, até a poça atrás dos banheiros químicos tinha praticamente secado. O melhor de tudo é que a classe de Educação Física das garotas estava se alongando no campo de futebol. Quase tropeçamos e causamos um engavetamento de moleques na primeira volta, quando esticamos os pescoços na esperança de ver um alongamento dos tendões.

No geral, a corrida foi boa. Até chegarmos à última volta.

O técnico subiu na calçada para conversar com a treinadora das meninas. A essa altura, todos já tinham se distanciado uns dos outros, alguns garotos ofegantes vinham caminhando, Chris e Jacob estavam praticamente uma volta na frente de quase todo mundo.

Eu fiz a curva perto do campo de futebol e subi no gramado, dando o meu melhor para manter um bom ritmo. Meus pulmões estavam ardendo, mas eu queria provar para mim mesmo que eu podia fazer isso, que era capaz de acompanhar os atletas, mesmo que não eu fosse um deles. Minhas pernas bambearam um pouco sobre a grama, e eu estava tão na minha que nem vi Chris e Jacob até quase trombar neles.

— Ei, Judy! — Chris chamou. — Esse é o seu verdadeiro sobrenome, Judy? Cara, esse é o nome da minha mãe! — Eu o ignorei. — Judy! Venha aqui!

Fiz uma curva larga, passando ao redor deles, e continuei correndo, inspirando fundo, pisando com tanta força que minhas panturrilhas queimaram. Quando cheguei ao final do campo de futebol, virei abruptamente e voltei para o asfalto, alcançando outros dois corredores e me esforçando para fazer o trajeto do ônibus.

— Andem uma volta — gritou o técnico Radford, em seguida voltou a conversar com a treinadora das meninas.

Eu nem estava mais pensando em Chris e Jacob quando comecei outra volta, tossindo, sentindo os braços e as pernas formigando. Estava orgulhoso de mim mesmo. Eu me sentia bem de verdade.

Mas eles ainda estavam parados perto do campo de futebol.

— Ei, eu mandei você parar — disse Chris quando me aproximei deles. Os dois se colocaram na minha frente, para não me deixar passar. Meu coração, que mal acabara de desacelerar da corrida, acelerou de novo.

— Meu *gaydar* está apitando — disse Jacob, e depois riu como se tivesse contado a piada mais engraçada do mundo.

— Me deixem em paz — eu disse, tentando parecer firme.

Então eles se juntaram, ombro com ombro, barrando totalmente meu caminho.

— Você ouviu uma menininha chorar? — Chris perguntou a Jacob.

— Sim — disse Jacob. — Para mim, isso está parecendo TPM. Você está naqueles dias, Judy?

— Vamos lá, pessoal, só me deixem passar — pedi. Eu odiava implorar, mas não havia outro jeito de me livrar deles, então o que mais eu podia fazer?

— Eu mandei você parar e você não parou. Sabe o que acontece com bichinhas que são desobedientes? — Chris perguntou. Eu não respondi. — Elas são punidas. No chão! Quero dez.

Senti meu coração afundar no peito, olhei para ele.

— Pare com isso, Chris, me deixe ir, por favor — eu disse, dessa vez implorando pra valer.

— Flexões, vadia — Chris ordenou.

— Hora de exibir seus músculos para as garotas. Ou para os garotos, que é o que você gosta — Jacob acrescentou, beliscando tão forte meu bíceps que eu tive que puxar meu braço com tudo.

Eles sabiam que eu não conseguia fazer flexões. Já tinham me visto na aula de ginástica. Meus braços eram dois gravetos.

Hesitei, esfregando meu bíceps. Quase todo mundo já tinha terminado a volta a pé. Algumas garotas se viraram e estavam nos observando.

— Acho que eu tenho uma punição diferente para você — disse Chris. — Mas você não vai gostar. — Ele se virou para Jacob. — Quer apostar a que velocidade ele correria se jogássemos sua bermuda no campo de futebol?

— Ok, ok — eu disse. Lentamente, eu me abaixei e fiquei na posição de flexões. Meus braços começaram a tremer no mesmo instante.

— Conte em voz alta! Uma! — Chris berrou, e eu flexionei meus braços pela metade e comecei a subir. — Mais baixo! Duas! — Me aproximei do chão, o suor já escorria pela ponta do meu nariz, eu estava bufando. — Mais baixo! Três! — Desci novamente, mas desta vez meus braços cederam e caí de peito no chão. — Levanta! Agora, mocinha!

Jacob enfiou o pé por baixo da minha barriga e me ajudou a levantar. Continuamos — quatro, cinco, seis, sete — e cada vez que meus braços cediam e eu caía, meu nariz se enchia de grama. Oito, nove.

— Última! Dez! — gritou Chris e, enquanto eu me abaixava, ele chutou um cocô de cachorro molhado para baixo de mim, milissegundos antes dos meus braços cederem.

Tentei desviar, mas só consegui rolar na metade da flexão e minhas costelas aterrissaram bem no meio do cocô. Soltei um grito de nojo enquanto os dois caíam na gargalhada.

Eu me sentei no chão e vi que a bosta ficou agarrada na minha camiseta. Segundo depois, ela se soltou, rolou e caiu de volta na grama, deixando uma mancha fedorenta. Chris e Jacob cumprimentaram-se com uma topada de ombros, os rostos vermelhos, chorando de rir.

Ouvimos dois apitos ressoando, e eles saíram correndo, ainda rindo. Engasguei e cuspi algumas vezes, depois fiquei de pé, ainda trêmulo, ardendo de raiva e vergonha.

E foi então que a vi. Uma menina magra com longos cabelos negros e olhos escuros e apreensivos, olhando para mim através da rede do gol no campo de futebol. Ela era uma gracinha, mesmo com a boca retorcida de raiva. Não disse nada, apenas esperou até que todas as outras garotas chegassem ao fim do campo e começassem a percorrer o trajeto do ônibus, então lentamente saiu da rede e as seguiu.

**

Mais tarde, na aula de Computação, ela jogou seus livros no console ao lado do meu.

— Eu odeio aquele cara — disse ela, para começar a conversa.

— Quem? — perguntei, tirando os fones do ouvido e deixando-os pendurados no pescoço.

— Chris Summers. O cara que estava te importunando durante a Educação Física.

Senti o rosto queimar. De perto, ela era ainda mais bonita, apesar de todo o delineador preto e das roupas rasgadas. Ela também tinha um perfume gostoso.

— Foi só uma brincadeira — menti, e me senti estúpido, porque sabia que não havia a menor chance de ela acreditar nisso.

— Meu namorado? Nick Levil? — ela falou com entonação de pergunta. Balancei a cabeça, incentivando-a prosseguir. — Chris mexe com ele o tempo todo. Jacob também. Todos eles mexem. Ontem, eles jogaram o livro de álgebra de Nick em cima do telhado do ambulatório. Nick ficou encrencado por causa disso. Eles agem como se fossem alunos perfeitos em sala de aula e, como também são os astros do futebol, os professores nunca acreditam que possam fazer algo errado. Angerson acusou Nick de jogar o próprio livro lá em cima. Para chamar atenção.

Ela sentou-se e começou a ligar o computador.

— Acho que o conheço — eu disse. — Nick Levil. Ele mora na minha rua.

Ela estreitou os olhos, mordendo o lábio e me estudando intensamente.

— Você deveria sair com a gente depois da escola qualquer dia desses — ela disse. — Você sabe onde fica o Lago Azul?

Fiz que sim.

— Nós vamos lá quase todo dia. Stacey e Duce, você os conhece? E Mason Markum.

Mais uma vez, fiz que sim. Eu sabia quem eles eram, mas não éramos exatamente amigos. Duce era uma daquelas pessoas realmente difíceis de lidar, sempre encarando todo mundo e socando as paredes ou o que visse pela frente. Mason Markum morava algumas casas para baixo da minha.

— Legal — eu disse. — Qualquer hora, dou uma passada lá.

A Senhora Burroughs fechou a porta da sala e mandou todos se concentrarem na aula, então colocamos nossos fones de ouvido e começamos a trabalhar. Alguns minutos depois, no entanto, Valerie cutucou meu ombro com as unhas pretas. Levantei um lado do fone de ouvido.

— Mais cedo ou mais tarde, Chris e Jacob vão ter o que merecem. Carma, baby. — Ela sorriu. Eu sorri de volta.

Pode crer. Carma.

Último ano do Ensino Médio

Diga alguma coisa.
Isso não saía da minha cabeça. Ficava repetindo aquilo toda hora, sem parar. *Diga alguma coisa, diga alguma coisa, diga alguma coisa.*
Mas o que eu deveria dizer? Para quem eu deveria contar? A cada minuto, a cada segundo que passava, eu me distanciava mais daquele dia horrível. A certa altura, não dizer o que você sabe se transforma em uma acusação contra si mesmo. Como eu responderia à primeira pergunta que todos me fariam: *Por quê? Por que você não falou?*
Valerie não estava em nenhuma das minhas turmas. Pela primeira vez, desde que comecei a estudar no Colégio Garvin, eu não estava ansioso para a chegada de uma hora específica do meu dia, uma hora em que eu poderia olhar para o jeito como ela cruzava as pernas e depois enfiava um pé atrás do tornozelo da outra perna, como um *pretzel*, ou então observá-la revirando os olhos por causa de algo que algum professor disse. Era como se Nick também a tivesse matado.
Nosso intervalo era no mesmo horário. E, no primeiro dia, todos nos reunimos em volta da nossa mesa habitual, no fundo da cantina: eu, Mason, Duce, Bridget e Joey — e estava animado porque tinha visto Val entrar na fila da lanchonete junto de Stacey. Sentei em frente ao Duce, ao lado da cadeira vazia onde Valerie costumava se sentar.
— Cadê seu almoço? — perguntou Mason.
— Não estou com fome. — Dei de ombros.
— Como é que é? — perguntou Duce, enfiando um punhado de batatas na boca.

— Eu posso te emprestar algum dinheiro, se você quiser — ofereceu Bridget, puxando a bolsa e abrindo-a.

Tudo bem que minha família não era a mais rica do mundo, mas não era por isso que eu não comia. Eu não comia porque nunca valia a pena. Você pegava comida e, quando menos esperava, tinha uma bola de catarro do Chris Summers no seu hambúrguer ou o chiclete dele no seu purê de batatas, ou, então, uma caixinha de achocolatado era derramada no seu colo. Ele sempre infernizava o Nick durante as refeições e, sendo o amigo de merda que eu era, no fundo me sentia aliviado por não ser eu o alvo do Chris. A melhor maneira de evitar a linha de fogo era passar fome. Então era o que eu fazia.

E eu continuava passando fome.

Mesmo que Chris não estivesse mais ali.

Como se fosse uma penitência ou algo do tipo.

— Não, obrigado — murmurei, e Bridget deslizou a bolsa de volta para baixo da mesa.

— Cara, lá estão elas — Mason disse para Duce, e eles esticaram o pescoço para olhar o caixa, onde Valerie e Stacey estavam pagando o almoço.

— Nem a pau eu vou lidar com isso hoje — respondeu Duce logo em seguida. Então enfiou mais algumas batatas fritas na boca, limpou as mãos no jeans e se levantou. Ele pegou a cadeira do meu lado e a colocou na mesa atrás da gente e, sem perder tempo, sentou-se e voltou a comer as batatas. — Como está lotado aqui hoje — disse.

Antes que meu cérebro assimilasse o que estava acontecendo, Stacey e Valerie se aproximaram. Stacey sentou-se na cadeira da cabeceira, entre Duce e eu, e Valerie ficou parada ali, segurando a bandeja, apoiando o peso na perna boa, com o rosto pálido e cansado.

— Oh, não — disse Stacey de repente. — É... Hum... Val, parece que... estamos sem cadeiras, eu acho — ela disse, e se aninhou no braço de Duce, ambos parecendo tão superiores e dissimulados que até me deu vontade de vomitar.

Comecei a me levantar. Dane-se esse joguinho ridículo que eles estavam fazendo. Valerie era nossa amiga. Mas assim que comecei a empurrar minha cadeira para trás, Duce me segurou com as pernas por baixo da mesa e me fulminou com o olhar. Eu sabia o que aquilo significava. Ele não estava de brincadeira. Ele não queria Valerie na mesa.

Então, em vez de oferecer um lugar para ela, em vez de revidar dizendo alguma coisa, fiz o que sempre fiz: eu me afundei na cadeira e baixei os olhos, fixando-os em algum ponto sobre a mesa até começar a parecer um bobo e me forçar a piscar.

Bridget começou a falar e, por mais bravo que eu estivesse, e mesmo querendo virar aquela maldita mesa de cabeça para baixo para que ninguém pudesse se sentar lá, fingi que estava prestando atenção, mas na verdade não ouvia nada do que ela dizia. Com o canto do olho, notei que a sombra de Valerie saía do meu raio de visão e, cheio de culpa, eu a segui com o olhar à medida que ela saía do refeitório carregando sua bandeja de almoço.

Eu me senti tão, mas tão idiota.

E tão desapontado. Tive a chance de passar vinte minutos com ela, e a desperdicei.

Depois desse episódio, não vi muito Valerie, só de vez em quando pelos corredores. Estava sempre com medo de falar com ela, com medo de que ela me perguntasse por que deixei Duce fazer aquilo. Estava com vergonha por ela ter me visto mais uma vez baixar a cabeça para um grandalhão metido a valente. O marco inicial do nosso relacionamento.

No segundo mês de aula, ela era praticamente só mais um rosto na multidão do Colégio Garvin. Sentia como se não a conhecesse mais, especialmente quando um dia, depois da escola, eu a vi conversando com Jessica Campbell — aquela garota do time de vôlei que sempre agia como se fosse superior a tudo e a todos. Eu estava perto dos vestiários do ginásio, observando-as enquanto elas caminhavam em direção ao corredor da aula de arte, parecendo um símbolo de *yin-yang*. Valerie vestida toda de preto, o cabelo desalinhado e enroscado em uma alça da mochila; Jessica em seu uniforme de vôlei branco, o cabelo loiro perfeito e sedoso, balançando como um pêndulo entre suas omoplatas.

Aquilo não fazia sentido para mim. Pensei que Valerie odiava aquela garota. Eu sabia que Nick a odiava. Pensei que ele a odiava por causa de Valerie.

Entrei no ginásio, que ecoava o barulho das bolas de basquete batendo, o time estava se aquecendo para o treino pós-aula. Fazia um bom tempo que eu não ia ao ginásio, e não teria ido naquele dia se a Senhora Helmsly não tivesse me pedido para entregar um papel ao técnico Radford. Os professores sempre me escolhiam para ser o menino de recados. Minha mãe dizia que era porque eu era "um menino bom e confiável", mas eu sabia que eles me escolhiam pela mesma razão que os valentões me amolavam: eu era presa fácil. As pessoas esperavam que eu fizesse o que me mandavam, porque sabiam que eu faria, simples assim.

Fui até o escritório do técnico Radford. Ele não estava lá, então deixei o papel sobre sua mesa e voltei pelo mesmo caminho por onde tinha vindo. Estava na metade do ginásio quando uma gargalhada me chamou atenção. Eu me virei para olhar, bem a tempo de ver Doug Hobson diante do bebedouro ser atacado por trás pelo Jacob Kinney, que deu um baita puxão na calça de moletom dele.

As calças de Doug foram até o chão e sua cueca ficou enroscada nos joelhos, enquanto todos os trogloditas do time começaram a rir, alguns deles literalmente caindo e rolando de rir. Algumas garotas que passavam por ali levaram as mãos aos lábios e soltaram gritinhos, e Doug Hobson deixou cair a mochila na pressa de se cobrir.

— Muito engraçado — disse ele, a voz ecoando pelas paredes. — Você me pegou de novo.

Doug provavelmente já teve as calças baixadas um milhão de vezes naquele ginásio. Era quase uma tradição no Colégio Garvin.

Uma tradição iniciada por Chris Summers, é claro.

Eu sabia que devia fazer alguma coisa. Que devia intervir. Ajudar o cara a sair daquela. Mas, ao invés disso, eu me virei e saí depressa do ginásio.

Uma vez lá fora, encostei-me na parede de tijolos e respirei fundo algumas vezes, sentindo-me um lixo por ter fugido e tentando conter a ansiedade que corria em minhas veias.

Fechei os olhos, tentando não ouvir aquele som, o som dos tiros e dos gritos, o som da risada assombrosa de Chris Summers se misturando às sirenes, o som de sua voz gritando instruções e *ei, viadinho, ei, viadinho, ei, viadinho* — a trilha sonora dos meus pesadelos. Forcei meus olhos a permanecerem abertos, limpei o suor da testa e do lábio superior. Minhas mãos estavam tremendo. *Ei, Judy, venha aqui.*

Ouvi o barulho das portas do ônibus se fechando e o chiado dos veículos saindo do estacionamento; me afastei da parede e peguei minha mochila, que estava no chão entre os meus pés. Assim que comecei a colocar a mochila no ombro, Doug Hobson saiu do ginásio e por pouco não trombou comigo.

— Cuidado — ele disse rispidamente, desviando-se de mim.

— Ei — eu chamei, mas ele não parou, então falei mais alto. — Ei!

— O quê? — Ele olhou por cima do ombro. Suas bochechas estavam avermelhadas e o cabelo parecia úmido de suor.

Corri para alcançá-lo.

— Você está na minha turma do quarto período, né? Com a Senhora Vasquez?

— Não sei — ele respondeu de cara fechada.

E continuou andando. Vi manchas em sua camisa, o coitado estava praticamente tomando um banho nos próprios nervos. Tive que apertar o passo para acompanhá-lo.

— Eu vi o que aconteceu — disse, com o coração na garganta. Gesticulei por cima do meu ombro. — Lá no ginásio.

— Bom para você. Talvez da próxima vez eu te arranje um ingresso para a primeira fila.

— Jacob é um idiota, cara — acrescentei.

Ele se virou, parecia que ia dizer alguma coisa, mas pensou melhor e simplesmente encolheu os ombros, levando as mãos para trás para levantar o capuz da blusa.

— É só uma brincadeira — ele disse, mas não acreditei. Quantas vezes encolhi os ombros exatamente do mesmo jeito e dei a mesma desculpa? Quantas vezes Chris Summers não disse *é só uma brincadeirinha. Relaxa, bichinha*?

Brincadeiras. E nós deveríamos levar tudo na esportiva, dar risada. Mas Nick não se divertia com aquelas brincadeiras. E agora todo mundo sabia disso. Será que já tinham esquecido assim tão facilmente?

As arquibancadas estavam vazias enquanto eu andava em direção a elas, em direção à Rua Starling. Mason não tinha esperado por mim, provavelmente tinha voltado para casa com Duce novamente. Fechei minha jaqueta. Melhor assim. Eu não queria companhia. Toda vez que eu estava perto de alguém, meu cérebro começava a repetir: *diga alguma coisa... diga alguma coisa.*

* * *

Brandon, meu irmão, estava sentado na varanda da frente, vestindo apenas um par de cuecas samba-canção. Mamãe não permitia mais que ele fumasse dentro de casa, então ele tinha que ir lá para fora quando queria um cigarro. Seus olhos estavam vermelhos e inchados. Ele esfregou a mão sobre cabeça raspada e bocejou.

Olhei para o meu pulso como se estivesse verificando as horas, mesmo que não tivesse relógio.

— Acordou cedo, Bela Adormecida. São só três e meia.

Ele protegeu o rosto da luz com a mão e o virou para mim, com os olhos semicerrados.

— Teve um bom dia na escola, bebezão? Já aprendeu a amarrar os sapatos?

— Nossa, que engraçado — eu respondi. — Você inventou isso sozinho ou a vovó te ajudou?

Conforme eu subia os degraus da varanda, ele socou minha panturrilha com o nó dos dedos.

— Vovó também me ensinou isso, zé ruela.

Esfreguei minha perna distraidamente e reparei no carro do meu pai na garagem.

— Papai já está aqui?

Brandon soltou um arroto e uma nuvem de fumaça saiu de sua boca.

— Chegou há uma hora, mais ou menos.

— Por quê?

— Não tem trabalho suficiente, eu acho. Pareço a babá dele?

Entrei e larguei minha mochila na mesa da cozinha. Era por isso que nunca tivemos dinheiro. Mamãe ganhava a vida dirigindo um ônibus escolar e meu pai trabalhava em uma fábrica. Nenhum dos dois ganhava lá grande coisa, mas quando o movimento estava baixo, papai era mandado para casa sem pagamento. No Garvin, ou você tinha dinheiro ou não. Pessoas como Jessica Campbell, Ginny Baker e até mesmo Jacob Kinney tinham dinheiro; pessoas como Mason, Duce e eu, não.

Não que algo como status econômico tivesse importância quando você já era o "gay da classe". Nas mentes minúsculas do Colégio Garvin, ser gay era pior do que ser pobre.

Eu sabia exatamente onde meu pai estaria, então peguei um refrigerante e corri escada abaixo. Lá estava ele, sentado em um banquinho, curvado sobre a cidade bombardeada, uma maquete de Dresden.

— E aí, amigão, como foi a escola?

— Tudo bem — eu disse, abrindo o refrigerante e tomando um gole.

Ele olhou para mim, a mão congelada sobre a paisagem de guerra.

— Foi mesmo?

— É a escola. Logo, é chata. Irritante. Inútil. — Estendi a mão e com o dedo indicador tirei um pequeno carro explodido da estrada. Papai me observava atentamente.

— Bem, é só mais um ano. Menos que um, na verdade. Então você vai para a faculdade e vai poder seguir em frente. Esquecer tudo de ruim que aconteceu, sabe...

Meus ouvidos zumbiram. Esquecer. Se ele soubesse o quanto eu queria esquecer. Mas ele não sabia, porque eu não disse a ele. Eu não disse a ninguém o que sabia sobre o tiroteio.

Diga alguma coisa.

— Pai...

— Hã — disse ele distraidamente, colocando um soldado atrás de uma parede de tijolos semidestruída.

— Eu... — Senti um nó na garganta. *É só uma brincadeira, Judy. Deixa de ser tão menininha. Você leva tudo muito a sério. Nem tudo é motivo para correr para o escritório de orientação.*

— Sim? — Papai pausou, ainda segurando o soldadinho acima da cena.

Diga alguma coisa.

— Eu... — Engoli em seco, mordi os lábios com força. — Eu acho que você precisa adicionar um pouco de fumaça aqui.

Papai hesitou, me analisando, depois olhou para onde eu estava apontando.

— Hum... Boa ideia, garoto. Obrigado.

— Sem problemas — respondi, desejando que o zumbido em meus ouvidos fosse embora. — Sem problemas...

Penúltimo ano do Ensino Médio

17. *O cenho franzido de Tennille.*
18. *BVMRs.*
19. *Comerciais de higiene feminina* — NOJENTO!
20. *Jessica Campbell!!!!*

— Ei, princesa. Cadê sua tiara?

Saí dos chuveiros o mais rápido que pude e fui até meu armário, segurando firme a toalha ao redor da minha cintura, após aprender da maneira mais difícil que Chris Summers sabia todos os tipos de truques para arrancar sua toalha se você não estivesse atento e vigilante.

— Por que? Você quer pegar emprestada? — devolvi. Era parte da minha nova estratégia de não aturar tanta merda e começar a rebater sempre que tivesse chance.

Seus olhos se estreitaram quando ele sorriu e deu uma topada de ombros com Jacob.

— Você ouviu isso? Nossa garotinha está crescendo. Está ficando atrevida.

— Sempre ouvi dizer que os boiolas eram atrevidos — Jacob respondeu, também sorrindo. Chris virou-se para ele como se eu não estivesse ali. Eu estava tremendo enrolado na minha toalha, meu peito magrelo e sem pelos ainda escorria água. — O que devemos fazer diante dessa nova atitude atrevida dela?

— Eu não sei — Jacob disse, destilando falsa inocência.

— Talvez devêssemos jogá-la lá no meio do ginásio — disse Chris.

— Mas primeiro precisamos nos certificar de que ela não está vestida demais.

— O que é isso, pessoal — murmurei, com o coração acelerado e odiando a rapidez com que minha ousadia desapareceu.

— Não se preocupe, cara — disse Chris, com uma voz suave e amigável, que eu sabia que era uma armadilha. — Não vamos te jogar lá fora. Só vamos dar uma torcidinha nas coisas.

Com isso, ambos se lançaram em minha direção. Todo meu corpo ficou tenso e agarrei a toalha desesperadamente. Chris estendeu a mão para a frente e puxou meu mamilo. Jacob beliscou e torceu o outro ao mesmo tempo, ambos apertando com força, minha pele parecia estar sendo arrancada. Gritei, mas minha voz foi abafada pelo riso deles.

— Parem com isso, seus babacas — alguém disse, e então vi Chris recuar quando alguém partiu para cima dele.

Ouvi o som de gente brigando e abri meus olhos bem a tempo de ver Chris empurrar Nick Levil para trás. Nick caiu de bunda e escorregou até se chocar contra os armários em um baque abafado. Outros garotos começaram a se reunir em torno de nós para ver o que estava acontecendo. Eu me encolhi para trás, ficando o mais longe possível da briga, rezando para que ninguém visse os hematomas roxos que já se espalhavam no meu peito.

Nick se levantou e dobrou as pernas em posição de luta. Era óbvio que aquele garoto magrelo não tinha a menor chance contra aqueles dois brutamontes, mas isso não o impediu de enfrentá-los, o que só serviu para aprofundar minha humilhação enquanto eu continuava recuando.

— Protegendo a namoradinha, filhote de aberração? — Jacob provocou. — Que meigo.

— Vocês sempre ficam chamando todo mundo de gay, mas não conseguem conter as próprias mãos quando estão no vestiário. Acho que são vocês quem estão escondendo um segredinho — rebateu Nick.

Chris avançou e empurrou Nick, que foi jogado contra os armários pela segunda vez.

— Calma, esquisitão. Eu não sabia que você e Judy tinham um lance. Achei que você só gostasse de cadáveres magrelas e feiosas com cabelos desgrenhados.

O rosto de Nick se contorceu de raiva, ele se reequilibrou e pulou na direção de Chris. Mas quando o alcançou, o técnico Radford saiu do escritório.

— Ei, ei! — Radford gritou, correndo até os dois e os apartando. Ambos pararam enquanto o treinador os encarava. — Todo mundo indo para a aula. Levil, Summers, venham comigo.

— Foi ele quem começou, Treinador — disse Chris, e Jacob assentia como aqueles bonecos que só balançam a cabeça. *Sim! Sim! Sim!*

O treinador se virou para Nick com um olhar inquisidor. Nick limpou a boca com a manga da blusa, olhando para mim e então para o técnico. Eu abri a boca, mas não falei nada — como sempre nessa minha vida maldita.

— Sim — Nick disse finalmente. — De qualquer forma, você não acreditaria na verdade sobre suas preciosas estrelinhas do futebol. — E seguiu o treinador.

No fim das contas, Nick não se deu tão mal — talvez porque estivesse perdendo a briga quando o treinador entrou em cena, ou talvez porque a escola já estivesse cansada de apartar as brigas de Nick. Talvez o diretor achasse que as suspensões não funcionavam e nunca funcionariam. Talvez ele tivesse desistido de Nick e só queria que ele se formasse logo e saísse do Colégio Garvin. Seja qual for o motivo, Angerson só deu a Nick uma detenção no sábado e o deixou voltar para a aula.

— Dane-se — Nick disse quando voltamos para casa naquela tarde. Ele chutou uma pedra, que atravessou a rua e caiu em um bueiro. — Não me importo. Estou acostumado a encarar detenções como a deste sábado. Quando eu me formar, eles vão ter que pôr o meu nome em uma das mesas em minha homenagem.

Paramos diante da entrada da garagem dele.

— Bem, te vejo mais tarde — disse meio sem jeito, estupidamente, porque só conseguia pensar que ele teria de cumprir uma detenção por ter me defendido, sendo que era eu quem devia encarar a detenção, porque era minha nova promessa não aguentar mais as merdas do Summer, mas, após dez segundos de uma briga com ele, enfiei o rabinho no meio das pernas. Deveria pelo menos ter agradecido a Nick, mas agradecê-lo seria como admitir algo que eu não queria.

— Ei, por que você não vem ao lago com a gente hoje à noite? — Nick me convidou quando já estava quase entrando. — Duce vai levar cerveja.

— A Valerie... — comecei, e então corei. — Quero dizer, você tem certeza de que tudo bem se eu for?

Ele me olhou estranho.

— Por que não estaria?

— Tudo bem — concordei.

Para variar, eu não passaria minha sexta-feira à noite sentado ao lado do papai, colando palitos de dente no jornal ou coisa do tipo. Para variar, não seria obrigado a aturar Brandon me enchendo o saco dizendo que eu não tinha amigos, nem ouvindo a lamentável advertência que Sara lhe daria por me falar algo tão cruel.

— Aparece aí por volta das seis — disse Nick, que então abriu a porta de tela meio rasgada e desapareceu dentro de sua casa sombria.

**

Voltei quinze minutos antes das seis, recriminando-me internamente por parecer tão ansioso e desesperado, mas ao mesmo tempo estava tão animado por ver Valerie fora da escola que mal conseguia me aguentar. Só torcia para que não estivesse tão evidente que eu tinha tomado um banho de desodorante, nem que desse para notar os pequenos cortes da lâmina de barbear. Afinal, não queria parecer um pré-adolescente bobão. Só queria que ela tivesse uma boa impressão de mim.

Nick abriu a porta, com a orelha colada ao celular, e me deixou entrar. Pisquei para me acostumar com a penumbra, distinguindo a parte de trás de uma cabeça loira no sofá, assistindo a TV, comendo alguma coisa e limpando os dedos na toalha que estava sendo usada como cortina na grande janela da sala. Nick gesticulou para que eu o seguisse, e descemos para o porão, que tinha sido transformado no quarto dele.

— U-hum — ele continuou falando ao telefone. Depois de alguns minutos, desligou. — Era a Val.

— Ah. — Tentei não parecer tão infeliz quanto eu me sentia. Valerie não me ligou porque eu não era o namorado dela. Podia desejar isso tanto quanto eu quisesse, mas era Nick quem detinha esse posto. — Ela também vai hoje à noite? — Peguei um dos controles do PlayStation e apertei os botões preguiçosamente, embora a TV não estivesse ligada.

— Sim — ele disse, mexendo em algo na cômoda, colocando algumas coisas nos bolsos. — Duce está indo buscá-la na casa da Stacey. — Ele se virou para mim. — Você gosta dela?

Paralisei. Era assim tão óbvio?

— De quem, da Val? Ela é ótima — eu disse, tentando parecer indiferente.

— Ela é mesmo — ele concordou. Então se virou e enfiou mais coisas na cômoda, e eu deixei escapar um suspiro enquanto ele estava de costas. — Há algo de especial nela. Ela é delicada... inteligente... Não sei... Sempre achei que ficaria entediado se namorasse alguém por mais de um mês, mas não é assim com ela.

— Oh — eu soltei, sentindo um nó se formando na minha garganta.

— A família dela que é uma merda. Os pais não param de brigar. O pai dela é um advogado fodão e trata todo mundo como se fossem seus capachos. Não que minha família seja melhor nem nada do tipo, mas, pelo menos, a gente não finge ser o que não é. A dela não passa de aparência. Eles têm medo de admitir como são realmente. Medo do que as pessoas vão pensar.

Sentei na cama de Nick que, na verdade, era apenas um colchão no chão, e vi um caderno espiral surrado em cima de alguns livros empilhados dentro de um engradado de leite. Larguei o controle e me inclinei para pegá-lo.

— Mas a Valerie não é assim, né — eu disse, abrindo o caderno e o folheando.

— Eu sei. É disso que gosto nela. Ela tem noção da realidade. Nós pensamos da mesma forma.

Houve uma pausa. Eu virei as páginas do caderno. Estava preenchido com canetas de diferentes cores, e duas letras diferentes — era uma lista.

— O que é isso? — perguntei.

Nick soltou um ruído que era algo entre uma tosse e uma risada.

— Não é nada. Só uma lista. É da Val, na verdade.

— Número 32: pessoas que te olham por muito tempo quando falam com você. Número 33: Ellen Balofa — eu li em voz alta, depois ri e olhei para Nick. — Ellen Mass? Val a chama de "Ellen Balofa"?

Nick fez que sim e deu de ombros.

— Ela é balofa — ele disse simplesmente.

Continuei lendo, virando mais algumas páginas.

— Número 89: as coxas bombadas da CB. Quem é CB?

— Christy Bruter, aquela garota do time de softball. Para falar a verdade, eu nem a conheço, mas Valerie a odeia. Vamos? Você está pronto?

— Então isso é uma lista do ódio? — perguntei, achando aquilo engraçado.

— Mais ou menos.

— Quem mais está aqui? Além de Ellen e Christy, quero dizer.

— Um monte de gente. Todo mundo que fica enchendo nosso saco — ele disse, e tirou uma escova de trás do travesseiro, passando-a pelos cabelos. — Todo mundo que merece.

— Chris Summers deveria estar aqui — soltei. Foi mais forte do que eu. — Deveria estar no topo da lista.

Nick jogou a escova de volta na cama.

— Pode crer que ele está — Nick disse, taciturno.

Virei mais algumas páginas, procurando o nome de Chris.

— Nem imaginava que Val tinha isso — comentei. — É engraçado. Número 44: roupas da Hollister. Número 45: pessoas que falam em abreviaturas. OMG! LOL! — eu ri.

— Tá vendo? Você pegou o espírito da coisa. É por isso que Val gosta tanto de você — disse Nick.

Uma corrente de esperanças percorreu minha espinha, mas foi abruptamente interrompida. Ela gostava de mim, mas nunca me amaria. Não do jeito que ela amava Nick. E por que amaria? Tudo a meu respeito estava errado. Eu era muito magro, muito afeminado; nunca teria confiança. Jamais teria coragem de convidar uma garota para sair. Nunca me defenderia de valentões como Chris Summers. Engoli em seco, tentando digerir a escuridão que se acumulava dentro de mim.

— Posso acrescentar o nome dele? — perguntei.

Seus olhos cintilaram ao olhar para o caderno, e ele pareceu hesitar, como se não quisesse que eu escrevesse ali. Como se aquilo fosse só deles dois. Mas depois da hesitação, quase imperceptível, ele foi à cômoda e remexeu ali até encontrar uma caneta, que jogou para mim.

— Claro!

Peguei a caneta e virei até a última página da lista. Chris podia já estar lá, mas caras como ele nunca figurariam o bastante em uma lista do ódio.

Pressionei a caneta com tanta força no caderno que até furei o papel em alguns pontos ao escrever: *104: Chris Summers.*

Último ano do Ensino Médio

No primeiro período, Jean-Ann Splittern estava toda alvoroçada por causa do Conselho Estudantil.

— Vocês acreditam que eles a deixaram entrar? — ela continuou, sibilando para quem quisesse ouvir, com os olhos cheios de maquiagem arregalados e escandalizados. Quase ninguém podia acreditar no que quer que ela estivesse falando.

Eu não estava prestando atenção — nada poderia me importar menos do que os dramas de Jean-Ann Splittern —, mas quando ela girou na cadeira e disse para Leesy Blackburn, que estava sentada ao meu lado: "Sério mesmo que a deixaram entrar no Conselho Estudantil depois do que o namorado dela fez em maio passado? Minha mãe está P da vida com isso. Aposto que ela vai ligar aqui para reclamar".

E então entendi. De repente, estava superinteressado no drama de Jean-Ann. Afinal, de quem mais ela poderia estar falando, se não de Valerie?

Não ouvi quase nada do que o Senhor Dennis dizia sobre placas tectônicas e blá, blá, blá, porque só conseguia pensar que o que Jean-Ann estava dizendo não fazia sentido. Valerie no Conselho Estudantil?

Val?

A garota que odiava — e o mundo inteiro agora tinha provas — praticamente todas as pessoas do Conselho Estudantil? A garota que todo dia cochichava no meu ouvido a caminho do refeitório cada coisinha que Jessica Campbell fazia? A garota que, literalmente, chorou no meu ombro no dia em que derramou ketchup e sujou toda a frente da blusa porque Christy Bruter a fez tropeçar na Praça de Alimentação?

Era impossível.

Cruzei com Valerie entre o segundo e o terceiro período.

— Oi, David — ela disse, parecendo constrangida. A pele ao redor de suas unhas estava mordiscada, uma mania que ela não deixava de lado.

— Oi — respondi. E, embora não tivesse mais certeza de como me sentia sobre Valerie, se as palmas das minhas mãos fossem espremidas naquele momento, cerca de meio litro de suor pingaria. Eu não tinha falado com ela — não realmente — desde o primeiro dia de aula. Duce tornou isso praticamente impossível. Ele não disse com todas as letras, mas a mensagem era clara: "Fale com Valerie e trate de encontrar outros amigos com quem sair".

E, se as pessoas soubessem a verdade sobre mim, sobre o que eu sabia e não estava dizendo, jamais encontraria um amigo sequer, nem para salvar minha vida.

Diga alguma coisa. Meu cérebro começou, mas afugentei o pensamento.

— Hum. Jean-Ann Splittern estava falando sobre você esta manhã — eu disse.

A expressão de Valerie escondeu-se imediatamente atrás de um véu de desconfiança.

— A maioria das pessoas está — ela murmurou. — Já me acostumei com isso.

— Ela estava dizendo que você se juntou ao Conselho Estudantil — eu disse, e aquilo soou como uma acusação.

— Eu não me juntei. — Ela parecia tão fria, como se nem me reconhecesse. E, de certa forma, talvez não reconhecesse mesmo. Eu conhecia Val há mais de um ano e, ao longo desse tempo, a vi passar de uma menina gentil com cabelos pretos e olhos grandes e penetrantes para uma garota banhada em escuridão. Uma garota cujo rosto parecia permanentemente em alerta. Eu vi a mudança que Nick operou nela, no exterior e internamente, e agora eu mal a reconhecia como a mesma garota que um dia tinha se debruçado em minha direção na aula de computação e me convidado para ir ao Lago Azul com a galera.

— Não achei que tivesse se juntado — eu emendei. — Jean-Ann é uma mentirosa. Assim como os outros.

Mas acabou que Valerie era a mentirosa. Ela podia não ter se juntado oficialmente ao Conselho Estudantil. Podia não estar colando cartazes, nem fazendo discursos, nem tentando ser eleita, mas ela era parte do Conselho Estudantil da mesma forma. Alguns dias após a nossa conversa, eu a vi indo a uma reunião. Eu a vi entrar na sala da Senhora Stone depois da aula, espiei através da pequena janela à prova de balas que Angerson tinha instalado, enquanto Valerie sentava-se entre Jessica Campbell e Josh Payne. Eu a vi com meus próprios olhos.

Ela estava se tornando um deles.

Virei no corredor com raiva, tentando não me sentir traído, nem como se estivesse perdendo totalmente o controle e, sobretudo, tentando evitar a sensação de que, desde o tiroteio, eu não tinha mais nada. Mais nada além de um cérebro cheio de culpa.

Parei diante do meu armário e eu estava tão aborrecido que levei alguns segundos para me dar conta do que estava vendo: a porta estava destrancada, como se alguém tivesse mexido nele. Abri a porta toda e lá estava, rabiscado no interior dela com canetão preto:

BICHA!

Imediatamente, esquadrinhei o corredor, meio que esperando dar de cara com Chris Summers atrás de mim, dando uma topada de ombros com Jacob Kinney e gargalhando com seus outros amigos. Mas eu sabia que isso era ridículo — Chris Summers estava morto — e o corredor estava vazio.

Por que eu pensei que isso morreria com ele? Como eu pude acreditar que alguém havia mudado? Eu vi Jacob Kinney humilhar Doug Hobson no ginásio como de costume, e ainda assim me convenci de que, de alguma forma, eu escaparia ao mesmo tratamento.

104. Chris Summers.
104. Chris Summers.
104. Maldito Chris Summers.

No mesmo instante, fui transportado de volta para aquele dia na Praça de Alimentação. Eu estava em pé atrás da porta, os tiros e os gritos ecoando em meus ouvidos.

E aquela voz. *Ele está atirando! Vai!*

Aquela voz.

Apoiei a cabeça no metal frio do armário ao lado do meu e fechei os olhos. *Vamos lá, precisamos sair daqui! Ele está atirando! Vai!*

Lentamente, cerrei os punhos. Soquei a porta, a princípio sem muita força, então mais forte, mais forte, mais forte, meus dedos raspando a palavra — *BICHA! BICHA! BICHA!*

Eu me afastei do armário e bati a porta com tanta força que ela abriu de novo, e então eu fui embora, deixando-a aberta mesmo. Não estava nem aí se os outros veriam a pichação. Que vissem.

Passei depressa pelo corredor, recusando-me a olhar para a sala do Conselho Estudantil, onde Valerie estava confraternizando com metade das pessoas que estavam na sua lista do ódio apenas alguns meses antes.

Eu sabia que não poderia superar este meu... *problema*. Eu sabia que era maior do que eu, maior do que Chris Summers ou Nick Levil ou qualquer outra merda que estivesse me perseguindo.

Mesmo assim, acelerei o passo, ganhei velocidade e logo estava empurrando as portas duplas, correndo em direção ao estacionamento abandonado. Corri todo o caminho de volta para a casa e entrei, ofegante, sem ar, como se tivesse acabado de sair de um incêndio, com as mãos nos quadris, minha camiseta e a jaqueta empapadas de suor e coladas no meu corpo.

— David? — mamãe chamou da cozinha.

Mas eu a ignorei. Passei pela sala de estar mal iluminada, onde Brandon estava largado na poltrona, pelo corredor deprimente, que agora eu começava a perceber que era uma metáfora da minha vida vergonhosa, e fui ao banheiro. Fechei a porta barata de madeira com um chute e caí no chão, vomitando o nada que eu tinha comido no almoço.

BICHA!

Eu não era quem eles diziam que eu era, mas dados os segredos que eu escondia, como poderia convencer alguém do contrário?

Penúltimo ano do Ensino Médio

54. *Pessoas que acham tudo bem te ofender, contanto que depois digam "é brincadeira".*
55. *Angerson.*
56. *A Praça de Alimentação.*
57. LIÇÃO DE CASA.

A transformação de Valerie foi tão gradual e tão completa que se tornou quase imperceptível. A simbiose entre ela e Nick era tão intensa que eles até começaram a se parecer fisicamente. Às vezes até usavam as mesmas roupas — depois da aula, Nick tirava a camiseta no estacionamento e Val a enfiava no fundo da mochila. Então, no dia seguinte, ela aparecia na escola usando a mesmíssima blusa, com o nariz enfiado no colarinho, sentindo o cheiro dele.

Também só falavam dos mesmos assuntos e pareciam ficar cada vez mais sombrios, mais zangados.

— Eu odeio aquela vaca — disse Val um dia na Praça de Alimentação. Ela usou seu garfo, que tinha uma batata frita espetada, para apontar na direção de uma garota do segundo ano. — Aqui, pega uma — ela me ofereceu, empurrando sua bandeja para mim.

— Quem é ela? — perguntei, mastigando com gratidão.

— Não faço ideia — respondeu Val. — Mais uma BVMR. Isso basta para mim.

— O que é uma BVMR?

— Uma sigla que Nick e eu inventamos para descrever vadias como ela. Significa "Barbies Vacas Magrelas e Riquinhas".

Nem cinco minutos depois, Nick apareceu, tomando uma bebida energética e trazendo uma autorização de entrada com atraso. Ele apontou por cima do ombro para a mesma garota.

— Eu odeio aquela vaca — disse assim que se sentou. — Outra BVMR.

A mesma pessoa. Eles se tornaram a mesma pessoa.

Houve outras mudanças também, especialmente à medida que nos aproximamos do final do ano letivo. Val ficou mais quieta, mais retraída, como se estivesse eternamente de luto. Ela parecia tão infeliz, tão brava, e eu não entendia por que ela queria ficar com um cara que fazia isso com ela. Eu teria feito Valerie feliz.

O penúltimo ano estava acabando, todos aguardavam inquietos o término das aulas para nos tornarmos oficialmente veteranos.

Um dia, quando a primavera estava começando a aquecer o clima, fui à casa de Nick depois da aula e fiquei surpreso ao encontrar meu irmão por lá, junto com seu amigo Jeremy Watson. Jeremy era o cara que Sara chamava de "Caso Perdido Irreversível" e que minha mãe não queria que fosse lá em casa, porque ela jurava que bastava ele pisar no quintal para alguma coisa sumir.

Eles estavam saindo de carro da garagem de Nick quando eu cheguei, Brandon me olhou pela janela do lado do passageiro. Nick estava na varanda da frente.

— Não sabia que você andava com meu irmão.

— E não ando — disse Nick, chamando-me para entrar na casa. — Ele veio com o Jeremy.

Nick estava com um cheiro doce e esfumaçado — um cheiro que reconheci do quarto de Brandon. Nunca fumei maconha, mas não era idiota. Maconha era a especialidade de Jeremy.

— Por onde você andou? Val disse que você tem faltado bastante. — Segui Nick pelas escadas que levavam ao seu quarto, que agora já me eram familiares.

— A escola não passa de uma grande piada — ele respondeu. — Uma grande piada cheia de piadas. — Ele deu risada e sentou-se sobre um baú trancado a cadeado, esticando os pés para a frente e encostando a cabeça na parede. — Uma grande piada cheia de piadas, só que nenhuma delas vai rir por muito tempo.

Eu o encarei, tentando decifrar o que ele estava querendo dizer, mas cheguei à conclusão de que ele estava muito perturbado e falando coisas sem sentido.

— Val está preocupada...

— Ela vai sobreviver. Disso eu tenho certeza — ele respondeu com um gesto de desinteresse e então pegou uma guitarra surrada e começou a puxar as cordas.

Eu me inclinei e peguei a lista do ódio, que estava jogada no chão ao lado da cama. Quando estava na casa do Nick, eu sempre dava uma olhada na lista se ela estivesse em algum lugar visível. Era divertido. E, de alguma forma, isso me fazia sentir mais próximo de Val, como se eu compartilhasse um segredo com ela.

Mas, desta vez, quando folheei as páginas, notei algo diferente. Várias entradas haviam sido riscadas com caneta vermelha.

20. ~~Jessica Campbell.~~
67. ~~Tennille.~~
5. ~~Ginny Baker.~~
43. ~~Jacob Kinney.~~

Todas as pessoas que Nick e Val odiavam estavam marcadas, uma por uma.

Era como se a lista do ódio tivesse se tornado uma... lista de conferência. Peguei Nick olhando para mim, com aqueles olhos escuros e implacáveis, brilhando friamente, os lábios contorcidos em um meio sorriso que me desafiava a perguntar sobre os nomes riscados. Assustado, fechei o caderno e tentei me distrair com o videogame.

Se eu não conhecesse Nick, teria começado a desconfiar que havia algo a mais ali, como se ele estivesse planejando alguma coisa.

Mas mesmo que ele tivesse algum plano em mente e o escondesse de mim, Valerie saberia. E ela teria me contado.

Ela o teria impedido.

Ou talvez era nisso que eu queria acreditar.

Último ano do Ensino Médio

Desta vez, eles puxaram as calças de Doug na troca de intervalos para o almoço, no corredor do lado de fora da sala do coral. O coral feminino estava saindo da aula e as mesmas duas garotas que ficaram horrorizadas no ginásio da última vez estavam soltando gritinhos novamente. Jacob urrava de tanto gargalhar, apontando para Doug e cuspindo pelos cantos da boca enquanto gritava:

— Peguei você de novo!

Então esse era o joguinho. Era realmente por causa das meninas. Doug era apenas um peão, uma ferramenta para a paquera de Jacob.

Outros estudantes passavam a caminho das aulas, dando risadinhas olhando para Doug, cujo lanche estava todo caído no chão, pois ele tinha derrubado a sacola com seu almoço na tentativa de salvar suas calças. Pelo menos, Jacob não tinha feito o trabalho completo dessa vez. A cueca de Doug ainda estava no lugar, e só uma pequena parte de sua pele ficou à mostra, pois ele tinha começado a usar camisetas mais compridas ultimamente.

Jacob seguiu as garotas, a maldita risada dele ecoava mesmo depois que ele virou para o outro corredor. Eu me abaixei, peguei o sanduíche de Doug e estendi para ele.

— Aqui — eu disse.

Ele não olhou para mim. Só olhava fixamente para o chão, na direção das batatinhas e dos biscoitos, um típico almoço de um garoto do Ensino Fundamental.

— Não é nada de mais — ele murmurou, pegando o sanduíche da minha mão e enfiando na sacola. O sinal tocou, mas nós dois ignoramos.

— Você devia dar um soco nele — eu disse e, no fundo da minha mente, pensei: *Oh, quem é você para dizer isso, David? Logo você que é um tremendo lutador. Um cara fodão.* — Eu gostaria de socar a cara dele — acrescentei, discutindo comigo mesmo.

— Não vale a pena — disse Doug, que se levantou e saiu em direção à cantina, com a sacola amassada nas mãos. — Além disso, é só uma brincadeira.

— Não é engraçado — eu gritei. — Você não está rindo.

Ele se virou e voltou andando na minha direção.

— Eu não vou fazer nenhuma estupidez, se é nisso que você está pensando. Eu não sou um fracassado homicida como Nick Levil.

Então ele me deu as costas mais uma vez e desapareceu rumo à Praça de Alimentação.

***

Ao fim das aulas, Valerie e eu empurramos as portas duplas ao mesmo tempo. Ela estava sozinha e parecia limpa e fresca, como se tivesse finalmente começado a se importar com sua aparência novamente.

— Oi — eu a cumprimentei.

— Oi. — Ela deu um sorriso amarelo e olhou nervosamente para o estacionamento.

— Como estão as coisas? — perguntei, odiando a maneira como parecíamos dois estranhos.

— O que você quer dizer? — ela se retraiu cautelosamente.

— Quero dizer, como está sua vida? Quer saber, deixa pra lá. — Dei de ombros.

— Minha vida... — disse ela com um suspiro e então deixou a frase morrer no ar. Ficamos lado a lado por alguns minutos, um clima estranho entre a gente. Ela observava os carros que estacionavam.

— Sua mãe continua vindo te pegar?

— Bem, da última vez que peguei o ônibus não terminou muito bem...

Eu me lembrava da ocasião. Depois que ela desceu do ônibus naquela manhã do ano passado, correu para as arquibancadas e me mostrou seu MP3 player quebrado. Eu sugeri que ela consertasse. E então Nick chegou e tudo mudou para sempre. Tudo.

Diga alguma coisa.

— Hum, agora você e a Jessica Campbell são amigas?

Ela bateu o pé, impaciente.

— Por que você está tão preocupado com isso?

— Não estou. Eu só... só tenho a impressão de que algumas coisas não mudaram absolutamente nada. Quero dizer, em relação às pessoas. E eu pensei que...

Ela se virou e me encarou.

— Pensou que todo mundo melhoraria depois do que aconteceu? Eu também.

— Mas não — eu disse. — Jacob Kinney está atormentando Doug Hobson constantemente.

— Jacob não está no Conselho Estudantil, se é o que você está insinuando.

— Não estava insinuando nada. Eu não estou... Olha, se você quer fazer parte do Conselho Estudantil, isso é da sua conta. Só estou dizendo que algumas pessoas ainda estão...

— Eu não quero — ela me interrompeu. Uma rajada de vento soprou uma mecha de cabelo sobre sua testa, mas ela não fez nenhum movimento para afastá-la. — Eu não quero estar no Conselho Estudantil. Eu estou porque tenho de estar, tá legal? E me desculpe se isso é uma grande traição com você ou com o Nick ou... com todo mundo. — Ela balançou a cabeça. — É o que eu tenho que fazer. Você perguntou como está a minha vida? Bem, eu estou tentando recuperá-la, mas na metade do tempo eu nem a reconheço. E às vezes acho que Jessica não é quem nós... — Seus olhos brilhavam enquanto ela interrompia as próprias palavras. — Minha mãe chegou — ela disse, e se foi antes que eu pudesse dizer adeus.

**

Mais uma vez, papai estava em casa quando cheguei. Desci até o porão, onde ele estava debruçado sobre uma velha trincheira desmontando-a para reformá-la.

— E aí, parceiro — ele me cumprimentou quando sentei no banco em frente a ele. — Como foi a escola?

— Como sempre — eu disse. A mesma resposta que dei na maior parte da minha vida. Mas algo no tom da minha voz deve ter chamado sua atenção, porque ele se empertigou e limpou as mãos em uma toalha.

— E? — perguntou.

Diga alguma coisa, minha mente implorava. *Diga o que aconteceu naquele dia. Diga o que está acontecendo agora.*

— Você acha que as pessoas podem mudar? Mudar de verdade, pai?

— As pessoas? Ou alguma pessoa em particular?

— As pessoas em geral. Como as pessoas da minha escola. As que estavam lá no dia do... você sabe.

Papai deixou cair a toalha, linhas de preocupação marcando sua testa.

— Está acontecendo alguma coisa?

Sim. Sim, está acontecendo alguma coisa. Pessoas morreram e ninguém parece se importar. Todo mundo está agindo como se o desajustado fosse o Nick, como se o único problema fosse ele. Ele era o louco, e todos os outros eram normais, é o que tudo mundo está pensando. Mas eles estão errados. Eu conhecia o Nick. Eu conheci o Nick que enfrentou Chris Summers no vestiário. Ele não era maluco; ele estava desesperado. E eu achava que conhecia Chris Summers, mas no fim das contas descobri que também não o conhecia, e eu não posso contar a ninguém o que realmente aconteceu, porque estou com muito medo de mim mesmo se deixar a verdade sair.

Observei as linhas de preocupação se aprofundarem no semblante do meu pai, seus olhos cheios de medo, e me lembrei de como corri para seus braços no dia 2 de maio; os policiais mantinham os pais na calçada enquanto tentavam isolar o perímetro da escola. Lembro que ele me agarrou com força e chorou ao me ver, ele ainda usava o uniforme do trabalho e eu sentia o cheiro da fábrica enquanto ele me abraçava apertado, soluçando tão pesado que parecia empurrar meus ombros para baixo. *Eu estava tão preocupado*, ele disse com a voz abafada. *Estava tão preocupado que você tivesse sido ferido.*

Eu não podia fazer isso com ele novamente. Ele não merecia sentir esse medo.

— Não, não tem nada acontecendo — eu disse. — É só uma pergunta hipotética. Para um artigo que estou escrevendo sobre livre-arbítrio.

— Ah! — ele exclamou e voltou a trabalhar. — Acho que as pessoas podem mudar se elas esforçarem-se o bastante. Só que a maioria das pessoas não quer tentar. A maioria prefere conservar os hábitos ruins que já lhe são familiares a cultivar os bons com que não estão acostumadas. A mudança exige trabalho árduo. Basta perguntar a um fumante.

Fiquei sentado ali, observando-o construir a maquete, pensando no que ele tinha acabado de dizer. Jacob Kinney nunca mudaria. E por que iria querer? Era muito mais fácil mandar na escola — ter todas as garotas populares aos seus pés e todo mundo com medo de você — do que se esforçar para ser uma boa pessoa.

Pensei em Doug dizendo que era só brincadeira, que não tinha nada de mais. Em Valerie me dispensando, agindo como se eu fosse o inimigo. Pensei no "BICHA!" que ainda estava pichado no interior da porta do meu armário.

E, acima de tudo, pensei nos nomes riscados com caneta vermelha e no choque absoluto que foi para todos quando aquelas pessoas acabaram baleadas.

Quando alguns deles acabaram mortos.

Todos eles, isto é, exceto eu.

Penúltimo ano do Ensino Médio

113. *RosaRosaRosaRosaRosaRosaRosaRosaRosaRosaRosaRosa.*
114. *Jessica!!! Vaca!!! Campbell!!!*
115. *Pneus da barriga da Tennille.*

Concentrar-se na escola quando o calendário entrava em maio era sempre mais difícil. O sol finalmente estava brilhando e a única coisa que parecia boa era ficar ao ar livre, ouvir música e jogar umas pedras no Lago Azul de vez em quando.

Mas em maio do penúltimo ano era quase impossível me forçar a ir à escola. Depois de nove meses pegando no meu pé, seria de se esperar que Chris Summers já tivesse encontrado algo melhor com que se ocupar. Que inferno, até mesmo um chimpanzé se cansa de bater na mesma bola depois de algum tempo. Mas não, só piorou durante o inverno, agora ele me chamava de Pirata Bundão e fazia todos os seus amigos falarem como piratas toda vez que cruzavam comigo pelos corredores. *Yaaargh, ouvi dizer que Nick Levil anda mexendo nos fundilhos do Davey para conferir o tesouro! Har har har!*

Certa tarde, matei aula e pedalei até o Lago Azul. Era um dia ensolarado e o lago estava cristalino, as ondulações suaves refletiam a luz do sol em meus olhos. Tão pacífico.

Até que ouvi o barulho. Um estrondo, como um tiro.

Algumas pessoas dizem que dá para confundir um tiro com o barulho do escapamento de um carro. Bobagem. O barulho de um tiro é exatamente o barulho de um tiro, e você sabe o que é no minuto em que ouve. Ou pelo menos eu soube. Freei minha bicicleta e desci, com os ouvidos apurados, sem saber o que fazer.

Então ouvi vozes e risadas atrás do abrigo 3, o mesmo abrigo onde nossa turma sempre se reunia quando íamos ao Lago Azul. Reconheci o carro estacionado perto dos banheiros. Um Camaro preto. O mesmo em que Brandon estava quando me encarou pela janela do passageiro. O carro de Jeremy.

Empurrei minha bicicleta na direção das vozes e a encostei no carro. Fui até a cobertura do abrigo e, ao me aproximar, vi Jeremy sentado em uma pedra, brincando com uma arma em seu colo.

— O que você está fazendo aqui? — alguém disse, e virei a tempo de ver Nick na beira da água, segurando uma lata de refrigerante vazia.

Jeremy enfiou a arma embaixo da perna, virando a cabeça abruptamente na minha direção.

— E aí, bebezão?! — ele falou comigo sem tirar o cigarro que tinha entre os lábios. — Matando aula que nem um menino grande? Que fofo!

Dei mais alguns passos para frente.

— O que vocês estão fazendo? — perguntei, sentindo cada terminação nervosa do meu corpo em alerta. Reconheci o olhar na fisionomia de Nick: era a mesma intensidade latente daquela noite em seu porão, quando vi todos os nomes riscados na lista do ódio. Só que desta vez aquilo me deixou nervoso pra valer.

— Dando uma volta — disse Nick.

— Praticando algumas habilidades — acrescentou Jeremy com sua voz áspera. — Hoje estamos montando nossa própria escola. E sem os idiotas. Ela se chama Escola de Ajuste de Atitude. — Ele riu. — A aula está prestes a começar. Você precisa de um ajuste de atitude, bebezão?

Fiz uma careta, mas o ignorei, voltando minha atenção para Nick.

— Faz tempo que não te vejo.

— Deixe o David em paz — Nick disse a Jeremy. — Ele é dos nossos. — Nick foi até onde eu estava, e notei que a lata que ele segurava tinha um enorme buraco irregular no meio. — Eu vou para a escola amanhã. Tenho que cuidar de algumas coisas.

— O que você quer dizer? — perguntei, olhando a lata em sua mão.

Ele olhou para o lago, semicerrando os olhos.

— Nada — ele desconversou. Após uma pausa, continuou: — Você já pensou nisso, Dave?

— Já pensei em quê?

— Neles. Chris Summers, Abby Dempsey, Jacob Kinney e aquela vaca duas caras da Ginny Baker. Você já se perguntou por que todos eles agem assim? Tipo, se nós tivéssemos tudo o que eles têm, os carros, o dinheiro, as mamães e os papais babões e as casas enormes, você acha que também seríamos como eles? Ou será que é de nascença e eles fazem o que fazem independentemente de terem tudo ou nada? Quero dizer, talvez eles sejam apenas... pessoas más. Erros da natureza.

— Nunca pensei sobre isso — respondi, mais uma vez me sentindo estranho e desconfortável perto de Nick, e me perguntando quando isso aconteceu, quando ele se tornou uma pessoa cuja companhia era tão incômoda.

Ele amassou a lata em seu punho e a jogou nas pedras aos nossos pés.

— É, acho que você não pensa como nós. Você é um cara legal.

— Nós vamos descobrir — Jeremy interveio. — Vamos descobrir se eles são apenas pessoas pobres de espírito, certo, bebezão?

— Deixa ele em paz — Nick avisou novamente.

— O quê? — Jeremy perguntou, com falsa inocência. — O bebezão está bem, nós só estamos conversando. Quer saber o que mais, bebezão? Você pode vir me visitar na cabana do meu primo em Warsaw. Nós vamos pescar lá depois. Você pesca?

— Depois do quê? — perguntei, sem ter certeza de que queria mesmo saber a resposta.

— Depois de nada, ele só está zoando — disse Nick. — Eu vou levá-lo para casa. Ele não está mais falando coisa com coisa. Você também deveria ir.

Eu não queria ir. Parecia arriscado, como se, ao ir embora, eu estivesse concordando com algo perigoso. Como se eu fosse parte de um segredo que eu não sabia exatamente o que era, mas sabia o suficiente para ter medo. Mas ficar ali no meio de Nick e Jeremy... e o que quer que eles estivessem tramando... era desagradável demais. Então peguei minha bicicleta e saí pedalando, sentindo um alívio imediato ao deixá-los para trás.

**

Eu não sabia por quê, mas senti que precisava dar uma passada na escola e me certificar de que estava tudo normal. Então, em vez de ir para casa, fui de bicicleta direto para o Colégio Garvin.

Encontrei Valerie nas arquibancadas após o último sinal, que talhava a palavra "*DOR*" em seus jeans com uma caneta preta. Recentemente, parecia que ela passava a maior parte do dia fazendo grafites em si mesma.

Seu jeans estava coberto de palavras, imagens, rasgões e grampos. Ela era uma emoção ambulante.

— Também quero desenhar — disse, sentando ao seu lado. Tirei uma caneta do caderno e rabisquei uma carinha sorridente no joelho dela. Ela imediatamente fez um X nos olhos. — Uau, estamos de mau humor — provoquei.

— Jessica Campbell. — Ela balançou a cabeça. — Deixa pra lá. Nem sei por que ainda me importo. Por que ela simplesmente não me deixa em paz? Ela quer me odiar? Tudo bem! Mas por que não pode agir como se eu nem existisse? Por que ela sempre tem que fazer uma ceninha?

Desenhei um moicano na carinha sorridente e, em seguida, acrescentei sobrancelhas furiosas sobre os olhos em forma de X.

— Eu não sei — respondi. — Talvez ela seja apenas uma pessoa má. Valerie olhou para mim, sua caneta pairava sobre o jeans.

— Engraçado, Nick e eu estávamos falando sobre isso outro dia.

Último ano do Ensino Médio

Faltavam dez dias para a formatura, e todos estavam ansiosos para encerrar o Ensino Médio. Além do minuto de silêncio que fizemos no dia 2 de maio, ninguém nem parecia se lembrar que faltariam vários graduandos na cerimônia da nossa turma. E foi apenas alguns minutos após a homenagem silenciosa que Jacob Kinney, supostamente o melhor amigo do tragicamente falecido Chris Summers, atacou de novo.

— Ei, Dav-a-lina — Jacob me chamou enquanto nos encaminhávamos para as salas de aula —, quem sabe você não encontra um chapéu de formatura cor-de-rosa e cheio de glitter para a formatura. E com flores!

Tanto faz. Faltam só dez dias para eu nunca mais ter que ouvir esse idiota. Nunca mais teria que aturá-lo me chamando de "princesa", nem me preocupar em esconder o desenho de um pênis que alguém rabiscou na capa do meu livro de matemática. Eu estaria livre.

Mas então eles puxaram as calças de Doug Hobson novamente. Fora do vestiário, o lugar favorito deles. E eu não sei o que me deu aquele estalo. Não sei se foi o acúmulo de dois anos de tormento ou se foi o olhar no rosto de Doug, como se ele estivesse rindo junto com eles, só que eu sabia que não estava. Eu sabia que ele só estava agindo assim porque dar risada, de alguma forma, fazia parecer que ele estava inserido na brincadeira. Como se ele estivesse no controle de sua situação incontrolável.

— Vê se cresce — eu disse, colocando-me diante de Jacob, tão perto que até podia sentir o seu hálito.

Ele parou de rir, embora ainda estivesse sorrindo.

— Por que você não sai da frente, viadinho? Eu acho que você vai gostar. Show gratuito. Você nem precisa pagar um jantar para ele primeiro.

Chega. Eu já estava farto de ouvir, farto de testemunhar, farto de falar. Sem nem pensar, quase sem nem perceber, meu punho disparou e desferiu um soco na maçã do rosto de Jacob.

Ele caiu no chão e, por um momento insano, olhei para a minha mão pensando: *Puta merda, eu acabei de derrubar Jacob Kinney!* Mas nem tive tempo de processar aquele pensamento e ele já estava de pé novamente, vindo para cima de mim. Tentei me esquivar, mas fui muito devagar, e os amigos dele formaram uma barreira atrás de mim, me impedindo de fugir. Ele me acertou embaixo do queixo e minha cabeça chicoteou para trás. Cambaleei alguns passos, mas recuperei o equilíbrio e bati nele de volta, e então só vi que estávamos caídos no chão, eu balançava meus braços tentando revidar o mais forte que podia, com os olhos fechados, sem prestar atenção onde meus punhos estavam acertando. Ele me xingou e me chamou de tudo quanto é nome, dando socos no meu rosto, nos meus ombros, no meu peito. Eu só continuei me debatendo, até que alguém me agarrou sob as axilas e me puxou para cima.

Finalmente abri os olhos, e lá estava Jacob, a poucos metros de mim, gritando e se debatendo para se livrar do treinador Radford.

— Calma — ouvi alguém falar no meu ouvido e quis morrer quando percebi que era a técnica de ginástica feminina que me segurava. Claro. Porque ser subjugado por uma mulher só me faria parecer ainda mais fracote.

— Ele me atacou — gritou Jacob, espumando de raiva. Fiquei contente em ver seu rosto manchado de sangue e queria que pelo menos um pouquinho daquele sangue fosse dele e não todo meu.

— Eu não aguento mais! — gritei tão alto que minha voz até falhou. — Não aguento mais ver ele sempre se safando de tudo o que faz! Esse cara não aprende! Nick atirou em todas aquelas pessoas e ele ainda não mudou! Seu melhor amigo morreu! Seu melhor amigo! — Eu sabia que, àquela altura, eu estava totalmente descontrolado, que ninguém entenderia meu ponto de vista e que, na melhor das hipóteses, eu entraria para a lista de vigilância de atiradores em potencial do Diretor Angerson. Mas não consegui me conter. — Ele é uma pessoa má! Ele não passa de uma pessoa má!

* * *

Mamãe foi me buscar. Ela teve que achar um substituto para dirigir sua rota de ônibus e estava tão chateada que sua voz até estremeceu quando falou:

— Suspenso — ela começou, quando saímos da escola juntos. — Você tem sorte de não ter sido expulso. Berrando e delirando sobre o tiroteio? Arrumando briga? O que há de errado com você?

Cerrei meus dentes e uma dor percorreu minha mandíbula. Ela não tinha ideia. Claro que não tinha. Afinal, eu nunca contei nada para ela. Nadinha. Nem uma palavra sobre os anos que passei sendo chamado de "bicha" e outras variações. Nem uma palavra sobre ter encontrado Nick e Jeremy no Lago Azul no dia anterior ao tiroteio. Nada sobre o que aconteceu em 2 de maio na Praça de Alimentação. Ela não sabia nada disso.

Diga alguma coisa. Basta dizer.

Mas eu segurei por tanto tempo que não sabia nem por onde começar. As palavras pareciam muito longas, a história era grande demais. Nunca me senti tão culpado em toda a minha vida.

Quando chegamos em casa, fui para o meu quarto e deixei mamãe esbravejando na cozinha, algo sobre estar de castigo e ter muita sorte por eles ainda me deixarem ir à formatura, evoluindo para o que era essa história de eu estar matando aulas, e terminando com a pergunta sobre se eu era suicida ou se estava usando drogas.

— Foi um erro! — gritei de volta. — Cometi um erro. — E fechei a porta, com a voz de Nick ecoando em minha cabeça: *E se eles só forem erros da natureza?*

Me joguei na cama, peguei o notebook e comecei a pesquisar sobre a *Tribuna de Garvin* e a repórter que praticamente tinha morado lá na escola depois do tiroteio.

Diga alguma coisa. Diga!

Peguei meu telefone e disquei o número que aparecia na tela.

— Olá? É Angela Dash? Você foi a única a escrever todas as matérias sobre o tiroteio no Colégio Garvin, não foi? Sim, eu tenho uma pista para você. Alguém sabia que o tiroteio aconteceria e não contou. E não foi Valerie Leftman. Você deveria investigar os outros amigos de Nick Levil.

Desliguei e apertei o telefone contra o peito, olhando para o teto. Já que eu não tinha coragem de contar o que eu sabia por conta própria, talvez alguém me encontrasse e falasse por mim.

Penúltimo ano do Ensino Médio

201. Jacob Kinney.
202. *Jessica Campbell e suas BVMRs!!!* ← MORRAM JÁ, PRA FELICIDADE GERAL!
203. *Pais e seus problemas de relacionamento. Cresçam.*
204. *Todos eles. TODOS!!! ELES!!!*

Dois de maio. Outra manhã de maio qualquer. Mamãe saíra apressada para chegar ao seu ônibus antes mesmo de eu levantar da cama. Papai lá embaixo, o rádio tocava uma canção antiga dos anos de glória do Pearl Jam. Brandon dormia. Sara e eu comíamos cereal apaticamente. Ela se formaria em duas semanas, mas eu ainda tinha pela frente mais um ano de apatia durante o cereal matinal.

Mason chegou, mexeu com o peixe, e então nós fomos andando. A grama úmida molhava a ponta dos nossos tênis, a fumaça do cigarro de Mason se espalhava no ar à nossa frente.

— Eu não vou aguentar mais vinte dias — ele reclamava. — Vou me jogar daquela ponte ali se tiver que ouvir mais um minuto de História Mundial.

Um carro preto rugiu ao nosso lado e parou. Jeremy estava no volante. A janela do lado do passageiro desceu, deixando ecoar o som de um bebê chorando no banco de trás. Nick, com o rosto pálido atrás de um par de óculos de sol, inclinou-se para nós.

— Querem uma carona? — ele perguntou.

Por mais que Mason gostasse de fumar de manhã, e por mais que aquele bebê chorando já estivesse fazendo meus ouvidos sangrarem, nós não recusaríamos uma oferta daquelas. Entramos no carro, nos apertando no banco de trás. O bebê chorou mais forte.

— Cala essa maldita boca, Dylan! Porra! — Jeremy gritou antes de subir os vidros e dar a partida. — Aquela vaca tá me devendo uma por levá-lo hoje.

Nick resmungou algo que não conseguimos ouvir por causa dos berros, e ele e Jeremy riram. Os dois estavam chapados. Dava para perceber pelo cheiro. E pelo jeito estranho que eu via Nick sorrindo pelo retrovisor.

— E, então, prontos para o último dia de aula? — Nick se virou e perguntou, olhando para nós com aquele sorriso assustador.

— Ainda faltam vinte dias — murmurei. Ele me encarou por alguns instantes, ou pelo menos acho que sim, por trás daqueles óculos escuros, e então se virou para a frente.

— Pois é, cara, quando você menos esperar, tudo vai estar acabado — ele disse, enfim.

— Vai acabar antes que você perceba — Jeremy acrescentou, e riu novamente.

Olhei para Mason, mas ele estava apenas olhando pela janela. Não parecia estar estranhando Nick nem Jeremy. Claro, ele não tinha visto a lista nem os nomes riscados. Nem a arma no lago.

Jeremy parou na Rua Starling, junto aos campos de futebol. Pude ver Stacey e Duce já nas arquibancadas.

— Hora de levar o pirralho para a creche — disse Jeremy. — E eu tenho que pegar comida para viagem. Vou sumir por um tempo depois de hoje. Então vocês podem descer aqui.

Mason abriu a porta e nós saímos. Estava tão feliz por me livrar do choro, que só percebi que Nick não tinha vindo com a gente quando o carro arrancou.

— Você acha que ele está agindo de forma estranha? — perguntei.

— Esse cara é sempre estranho. Acho que ele fritou um monte de neurônios — disse Mason.

— Não, estou falando do Nick.

— Na verdade, não. — Mason deu de ombros. — Nada além do habitual.

Cruzamos o campo lado a lado, e eu continuava tentando me convencer de que era só coisa da minha cabeça, que Nick estava agindo normalmente e que eu estava sendo paranoico. Afinal, se algo estivesse acontecendo, ele nos contaria. Sair correndo para abrir o bico só me faria parecer uma criancinha e deixaria Nick muito zangado. Era tudo coisa da minha cabeça.

No entanto, nem eu conseguia acreditar em mim.

Chegamos às arquibancadas, todos estavam conversando e bagunçando, e logo me esqueci do que ouvi no carro de Jeremy. Era só mais um dia qualquer. Só mais um 2 de maio.

O ônibus de Valerie chegou e imediatamente percebi que algo estava errado.

— Olhe o que aquela vaca da Christy Bruter fez com o meu MP3 — ela reclamou, subindo as arquibancadas.

— Nossa! — exclamei, olhando para a tela rachada. — Você pode mandar arrumar. — Internamente, eu estava pensando que talvez eu pudesse consertar o MP3 para Valerie, e então ela começaria a me ver como mais do que apenas um amigo. Mas eu sabia que isso era idiotice.

Algo atrás de mim chamou a atenção dela. Val subiu de forma estabanada até o alto da arquibancada e acenou para o carro de Jeremy, que tinha voltado. Nick saiu do veículo, levantou um pouco o queixo e começou a vir despreocupadamente em nossa direção. Valerie desceu correndo as arquibancadas para encontrá-lo, esquecendo de mim completamente. Como é que eu pude pensar que a oferta de consertar um MP3 player estúpido poderia fazê-la mudar de ideia sobre mim? Como pude pensar que eu tinha alguma chance de superar Nick Levil? Era um caso perdido.

Angerson arrastou os pés atrás de nós e disse:

— Muito bem, alunos da Garvin, não vamos nos atrasar esta manhã. É hora de ir para a aula.

Duce bateu continência para Angerson e saiu marchando em direção à escola, Stacey o seguiu. Mason gritou para Joey e saiu, restando apenas eu no final das arquibancadas, Val e Nick também seguiam vagarosamente a poucos passos de distância.

Ouvi pequenos trechos da conversa deles: — *Eu a odeio. Vou cuidar disso. Vamos acabar com isso.* — Eu seguia atrás deles de propósito, andando devagar, cansado de ser a vela entre os dois pombinhos. Cansado do comportamento estranho de Nick e da devoção de Valerie a alguém que não estava nem aí.

E foi então que eu vi.

Uma brisa bateu exatamente naquele instante e levantou um pouco a parte de trás da jaqueta de Nick. Não muito, apenas o suficiente para revelar um cano metálico enfiado no cós de sua calça.

Olhei ao redor, mas ninguém mais parecia ter visto. Ninguém tinha notado. Mas eu vi, eu sei que vi, e era a mesma arma que Jeremy tinha escondido embaixo da perna no Lago Azul, no dia anterior.

E, de repente, tudo se encaixou. Todas as peças que fui juntando desde o dia em que achei a lista do ódio, desde que escrevi o nome de Chris Summers nela e vi o brilho predatório no olhar de Nick. No fundo, eu sabia o que Jeremy queria dizer quando me falou que eu poderia visitá-lo em Warsaw *depois*.

Eu tenho que pegar comida para viagem. Vou sumir por um tempo depois de hoje.

Eu sabia o tempo todo, mas fiquei tentando me convencer de que estava errado.

Mas eu estava certo.

Nick Levil abriria um tiroteio na escola.

Último ano do Ensino Médio

A formatura seria em três dias e eu ainda estava suspenso. Passei a maior parte do tempo trancado no meu quarto, pensando em maneiras de me matar.

Patético, eu sei. Conseguia até ouvir a voz de Chris Summers dizendo: *Ah, que dramática! Deixa de ser uma menininha chorona. É só brincadeira.*

Sinceramente, não sei até que ponto eu realmente estava pensando nisso. Ou se seria capaz. Eu me sentia tão estúpido por não conseguir nem decidir se queria ou não morrer, mas não era assim tão fácil.

Antes do tiroteio, eu gostava bastante da minha vida. Eu tinha bons pais. Minha irmã era bem divertida. Até mesmo Brandon sabia ser legal quando queria. Gostava dos meus amigos. Estava apaixonado por uma garota incrível e, mesmo que não fosse recíproco, ela ainda estava lá — acariciando meu joelho ou dando tapinhas no meu ombro para chamar minha atenção, ou fazendo piadinhas comigo quando nos reuníamos.

Chris Summers e Jacob Kinney faziam eu me sentir um lixo, e às vezes eles eram tão cruéis que a escola parecia mais uma sessão de tortura, mas, mesmo assim, eu nunca quis morrer. Eu sabia que não era nada daquilo que eles me chamavam: medroso, covarde, inútil. Depois do tiroteio, porém, inútil e covarde era exatamente como eu me sentia às vezes. Os investigadores estavam atrás de informações e eu tinha o que eles queriam, mas fiquei com medo de contar. Valerie estava vivendo um verdadeiro inferno para limpar seu nome, e eu estava com medo de salvá-la. Estava com medo e me sentia extremamente culpado por ceder a esse medo. A polícia estava procurando Jeremy Watson. A cidade inteira estava procurando Jeremy Watson. Eles queriam respostas, respostas que

Jeremy podia dar, mas ninguém conseguia encontrá-lo. E eu sabia onde ele estava. E não disse nada.

Em última análise, o que me impediu de me matar foram as manchetes. Tive medo de que publicassem algo como: *Vítima de bullying homofóbico se enforca no banheiro.*

E todos veriam somente a palavra *homofóbico*. As manchetes não mencionariam a lista do ódio, Valerie ou Jeremy Watson, nem o que aconteceu no dia do tiroteio, muito menos os segredos que estavam me devorando por dentro. Minha mãe ficaria arrasada e diria à mídia que nunca suspeitou de nada, que eu poderia ter me aberto com ela. Ela se culparia por isso. Meu pai se perguntaria por que eu não...

Disse alguma coisa.

Ninguém saberia a verdade. Mas será que a verdade ainda teria alguma importância?

***

Mason foi em casa na noite do baile, estava entediado.

— Mas nem se me pagassem eu iria num baile estúpido — ele disse, pegando um saco de pipoca de micro-ondas que estava jogado no chão do meu quarto há dias. — Você precisava ter visto como Duce ficou ridículo de smoking. Stacey pôs o cabresto nele direitinho.

— Valerie foi? — perguntei, sabendo que minha curiosidade pareceria estranha, mas eu não estava nem aí. Nick estava morto; tudo mudou; que importância isso teria agora?

— Como é que vou saber? — Mason respondeu e enfiou outro punhado de pipoca na boca. — Mas Duce a viu no cemitério. No túmulo de Nick. Ele ficou puto porque ela demorou tanto para ir lá.

— E por que raios ele se importa tanto? — perguntei.

— Porque ela é culpada. Quero dizer, você sabe que ela sabia. Não tinha como não saber, e ela não disse nada. Deixou tudo cair nas costas do Nick. Na minha opinião, se você sabe que algo está prestes a acontecer e não diz nada, você também é culpado. Tanto quanto se tivesse puxado o gatilho.

Senti o estômago afundar e minha boca ficou seca. Pigarreei.

— Talvez ela só ficou sabendo quando era tarde demais.

— Não é tarde demais agora. Ela deveria confessar. — Ele jogou o saco de pipoca de volta no chão e se levantou, fazendo uma cara de desgosto. — Dane-se essa porcaria, vamos buscar comida de verdade.

Mas não pude ir. Minha cabeça estava girando, minhas mãos estavam suando e me senti enjoado, como se fosse vomitar. Aleguei que estava de castigo e disse a Mason para ir sem mim. Passei o resto da noite sentado no chão do meu quarto, de pernas cruzadas, com um estilete na mão. Tremendo e chorando, eu remoía tudo aquilo que não conseguia confessar e não sabia como dizer, mas que precisava ser dito. Eu precisava ajudar, mas não conseguia; eu não era forte o suficiente, mas sim o fracote que todos diziam que eu era.

Eu não queria morrer. Mas também não queria mais essa vida. Eu não queria ser a pessoa que sabia e não disse nada. Eu não queria mais ser a pessoa com aquela... *imagem*... na minha cabeça, aquela imagem do momento da morte de Chris Summers. Eu não queria ser a pessoa que sabia que Jeremy Watson — o monstro foragido que todos procuravam — estava escondido na cabana de seu primo em Warsaw, no Missouri. Eu não queria mais enfrentar Jacob Kinney, nem Duce, muito menos Valerie.

O sol se pôs, meu quarto ficou escuro e, ainda assim, permaneci sentado lá no chão, o catarro escorrendo do meu nariz pelo queixo e até o peito, minha mão estava tão apertada em volta do estilete que meus dedos ficaram dormentes. Eu falava sozinho, repetindo que estava arrependido, repetindo que estava com raiva, apenas repetindo e repetindo, repetindo sem parar.

E foi assim que meu pai me encontrou.

— O que o... David? O que está acontecendo? — Ele acendeu a luz e nós dois piscamos. Comecei a soluçar ao sentir o cheiro de tinta quando meu pai entrou no quarto.

— Papai... — eu berrei igual àquele bebê no carro. *Cala essa maldita boca, Dylan*!

— Meu Deus! — ele murmurou, lançando-se à minha frente para tirar o estilete da minha mão, que ele teve de arrancar porque eu estava segurando com tanta força e por tanto tempo que meus dedos não queriam se abrir. — Você está...? Você...? — Ele pegou meu rosto entre suas mãos e o virava, analisando, olhando para mim freneticamente. — O que está acontecendo? — Ele se agachou na minha frente, agarrou meus ombros e me deu uma sacudida. — Diga alguma coisa!

E então eu disse.

Eu finalmente disse.

Penúltimo ano do Ensino Médio

204. Todos eles. TODOS!!! ELES!!!
204. Todos eles. TODOS!!! ELES!!!
204. Todos eles. TODOS!!! ELES!!!

Assim que ouvi Nick dizer a Valerie que era hora de acabar com tudo aquilo, senti meu estômago embrulhar. Eles passaram pelas portas duplas e desapareceram, e eu voltei correndo para encontrar o Senhor Angerson, que sempre, sempre, estava a postos ao lado do ponto de ônibus perto da rotatória, cortando o barato de todo mundo e mandando o pessoal entrar.

Sempre.

Mas não no dia 2 de maio.

Percorri o trajeto inteiro de ônibus procurando por ele, espiando através das portas abertas dos ônibus estacionados, entre os veículos parados. Ele estava ali agora mesmo, e, de repente, havia sumido. A Senhora Tate, nossa orientadora, estava bem na entrada principal e, por um segundo, fiquei paralisado no lugar, ouvindo o tique-taque de um relógio invisível. Eu precisava tomar uma decisão rápida antes que o tempo acabasse.

Estava a meio caminho da Senhora Tate e as portas duplas. Poderia acenar para ela e dizer alguma coisa, ou simplesmente entrar e procurar Nick, tentar impedi-lo eu mesmo.

Eu fiz a escolha errada.

Tate tinha um rádio. Assim como o Senhor Angerson e o oficial Belkin, o agente de segurança estudantil. Tate poderia ter se comunicado com Belkin. Ele poderia ter interceptado Nick antes que algo acontecesse. Ou talvez não pudesse. Eu nunca vou saber, porque escolhi não falar com a Senhora Tate.

Eu escolhi as portas duplas. Eu escolhi ir atrás de Nick.

Os corredores estavam entupidos, como de costume, todos relutantes em ir para a aula. Ninguém estava com pressa, porque ninguém nunca teve pressa para começar o dia. E era maio; ninguém mais dava bola para atrasos.

Saí empurrando todo mundo, atravessando a multidão, ouvindo gritos e protestos atrás de mim, mas não me importava.

O primeiro tiro ecoou exatamente quando entrei na Praça de Alimentação. Houve alguns gritinhos assustados, mas ninguém realmente reagiu. Acho que todos pensaram que era uma brincadeira ou algo assim, e mesmo sabendo o que eu sabia, parte de mim queria acreditar nisso também. Além da multidão, vi uma pequena briga, um caos acontecendo perto da parede. Pensei ter visto o casaco preto de Nick se movendo rápida e firmemente para o meio do salão, e então ouvi um grito.

— Meu Deus! Ajudem!

Eu reconheceria aquela voz em qualquer lugar. A voz de Valerie.

— Valerie! — eu gritei, pulando para a frente.

Tentei chegar até ela, mas mal dei dois passos, houve outro disparo e, finalmente, todos se deram conta de que era um tiroteio de verdade. Começaram os lamentos e a gritaria, pessoas correndo em massa, empurra-empurra, mesas sendo derrubadas. Eu ainda tentei passar, mas não conseguia sair do lugar. Quanto mais eu tentava avançar para dentro da Praça de Alimentação, mais era arrastado para fora pela multidão. Meus pés estavam sendo pisados, recebia cotoveladas de todos os lados, e então levei uma pancada forte na cabeça e caí.

Assim que bati no chão, por mais que eu tentasse me agarrar aos transeuntes e me levantar, as pessoas começaram a correr por cima de mim, pisoteando minhas mãos, meus braços. O joelho de alguém me atingiu no nariz, eu vi um *flash* de luz e senti o sangue escorrer pelos meus lábios. Todos se empurravam uns contra os outros e era impossível me mover, impossível me levantar.

Por um segundo, fiquei apavorado. Mais pancadas, mais gritos, e a cada disparo uma nova onda de pessoas passava por cima de mim, tropeçando nas minhas pernas, chutando meus tornozelos. Eu me encolhi no chão, chorando, gritando de dor toda vez que alguém pisava em mim, pensando que seria citado nas reportagens como o garoto que foi pisoteado até a morte.

E então alguém me estendeu a mão. Bem na frente do meu rosto, alcançando-me na escuridão.

— Venha! — eu ouvi; olhei para cima e vi Chris Summers de pé sobre mim, abrindo espaço entre as pessoas para me alcançar. — Vamos, precisamos sair daqui! — Ele balançou a mão, insistente.

Embora, racionalmente, não fizesse o menor sentido para mim que Chris Summers fosse me ajudar, agarrei sua mão e ele me puxou, colocando-me de volta sobre os meus pés. Ele parecia meio alucinado, um pouco estupefato e totalmente dominado pela adrenalina.

— Ele está atirando! Vai! — ele gritou e me deu um empurrão no ombro em direção à saída, mas eu não consegui me mexer. Eu o observei voltar para a Praça. Vi quando se ajoelhou e puxou uma menina que estava sangrando de baixo de uma mesa virada, onde ela estaria segura. Assisti a ele puxar outra garota em direção à porta, empurrando-a mais ainda para o meio da multidão.

E então eu vi Chris tombar no chão. Eu vi seu sangue escorrer. E vi Nick parado vários metros atrás dele, com o braço esticado e a arma apontada em sua direção.

Nick olhou para frente e nossos olhos se encontraram. Sua boca se contorceu em um sorriso ínfimo e malicioso. Ele parecia assustado. Mas também orgulhoso. E, naquele momento em que nos encaramos, eu senti. Senti que ele estava pensando: *Esse foi pela gente*. Porque ele não foi o único que escreveu o nome de Chris na lista do ódio, eu também era culpado.

Eu me virei e corri. Saí empurrando as pessoas que estavam me empurrando antes. Não queria nem saber se podia derrubar ou machucar ou deixar alguém para trás. Só conseguia pensar que precisava sair de lá, que precisava fugir. Não de Nick. Nick não teria me machucado.

Eu precisava fugir de Chris e de todo aquele sangue.

Eu precisava fugir da minha culpa.

Nunca, prometi a mim mesmo. *Nunca vou falar sobre isso. Nunca direi uma palavra.*

Último ano do Ensino Médio

Conversei com Valerie no dia da formatura, logo após a cerimônia. Ela estava sentada na arquibancada, sozinha, ainda com a beca e o chapéu, a borla pendente tremulando como uma bandeira ao sabor da brisa. Ela estava com o olhar perdido no campo de futebol, com as mãos enterradas nas dobras da túnica. Inexplicavelmente, ela parecia mais suave sob aquela luz. Mais luminosa. Radiante.

Constatei que não conhecia mais Valerie, e fui inundado por uma tristeza profunda, porque uma parte de mim ainda se sentia conectada a ela. Parte de mim entendia o quanto ela teve de superar ao longo do ano, o quanto teve de lutar por si mesma, por Nick. Val teve de extrair coragem do fundo do âmago para estar presente na formatura, e eu senti uma pontada do meu antigo amor por ela ao ver como ela permaneceu firme diante das pessoas que ainda a culpavam pelo tiroteio, de cabeça erguida, desafiadoramente, assumindo seu lugar em nossa classe.

Fiz meu pai prometer que não contaria nada a ninguém até que eu me confessasse pessoalmente com Valerie. Eu deixei que ela levasse a culpa por um ano inteiro. Deixei todo mundo tratá-la como se ela fosse o monstro que sabia da verdade e não contou. Ela não era esse monstro. *Eu era.* E, no mínimo, eu lhe devia a verdade.

— Oi — disse ao me sentar ao lado dela. — Parabéns.

— Obrigada — ela respondeu, sem desviar os olhos do campo. — Parabéns para você também.

— Isso não parece muito com uma celebração, não é?

O vento balançou a borla do chapéu novamente, que roçou na bochecha dela.

— Na verdade, não. Você acha que algum dia teremos essa sensação novamente?

Esfreguei a ponta do meu sapato no cascalho, sentindo-me meio bobo dentro da beca, como se estivesse usando um vestido. Se Chris Summers estivesse se formando conosco, ele provavelmente chamaria de vestido só para me provocar.

— Eu não sei.

— Sabe o que é mais engraçado? — ela disse, finalmente desviando o olhar do horizonte e olhando para as próprias mãos. — Eu sempre achei que ele queria se formar. Mas, pensando nisso agora, ele nunca falou sobre o futuro. Talvez eu deveria ter visto isso como um sinal.

— Val, não faça isso consigo mesma — eu disse, colocando minha mão nas costas dela.

— Não consigo evitar. Eu nunca vou parar de pensar e me perguntar que sinais eu deixei passar. Eu estava tão cega. Eu juro que não sabia, David. Você acredita em mim, não é?

Deixei minha mão cair de volta ao assento e respirei fundo.

— Eu sabia — eu disse.

— O que você quer dizer? — Ela olhou para mim, curiosa.

— Eu sabia — repeti. — Eu vi todos os sinais. Vi todos os nomes riscados na lista do ódio, vi Jeremy e Nick com uma arma no Lago Azul no dia anterior. Ele estava falando um monte de coisas que não faziam sentido, e eu vi a arma debaixo da jaqueta dele antes do tiroteio. Eu vi tudo, mas não queria acreditar. Não queria colocar ele em apuros ou... ou... eu não sei. Só sei que percebi o que aconteceria e tentei alcançá-lo, mas já era tarde demais. Eu deveria ter dito a alguém dias antes, mas não disse. Todas as coisas de que eles estão te culpando? Fui eu. Não você. Eu.

Valerie balançou a cabeça devagar, como se não conseguisse assimilar o que eu estava dizendo.

— Por que você não me contou? — ela sussurrou.

— Porque eu... — fiz uma pausa, sentindo o medo formigar em todo o meu corpo. — Porque eu sou um covarde e um amigo de merda. — Minha voz ficou embargada pelas lágrimas. Respirei fundo várias vezes e pressionei o céu da boca com a língua para não chorar. — Eu sinto muito.

Valerie se levantou, mas permaneceu parada, como se não soubesse ao certo o que fazer.

— Você sente muito — ela disse, e eu concordei com a cabeça, com medo de olhar para ela. — Eu não posso acreditar nisso. Não posso acreditar que você esperou todo esse tempo para dizer qualquer coisa.

— Eu sei.

Ela ficou imóvel por mais alguns minutos, até que ouvimos vozes, outros formandos se aproximavam pela lateral da escola, aproveitando para fazer uma última caminhada pelo *campus* no dia da formatura. Limpei rapidamente minhas bochechas e permaneci ao lado dela.

— Acho que sei onde Jeremy está — eu disse em seguida. — Ou pelo menos para onde ele foi depois do tiroteio. Eu vou contar para a polícia. Eu só queria que você soubesse primeiro.

— Oh, meu Deus! — ela gritou, virando para mim, agitando as mãos em direção ao céu. — Você sabia esse tempo todo onde Jeremy está? Você deixou a polícia me interrogar daquele jeito, você deixou todo mundo pensar que eu... Meu Deus, David! Eu pensei que éramos amigos.

— Sinto muito, muito mesmo — eu disse novamente, agora de pé e de frente para ela, sem nem me incomodar em enxugar minhas lágrimas. — Eu não te culpo por me odiar.

Ela mordeu os lábios e fechou os olhos, depois suspirou e deixou os ombros caírem.

— Eu não te odeio — ela disse baixinho. — Não aguento mais tanto ódio.

Ela se sentou de novo na arquibancada e eu me sentei ao lado dela. Nossos ombros estavam se tocando, mas era como se estivéssemos a um milhão de quilômetros de distância um do outro. Qualquer conexão que algum dia já existiu entre nós estava perdida.

— Ele estava errado — eu disse. — Sobre eles serem erros da natureza.

— O quê?

— Nick. Ele me disse uma vez que achava que pessoas como Chris Summers eram geneticamente ruins, apenas erros da natureza que poderiam ser eliminados. Mas ele estava errado, porque mesmo depois do tiroteio ainda há panelinhas e ainda há pessoas odiando umas às outras e... — A lembrança de Chris Summers me estendendo a mão invadiu minha mente. — E às vezes eles também eram bons. Eles eram só pessoas, afinal. Assim como nós. Nick estava errado. E uma retaliação contra eles foi inútil. Não mudou nada.

— Não. Mudou tudo — Valerie disse. — Só não do jeito que ele esperava.

Olhamos para o campo de futebol até o sol ficar alto e sentirmos o suor se acumulando sob nossos chapéus. Nunca mais trocamos outra palavra. E, por fim, Valerie se levantou e saiu, voltando para a escola e me deixando sozinho nas arquibancadas.

Foi a última vez que a vi.

Alguns dias depois, papai foi comigo à delegacia. Contei a eles tudo o que eu sabia, e até mesmo Brandon ajudou a preencher algumas lacunas onde podia. Ele jurou que Jeremy e Nick nunca falaram nada sobre o plano na frente dele, mas ele não se mostrou nem um pouco surpreso ao descobrir que Jeremy estava envolvido.

— O cara era psicótico — disse ele. — Tinha um monte de armas estocadas na casa da mãe dele. Paranoico pra caramba. E aquele tal de Nick andava atrás dele igual a um cachorrinho. Devia saber que nada de bom poderia vir dali. Mas ele nunca me disse nada sobre o que planejavam. Eu teria socado a cara dele.

Quando terminamos, eu me sentei no banco do passageiro do carro do meu pai, anestesiado, sentindo que o mundo inteiro estava prestes a desabar sobre mim. Só me aterrorizava não saber quando isso aconteceria. Eu vi como a comunidade tratou Valerie quando pensaram que ela era a única envolvida. Os efeitos colaterais que ela teve de enfrentar não seriam nada em comparação com o que viria pela frente quando tudo o que eu sabia viesse à tona. Restava saber se eu seria tão forte quanto Valerie. Não tinha tanta certeza.

— Acabou — disse papai antes de ligar a ignição.

Soltei uma bufada de escárnio. Não era possível que ele acreditava nisso, era?

— É hora de seguir em frente — disse ele. — Para todos.

E, ao que tudo indicava, todos estavam seguindo em frente.

Tentei ligar para Valerie da delegacia, para dizer que tinha me confessado e implorar para que ela me perdoasse. Uma parte de mim ainda nutria a esperança de que podíamos diminuir o abismo entre nós. Talvez, com o tempo, poderíamos recomeçar do zero, e ela veria como eu poderia ser bom para ela. Como eu era diferente do Nick. Mas o telefone dela estava fora de área.

Stacey ia fazer faculdade no noroeste do Missouri e se mudaria no final do verão, já Duce conseguiu um trabalho na área de construção que o levaria para o extremo sul no dia seguinte à formatura. Eu não estava presente na hora do rompimento, mas, de acordo com Mason, foi um dramalhão épico.

Mason passava cada segundo acordado com uma garota que conhecera em uma festa pós-formatura. Bridget moraria em um apartamento no centro da cidade, e Joey, que estava chapado demais até para ir à formatura, parece que foi pego com uma quantidade enorme de maconha e estava sendo enviado para a reabilitação. E quem sabe para onde todos os outros estavam indo? Quem se importava? Eu não.

Só me importava o que aconteceria comigo. Entrei em uma faculdade comunitária. Não estava muito animado com a perspectiva de mais escola, mas também não sabia o que fazer da minha vida, então achei melhor ir. Não tinha ideia do que queria estudar, mas decidi começar com algumas aulas de psicologia. Certa vez me disseram que as pessoas estudam psicologia para descobrir o que há de errado consigo mesmas. Talvez eu descobrisse o que me tornou um alvo tão fácil. Embora suspeitasse que já sabia a resposta para essa pergunta: alvos fáceis não falam. Alvos fáceis não entregam as pessoas.

No entanto, quando me sentei no banco do passageiro do carro do meu pai, ainda olhando para a fachada da delegacia, não conseguia pensar em faculdade, em psicologia, em me reerguer. Só conseguia pensar no último detalhe que ainda não tinha confessado para ele. A única coisa que realmente me assustava, não porque receava as consequências externas, mas porque estava com medo do impacto que isso teria sobre mim, internamente.

— Eu escrevi o nome de Chris Summers na lista — desabafei. — Quero dizer, Nick já tinha colocado lá, mas eu também coloquei. E agora ele está morto, e eu não sei se isso foi porque eu... tenho quase certeza de que não... mas ainda me sinto responsável, porque quando eu escrevi o nome lá, eu estava com tanto ódio de Chris. Meu Deus, como eu o odiava. — Dei um soco no painel. — Porra!

Papai deu partida no carro e repousou as mãos sobre seu colo.

— Você não sabia que Nick atiraria nele.

— Mas eu sabia que era uma lista do ódio.

— E Chris Summers sabia que te atacar no vestiário também era errado. Tenho certeza de que, se todos pudessem voltar atrás e mudar tudo, voltariam.

Eu pisquei. Será que era verdade? Eu sabia que era verdade para mim. E imaginei que para Valerie também. E provavelmente para Jessica, considerando como ela e Val ficaram próximas após o tiroteio. E me perguntei se era isso que estava acontecendo quando Chris Summers estendeu a mão para me ajudar. Será que ele estava tentando voltar atrás? E quando eu agarrei sua mão e deixei que ele me ajudasse, eu estava aceitando? Nunca saberia com certeza.

— É tarde demais — eu disse.

Papai se virou e olhou bem no fundo dos meus olhos:

— Acabou, David. O que aconteceu ficou para trás. Vai melhorar agora. Você tem que acreditar nisso. Deixe o pesadelo no passado e confie no futuro.

Soltei uma bufada de escárnio novamente, mas, lá no fundo, talvez uma parte de mim realmente acreditasse nele. Talvez eu pudesse deixar o que aconteceu para trás e acreditar que tudo melhoraria. Era a minha única esperança. E, por enquanto, era o suficiente.

Trecho do jornal *Tribuna de Garvin*,
11 de maio de 2009, *repórter Angela Dash*

SUSPEITO EM TIROTEIO ESCOLAR É SURPREENDIDO EM ESCONDERIJO

Warsaw, MO — Um suspeito do tiroteio que ocorreu no Colégio Garvin, em 2008, foi preso hoje e levado sob custódia pela polícia. Os agentes que encontraram e algemaram Jeremy Watson, de 22 anos, disseram que chegaram ao esconderijo graças a uma pista fornecida por um ex-aluno do colégio. O informante esteve presente durante o tiroteio de 2 de maio de 2008 e, acredita-se, era amigo do atirador.

De acordo com a polícia, desde o tiroteio, Watson estava escondido em uma cabana na zona rural que pertencia a um parente; ele foi encontrado com várias armas, incluindo balas que a polícia acredita serem compatíveis com a munição usada pelo atirador Nick Levil.

Jack Angerson, diretor do Colégio Garvin, disse: "Essa é a peça do quebra-cabeça que todos nós estávamos esperando. O porquê e o como. Esse jovem sabe por que e como a tragédia foi arquitetada, e espero que todos possam dormir tranquilos agora que ele está atrás das grades. Eu sei que vou dormir melhor. Todos nós precisamos fazer o que estiver ao nosso alcance para garantir que ele pague por sua parte nesse desastre. E se ele puder nos elucidar o que levou Nick Levil a abrir fogo naquele dia, talvez possamos evitar que tragédias como essa se repitam no futuro".

"Depois que Jeremy admitir a verdade sobre o que aconteceu, suspeito que algumas pessoas vão se sentir arrependidas pelo que fizeram com a minha família", declarou Jenny Leftman, mãe da ex-suspeita do crime, Valerie Leftman. "Mas agora é tarde demais para isso. Não podemos recuperar o que perdemos, não importa o quanto peçam desculpas."

Valerie Leftman não quis prestar declaração.

Agradecimentos

Primeiro e mais importante, muito obrigada a Cori Deyoe por ter me dado esta chance, por ser minha mentora e amiga, por muitas vezes me encorajar a voltar ao teclado e por ser sempre a pessoa que mais torce por mim.

Um enorme muito obrigada a T.S. Ferguson por acreditar na força da minha história, por me ensinar tanto sobre o ofício de contar histórias, por responder pacientemente à quantidade absurda de perguntas que eu lhe fazia e por me fazer ir mais fundo do que eu jamais pensei que conseguiria ir.

Também agradeço a todos na Little, Brown and Company que leram e ajudaram a formatar este livro, particularmente Jennifer Hunt, Alvina Ling e Melanie Sanders.

Obrigada a meus amigos de escrita, Cheryl O'Donovan, Laurie Fabrizio, Nancy Pistorius e às minhas garotas no Café Scribe – Dani, Judy, Serena e Suzy – por me darem o ombro para chorar quando os "eu não consigo" me assombravam.

Obrigada à minha mãe, Bonnie McMullen, não só por me dizer, mas por me mostrar todos os dias que tudo na vida é possível. E obrigada ao meu pai, Thomas Gorman, por sempre dizer a todos que qualquer história em que estou trabalhando é a melhor que existe. Também agradeço a meu padrasto e à minha madrasta, Bill McMullen e Sherree Gorman. Também aos meus "pai" e "mãe" por extensão, Dennis e Gloria Hey, e à minha "irmã" Sonya Jackson, que me disseram há décadas que este dia chegaria.

Ao meu marido, Scott, não há palavras suficientes para agradecer por acreditar em mim, por seu contínuo apoio e amor. E aos meus filhos, Paige, Weston e Rand, obrigada pela paciência e inspiração. Sinto muita esperança por qualquer futuro em que vocês estejam no comando.

E, finalmente, muito amor e agradecimento a quem quer que tenha mexido os pauzinhos "lá em cima". Jack, suspeito que seja você. Devo a você uma grande beijoca!

Este livro foi composto com tipografia Electra LH e impresso
em papel Off-White 70 g/m² na Formato Artes Gráficas.